知否知否
应是绿肥红瘦

完结篇

关心则乱

著

江苏凤凰文艺出版社
JIANGSU PHOENIX LITERATURE AND
ART PUBLISHING

图书在版编目（CIP）数据

知否知否应是绿肥红瘦.完结篇 / 关心则乱著. ——
南京：江苏凤凰文艺出版社，2024.5
ISBN 978-7-5594-8285-3

Ⅰ.①知… Ⅱ.①关… Ⅲ.①长篇小说 – 中国 – 当代
Ⅳ.① I247.5

中国国家版本馆 CIP 数据核字 (2024) 第 008304 号

知否知否应是绿肥红瘦．完结篇

关心则乱 著

责任编辑　周颖若

特约编辑　文　茵　曹　岩

封面设计　普遍善良

出版发行　江苏凤凰文艺出版社

　　　　　南京市中央路 165 号，邮编：210009

网　　址　http://www.jswenyi.com

印　　刷　河北鹏润印刷有限公司

开　　本　700mm×980mm　1/16

印　　张　19.25

字　　数　317 千字

版　　次　2024 年 5 月第 1 版

印　　次　2024 年 5 月第 1 次印刷

书　　号　ISBN 978-7-5594-8285-3

定　　价　48.00 元

目录

目录

他们都早早地被现实磨去了天真和热情，在生活中学会了各种伪饰，对人、对事，充满戒备和提防，小心翼翼，不肯轻易相信。

直至翻山越岭，猜疑、伤心、犹豫，这才发觉，原来想要的近在咫尺。

关心则乱　作品

第五十六回·天下大道

　　蝉声阵阵中，日头渐暮，因午饭吃得险些噎死，盛纮使人来说他要处理公务，在书房用饭，叫儿女们各自吃了，不必再聚。海氏似有预见，早将饭菜汤盅分成数碟，指挥婆子们安稳整齐地放入一个个食笼中，然后抬去各处。

　　忙活完了，她速步回到自己屋中，见丈夫已用完了饭，正坐在桌旁吹着一碗温茶，海氏默默走过去，低声道："天色还亮呢，吃得这么急，仔细克化不好。"

　　长柏放下茶碗，站起道："越快了结越好。"

　　海氏看他满脸疲惫，好生心疼，却不好多劝，上前替他整理仪容衣冠，迟疑道："……今日外祖母叫咱们气得不轻，能听你劝吗？"

　　长柏沉默片刻，道："不听，我也有不听的法子。"

　　海氏手下停了停，又听长柏吩咐："你用过饭后，去寿安堂服侍老太太，把六妹妹替下来。我瞧她脸色不好，像是乏得很。"海氏笑道："这还用你说？我晓得。回头把全哥儿兄妹俩都带去，叫老太太瞧瞧，没准儿一高兴，祖母就好了呢。"

　　长柏点一点头："也好。不过祖母还病着，别叫孩子们闹。"

　　说完后，大步走出屋子。二门外是早套好马车的老卢头，主仆俩领几个家丁一道出了门。此后一路向南，不到半个时辰，来到一座四扇枣色大门前。两旁是皂色漆木圆柱，正门匾额上书"敕造王阁部府"。门房管事见来的是长柏，即刻着人往里报信，自己亲自引路。

　　王老夫人心绪不宁，晚饭没用几口，半躺在罗汉床上不住地叹气。王舅父捧一碗燕窝粥在旁侍立，讪讪地不知如何劝说。母子俩听闻长柏上门，面面相觑，一个赶紧直起身子，满面惊疑；一个忙放下碗盅，叫服侍在旁的婆子、丫鬟都退下。

长柏进屋，深深作揖行礼。

王老夫人冷笑道："你是青天大老爷，老妇人不敢当。莫非今儿白天教训得还不够，还要追着来骂？"

长柏低头道："今日是外孙无礼，外祖母要打要骂都是该当，然姨母之事绝不能更改。我已请顾侯爷去内务府递折子了，好尽快将人送过去，只请外祖母答应。"

慎戒司不能随意关押人，必要犯事女眷的婆家、娘家一齐应请，方可成行。

王老夫人刚下去的火气又上来了，拍床大骂："只要我还有口气，绝不叫你们糟践他大姑！要我答应，做梦！"

对这个反应，长柏并不惊异，柔声道："姨母是外祖母所生，孙儿身为男儿，虽未经十月怀胎之苦，可每每见膝下小儿憨态，总想着叫他们一辈子不吃苦受罪才好，怎能不明白外祖母一片慈母心肠？"

王老夫人眼眶红了，犹自赌气地侧过脸，不肯看他："你说得好听！却死命地欺侮你姨母！"

长柏缓步上前几步，站到罗汉床一侧，叹声道："那年祖父猝死，外祖母也在京中，当清楚过往。"王老夫人侧身而坐，默不作声。长柏继续道："祖母新寡之时，方二十出头，勇毅侯老侯爷夫妇尚在，徐家上下力劝祖母改嫁。"

王老夫人绷着脸，眼神却略有动容。

"……有些事，孙儿也是后来才知道。"长柏轻叹道，"其实，徐家已寻好了人家，时任闽浙巡抚的唐安年大人甫鳏，两榜进士，虽年纪稍大，但前头只有两个嫡女、一个庶子，祖母只要嫁过去，他日必能阖家美满。"

王老夫人依旧默声，王舅父却感慨道："唐家是松江世族，盛老太太能为亲家老太爷守节，抚育妹夫，实是……"他看看母亲的脸色，半途打住。

"这几十年来，祖母不但替父护住祖产，还拿陪嫁替父亲多方打点，延请名师教授。那年，父亲议亲时，勇毅侯府本有意示好，可祖母见不是旁支族女，就是庶女，品貌、家底皆不如意。为着父亲的前程，她宁可和徐家彻底断了情分，也要寻一门好亲事。还有大姐姐、孙儿、几个妹子，祖母哪个不是当自己骨肉对待……这一桩桩、一件件，盛家受祖母恩惠如山高海深，如果父亲和孙儿不为祖母讨回口气，那吾父子还是人吗？！"

长柏以拳重重捶掌。

王老夫人忍不住长叹了口气。亲家老太太确是品性正直高洁，旁的都不计较。嫡母为庶子娶个娘家姑娘，既能维系娘家情分，又能拉拢庶子，简直天经地义。换言之，当初盛纮若娶了徐家女，盛老太太今日就不会遭这些罪了。

"孙儿知道外祖母心里气什么。孙儿为着一个无血缘之人，重惩姨母，顶撞外祖母，毫不在意真正骨肉血亲。"长柏定定望去。王老夫人重重地哼了声，但脸色已不如之前愤怒。

"彼时，多少人劝祖母，非己骨血，养之不熟。不但世人如此，连姨母心底也是这么想的，是以才毫无顾忌地加害祖母，料定吾父子会高高举起，轻轻放下吧！"长柏忽然提高声音，厉声道，"举头三尺有神明，难道真要叫祖母在九泉之下悔不当初，叫天地神灵都知这世上之人尽是忘恩背义之徒吗？"

王舅父不住暗暗点头。王老夫人终于哀哀叹了口气，缓缓转过身来，对长柏道："我如何不知你姨母是大大错了！可……可她……终究是我的骨肉呀！"

"外祖母的骨肉，只有姨母一人吗？"长柏十分冷静。

王老夫人怔住了。

长柏直视她的眼睛："在幼时，娘常说王家叔公虽待她极好，可她最遗憾的依旧是不能承欢于亲生爹娘膝下，与邻家孩童玩耍时，总不免被人欺负是'爹娘不要，丢弃了的'。"

王老夫人心中酸楚，垂泪道："我对不住你娘，总想着好好补偿……"

长柏道："母亲在外头养了十几年，不曾得到父母慈爱，姨母可没半分心疼之意。"

王老夫人张了张嘴，驳不出理由。

"此回之事，姨母全然不顾亲妹子安危，甚至存心陷害。"长柏面露愤然，"外祖母口口声声说血脉骨肉，可姨母焉有半分念及我娘也是她的至亲？！"

王舅父摇头道："大妹确是过分了。这回，连我都觉得心寒。"

王老夫人看看儿子，再看看外孙，虚弱地说："那也不必重罚至此呀！那慎戒司……实在不能去呀。"

长柏道："小时来外祖家玩，有回我和佑表弟爬树摘山楂，辛苦半日才摘了小半篓，外祖父却要我们将其中一半拣出来丢了。我怎么也舍不得，外祖父却教导我俩'倘不将烂果子丢弃，那些剩余完好的也保不住——为人处世，也是这个道理'。这句话，我记到如今。"

提起过世的老伴，王老夫人肃容，艰难地说："你的意思是……"

长柏道："姨母早就是个烂果子了，只会牵连家人。"

王老夫人怒道:"你怎可如此说长辈?!"

"这些年来,舅舅不断替姨母收拾烂摊子。不论外祖母如何苦心教导,姨母依旧我行我素,刻薄庶出儿女,虐待妾室通房,在内宅动辄打骂动刑、草菅人命……这回已不是姨母头回下毒了吧!"长柏看向王舅父:"为着替姨母善后,舅舅多少次豁出脸面去求人、走路子、使银子,做了多少不该之事,依舅舅的资历,早该调任京官,可这十几年始终在外任打转。"

就算平级,京官也比外官高出半等,最早王舅父比盛纮官级高,盛纮进京时两人打平,此时,盛纮已比王舅父官品高出半级,加上他是京官,就更高了。

想及官途,王舅父不禁黯然。王老夫人望了眼儿子,歉疚地低头叹气。

"不单舅父,还有佑表弟、元儿表妹之事,我也听说了。"长柏更进一步,"虽说我大堂嫂文氏也是数年才得娠,可也有旁的子息,而外祖父一脉单传,拖耗至今,外祖母已十分对得住姨母了。"

对得住女儿,就对不住王家,王老夫人想起亡夫,心头一阵阵发虚。

"佑表弟年岁渐长,外祖母也该替王家多打算打算了。"长柏轻悠地劝着,"可只要姨母在,王家就得继续犯难。今儿杀人,明儿下毒,何时才是个头?难道外祖母为了护着作恶多端的女儿,就不管舅父、佑表弟,还有几位表姐了吗?他们难道不是外祖母的骨肉?"

王老夫人越想越心虚。

亡夫才能卓绝,功勋彪炳,灵位被抬至名臣阁,名动天下;儿子资质中等,虽不能青出于蓝,但还能守成,这些祖荫尚可庇护孙儿王佑,可孙儿之后呢?

眼看盛家兴旺之势逐渐明朗,子孙繁茂,个个读书科举,所联姻亲也大多清贵有势,相比之下,自家越发不如了。何况,至今孙儿还没有子息。

"难道……非送进慎戒司不可?"想及老实孝顺的儿子和孙子,王老夫人动摇了。

"非送不可!"长柏断然道,"姨母屡教不改,以前还只是关起门来在内宅作恶,现下胆子越来越大,即使不算姻亲,盛家也是有头有脸的官宦人家,她居然也敢下手,拉亲妹顶罪,还有恃无恐!姨母就是笃定外祖母会救她。这回,倘不下狠手,下回闯祸怕更不可收拾。"

"可是,她再也出不来了呀……"王老夫人泣泪,心意渐渐转向。

"君子之泽,五世而斩,多少清贵世家,管束子弟尤其严厉,就是怕祸起萧墙。"长柏轻轻扶住王老夫人的肩,劝道,"外祖母以后多关照康家表兄也就是了。"想了想，又加了句，"倘若不送进去，康姨父定然休妻，那时，表兄、表妹怎么办？"

王老夫人无声流泪，心意纠结为难。

长柏凑到外祖母面前，一字一句道："即便拼去二十年仕途，我也绝不会留姨母在外头的。"

王老夫人慢慢拭干泪水，心知外孙心意坚定，犹豫道："你姨父也不见得会答应送慎戒司呀。"大女婿厌恶女儿已久，一旦得知此事，一定会迫不及待地写休书。

"不，姨父定会答应的。"长柏第一次露出笑容。

"他怎么会答应？"

书房里，父子俩隔桌对坐，桌上置一壶清酒、两个冷碟，另一盘子酱香浓郁的胭脂鸭信。

盛纮一脸愕然："你姨父、姨母虽是夫妻，但早成水火，现下有这么好的借口，休妻还来不及，怎肯乖乖听话？"

长柏一手拂起袖子，替父亲斟酒，缓缓道："姨父房内有位姓苏的姨娘，颇有手腕，不但有儿有女，且受宠爱数十年不衰。"

盛纮一愣，立刻道："莫非，前阵子给老王爷为妾的，就是这位苏姨娘的女儿？"

长柏点点头，放下酒壶，轻声道："侯爷手下有人能牵线到苏姨娘身边心腹，不论姨母是被休还是死了，姨父正房无人，必然续弦。若娶回位年轻美貌的，这位苏姨娘该如何自处？"

盛纮缓缓接下去："是以，这位苏姨娘最愿见到的，就是你姨母这位正房夫人名存实亡，既免了新夫人进门，她又能在内宅当家，儿女受惠。"

长柏道："送姨母进慎戒司，对外只说是去庄子里养病了，可保三家颜面。"

盛纮笑了下，瞬即皱眉道："可你姨父想休妻不止一日了，肯听妾室劝说吗？"

"肯的。第一，苏姨娘之女在王府颇受宠，姨父好些事得靠老王爷。第二，姨父会被如此告知——为了姨母下毒之事，王、盛两家已吵翻了天，王家决意要保住姨母，而盛家……"长柏微微一笑，"快被说服了。"

盛纮了悟，笑道："你姨父若不答应送人进慎戒司，这事就会被大事化小。"

长柏道："而父亲会说，老太太毕竟醒了过来，休妻会祸及几个外甥，到底不忍心。"

"既不能休妻，到时只怕你姨父还会卖力叫我不可忍让，定要将人送进去！"

康姨父没有人证、物证，巴不得快些摆脱康王氏，只能入彀。盛纮拊掌而笑，夸道："想不到我儿竟有陈平之才！"又调侃道，"你对康家内宅怎么这么清楚？"

长柏正色道："康家是祸患，迟早出事。舅父和父亲屡屡相助，我总觉不妥，早留了心。"

这么麻烦的事得以解决，盛纮高兴得连饮两杯酒，然后不忍地叹道："到底是你嫡亲姨母，若非你妹子闹到这个地步，我也不愿如此狠心。"

谁知长柏肃穆道："父亲此言差矣，哪怕妹子不闹出来，我也非要追究。"

盛纮愣了愣，扯动嘴角："这是为何？"

"莫非父亲想一辈子受要挟吗？"长柏再为盛纮斟了杯酒，"这件事此时发作，理在我们；若以后再说，父亲不免落个'怠慢嫡母，凉薄忘恩'的名声。亏得此时闹开来，不然，待祖母百年之后，有人拿这说事，我们不死，也惹身膻。"

"此事已被捂住，谁会再提？"盛纮不解。康姨妈和王家巴不得把这事埋了呀。

"徐家可大有人在。"

盛纮失笑："老太太和娘家断绝已久，徐家怎会来抱不平？"

"若是有人在后指使呢？"长柏淡淡道，"花红月好时，自无人提，可若盛家有了关口呢？若是我，就留着这把柄，在要紧关头再插上一刀。"

盛纮笑声戛然而止，细想下，不由得冷汗涔涔。他记起一件往事，自己会试那年，元阁老和宋阁老争夺首辅之位，两人旗鼓相当，先帝也好生为难，此时，忽有言官上奏，参元阁老吞没亡兄家产，气死寡嫂。

其实，元家长嫂素来体弱多病，又无儿无女，哀毁过度而亡也是有的，可她娘家跳出人来喊冤，还拿出许多似是而非的人证来。贼咬一口，入骨三分，元阁老就此败北。

"这事根本捂不住。"长柏沉声道，"别说康姨妈，她身边知道的人也不少，那些个管事、婆子，一天就能叫六妹妹拷问出来，何况有心人有意图谋？"

盛纮少年时就发宏愿要光大门楣，倘若将来儿孙有出息，位极人臣，怎能叫此事拖累？听了儿子这话，越想越惊惧。

"不只如此，还有康姨妈。倘若将来她以此要挟父亲呢？到时物证、人证已不复可查，若姨母咬住是母亲下毒，父亲为了官声名望，罔顾事实，掩盖真相，又如何应对？"

盛纮拍案大怒："刁妇岂敢？"

"她连到亲戚家下毒都敢，还有何事不敢？"

在长柏看来，康姨妈早就神志不清了，歹毒疯狂至不可思议。按照她的狂妄逻辑，凡是得罪她的人，都得吃苦；凡是挡在她路上的，都要消灭，几年前就该被关起来了。

"为长远计，就要快刀斩乱麻，到内务府过一趟，即便将来有人提起，父亲也有底气了——祸首已伏法，太太也在家庙忏悔多年，老家众人皆可为证。然后，外祖母再拿了身契，把姨母身边的人清理干净，此事妥帖矣。"

盛纮呆呆地看着儿子，心里又欣慰又骄傲，越看儿子越像过世的老泰山，平素跟锯嘴葫芦似的，可一旦说起来，又头头是道、情理俱通，直叫你心服口服，外带佩服。

虽说跟次子长枫更气味相投，但他最倚重信任的还是长子。无论做人还是为官，论老练精干，两个小的都远不如老大，将来自己归老，家族还要靠长子支撑。无论王氏有多不好，能得这么个能干的儿子总是大赚。

"是以，父亲绝不能让步，这几日一定要顶住。"长柏反复叮嘱。

盛纮坚决心意，重重一拍桌，咬牙道："非要将康王氏关起来不可！"

长柏缓缓松了口气。他了解父亲远胜于父亲了解自己，盛纮在感情上从来是左摇右摆，只有实际利益才最能坚定他的决心。

从书房出来，迎着夜晚的凉风慢慢走着，长柏不知不觉踱步到母亲院落前，思忖片刻，摇手叫沿路丫鬟、婆子噤声，轻轻走到母亲窗前，正要开口叫，忽听里头有低低的哭声。

"……我的好太太，别哭了。"刘昆家的劝道。

王氏哭道："我不去，不去不去，就是不去！十年哪，还不如索性给我把剪子了断才好！那个孽障，我怀胎十月生了他，他也忍心！"

刘昆家的轻轻叹了口气："太太还是去吧，大哥儿，也是为着您呀。"

"……这话……怎么说？我瞧他一心全在寿安堂，全忘了他亲娘！没良心的兔崽子！"

刘昆家的道："太太您想想，您不是姨太太，可以甩手就走，待老太太好起来，您还要在她跟前服侍的呀。以后老太太再怎么说、怎么做，您就只能千恩万谢地受着。所以，还不如狠狠受一顿罚，待几年后回来，事情过去久了，您也认错了，受罚了，总能抹平了。"

王氏抽泣了半天，迟疑道："……说实话，我也觉着见老太太十分难堪，可……若回来后，她还是为难我怎么办？"

刘昆家的笑道："我瞧老太太不是个心硬的。何况，只要您受罚了，老爷和大哥儿心里就有数了。更何况……"她苦笑一下，"您若不去，大哥儿可要辞官的。"

王氏气怒道："他爱辞就辞，居然拿这个来要挟老娘！"

刘昆家的赶紧劝道："太太可别这么说。太太也瞧见了，不论是王家还是老爷、太太，这后半辈子的体面还得靠大哥儿。如今枫哥儿可日夜苦读呢，倘若大哥儿真拗了性子，那以后盛家岂不全仰仗枫哥儿？没准儿林姨娘还要回来呢。"

一听"林姨娘"三个字，王氏立刻不哭了，骂道："那贱婢做梦！"

"太太明白就好。咱们去宥阳乡野，就当去保养身子。说句实话，只要大哥儿官运亨通，前程大好，老家哪个敢慢待太太，哪个不恭恭敬敬的，便是堂房大太太也得敬着您不是？"

王氏心意动摇，左思右想，伏桌哭道："我真不想去呀……那里人生地不熟，就我独个儿……"

"我陪太太去。"

王氏又惊又喜："你……"

像她这么体面的管事婆子，居然肯离开繁华的京城，跟她去乡下冷清的庵庄？

"我儿女都成家了，没我也能过。他爹替太太管着庄子，我就陪太太去念经吃斋。"刘昆家的笑道，"再说了，太太怎好少了我这个狗腿子？"

王氏扑哧笑了出来，满脸泪水糊住了脂粉，哀泣地感动道："好姐姐，我不伹猪油蒙了心，眼睛也是瞎的。你先头劝我的好话，句句都是良言，我居然没听进去！"

长柏站在窗下，里头是母亲和刘昆家的之间的絮叨，或哭或笑。听了会儿，他默默离开，走到院门外头，深吸了一口凉凉的空气。

他本性寡言，今日说了这许多，已是十分疲惫，拖着缓慢的步子低头走着。月光柔和，淡淡洒了层银色在园子里，走到半道，却见小厮汗牛正等在那儿，满脸焦急。

"大少爷，您总算回来了，大奶奶等您半天了。我去门房，说您去寻老爷了；我去书房，几个小厮又说您去寻太太了。"汗牛笑着赶到长柏身边。

长柏点了点头，眼睛看了看前方。汗牛明白，这是"回屋"之意，立刻把灯笼支在前面引路。走了一会儿，他们来到池子边，忽见池塘对面有一双人影在缓缓走动。

一高一矮，看似一男一女。

长柏停住脚步，因夜色朦胧，瞧不太清楚。他摇了摇头，嘴朝对面一努，汗牛会意，道："这是六姑奶奶和姑爷，适才我满院子寻您时碰上过。今儿夜里凉快，月色也好，侯爷和姑奶奶散步消食呢。"

观当时情形和只言片语，似乎六姑奶奶懒得很，只想回屋睡觉，顾侯却觉着吃饱就睡不好，硬拖了她出来的。

长柏看了眼对面的丽人，好不闲情逸致。他闷声了半晌，在池边大石上坐下。

汗牛怔了下："您先不回屋了？"

长柏点头。

汗牛为难地问："那大奶奶处该怎么回话呢？"

长柏拍拍身边大石，再抬头看天上明月。

汗牛发挥多年所学，勇猛猜测："爷的意思是……请大少奶奶也来，呃……那个赏月？"

长柏再伸左脚，点点地上石块。

汗牛搜肠刮肚，继续努力理解："……呃，还要散步？多披件衣裳？"

长柏终于点头，挥手放行。

汗牛满头大汗地跑着离开——完了，主子今日说话太多，不知要几日才能还回来。

此后两日，康姨父和王老夫人先后上门。长柏使人给明兰传话：前头的事有你父兄和夫婿呢，你好好照料老太太即可——以上完整句子，属于汗牛和海氏共同发挥想象的结果。

明兰亦非好事之人，当即从善如流，老老实实地待在寿安堂，陪老太太说些傻笑话，在床头读两卷佛经，只不时询问探来的消息。

据小桃来报，这两日，老爷盛纮表现甚佳。

康姨父来时，他一脸蔫了吧唧，口口声声说息事宁人，说总不好真叫王家出个被休弃的女儿，那叫王家怎么做人呢？还请康姨父把康姨妈领回去。康姨父吓得不轻，生怕那个极品老婆第 N 次绝地重生，指天咒誓地主动要求送入慎戒司，随即一溜烟儿地跑了。

王老夫人来时，盛纮一副义愤填膺的样子，开口圣人道理、闭口天地良心，引经据典，直说得声泪俱下，几欲要与王家决裂，也非要重惩康王氏不可。

尤其关键的是，王氏昂首挺胸地出来，如烈士般表示，愿意十年家庙念经，以示悔过。王老夫人还想多说两句，女儿已神情冰冷地离去，看都不愿多看老母一眼。

王老夫人百般无奈，知此事已无可挽回，终于点头答应。

盛夏白昼，盘桓在门口窗下是十分辛苦之事，趁中场休息，小桃请汗牛小哥吃冰镇绿豆汤时，顺手套了些长柏夫妇的近况。

"……这两日，大少爷在屋里只说了五句半话。"汗牛痛陈工作之艰辛，"大奶奶身边的玉燕说，再三四日就好了，我觉着没十天半月好不了。"这日子没法过了！呜呜呜……

到第三日，三家齐聚盛府，说定一应事项。王老夫人答应送女入慎戒司，康姨父再三保证绝不亏待元妻所出儿女，盛纮再三保证将对几个外甥厚待如昔。

当日下午，众人就套齐马车，专拣那冷僻小道绕路去了内务府。分掌慎戒司的内宦见多识广，加之顾廷烨早两日就打点好了，他也不问康王氏犯了什么过错，只叫娘家、夫家一起在文书上用印签画，然后阴阴宣布事便落定，再不可更改。

康姨妈被塞嘴后五花大绑丢上马车，经过一条荒草杂生的窄细破陋的甬道，两边是高耸的青砖厚墙，远处依稀可见朱红黄瓦。

她还不知出了何事，直到被几个干枯漠然的粗服婆子搀进一扇偏僻的黑漆大门，来到一个简陋阴森的屋子里，才低叫着挣扎起来。王家人不放心，在后头跟着进来。

王老夫人泪眼婆娑道："孩子，这里是慎戒司，你在这里好好的，我会常来……"

直如一个闷雷在耳边响起，后面的话康王氏听不清——慎戒司是什么地方，自己从小养尊处优，怎能过这种猪狗不如的日子！

她疯狂地呜呜叫起来。身旁婆子刚扯掉她嘴里的布头，她就疯了似的号叫："你怎能把女儿送进这种地方？！你算什么母亲？你又算什么哥哥？！你们要我死吗？好狠的心，看着盛家富贵，你们就不管自己亲骨肉死活了吗？！"

她双眼充血，疯癫欲狂，仿佛一只要撕人皮肉的凶兽，把王家母子吓得齐齐退了一步。

"你不肯救我，何必把我生下来？！自己把我爹看得严严实实，却总叫我贤惠妇道。我不如你的意，你就舍弃我！你不是我娘，你这个狼心狗肺的……"

小女儿憎恨自己，大女儿也这般怨毒，王老夫人终于抵受不住，咯出一口暗红的血，软软地倒下。王舅父一把扶住她，连连呼叫。见母亲人事不省，面如金纸，他怒而对妹妹道："母亲为你操碎了心，你却这般伤她，我不是你兄长！好好好，从今往后，你也不是我妹子了！"

说完，他背起老母就往外走，一时里外一团混乱。好容易人走干净了，一个素衣的中年女官缓缓从屋角走出，阴恻恻道："这般忤逆不孝，是该好好管教管教了。"

康王氏开口欲骂，那女官伸手就狠狠扇了她两个耳光，直打得她两耳发鸣。她犹自不服，才骂两句"贱婢"，那女官接过身边婆子递过来的薄木板，照康王氏面颊用力抽下去。一连抽了十几下，打得康王氏两颊充血，高高肿起，嘴角破裂流血。

"你嘴巴再不老实，我就继续打，看是你的性子硬，还是我的板子硬。"那女官面无表情地说。

康王氏半张脸痛得发麻，几欲晕死过去，偏绑得牢固没法动弹，只能咬牙道："要我受你们的糟践，我宁可去死！"

那女官丝毫不动容，冷漠道："我劝你别来寻死觅活那套，这儿死的人多了，多你一个不多。当然，活着更好，可以多一份供奉。"

说着，转身出去。三四个粗壮的婆子一拥而上，迅速把康王氏里外扒了个干净，收走绫缎后，扔下一套粗布衣裳。康王氏羞愤难当，却也没胆子光着身子出去，只得强忍脸上疼痛，边暗暗咒骂，边恨恨穿上那散发着霉味的衣裳。

　　四边门窗紧闭，静得叫人发慌。康王氏越来越害怕，难道自己下半辈子真要被困在这个鬼地方？不，不会的，她一定得出去！前半生遇到多少险关，她总能渡过，这次也行！谁也别想欺侮她，她是兰溪王家的嫡长女！

　　这时，一声"吱呀"，门开了一半，缓缓进来一个中年妇人。康王氏眼睛一亮，赶紧冲上去握住她的手："好嫂嫂，你终于来了，我……我……"

　　王舅母轻轻甩开她的手，满意地打量着大姑子破烂的脸颊和衣裳，悠悠道："我来与你道别，有些话原本是娘要说的，现下她叫姑姑气得半死不活，只好我来了。"

　　康王氏哭道："我适才是昏了头了，居然辱骂母亲，求母亲来看我，我一定磕头认错……哥哥也恼了我吧，求嫂嫂与我说些好话，把我救出去……"

　　"呵呵，姑姑真是说笑了，您博学多才，怎不知这慎戒司的规矩，但凡进来了，非有皇命，哪有出去的？难不成姑姑要我们来这儿劫人？"王舅母掩袖而笑。

　　康王氏用力摇晃嫂子，急道："那就叫哥哥去求皇上！"

　　王舅母笑得更厉害了："哎哟，姑姑好大的口气！可惜你兄长芝麻绿豆的官儿，寻常得见天颜尚不容易，更别说开口求恩典了。"

　　康王氏愤然大叫："我爹是三朝元老，灵位供奉在名臣阁里，皇上不能开恩于我？"

　　"一朝天子一朝臣。姑姑呀，你也不看看，这都什么年月了。再说了，前几年法办的那高家三老爷，他爹也是三朝元老呢。"

　　康王氏颓然地放手，惊惧交加："难道真没人能去求皇上了吗？"

　　王舅母凉凉地道："亲戚里头，只有两个能在皇上跟前说上话的，一个是顾侯爷，一个是安阳老王爷。不过……"她笑了笑，"姑姑觉着，是盛家的六丫头愿叫夫婿去求恩典呢，还是姑姑的那位庶女盼您出去呢？"

　　明兰对自己切齿恨意，康王氏还是知道的，只能希冀着："苏姨娘的身契还在我手里呢，那死丫头敢不听话，我就卖了她娘！"

　　王舅母满心觉得滑稽，摇头笑道："先别惦记着卖别人，姑姑身边那些心腹，从祁妈妈起，一个不落，这两日就要被发往滇边了。"

　　"这是为何？"

王舅母道："你以为王家会留着那些知道此事的人吗？何况，这帮奴才，非但没劝着姑姑，还帮衬撺掇，母亲如今一口气全出在他们身上了。"

康王氏无计可施，跺脚撒起泼来，甩着满头乱发："我不管！我不管！反正我一定要出去！叫娘想法子，叫哥哥想法子，去送银子，给人许官儿，去托父亲生前的友人……"

王舅母打断她满口的胡言："别做梦了，你是别想出去了。姑姑以为，自己是怎么进来的？"她冷冷一笑，讥讽道，"乍闻此事，大妹夫来势汹汹就要写休书，或一条白绫了结了你，盛家亦不肯罢休，最后，为着王家的体面，也为着你的性命，只能送你进来了。"

康王氏愤愤然道："我就知道娘是为了王家的体面。康家要休就休好了，我离了康家也能过日子，总胜于我在这里活受罪。"

"王家不止你一个人，母亲还有旁的儿孙要顾呢。姑姑也别太自以为是了，真当自己是金凤凰，是天之骄女？"王舅母讥笑。

康王氏恨恨抬头："嫂嫂如今乐坏了吧，巴不得见我这般凄惨。"

"你说得没错。"王舅母坦承不讳。

康王氏大怒："你……"

"人人都说王家是好亲事，婆母和夫婿都是和善人，谁知却碰上你这么个小姑子。"王舅母拢了拢鬓发，平静的神色下是隐含多年的怨气，"……我很早就知未来婆家有两个姑娘，我没有姊妹，总想着要当你们亲妹妹般待着，一家和乐。可从我进门起，你就在母亲面前搬弄是非，变着法儿地挑剔，叫我立规矩，还在你兄长面前挑拨。你当我不知……哼，我都知道。可我没法子，只好想尽办法讨好你，甚至你身边的丫头、婆子。"

想起那段屈辱的日子，王舅母多少恨意涌上心头。

"那年，我刚生了佑哥儿他大姐，你就撺掇母亲给相公纳二房。我暗中哭了多少次，夜里怕得醒过来，好在你哥哥温厚，娘也算明理，才没听你的话。呵呵，你又不高兴了吧……你自小就这脾气，人人都该听你的，看你的脸色，把你捧在头顶上，但凡有半点儿不依的，你就要发脾气。未嫁的小姑子插手兄嫂的房里事，真是闻所未闻，也叫我见识了。"

康王氏脸颊上的肌肉抖动了几下——她素来不把这嫂子当回事，没想到……

"千盼万盼，你总算出阁了，谁知……"王舅母讥嘲地看着她，"你瞧上我那尊白玉送子观音，那是我娘三步一叩首从枫霞山上求来的，你说要就要，还说否则就不嫁，我还得笑着双手奉上。谢天谢地，我后来还是有了佑哥儿。可是，自那日起，我心底真恨极了你。"

想起母亲担心自己迟迟未生子，到枫霞山虔诚叩拜，磕头下跪弄得满身是伤，她不自觉地扯动脸颊，露出狰狞的恨意。

康王氏猛然想到一事，大叫："你不许为难我的元儿！你有气冲我来……"

王舅母仰头大笑，几乎笑出了眼泪："原先我还不敢动她，只想着纳个妾就算了，如今……呵呵，你放心，回头我就去物色好人家，给佑哥儿寻一个平妻！"

"平妻？你敢？！"康姨母上前来扯她的衣襟，疯狂嘶吼，"元儿能不能生还两说，就是生不出来，纳个婢女算完了，回头留子去母！"

王舅母一拐肘，撞开了她，冷笑道："你当自己还是那个要风得风的王家大小姐吗？我呸！也不照照镜子！我告诉你，元儿是决计不能生育的！"

"你怎么知道？难道……你动了手脚？！"康王氏这方面反应很快，她自己就常这么干，"你好狠的心，她也是你的外甥女呀！是你的儿媳呀！"

王舅母拉平袖子，目中含泪："元儿这种媳妇，白贴我金山银山我也不要，可恨母亲偏心，我只能受着。本想她年纪还小，好好调教也就是了，谁知……哼哼，她进门后没大没小、不恭不敬，我不过训斥她几句，她就回娘家告状。你是怎么跟她说的？"

康王氏想起那件隐秘之事，不由得满头大汗。

王舅母冷声道："你对元儿说，母亲年纪大，管不动事了，佑哥儿父子又都老实，只要我一死，到时不但没人管束她，整个王家也都攥在手里了！你还给了元儿好些好东西吧。哼哼，可惜你女儿只学了你的歹毒，却没学到你的心计，轻易信了身边人，叫我套了个清楚。"

她忽然扬声道："人不犯我，我不犯人。元儿无处向我下手，我却有的是机会。我使人去青楼寻了一味上好汤药，给元儿服了。她这辈子休想生儿育女！"

康王氏尖叫一声，伸出十个尖尖的手指向她扑去，可惜脚步踉跄，叫王舅母一把推开，重重摔在地上。康王氏只能哭道："那都是我的主意！你若不忿，大可朝母亲告状，狠狠罚我们母女便是，何必朝个孩子下手！"

王舅母嘲笑道："告了又如何？娘素来偏心你，这回盛氏倾全家之力，才把你送进来，姑姑本事大，我可不敢轻忽。"

"我要把你这毒妇的行径告诉母亲！"

王舅母笑道："下回慎戒司开门，须等到明年正月，那会儿，全家早随你哥哥赴外任去了。你哥哥虽不能留京，不过倒谋了个好去处，是山温水暖的江南，正好养病，如无意外，又是两任吧。"

她压低声音，满眼微笑："这回母亲叫你气得不轻，大夫说情形不好，陈年旧疾都泛上来了。你说，七八年后，她老人家还在吗？或说，那会儿她还发作得动吗？"

一阵冰冷蔓延至康姨妈的心头，她坐在地上，如一只无能为力的困兽——王老夫人的身子她很清楚，早已沉疴多年，正因恐母亲时日不长，她才想尽快多做些事，免得将来无人可护持时寸步难行。谁知这回踢到铁板——都怪那盛家丫头，不依不饶，非要彻查到底。

王舅母拾起她的手，啧啧道："姑姑这双手保养得极好，这把年纪了，还跟小姑娘似的，嫩白细滑。唉，以后却要劈柴、浣衣、做粗活儿，待长了冻疮、老茧……啧啧，真可惜了。"

她直起身来，缓缓走到门边："允儿是个心善的孩子，也有福气，想来盛家不会太为难她。至于元儿嘛……她行事横冲直撞、招摇跋扈，倒像是犯了疯病，我会找个院子给她好好养病。姑姑放心，只要我活着，一定叫她好吃好喝地过日子。"

一脚踏出门外，身后传来康王氏号啕大哭的声音，夹杂着许多恶毒的咒骂声。那个中年女官幽灵般地靠近过来，低声道："太太不必烦扰，虽说惯例是每年可见亲人两回，可规矩都是人定的，到了日子，报个有恙不能出来也就是了。"

权贵人家的把戏多了，她每年也能进账不少。

王舅母微笑："如此劳烦姐姐了。每年供奉我会送来，还有些薄礼姐姐可千万别嫌弃呀。"

只要熬到王老夫人过世，就算康晋和允儿知道了也不打紧，更何况自己早把证据痕迹抹了个干净，康王氏无凭无据，未必有人相信她的疯言疯语。

多年委曲求全，今日雪耻，王舅母真是说不出的开心。

想到终于摆脱了这个魔咒般阴魂不散的祸害，丈夫再也不用低声下气去求情善后，自己也不用每年省出银两来供她挥霍，便是盛夏滚烫的日头直照在脸上也不以为意——还有儿媳，这回，她要好好挑选，出身低些也不打紧，只要品行端正，为人贤惠。

走到外头，康家的人是早不见人影，盛家的也回去了，又因婆母骤病，丈夫先护着回了家，王舅母就坐另一辆马车，想了想，却不直接回府，而是绕到了盛府。

进府后，她寻了王氏，好生一番安慰劝抚。王氏正又害怕又憋屈，两眼泪汪汪地道谢："我知道嫂子对我好，只可恨我自己的嫡亲姐姐却来害我。"

王舅母叹口气。这位小姑子虽说脾气不好，但这些年也没为难过她，只是倔头倔脑不讨人喜欢，倒是她的女儿如兰，听说如今越发稳重了。唉，当初若讨了如兰也不错，偏叫那可恶的毁了儿子的姻缘。

王氏擤了把鼻涕，犹自哭道："我那狠心的孽障，叫我这两日就起程，还说什么……早去早回，早早积满十年！"

那死小子真是铁石心肠，还写了个字幅送来，上书"×年八月二十五"——这是他规定自己起程的日子——叫她挂到家庙的墙上，时时看着，好心里有数。那臭小子还一脸大方地说，十年后的八月，她可以提前半月回来，正好全家过中秋。

呜呜呜……这是人说的话吗？

好在海氏暗中告诉她，只要老太太气消了，心软了，由她开口，说不定王氏可早几年回来。还送来她亲手钉的空白本子，雪白的绢纸上用笔直纤细的墨线画好了格子，叫婆母这几年多识些字，好好练习书法，用心抄几本经书送给老太太，以表忏悔之意。

呜呜……还是儿媳好，又孝顺，又体贴，可惜自己现下实在没脸见她。

还不只这些，慧姐儿自小是王氏带着的，每日都要搂着祖母入睡，三日前，长柏把女儿从她屋里带走，小孙女揪着她的衣裳，哭得跟泪人似的，死活不愿离开，最后叫一个指头一个指头掰开带走了——王氏哭得肝肠寸断，心都要碎了，这时，她才痛彻心扉地悔恨起来。

青天在上，她不该起歹心，不该有恶念，现在菩萨在罚她了。

王舅母劝慰好王氏，又叫婆子引着去了寿安堂。

王舅母拜见过盛老太太，只见她气色渐转，半倚在床头跟全哥儿说话。海氏抱着才几个月大的小儿子在旁笑着凑趣，长柏却在一旁训斥妹子，声音太低，听不甚清。

王舅母真心诚意地说了好些祝愿康复的话，因不知盛老太太此时是否知情，半句没点到下毒之事。盛老太太满脸笑容，好声好气地跟她拉家常。长柏兄妹和海氏也起身行礼，互道平安。见盛家人对自己和善依旧，王舅母方放下心来，又说了几句，她才告辞。

因海氏抱着孩子，长柏就扯着明兰送客。站在门廊下，见王舅母走远，长柏转过头来，又要开口，明兰抱着脑袋哀求："哥，你别数落我了！我已给爹磕头赔罪了，你还要如何？"

长柏板着面孔："言为心声，你说这句'还要如何'就是心中不服。圣人云……"

"求你了，哥，我真知错了。我不该一意孤行要把事情闹大，不该任性妄为软禁姨母，更不该胆大包天去捉人……"

"不对，这些你都没错。"长柏道，"若是我，也会这么做。"

明兰一脸错愕："那……我哪里错了？"

长柏一个栗暴敲在明兰脑门上，训道："你不该仗着夫家权势顶撞父亲，叫父亲下不来台。父亲再不对，也是长辈，你开口要挟，闭口讥讽，岂是为人子女之道？父亲并非不明理之人，你好好与他分析利弊，道明个中利害，自然父女同心，一齐应对。这么点儿事，就哭天抢地、要死要活的，平日的机巧哪儿去了？只有闲聪明的能耐。"

明兰被训得灰头土脸，还半句辩驳不出，嘟囔道："我哪有哥哥聪明。姨母下毒，可以从朝堂说到内宅，从眼下说到几十年后……"

长柏眼睛一瞪，又要一个栗暴敲下去。明兰脖子一缩，忙道："我这不认错了嘛，又哭又端茶的，爹爹都不怪我了！"其实，盛纮是就着台阶，下了算了。

正说着，明兰忽觉一阵恶心，捂嘴欲吐，半道上又没吐出来。此时，兄妹二人已回到屋里，只见林太医正给老太太请脉。

长柏继续训话："我的话很恶心吗？认错态度极其不端正。"

明兰摇头摆手，还是海氏瞧出些不对劲儿来，关怀道："妹妹这几日脸色不好，现下林太医也在，索性叫瞧瞧。"

盛老太太满心担忧，忙叫明兰坐下。

林太医笑呵呵地搭上三根手指，未几，他脸上露出古怪神情，瞥了眼明兰，继续静心号脉。盛老太太见太医迟迟不开口，急道："怎么了？怎么了？"

林太医微笑着起身，拱手道："恭喜老太太，夫人这是有喜了。"

屋内一片安静，长柏看看自己适才敲栗暴的两根手指，海氏看看明兰平坦的肚皮，全哥儿看看熟睡如小猪的弟弟。明兰坐在窗边的太师椅上，毫无自觉地傻傻微笑："多久了？"

"两个多月了。"林太医苦笑，没见过这么生猛的孕妇，"脉象平整有力，夫人不必担忧，只是近日有些操劳，好好休憩阵子就好了。"又吩咐了几句，然后躬身退出屋内。

盛老太太木然地坐在床上，默了很久很久，忽然暴怒，拍着床沿骂道："你赶紧给我滚回去！今日就回！"又转头对房妈妈道："去给她收拾东西，连姑爷的一起！你亲自送她回侯府，交到崔妈妈手里，不许出差错了！"

又狠狠捶了下软枕头，指着明兰道："你个不省心的小冤家，两口子一道在我这儿骗吃骗喝，再敢多耽搁半刻，仔细我打断你的腿！"

见祖母真的发怒了，明兰抱头鼠窜，老老实实地跟着房妈妈走了。海氏笑着拉全哥儿跟了出去。屋里只剩祖孙二人，外加炕上一个睡熟了的小小婴儿。

"这可恶的冤家！"盛老太太忍了许久。

长柏含笑看着祖母，过了会儿，他忽地跪下："如无意外，孙儿这回当会续任，待祖母病好了，就跟孙儿一道过去吧。"

盛老太太沉吟不语。长柏轻轻道："祖母全都知道了吧？"盛老太太苦笑道："房妈妈瞒不住我。唉，人心叵测，谁料我这把年纪了，还有如此奇遇。"

长柏仰头道："祖母，跟孙儿到任上去吧。那儿虽不如京城繁华，但民风淳朴，山清水秀，景致别有一番风情。祖母不是老想到处走走吗？就跟孙儿去吧。"

盛老太太叹道："惦记着到处走走的不是我，是孔嬷嬷。她身子不好，早早去了，我总想替她圆了这个心愿。"

"这不是正好嘛。"长柏道，"我和您孙媳定会好好孝敬您的。"

看着孙子清明洞彻的眼睛，盛老太太暗叹一声。

她明白他的心意，自己素来是眼里不揉沙的性子，此次盛纮的那些小心思实在让她很不舒服，与其相见要做母慈子孝的戏，不如索性避开，数年后再见，也就淡忘了。

"只怕说出去，名声不好听。"父子相连，盛纮的名声不好，长柏也难免受牵连。

"祖母不必忧心，就说那儿有位名医，孙子请您去寻医的。"

盛老太太失笑："当心吹破了牛皮，真有人去你那儿寻名医。"

长柏笑道："那就说，那名医云游四海，替祖母瞧好了病后，又走了。"

老太太摇头而笑，忽觉心胸开阔，往事也不那么可鄙可恨了。

门外的汗牛听得满头大汗：完了！完了！今日大少爷貌似又在内宅说了很多话呢。

明兰被押解回家，崔妈妈抱着胖嘟嘟的团哥儿笑吟吟地在门口迎着。房妈妈上前在她耳边说了几句，崔妈妈霎时变了脸色，气呼呼地瞪了明兰几眼，待房妈妈离去后，忙把团哥儿交给翠微，亲自服侍明兰更衣沐浴歇息。

轻松地睡在软绵细滑的丝席上，明兰惬意地呻吟出声——还是自己家好呀。她仿佛又回到了六七岁时，歪歪扭扭地躺成"大"字形，由着崔妈妈给自己剪指甲，崔妈妈一迭声地追问可有不适。

明兰向来身体很好，这么多年坚持锻炼，饮食得当，生活习惯健康。

这回只是累了，累身又累心，如今既都解决了，还有个更强大的长兄在善后，她自然一概放了心，正想好好歇两日，吃吃喝喝睡睡，恢复以前幸福的猪头生活，谁知竟有孕了。

本来崔妈妈听门房报明兰回来了，已叫小丫头把放在井里的大西瓜和水蜜桃拿了出来，切好摆在菪红荷瓣的白瓷碗里。她刚送走房妈妈，回屋正瞧见明兰拈起银签子要插水果，忙不迭地一把抢过果盘，怒目道："西瓜性阴寒，桃子性甘热，两样都不许吃！"

崔妈妈转头就要把水果丢出去，小桃乐不可支地赶紧接过来："妈妈您放心，我定把这些都处置得干干净净，一点儿不叫夫人眼馋！"

明兰咽着口水目送小桃欢快地蹦跳出去，转眼看见扒着锦簟墙缓慢学走路的团哥儿，白胖粉红的小脚丫踩在滑滑的湖绿被褥上，她又气不打一处来。

几日不见儿子，怎会不想念，谁知这臭小子小别后看见亲妈，既没早熟儿童泫然欲泣的悲伤样——母子抱头痛哭，也没有全然不认识到怕生。

顾小公子活得依旧滋润健康，照旧满身喜人的胖肉肉（包括脚丫和手指节），他笑呵呵地跟明兰招招小胖手——正是明兰以前教他跟客人打招呼的样子，然后背身趴在床上，没事人般继续玩他的七巧木板。

足足半个下午，明兰都在努力和儿子培养感情，逗着他翻来翻去，逗他扶墙单脚站立。团哥儿乐开了花，终于口齿不清地喊了声"……羊……"。

我还猪呢！明兰泄气，这才分别四五天，明明之前已经能清楚地喊爹娘了。崔妈妈坐在一旁，老鹰般盯着这母子俩，以防团哥儿扑到明兰身上。

天色还未暗，顾廷烨就一阵风似的回来了，直到床前才急急刹住车，小心翼翼地坐到明兰身旁，握着她的手，仿佛有满腔的话要说，到最后只一句："……想吃什么？"

明兰暗哂一声。前几日还抑郁得活似皇帝罚了他三年俸禄，连拖她去湖边散步都带着文艺青年的愁绪，现在可好，欢喜遮掩不住，都要从眼睛里冒出来了。

崔妈妈含着笑，抱上团哥儿先出去了。

明兰抓起他的腕子，在他手背上轻咬了口，低声道："我想吃你的肉！"

顾廷烨朗声大笑："这有何难？我这就给夫人割去！"

明兰连忙扯住他的袖子，又笑又急："还不给我站住！就你那皮糙肉厚的，就是炖上三天三夜，也没人咬得动！"

顾廷烨笑着坐回来，埋头在明兰颈间，过了良久，才低低道："……过去，都是我不好。"他抬起头来，急切却又语无伦次，"……我不是有意……曼娘早该……不是对你不上心……实是……"绕了半天，也没说出个所以然来。

明兰好笑地瞧他素来张扬威势的面容急出了满头大汗，她凉凉道："你说呀，说呀！你倒是说呀……"顾廷烨沮丧地闭嘴，挨着她身旁躺下。明兰轻抚着他汗湿的头发："说不明白就别说了，居家过日子的，说那么清干吗？又不是升堂断官司。"

顾廷烨忽抬起身子，一字一句正色道："将来再有谁敢危及你们母子，别说曼娘，就是天王老子，我也一定叫他死无全尸！"最后几个字透着森森寒意。

明兰看着他的眼睛，良久，才揽过他的脖子，低声道："我信你。"

想那么多做甚呢？重要的是现在，是将来。

他对自己很好，一心一意地好，爱孩子，爱家，全力让他们母子安稳太平，这就足够了。他们是多么迥异的人，不过，都盼着岁月静好、天长地久。

主母离开数日，府内众人只知盛家老太太病危，是以夫人前去照料。

次日，邵氏带着两个女孩一道来贺明兰再度有喜。秋姨娘压着心中酸涩，也是满嘴好话。谁知明兰一改往常的客气温和，淡淡的，不大搭理她。

几次话茬儿都被漠视，秋娘好大没趣，只得讪讪地在旁静立。

大人们闲聊时，娴姐儿好奇地盯着明兰的腹部，却红着脸不敢问——小孩儿到底是怎么出来的？蓉姐儿含笑静立，忽觉衣裙下摆有人拉动，低头去看，只见团哥儿从床头探出一只胳膊扯她，仰着大大的脑袋瞅她，白胖胖的，煞是可爱。

蓉姐儿心里喜欢，刚想伸手去摸他的头，猛记起秋姨娘和妈妈的叮嘱：千万别靠近你爹的嫡子，否则，若有个什么蹭着碰着，你就洗不清了。她半道缩回手来，可惜地看着团哥儿。

可是，他们长得多像呀——她不住眼地偷眼望着——都是浓眉大眼、丰颊高额，笔挺的鼻梁，翘翘的嘴角，比她和同胞弟弟昌哥儿还相像呢。

走出嘉禧居，邵氏领着娴姐儿回自己院去，秋娘则和蓉姐儿一路回屋。路上，秋娘愁眉苦脸地说："夫人这是怎么了？莫非我哪里错了？若有，直斥我便是，我也好赔罪道歉，何必这么冷淡淡的……"

蓉姐儿停住脚步，见四周无人，便道："姨娘真不知自己哪里错了？"

女孩的眼睛明亮犀利，秋娘不禁心虚，嗫嚅道："我……我……不就是那阵子，给独居在书房的侯爷送了几回消夜和点心吗？"

蓉姐儿年已十一，身形高挑修长，骨骼挺拔，站在秋娘身边竟一般高了。她笑笑，客气道："姨娘在府里这么多年，怎会这点儿眼力见儿也没有？揣着明白装糊涂，只会越发惹人厌恶。明明知道主母的意思，人家根本没有跟你分男人的打算，你却还明知故犯，故作老实地卖乖，成功了最好，失败了就装糊涂——这招数太烂了，比薛先生讲的醒世故事里的丑角还烂。"

若非看她平日照料自己还算尽心，蓉姐儿才懒得提醒她。

平日百般恭顺地拍马屁，人家夫妻才稍稍吵了几句，你就急吼吼地去给男主人献媚，现在又想当没事人一样，当主母是死人呀！

薛先生早说过了，世上不但有精明使坏的，还有刁面憨，莫要被几句话、几滴眼泪哄骗了去，女子终日在内宅，见识不多，更当有一双慧眼。

"夫人虽良善厚道，但也不是好欺负的，姨娘可莫要聪明过了头。"

说完这句，蓉姐儿转身就走，只留下秋娘一人呆呆地站在当地。

好事成双。未过几日，若眉竟也被诊出已有三个多月的身孕，公孙老头大喜，把众人叫出来喝了个大醉，最后被抬着回屋。明兰差小桃代为贺喜，又送去些上好的孕补药材，嘱咐好好保养。若眉好生欢喜，殊不知此时有封至关紧要的信压在明兰手上。

公孙猛来信道，他长兄婚事已成，新嫂嫂如何贤良恭谨，因母亲不放心嫂嫂年少，哀恳婶娘再多留半年，教导新媳妇学会持家待人，婶娘只得答应。来去路途遥远，公孙猛也会多待一阵，到时护送婶娘一道上京，叫叔父夫妻团聚。

来信中还夹了另一封信，是公孙大娘亲笔写给明兰的，里头道：倘若到信时，眉姨娘已有身孕，未免她多思多想，误了孩儿，请明兰瞒下此信。反正自家老爷是个只爱庙堂山川的大丈夫，素不关心内宅琐事，只须叫他提前三五日知道老婆要来了即可。

明兰掰指一算，公孙大娘到京时，若眉已满坐蓐，的确两不耽误。

看着此信字里行间透出的果决，她叹气摇头，将信件妥善收好——这位公孙夫人，不但心细如发，且深体人心，若眉那些小招数怕不够看。

一旦孩子生下来，各种不快就会纷至沓来。不过，自己选的路，就要自己承担后果。

刚感叹完若眉的人生方向，明兰很快便迎来了自己选择的路的后果——华兰带着如兰和允儿一道上门了。

其实，自那日康王氏被送进慎戒司，她身边的心腹又叫王老夫人处置了个干净，就没有继续瞒下去的必要了。长柏先通知了华兰，再着人通知刚从乡下回来的如兰，其次是住得稍远的长梧、允儿夫妇，墨兰嘛……就没有这个必要了（反正长枫夫妇也不知）。

当海氏委婉讲述经过时，华兰明显反应不过来，呆若木鸡，自己才七八日没来，怎么忽然天地骤变？！若自己更勤快地回娘家，是否此事就不会发生？老太太和生母也能免此一劫？

如兰当时就吓蒙了。她长这么大，想过最毒的计策不过是"若能叫墨兰吃堆狗屎该多好"之类，下毒杀人？她做梦也不敢想，生母居然就干了！不对，不对，是那该死的姨母！

最惨的是允儿，乍闻母亲教唆姨母下毒，要杀害夫家最崇敬的盛老太太，当时就昏倒了；好容易被掐人中醒来，又得知母亲已被送进那暗无天日、永世不能出来的慎戒司，她再度昏死过去。

长梧先急急地去探望叔祖母，见老太太已安然无恙，才松了口气，至于丈母娘嘛……说句不孝敬的，这老娘们儿还是早点儿消失，世界才清净。

华兰好容易回过神来，踩着风火轮杀进王氏屋里，气急败坏地数落了生母一通："……女儿跟你说多少回了，姨母对你没安好心！这种事你也敢信她？这回闯出大祸来了吧！我就不明白了，当年她抢了你女婿，您怎么这回不气了？"

王氏抽泣道："本来是气的，可后来我见如儿嫁得不坏，姑爷是个体贴人，小两口终日和和美美的，而元儿却跟佑哥儿水里火里，还三天两头受罚，我听你姨母常说元儿的糟心事，也就不气了，还觉着如儿没嫁过去好呢。"

如兰涨红了脸，大声道："姐！娘！你们说什么呢！哪壶不开提哪壶！"

这叫什么事！她渐渐懂事了，生母却又不着调了。

华兰痛心疾首："娘，那是姨母的伎俩，先叫你消了气，再慢慢哄你上当！姨母是什么人？咱们姐弟几个从不爱搭理她，不是为了康家势弱瞧不起她，而是姨母这人……"她词穷了半天，"长柏说得对，那就是个祸害！跟她近，就得倒霉！"

最后一句，叫刚进来的允儿几乎又昏过去。长梧扶着妻子来向王氏谢罪。王氏恨得牙根儿发痒，冷冷道："赶着那么个姐姐，已是我上辈子的孽，你这外甥女，我可当不起！"

允儿跪在地上哭泣，长梧只好陪着一起跪。

华兰忙过去扶起，又对母亲道："娘，看你！这跟允儿妹妹有什么干系，您就算不认外甥女，也得认侄媳妇呀！"这句话暗含利害，允儿多少也懂了，却不敢答应，只能伏地哭泣。

见事已至此，两个兰在王氏处磨不出什么花样来，她们转而去抚慰祖母病弱的身体，还有老爹盛纮"那受伤的心灵"——娶妻不淑，家门不幸，使他十分忧伤。

允儿则求到内务府，苦苦哀告，只求见母亲一面，结果……当然没有结果。

长梧暗盼：府吏们一定要公正严明呀。

允儿大哭一场，先去找父兄商量，得知如今内宅是苏姨娘当家，父亲冷冰冰的，根本不愿提及母亲；兄长满脸苦痛茫然，不知所措，亏得嫂嫂嫁妆不菲，母亲仅剩的嫁妆也被外祖母讨回，加上康晋的俸禄，哪怕康父翻脸，他也能自立。

想去求王家，然而外祖母病得不省人事，舅父忙着侍病床前，舅母态度鄙夷厌弃，几番推诿敷衍，最后，允儿只能抱着不可能的希望去了盛家。

因盛纮还在"忧伤"，允儿只好去见长柏，她也不知道该求些什么，放母亲出来吗？还是原谅母亲的丧心病狂？为人子女，她哪有的选。

谁知正遇上也在向长柏求情的华兰、如兰，她们并不在意康姨母是被关进关塔那摩还是集中营，但希望王氏莫受太大罪。结果……这次有结果了——

两姊妹被长柏从头到脚训了一遍，非但没替母亲争取到任何减刑，连她们在婆家的行为也一并受到提前警告，还被迫听了三四篇圣人云。

对自己的同胞姊妹尚且如此，对元凶之女自然客气不到哪里去，长柏直言道："若作为姨母之女而来，就什么也不必说了，只请出去；若是作为堂兄之妻，咱们还是一家人。"

允儿哭得伤心。不待她说什么，长柏又补上一句："我已写信回宥阳，将此中情由一并告知伯父伯母了。"

正在低头劝慰妻子的长梧傻了，允儿呆滞了，不过也不哭了。

直到回家，夫妻俩才揣摩明白长柏的潜台词：

敬爱的堂嫂康氏，您想被休吗？您想与儿女分离吗？那么请做出正确的选择，是要你那恶贯满盈并且已救不出来的妈，还是要自己幸福美满的小家庭？

"可她终究是我娘呀！"允儿怆然泪下。

长梧肃然道："岳母做出这等歹毒之事时，就该想到会累及儿女。"

然后，他严正申明立场：作为女婿，他虽然应该积极营救岳母，但盛老太太是大房的绝世恩人，所以，如果老婆非要继续纠缠不清的话，他也只能放弃一边了。

如此鸡飞狗跳了两日，允儿哭得两眼发干，再也流不出半滴眼泪来，而面对长柏的铁壁，两个兰也全然无法。王氏渐渐安静下来，开始接受现实。

此时，两姊妹才想到明兰来。

不是她们脑袋迟钝，而是在海氏的叙述中，刻意淡化明兰在此事中的存在和作用，仿佛一直奋战在第一线的是盛纮父子，明兰只是在旁愤怒。盛纮当然不会主动澄清，老母被害，自己却一直在打酱油，房妈妈等也不会多嘴。

而如兰听了翠屏的转述，不疑有他，只听海氏说明兰异常气愤，对康王氏恨之入骨。

这时，华兰才不安起来，她深知幼妹对祖母的感情，既然对首恶恨之入骨，那对帮凶王氏呢？因此才带了如兰和允儿一起上宁远侯府。

明兰一见了允儿，当即便皱起眉头。她本来蛮喜欢这个温柔善良的堂嫂，觉得歹竹出了好笋，可现在一见到她就想起康王氏，那股子恨意始终消退不了，便道："我们两房素来亲厚，堂嫂要来我这儿，我欢迎之至，只请堂嫂决计莫要提及令堂半个字。"

看着明兰寒霜般的神气，允儿含泪低头，羞愧得再不敢说话。她知道母亲罪孽深重，做儿女的，该尽的本分都尽了，其余的也不可再强求。

这边厢，如兰急不可待地说起王氏，口口声声说母亲受罚太重，这回明兰笑了："五姐姐该去找大哥说呀，太太这事实实在在是他一手定下的，连爹都没说上一句呢。"

这是实情。

说起长柏，如兰立刻默了，随即又燃起希望："不如……叫妹夫去跟大哥说说，侯爷位高权重，大哥哥总不好连他的情面也不卖吧。"

明兰沉吟片刻，道："五姐姐该先去跟老太太说，毕竟，被下毒至剩半条命，生死挣扎的是她。五姐姐可问问看，老太太现下如何看待想叫她大病不愈的太太。"

如兰彻底熄火了，她没这个脸。

听了这番话，华兰明了幼妹的态度，她的确暗怨王氏，但还不至于深恨，全因心疼老太太。

唉，罢了，只能叫母亲回老家好好思过了。

而且，说实话，其实，她暗暗也是同意长柏的决定的。

第一，母亲的确错了，该当受罚，不然祖母这罪受得太冤了；第二，将婆媳俩隔开，数年后再泣泪赔罪，才有捐弃前嫌的可能，总比面上好看，但经年累月地心底记恨强。

想明白这关口，华兰便不再啰唆什么，只含笑关切明兰的身孕，又拉如兰加入谈话，说说笑笑，扯些家常，尽量叫气氛和乐起来——她这个年纪，阅历深了，深切明白家族的力量，绝不能因为姨母的愚蠢疯狂，叫她们亲骨肉生了裂痕，让这个家散了。

当然，对外宣称必须统一口径：盛老太太骤然病倒，几日几夜昏迷不醒，儿媳王氏泣泪对佛祖发誓，倘若婆母能醒转，她愿到家庙茹素诵经数年。但老太太病根未除，遂随长孙去任上寻访那位隐医。

又过得几日，王氏起程之日已至，长柏于清朗的清晨给母亲送行，华兰和如兰互相依偎着含泪道别。王氏已泣不成声，长柏居然还道"早去早回"——十年啊十年，怎么早去早回呀？直把她气得咬碎一口银牙。

此后，盛府便由两个儿媳掌理，香姨娘专事料理盛纮起居，一概事务倒也井井有条。没了日常拌嘴吵架之人，身旁尽是温顺的侍妾，盛纮竟觉出几分寂寞来，某日，对长柏幽幽说了句："你娘本性不坏，这么多年来，我也有对不住她的地方。"

海氏来探望明兰，顺嘴溜了出来，明兰捂着帕子笑倒在榻上。

"老太太越发好了，现下能绕着池塘子走上半圈，一顿能添半碗饭。你哥哥说，照这么着，待他述职完，就能一道上任了。"

明兰笑道："这回，三个孩儿都带去吧？"

海氏眼睛一亮，这才是她最高兴之事，嘴里却道："你哥哥要给全哥儿启蒙，还要教闺女规矩，他说呀……呵呵，老人家养孩子，再明白的也难免宽纵了。"

明兰戏谑道："那是，谁及得上哥哥呀，他是娘胎里带来的老成持重！"

她深深同情长柏的孩子，有这么个爹，童年该多么悲催呀。待顾廷烨回来后，她就与他说了。谁知男人持相反意见，大掌摩挲着团子的脑袋："我早想过了，想来咱们儿子，若爱习武也就罢了，多少好手我都能寻来。可若想习文……还得交给舅兄。"

明兰大惊失色："你也下得了手？！"他又不是没见识过长柏的严厉，对自己亲妈也下得了手，手指都不用动，光斥责就叫人想跳河了。

顾廷烨把胖儿子扛在肩上，叹道："自己下不了手，才要叫别人下手。"

明兰："……"

此刻的热，独带了股闷，直叫人透不过气来，偏此时明兰用冰尤其得小心，叫她恨不能扯掉衣衫裹着才好。

如此炎热，孕妇已是难熬，产妇就更不容易了。

九月初，小沈氏终于分娩，痛苦一天一夜才产下个女儿，听说险些性命不保。明兰不方便去探望，倒是郑大夫人来过一趟，送来个红线缠的福件。

"这是几日前从广济寺求来的，一个给弟妹，盼她顺顺当当，后来听说你也有了，就也给你求了一个。"郑大夫人面色疲惫，无精打采，"不过，你不戴也成，我瞧也不甚灵验。"

"这话怎么说的？"

郑大夫人叹道："这回弟妹罪可受大了，太医说她落了病，以后不容易再有了。唉……她年纪轻轻的，这可怎么办才好？"

明兰默了半晌，劝道："大嫂子素来待我亲厚，今日我冒昧一句，您宽些心——兴许就是这福件，沈家姐姐才逃过一劫，也未可知。"

郑大夫人笃信佛法，叹道："罢了，就当命里该当这遭劫难。"她双手合十，低声道："这孩子打小父母缘浅，由兄嫂带大，如今只盼佛祖保佑，叫她儿女福泽厚些。"

遇到这种真正高尚人格、宽容仁善的好人，明兰反而不知该怎么劝了，讪讪了半晌，只好叫人把团哥儿抱出来放软榻上，表演一段 S 线蛤蟆步。

小胖子重心不稳，蹒跚几步，就"平沙落雁，屁股向下"。每回摔倒，胖墩就很气愤，用小肥爪子卖力地打软榻，然后站起来，摇摇晃晃地继续挪动，直把郑大夫人逗笑，抱着团哥儿狠狠亲了两口。以她平日不苟言笑的肃穆性子，实是难得了。

送走郑大夫人，明兰庆幸自己此时怀着身孕，否则去探望小沈氏时该说什么呢？

明兰摇扇叹息，她还是修行不够。

炎炎酷暑，蓉、娴两人早开始夏休了，每旬只须上一两日学，明兰此刻闲暇，就教她俩学些家务，没得变成第二、第三个顾廷灿，只知清高，却不会持家。

从府库里寻出几本陈年老账簿，拣三四本采买粮食的，叫两个女孩换着看，却不许互通消息，十数日后到明兰跟前交成绩。娴姐儿看出五处错，蓉姐儿却瞧出十八处。

明兰一边摇着美人扇，一边鼓励她俩畅所欲言。

蓉姐儿先说，将那十八处错一一指明："……因庄上会送粮来，是以府里每年向外头买粮不过两三回，可这账上写的，每回都比上回贵，若说春夏节气不同才致贵贱之分，可我比对了那几年的，便是同样月份，也是回回比上回贵的，这里头分明有鬼！"

她越说越气，似恨不得把那几个污了银钱的下人捉起来打一顿。

娴姐儿第二个说，小姑娘微微而笑："我觉着，持家不该过严，若锱铢见罚，连散碎银子都不放，怕会因小失大。不过……"她脸上红了红，"我比对了附册，瞧见那几年'涝灾粮贵'，我听人说，'涝灾害三年'，大约是这个缘故吧。"

蓉姐儿当即红了脸："我……我也看了附册，见到处都写着种种艰难，总是推诿之词，我觉着有假……"

"那你们可有求证？"明兰微笑道。

两个女孩一齐摇头，几十年前的老皇历，怎么求证呀？

"那好，再给你们几日，看看能否查出些什么来。"

蓉、娴两人面面相觑，只好迈步出门。又过了十数日，两人兴冲冲地奔来寻明兰。

娴姐儿先开口，额头亮晶晶的汗珠也来不及擦："我找到后院一个洒扫的老嬷嬷，她家里原是京畿周遭务农的。她说，那时候天下风调雨顺得很，她自小就有馒头吃，反是到了三十多岁时遭了灾，才拖儿带女地被卖入府中。"

蓉姐儿也是满脸兴奋："我从薛先生那儿借到一本年录，上头写着，那几年虽风调雨顺、百姓丰足，可那年武皇帝要用兵，急征粮草，是以京畿乃至周边的粮价俱是涨了许多，可第二年，武皇帝大胜归来，粮价又回去了。"

明兰笑着叫她们坐下，又叫小桃倒茶。

"也就是说，这年的粮价比去年高是应当的。"娴姐儿翻着脆皮般摇摇欲坠的老账簿，"可后来那几年，明明天下太平、五谷丰登，却也年年攀升粮价，的确不对。"

蓉姐儿喝了口茶，差点儿被烫到，结巴道："我们觉着，是这……这位管事办差年数多了，一开始还诚实，可后来得了主子信任，少了顾忌。"

结论：即便是用惯了的老人，主子也要时时督查，否则易生蛀虫。

明兰十分赞赏这份答卷，连连鼓掌："吾家有女，已非昨日无知孩童了！好，说得好！"

两个女孩被夸得心里甜甜的，红脸低头，又骄傲又得意。

明兰叫小桃捧出早备好的两支钗叫她们挑：一支赤金红宝，垂坠数颗大明珠，莹润叮咚，光华四射；一支通体白玉，温润明净，只顶端嵌了颗指头大的绿宝，莹莹碧芒璀璨。

这两件珍宝一出，屋内瞬间光耀起来，两个女孩吃惊地呆在那里。

明兰以前也常给她们小首饰佩戴，像小耳坠、小戒指之类，大多是给女孩日常戴着玩的，然此刻两件珍奇，实是太贵重了。

娴姐儿先反应过来，赶紧推托；蓉姐儿涨红了脸，死活不要。明兰温言劝了半天，她们才扭扭捏捏地上前，又互相推让。最后，娴姐儿拿了那支白玉绿宝石的，蓉姐儿就要了那支赤金红宝的。当晚，两个女孩在明兰处用饭，还喝了好些果酿，然后红着脸颊，捧着奖品，乐悠悠地各自回屋了。

邵氏甫见那支白玉钗，当即吓了一跳，对着灯火细细看了，喃喃道："……这是稀罕的好东西。"便是亡夫留下的财物中，也鲜少有能与之媲美的。

娴姐儿喜滋滋道："姊姊说，我俩都是好孩子，不但用心读书，还聪明好学。"她颇有一种"这是我靠自己本事赢来的"自豪。

邵氏沉吟许久，忽道："看来你姊姊是要给蓉姐儿寻婆家了……也是，大姑娘了嘛，不好只给她一个，是以也没落下你。"

娴姐儿捧着热热的小脸蛋，呆了半天，大声道："哎呀，娘，你又来了！老胡思乱想！"

邵氏搂过女儿，慈爱温柔道："你这傻孩子，你是不知道，当初你爹对你二叔……不大好，你爹过世前，娘只担心你二叔迁怒。"

"我瞧二叔挺好的。"娴姐儿靠在母亲的怀里。

邵氏点着女儿的小鼻子，笑话道："才吃了一顿饭，就觉着二叔好了？"

"今晚二叔不在，他去郑家吃满月酒了。"

邵氏摇头道："谁知道他心里是否还记恨你爹。不过，你姊姊还算厚道……"

母女俩相拥了片刻，娴姐儿抬起脑袋："娘，姊姊真要给蓉姐儿找婆家了吗？"她实在舍不得，要是蓉姐儿出嫁了，就只剩她一个了。

邵氏笑道："这哪知道？娘素来没什么见识，兴许又错了，真是想多了也没准儿。"

不过，这回邵氏却是猜中了。

辰时的梆子刚敲起，顾廷烨带着淡香的酒气从外头回来，也不知受了什么刺激，对着明兰的肚皮开始胡言乱语。

"……郑家那闺女生得倒不错，就是弱了些，眼睛都睁不开，不像咱们儿子，当初满月时，对着满桌凶神恶煞的大老粗一点儿都不怕，还挠了老耿一把，呵呵……"

顾廷烨把手按在明兰的肚皮上，气息不稳地发出一阵笑声："这胎咱们生个女儿吧，要白白的、小小的，要大眼睛，嘴角还要长一对笑窝……"他手指点着明兰嘴角的笑窝，"乖巧漂亮一些，别跟那臭小子似的，闹起来没完……但也不能太老实了……"

明兰听他说了半天傻话，心里直想翻白眼儿，知道的是傻爸爸在展望女儿，不知道的还以为他在淘宝购物呢，要求也忒具体全面了。

"……将来，老子要好好挑女婿，若是学武，要勇冠三军！若是学文嘛……"顾廷烨对文化造诣的标准不大清楚，光一个"才高八斗"无法满足他，最后想起符学勤的某句话，大发豪情道，"要三元及第！否则，休想娶我闺女！"

明兰险些一口茶水喷出来，一只手拍桌，一只手去扯男人的耳朵，叫道："醒醒吧，他爹，开国至今，三元及第统共出过俩（还都是中年人），你想让女儿等到哪年哪月呀！"

顾廷烨揉揉耳朵，很大方地笑道："那就前三名，不计状元、榜眼、探花哪个，大概齐……也能接受。"

"要不是个闺女呢？"明兰已经无力了，"或长得不好看，是个无盐？"

"这怎么可能？"

"有什么不可能？段夫人好看吧，她那二丫头……啧啧……"段氏夫妇都模样端庄，谁知他们闺女净挑辁的长了。

顾廷烨酒都吓醒了——不会吧？不要呀！

"好啦，说正事了……本不想这会儿说的，既然侯爷提了，就说了吧。"明兰用力摇晃他，"您那小闺女现下还不知在哪儿呢，倒是您的大闺女该操心了。"

"……蓉姐儿？"过了半晌，顾廷烨才反应过来，"她才几岁呀。"

"现下十一岁，过年就十二了。"明兰腹诽，刚才说得天花乱坠的那个"白白小小、眼睛大大的女儿"又几岁？

顾廷烨怔了好一会儿："那也……有些早吧？"

"早什么！你以为女婿是后园种的菜呀，啥时想要了，啥时就去拔一棵？"明兰吐槽，"好亲家难找着呢，没个几年成吗？"

她一脸媒婆相地掰着手指："现下物色起来，几年后才能定下，再备嫁，过六礼，这还是嫁得近的；若远嫁呢？怎么也要去看看婆家到底怎样呀……"

尤其蓉姐儿出身尴尬，索性是个婢生女反倒简单，偏偏这么不上不下的，要找到合适的人家，难度更高。

"……你能这样为她着想，我自叹弗如。"顾廷烨很诚实地说出心里话。

明兰低声道："哪怕是祖母身中剧毒之时，我也从来没想过要拿姨母的儿女怎么样。"迁罪不符合最基本的法律精神，哪怕现在她记得的条文已所剩无几。

"那么，此事该怎么办？请夫人示下。"顾廷烨拱手请教，笑如春风。

明兰精神大振。孕期无聊，平日闲得都快长毛了。

她从床边拿出几张纸，抖擞地念道："也没什么难的。你去同僚家里吃酒，或校场上比武，再不然沙盘边布阵，抑或是风闻亲友家里有出色的后生，多留些心就是。

"那种手起刀落、杀人如麻又面不改色的，决计不要！要么就练到收发自如，亢龙有悔，要么索性找个不会武的，那种学得半吊子，将来打起媳妇来，一定没轻没重！

"身体一定要好，年轻轻守寡可不成。不是说壮如牛就好，你要多看看人家的身段，多摸摸骨骼，多问问人家长辈老人长寿不？

"家世要不高不低，太高了嫁过去受罪，太低了委屈，具体尺度侯爷看着办吧，运用之妙，存乎一心。

"家中最好人口简单些，但若人多，就一定要门风好，家人和睦，一团和气，居家过日子，最要紧就是和气。

"书生尤其要打听清楚，仗义每多屠狗辈，负心最是读书人，别看一个个温良恭俭让，谁知道肚里什么坏水。那种稍得了些功名就不可一世的，最是可恨！喀喀，侯爷不知道，我原先有个极不堪的堂姐夫……算了，不说他了！

"库里还有两坛子竹叶青，刘正杰大人不是喜欢吗？回头送过去，麻烦他帮着查查底细，别是个骗婚的陈世美，家中已有糟糠……"

"夫人，可说完了吗？"顾廷烨望着满面红光、兴奋莫名的妻子。

"呃，这个……还有一点点，大约三大点、九小节。"

顾廷烨好笑："夫人慢慢说，要不先喝口茶？"

明兰推开茶杯，声声铿锵有力："绝不能像廷灿妹子那样，自觉奇货可居，就掉以轻心，安坐钓鱼台，要戒骄戒躁！世事无常，不到拜天地那刻都保不齐。要多方查探，多物色人选，这个不行还有旁的可补上。家世门风、公婆妯娌、人品才学，哪个也不是一天就能查清楚的……所以要早作打算！嫁女儿，头一个出错了，下面几个丫头还好得了？所谓首战告捷，方能一鼓作气，百战百胜！"

顾廷烨："……"

金风起，食蟹时，往年这时候，明兰早捧着醋盏等菊蟹上笼了，然此时她怀着身孕，自然又被禁了。崔妈妈板着面孔："蟹性属寒，夫人不要吃了。"

明兰不无忧伤："……这世上，凡属好吃的，非是阴寒就是甘热，再不然或燥或湿，能叫妈妈放心的吃食，都跟嚼蜡似的。可见老天造物，实是特来为难人的。"

崔妈妈耐着性子哄她："好个贪嘴的，仔细叫肚里的哥儿听了，回头怨你！"和顾廷烨不同，打一开始，她就认定明兰这胎怀的还是男孩。

哪那么容易！想及那黄艳艳、香气四溢的肥满蟹膏，明兰只觉得肚里有只猫在挠，想怀胖团子那会儿，"老白花"虎视眈眈，她什么都不敢随意吃，日夜心惊胆战，倒也不觉着难受。

顾廷烨因见她难受，索性下令全府皆不许食蟹，还道，若叫夫人闻着一星半点儿，勾了馋虫，仔细叫侯爷捆起手脚上笼蒸了。

明兰直笑得滚倒在炕上。团哥儿见母亲滚来滚去有趣，张开胖乎乎的小手扭过去要扑，半道叫父亲整个儿举到背上后，然后放了手，胖团子只好吭哧吭哧地练攀爬。

顾廷烨才说了半句："要不咱们吃点儿蟹的夹子肉？"恰叫刚端炖盅进来的崔妈妈听见了，他忙轻咳一声，"当然，最好还是别吃。"

见男人这番作势，明兰乐不可支，心中觉得可爱，趁无人时搂着他的脖子用力亲了两口。胖团子有样学样，也扑到父亲怀里，噗嘟噗嘟涂了他爹半脸口水。

顾廷烨擦脸骂道："傻小子，这都不会！"

他拽过儿子，在小脸上亲两下以做示范。可惜胖团子没领会精神，只多使几分傻力气，努力用米粒小白牙在亲爹脸上啃出几个坑坑洼洼的牙印来，然后拍手笑看爹娘。

明兰支持不住，趴在炕沿上狂笑。

顾廷烨又好气又好笑，轻拍儿子几下屁股，瞪眼道："只会笑！你也是当妈的，不会说两句吗？"明兰抖笑："这小子，怎么恁傻呢？"顾廷烨又不乐意了："不能说些好听的？"

明兰立刻道："你儿子牙口不错，这么皮糙肉厚的老粗爹也能啃动。"

……

凉意渐起，虽不能吃蟹，明兰的日子终归慢慢舒适起来。秋高气爽，正是游人出行的好日子，十月上旬，顾廷烨夫妇先送走了五房叔父——

五老太爷意气风发，学古人赋诗一首，还倒了半坛子钱行酒在土里。他决意此去定要在书院做出些样子来，五老太太却萎靡不振，眼圈红肿。

事后，煊大太太告诉明兰，她小闺女的乳母听她三儿子在五房当差的妻妹说，五老太太原先抵死不肯离京，可五叔父断然不肯。五老太太撒泼，说不想活了，反惹得五叔父勃然大怒——"便是抬着棺材，你也得上路！"

自顾廷炀死后，顾廷狄夫妇对五老太太严重不满，明兰疑心这消息是他们暗中传的。

送别场面喜气洋洋，尤其红光满面的是四老太太，对明兰十分和蔼，关怀备至，还拉她到家里吃茶。明兰推辞不过，又想回家顺路，便跟着去了。

当着明兰的面，四老太太叫刘姨娘倒茶端水，伺候摇扇汗巾，真是好不得意。煊大太太在旁苦笑，却也无意阻拦。

刘姨娘早不复当年脂粉徐娘的模样，此时老态毕露，刚抱怨两句，四老太太便道："姨娘若不愿在这儿伺候，不如就去西北，廷炳那孩子孤零零的，也好有个照料。"

刘姨娘想主母再难伺候，也胜于西北苦寒，自己这条老命宝贝，不愿去那儿受罪，遂不敢跟四老太太顶嘴，却不住哀求明兰请顾廷烨多照看儿子。

明兰扯动嘴角，很想请她去余嬷红坟前三日游——不要随便给人戴绿帽。

一入中旬，吏部于官员一应考绩任免俱下，王舅父果然外任江南，全家率先离京，盛纮和长柏父子去相送。华兰本想拉如兰同去送行，结果前所未有地反被如兰说服了。

"娘是怎么说的，外祖母为保住姨母宁可叫她上公堂！哼，明明是姨母歹毒，既害了老太太，又栽赃娘，外祖母还想囹圄。父亲、哥哥去，是礼数，咱们是出门子的，去什么去！外祖母是非不分，全不顾盛家脸面，咱们还笑模笑样地去安泰外祖母，娘也太冤了！真叫人当咱们没半点儿气性了？"

想原先好端端的娘家，如今家人离散，华兰也动了气。外祖母虽是长辈，可王氏更是亲娘，如今已开始服刑了呢——是以，最后两姊妹都没去。

不过，这日最稀奇之处是墨兰去了。

老太太骤病，王氏回老家为婆母祈福邀寿，这话骗骗外人还成，墨兰深知王氏秉性，当即觉出此事反常至极，加之又闻长柏将带老太太赴任，她立知娘家是生出事故了。

偏到处说不出个所以然，长枫是一问三不知（他是真不清楚内情），柳氏更是滑不溜秋，几个姊妹则问都不必问了。

急得墨兰抓耳挠腮，只好叫身边人以银钱勾着盛府下人说些情形，来回扯皮近一个月，也只问出老太太骤病那日，明兰兵围盛宅，还抓捕拷打了些人（长枫听到过惨叫声，却不知是什么人），最后说是王氏身边的钱妈妈里通外鬼，图谋主家财物，将老太太惊吓致病，惹得盛纮和明兰大怒，遂封府查问。

另康家姨母最近也重病不起，叫送去庄上养病了，可究竟是哪处庄子又无从得知。她身边的心腹也大多叫送去伺候，连主子带奴仆，就此无声无息地消失了。

综上种种，墨兰明知里头有猫腻，却止步于此，再查探不出更多来。

这日，送走了王家人，墨兰依旧不曾从王舅母身上问出半句话，无奈之下，只得一径乖巧孝顺地陪同父亲说话回府，直至陪到书房，旁敲侧击地问着。

"……爹爹，女儿听下头人说，祖母得病那日，六妹妹忽地叫侯府侍卫将家中团团围住，这是怎么回事呀？"

盛纮叹口气，嘴里自动流出标准答案："家里出了内鬼，居然勾结外头贼人行窃，把老太太给吓得不轻。因怕贼人消弭罪证、逃之夭夭，索性将府里围住了。"

墨兰憋得吐血——居然也是这套答案。她咬唇道："我还听说，六妹妹手下人在家中拷打审问呢，这……"

"唉，说来伤了人和，可为着查问贼人，叫老太太安心，也顾不得了。"

墨兰几番探测，均无功而返，她急急道："爹爹，捉个家贼罢了，哪用得着出动侯府侍卫，咱家家丁尽够了。六妹妹作为，实在……还有康姨妈……"

盛纮陡生警觉，冷电般的目光刺过去："你想问什么？家里遭贼，惊吓了老太太，我和你妹子急慌了手脚，非要查出内贼不可，是以行事有些不妥——你究竟想知道什么？"

墨兰看向父亲的目光瑟缩了下，又鼓起勇气，含泪道："爹爹，此事明明有内情，外头人不知，女儿还能不知吗？如今姊妹几个都知道，只我不知，全家无人肯告诉我，难道女儿不姓盛？女儿不是爹爹的骨肉？非要这般防着、瞒着……"说着，她泣不成声，泪珠簌簌而下，"女儿知道婚嫁时，叫爹爹不痛快，可到底血脉相连，女儿也担忧祖母，也担忧爹爹。这回家里出了事，女儿忧思终日，茶不思，饭不想，兄弟姊妹都知道，为何女儿不能知道？女儿就这般不堪吗……"

盛纮见她哭得伤心，一声声诉说在理，不由得心软，正想开口，忽记起长子的话——"此事多一人知道，就多一份风险，自来人心难测，况内宅妇人多不识大局，不知轻重。华兰、如兰为生母声誉，六妹妹在此事中多有不妥举措，她们都不会多说半字。可旁人就难说了……"

长柏虽未提谁，但盛纮心中清楚，除了利益相关的核心几人，哪怕是骨肉至亲，也别叫知道内情才好，尤其是林氏所出的几个，倘若因些小家子心思而伤及盛家名声，到时悔之莫及。

"此中并无什么内情，是你多想了。"盛纮神色冷淡，"你口口声声说姊妹如何，倒不想想，现下你们几个姊妹中，唯独你还未有子息。"

墨兰正哭得投入，冷不防叫刺中痛处，呆呆地瞪大泪眼："爹爹……你怎么……"

"为父三子四女，除了最小的长栋，如今都已开花结果。不论你哥哥、嫂嫂，还是几位姑爷，都算夫妻恩爱，只你一个，三天两头家室不宁。你成婚至今，数载未育，四姑爷内宠再多，你再愤愤不平，谁又能说什么？"

墨兰满脸泪水，尖尖叫了一声："爹……"

"你大姐贤淑敦厚，你大姐夫敬爱有加，五丫头两口子也和和美美，更别说顾侯对六丫头千依百顺。一父所出，你怎不跟姊妹们比比相夫教子？整日打听飞短流长，是何礼数？！"

盛纮到底混迹官场多年，若真存心，也能字字如剑、言语如刀，叫对手挡无可挡："自家已乱成这样，你还有工夫管娘家之事？舍本逐末，不知所谓！"

墨兰没承想不过打听几句话，竟招来父亲这么厉害的一通斥责，直被骂得颜面无光，羞愧得难以言说，胸口愤怒直欲炸裂。她捂脸哭泣奔出门去，刚走出几步，想及叫下人瞧见了丢人，只得生生忍住，抹干泪水后低头而行。

因有这一遭，是以三日后长柏出行，她也未来送。

长枫讪讪傻笑，歉然道："妹妹说，这个梁府……家中有事，走不开……"

盛老太太面色不豫，盛纮拍腿叹气，都不敢看嫡母一眼，长柏倒沉静依旧。

"欸，无妨，四妹妹有难处，家里谁还能不体谅？"华兰又转头道："五妹妹倒叫我吓了一跳，我还当你今日来不了呢。听说五妹夫外任遥远，你们怎么还不出行？"

如兰等这句问候很久了，当即爱娇地扶着老太太："谁说不是？原本前几日就该走的，可相公说了，老太太今日出行，咱们做小辈的宁可到时路上赶一些，晚几日出门，也要送祖母一送，才是孝道。"

盛纮大长脸面，笑叹道："姑爷说得有理。"

盛老太太也笑出了声，拧了如兰鼻子一把："姑爷是好姑爷，就是你这丫头，可恶！敢情姑爷不说，你就先走了？"

如兰"哎哟"一声，扭着撒娇："祖母真是的，硬要拧了人家的好意！"

众人大笑。

临行在即，盛老太太见明兰站在那里笑得天真傻气，怎么想也不放心，瞅空拎着小孙女的耳朵躲到一旁，叮嘱道："傻丫头，祖母这就走了，你平日要多听多看，谦恭自省，别没心没肺的，叫人诓了还不知！"

明兰乐呵呵道："我知道，我知道。问问康姨妈，谁诓谁还不知道呢。"

"知道什么！"老太太怒道，扯着她的耳朵，"听说最近因你吃不得蟹，姑爷就不许全府的人吃蟹，那你寡嫂还有侄女呢？她如今一心守节，全不出门，更不能怠慢人家饮食。叫外头知道这事，要怪你们两口子苛待寡嫂的！"

明兰捂着耳朵，暗骂崔妈妈又当了耳报神，嘴里哀哀道："孙女哪那么不通情理！早送去了好几篓青壳蟹，个顶个都有祖母你那紫檀木鱼那么大！"

"罪过！罪过！你个该打嘴的小冤家，拿荤腥之物去比佛器，不怕佛祖劈死你！"

明兰本来想说"管劈人的是雷公电母，神仙各司其职，佛祖不管这一摊"，奈何耳垂被扯得疼痛，只好连连念佛赔罪。

盛老太太松开手，长舒一口气，道："人言可畏，你要处处小心，别叫人拿了话柄。"然后又絮叨叮咛咐了好些日常事项，明兰险些点头成啄木鸟。

众人分别，犹自说个不停，长柏催了三回，一行女眷、孩童才陆续上了车马，后头是行李和随行众人，足有十数辆之多。望着老太太临上车前的笑脸，明兰知道祖母心中欢喜，一辈子困在屋檐下憋屈，如今天高海阔、无拘无束，岂不开怀？

目送老母、长子离去，盛府陡然空了一半，盛纮不禁再度感怀寂寥（上次是送走王氏）。长枫见父亲叹息，便提议兄妹几个一道吃饭。华兰当即响应，拍掌而笑："姑爷们要当差，只要爹爹不嫌弃咱们几个是丫头，便陪爹爹吃几杯酒！"

明兰笑道："这个好！我虽吃不得酒，但也愿作陪。过几日五姐夫得起程了，这几日五姐姐要忙于打点行装人手，下回不知要何时才能团聚吃酒，不如趁着今日？"

如兰忙摇手道："吃酒可以，醉死了叫扛回去都成，就是别来那什么诗呀干呀的！"

盛纮不禁莞尔，抚须大笑："好好好！"

柳氏见状，笑着下去安排。

她先叫婆子在偏厅上首摆一张高翘凤首的条桌，两边是四张小方桌，再取食盒、汤盅、饭笼若干，各桌摆放的攒花图形均不同，首桌餐器最大，余下次之。

一个管事婆子见了，就笑道："奶奶这是要上分食宴，摆铃兰桌了。"

柳氏笑笑。她不是长枫，一味顾酒脱高兴，她想，虽是父兄姊妹、骨肉血亲，但席面上要吃酒，没得推杯换盏，还是避忌些好。果然，盛纮入席后，见厅堂阔朗，下方两边儿女整齐，既气派又热闹，十分高兴，冲长枫赞了句："你媳妇是个贤惠的，你不许淘气胡闹。"

这话叫随侍的媳妇婆子一路传过去，柳氏在屋里听了，不过笑笑便罢，叫丫鬟打发传话的人一把铜钱。她身边的乳母喜上眉梢："不枉奶奶累了半天，到这会儿还没吃上口饭呢。"

柳氏疲惫地挨着炕沿坐下："有什么法子，若相公有大哥那般本事，安置得处处妥当，我也愿学大嫂嫂恬淡，何必操这个心。"

乳母叹道："姑爷好是好，就是孩子性了些，不知家计艰难。"

柳氏端起炕几上的饭碗，恹恹地拨动饭粒："像这回，这么大事，大哥何等能耐威势，从王家老夫人到咱们老爷，还是长辈呢，都叫拿捏住了。瞧吧，以后祖母那些银子古董、店铺田庄，百年后都是大哥那房的。"

乳母持汤匙舀汤，迟疑道："……老太太……不会这般偏心吧？"

"我若是她，我也偏心。"柳氏苦笑道，"本就不是亲的，大哥好歹养过一阵，还占着长子嫡孙，这回又至诚至孝，干吗不能全给？还有太太的体己、大嫂的嫁妆，大哥那房……爹娘给我再多，又如何比得了？"

"奶奶先喝些汤，这是上好的当归乳鸽熬的。"乳母将汤碗递到柳氏手中，忍不住道，"唉，到底是庶出的，没法跟大爷比。不过，老爷倒更喜欢姑爷呢。"

柳氏浅啜了几口，放下："也只能如此了，一文钱难死英雄汉，只盼老爷瞧大哥丰裕，咱们艰难，将来能多分些……可……还有一个栋哥儿呢。"

乳母无话可劝，过半晌，才道："我瞧大爷、大奶奶都是宽厚的，将来不至于苛待庶弟。"

柳氏轻笑，持箸顿在碗中："真说起来，这家几位姑奶奶也都不是刻薄小气的……只除了我那嫡亲小姑子！"又叹息，"我也不贪心，不该我的，我半点儿不惦记。老天垂怜，念我姻缘不易，叫相公用功进学，将来咱们自己挣下家业。"

乳母也笑起来："是是，这才是正理。咱家老爷当初不也说，那些面上风光的世家，大多内里污糟烦琐，奶奶进去了白受罪，还没的喊冤。盛家门风清白，规矩简单，儿孙多守礼出息，媳妇反倒好过呢。不过……"

她脸色忽地一敛，低低道："姑爷没心算，您可不能不防着些呀。我近日瞧着，婉儿那丫头，像是有了，奶奶如今可只有一个姐儿呀，咱们要不要……"

柳氏不动声色，淡淡道："我已知道了，不必我们动手……这回，叫那起子不安分的贱人瞧瞧，肚里多块肉，能否就顶上天了！"

乳母见她已有打算就放心了，正要劝多吃几口，门外忽有丫鬟急急奔来，进门来跪下，禀道："奶奶……适才门房来传，六姑奶奶府里来人，说……说六姑爷使人来说，赶紧告诉六姑奶奶和老爷，四姑奶奶的公爹，他……他……没了……"

饶柳氏伶俐，一时也被一堆姑爷、姑奶奶的绕晕了，思忖片刻，才道："可是永昌侯府，梁府的亲家老爷？"

那小丫鬟有些傻眼，恍了下神后，赶紧点头。

柳氏愣住，喃喃道："这下四妹妹是真的'家中有事了'……"

第五十七回 · 别后琐事

这消息把众人都唬得不轻，大家顿时没了吃酒的心。

盛纮怔忡叹息，长枫叹道"四妹妹真是命苦"，明兰暗吐槽"死的是公公又不是老公"，如兰凑到长姐耳边，嘀咕道："原来四姐姐这回没诓人。"华兰看了胞妹一眼，倒觉着是墨兰乌鸦嘴，原本只是托词，没想一语成谶。

众人见此情形，匆匆散了筵席，各自回去。回府后，明兰寻郝管事来问："永昌侯过世之事，怎么是由侯爷来告知咱们的？"

郝大成擦了把汗，站在亭廊外头回话："禀夫人，是顾禄奔回来说的，又叫我着人去亲家府上报与夫人听。之后，小禄子道侯爷还有旁的差事，便急慌慌地跑去别处了。至于其中内情如何，小的委实不知。"

明兰左手按在椅子扶手上，轻轻拍着，沉吟不语。

郝大成试探着，小心问道："这个……夫人，是否预备梁府的丧仪？"

明兰苦笑一声："人家一没敲云板，二没发丧，咱们怎好上赶着去吊唁（又不是讨打）……不过，侯爷不会出这种差错，定是实情无疑，你先预备起来也好。嗯，比照炀大爷添两成即可。对了，不知梁府是否路祭，若是，咱们免不了要凑几个纸人，你上些心。"

郝大成无有不应的，随后恭敬下去。

想及梁夫人的岁数，永昌侯应当不到五十岁才对，怎的说没就没了呢？最稀奇的，居然还是丈夫最早来报信，难道……梁老侯爷并非善终？

明兰满肚子疑惑，几番猜测终不得结论，直到夜里顾廷烨回屋，才明白来龙去脉。

"你没见着，今儿校场上真是乱作一团。"

男人似是上顿没吃，就着热腾腾的葱爆羊肉和干虾菇白菜汤，一气扒了两大碗饭，拿巾子擦手，问过盛老太太一行起程可好，才缓缓与明兰说起今日之事。

自今上继位后，梁老侯爷一直欲表忠心，可武将不同文官，平日无兵无灾，哪有机会。此番见皇帝整军心切，梁老侯爷便日夜切心实干，操演整备，无一日消闲。

今日难得皇帝亲往西郊大营，梁老侯爷哪肯错过这露脸机会，强忍身子不适，跨马着盔，亲自上沙场演练军阵。正在血气酣畅时，众将领只见梁老侯爷捂头晃了晃，又揪了揪胸口，似是头晕心痛，然后自马上跌落，场面乱作一团，未等太医赶到，梁老侯爷已断了气。

后听太医言道，梁老侯爷暴毙，应是劳累加心疾。

不会是脑血栓加心脏病吧？明兰默了片刻，道："如此公忠体国，皇上会有荣抚吧？"

顾廷烨点点头，又摇了下头："刀兵之事，最讲兆头，皇上今日本在兴头上，却叫当头泼了瓢凉水……荣抚嘛，总是有的，但圣上心里未必高兴。"

明兰一转念，正觉是此理。

就好像老板辛苦了大半年，兴冲冲地要开分店，黄道吉日挑好了，明星大牌也请好了，谁知开张剪彩当日，老板剪子还没下去，某老员工就因过劳当场倒毙。

怎一个晦气了得！老板一定很郁闷：老梁你勤恳苦干是好的，但身体不好就不要出来了嘛，我又没逼你非要来参加开张仪式，闹得我好像多刻薄剥削似的。

很悲哀，也很现实。

她点点头，又问："那梁府的爵位呢？我听闻，梁府大爷……嗯，十分出挑了得。"

"不会。定是老侯爷的嫡长子袭爵。"

明兰笑道："侯爷怎这般笃定？"

顾廷烨叹道："一来嫡庶有别；二来……呵呵，你以为梁老侯爷为甚这般拼命？"

明兰匪夷所思："难道是为了嫡子？"那干吗迟迟不立世子，跟老婆闹别扭？

顾廷烨微笑，端起茶碗："梁家老大羽翼已成，在外头的人面比他老子还广，梁老侯爷不是为嫡子又是为谁？皇上岂能不知？唉，梁家老二我见过，人倒是温文和善，可惜……"

他摇摇头，未再说下去。

明兰心头不忍，叹道："'功名利禄'这四字，真像是钢刀一把，悬于世人头上。"

顾廷烨嘴角弯起，故意道："为着妻儿安稳，便是我，哪怕刀口挣命，也会如此的。"然后炯炯有神地望着她，满怀期待地等妻子的反应。

谁知明兰摇头道："此言差矣。若没梁老侯爷起先的一力栽培，梁家大爷焉能有今日？嫡弱庶强，还不早早请立世子？到来不及时才急得拼老命，老侯爷难道没有错？"

然后，她加倍炯炯有神地望回去，似笑非笑："说起来，咱们团哥儿也有位庶出兄长呢。"

顾廷烨摇头苦笑。他本想哄明兰高兴感动一把，谁知这小女子狡猾如狐，兼学得二师兄绝招，平生擅长倒打一把。

"团哥儿没有兄长，你是知道的。"

据看管那边的人说，昌哥儿依旧孱弱，曼娘也依旧不思督促儿子读书习武，只紧张兮兮地把昌哥儿箍在身边，整日寸步不离，连邻舍孩童都不让轻易近，快将儿子养成小姑娘了。

他摇头之余，也觉着放心。

他当初就是有此顾忌，才早早设计好叫昌哥儿索性当个田舍翁算了。

因此，他非但未将昌哥儿写入族谱，还找郑大将军和段成潜陪同作保（这两人较稳重靠谱），到宗人府出具了文书，言明他的确有个外室之子，不过是年少妄为，其母卑贱，顾廷烨不堪宗族受辱，已将母子二人做了妥善安排，叫他们衣食无忧，昌哥儿将来不得以顾氏子孙自居，也不能分到侯府和父亲的半分产业——类似于提早逐出家门。

彻底断了一切后路，免得各种状况——或说顾侯不知有亲子流落天涯；或说顾侯其实心中惦记，只是苦寻不到；或说明兰妒忌，阻隔父子相认等废话。

明兰自知这番布置，她站起抱着丈夫的脑袋亲了一口，低低道："我知道侯爷为着我们母子做了好些事。"

总不能杀掉昌哥儿吧，这年纪的孩子早记事了（曼娘的灌输），哪怕养在别人家里，也难免会有人为牟利而撺掇昌哥儿来胡搅蛮缠。若其时父母已逝，团哥儿岂不头痛？

她又亲了口在他鼻梁上："梁老侯爷虽用心可悯，可在我瞧来，侯爷比他强多了。"想了想，又补充一句，"还有，你不要掉下马去，要多吃蔬菜，少饮酒吃肉。"

顾廷烨摸摸自己的鼻子，拉低明兰的脑袋，咬了她的小鼻子一口，眉角含笑："又来胡说八道，吃素与骑马有什么相干？"

明兰正色道："酒肉吃多了，马会生气。"

顾廷烨摸着她微凸起的肚腹，然后手掌慢慢往上。因怀孕之故，明兰身体日渐丰柔，触手尽是软绵绵的。他咬着她的耳垂，呵出热气："戒酒戒肉，那戒不戒色？"

明兰脸上热乎乎的，耳畔烫得要命，又觉察出他身子发硬，扭捏道："那个……最好也戒了。"

危及福利，男人当即翻脸，一脸讨债相："你少装蒜，不是早过了头三个月吗？都戒了，还不如出家当和尚呢！怀团哥儿时，又不是没有过。"

隔了两日，梁府才使人来报丧。

此时，恰如兰早半日和夫婿起程了，而明兰有了身子，与白事相冲，光明正大地不用去了。姐妹中只有华兰能过去意思下，其余多由墨兰的正牌嫂子柳氏张罗。

其间，柳氏不但礼数周到，还温文关怀，很有分寸地帮着亲家料理了些琐碎事，连国舅府前去吊唁，张氏回来都夸柳氏。

"……我娘说，表姑姑素少夸人的，这回也赞你三嫂嫂好呢。"张氏带儿子来串门，还拿了好些温补的药食来，笑着观望明兰的肚皮，直道，定是个男胎。

明兰笑道："我今日才知梁府二奶奶是你表姑姑，她是我四姐的嫂嫂，岂非乱了辈分？"

张氏摆手道："我家亲戚多，姑娘出嫁后大多浑叫的，表姑姑和我娘熟，我却没多见。"

"那就好，我还忧心以后该怎么叫呢。"京城权贵之间联姻，端的是盘根错节，郑大夫人的表亲也数不清。

明兰转头去瞧炕上，团哥儿乖乖趴在一个织锦双鲤鱼花样的红缎褓裸旁，好奇地看着白嫩嫩的婴儿，时不时伸着胖胖的手指，或挠或摸。那婴儿脾气甚好，也不哭闹，还发出猫咪般的小小笑声。

"那会儿还跟只小猫似的，这么点儿日子，就这么大了。"明兰看这孩子气色红润，想来张氏母女养得甚好，"可有名儿了？"

"起了个小名，叫望哥儿，盼望的望。"张氏看着儿子，满眼慈爱满足，与几个月前那绝望苍白的女子几乎判若两人。

"我说你家团哥儿呢？这都过周岁了，大名还没起呀？"

明兰苦笑道："还磨着呢，只盼进学前能起好。"公孙老头于起名上甚是磨蹭，顾廷烨又看哪个字都不好，就一日日拖了下来。

"顾侯这是求全责备了。"张氏笑道，"对了，有件事要托你呢。"

明兰就笑道："我还当你是念着我的好，单为瞧我来的，原来是要我帮忙！你怀望哥儿那会儿，我去瞧你，可没半点儿旁的心思。"

张氏笑呵呵道："我不比你，心思玲珑，说话又乖，我们这种嘴笨心实的，有什么只能直说，半点儿弯弯绕都没有，只好叫人说嘴了！"

明兰啧啧道："我才说了一句，你后头就这么多等着了，还道自己嘴笨心实。你若是嘴笨的，世上就无人口齿伶俐了！"

"好妹妹，这个忙不叫你白帮的，当我欠你一回。"张氏笑道，"你放心，叫你为难的，我也不会开这个口。"

有了这句话，明兰放了一半的心，才松口叫张氏说何事。

"顾侯是自己人，我也不瞒你了。沈氏本家，我们侯爷素是不爱搭理的，只一个早出了五服的族叔，早年依附公爹的，倒是忠心厚道。公婆过世时，他们一家不离不弃，依旧尽心照拂侯爷兄妹，后又随着入了蜀。那两口子名分上虽只是不着边的远亲，可在情分上，侯爷是当叔伯看待的，如今更领了江淮卫指挥佥事的世袭了。"

说了半天，还没进入正题，明兰很想催两句，强忍住。

张氏端茶喝了口，润润道："老叔老婶膝下有一女，年方十三，我亲眼见过的，跟他爹娘一样，最是老实和善……"

明兰更迷惘了，看了看炕上的肉团："我家哥儿还小呀。"

张氏嗔笑，轻打了她一下："你个贫嘴的。"

明兰揉肩，笑请张氏继续说。

"几个月前，老婶去进香，谁知下雨山滑，不能行轿，身边只有婆子、丫鬟，老婶又跌了跤，走动不得，这时遇上两个年纪小小的读书郎，一道搀着个老太太下山。下山后，其中一个少年郎陪他祖母回家了，另一个却折回半山腰，特来寻老婶，将她背了下来。路上攀谈时，老婶才知那少年是京中官宦人家的哥儿，难得人品诚实，读书进取，我那老婶就动了心思。"

明兰想了半天，呆呆道："不会……是我那幼弟……长栋吧？"

"正是。"张氏笑吟吟道。

明兰张大了嘴，好像蛤蟆般呆了半晌，讪讪道："长栋……还小吧。"

"这不正当年吗？该说起亲事了。"

明兰定定神，那老太太应该是常嬷嬷，另一个少年就是常年了，估计长栋是陪常家祖孙去进香的，顺手做了件好事，于是老天嘉奖，红鸾星动了。

"承蒙沈家老婶看得起，可长栋他……他是庶出的……"明兰很不愿说，可这种事总要点明。

张氏笑着一手挡回："该打听的，我那老婶都打听了。他们老两口前头有两个儿子，可闺女就一个，父母兄弟都疼得紧，只求女婿品性好，旁的都好说。"

而且那两口子还打听到，长栋眼看就能考出童生了，这才多大年纪，前途总不会太差。虽然那常姓少年读书更好，可到底家世薄了些，要盛家这样诗书传家，有长辈，有规矩，有家底，儿孙多半不会太离谱，何况还有诸多显贵亲戚，就算靠不着，拿出来说说也好。

明兰松了口气："旁的我不敢说，若论人品德行，我那幼弟是没话说的。不过……"她迟疑了，"父母俱在，这事我不好做主，得看爹爹怎么想。"

按照盛纮的思路，多半要先等儿子有功名了，再坐地起价去找亲家，而长栋未来的岳父，多半也是个文官，不过，档次可能不如海家、柳家。

张氏看出她为难，心里也有计较，道："我知道你家老爷子议亲的道理，怕儿子将来少助力，不要武官亲家，也是有的。"

明兰呵呵直笑，心想，你说话怎么这么直？

张氏诚恳道："我这么说吧，我家老叔虽是行伍，却十分敬佩文人，他家二小子就是自小请先生读书的，前些年考中秀才了呢。"

"哦，那就好！"明兰眼睛一亮，有个学文的小舅子就好办了。江淮道卫所又是肥差，嫁妆定然丰厚，世袭的从四品武将，长栋将来有岳父、舅兄帮扶，盛纮大约也会心动。

她赶紧去握张氏的手，柔声道："说起来，是我幼弟高攀了。"

张氏也松口气，沈家老两口是沈从兴身边心腹，从一开始就不赞成沈家对待妻妾的方式，立身正直，叫人好生敬重。

她呵呵道："妹妹这是什么话，顾侯的内弟，爹爹、哥哥又都有功名，我家老叔只怕你们读书人门第清贵，瞧不上他们武夫呢。"

这门亲事是互利的，沈家老二既要从文，自少不了要文官道上的人脉和帮手。

而从长栋来说，他不论样貌还是天赋，都不如长柏、长枫，也未必能好运地再碰上个柳氏，还不如早作打算呢。

两人说了半天，越说越投机，越说越热乎，几乎可眼见喜事在即。

说着说着，不免说到各自家事，明兰家计简单，三言两语即告结束，沈家却委实热闹。

先是邹姨娘虽被打了半死，又被关了许久，可抵死不肯出去，沈从兴多说几句她便要上吊，加上几个孩子一道苦求，张氏也表示不愿意，说有伤天和，是以国舅爷无功而返。

如今妻妾间太平了，不过，又有了旁的烦心事。沈家长子眼看就要说亲了，谁都知道新妇将会有两个婆婆，一个是世家大族的高贵嫡母，占了名分；一个是嫁姐夫为妾的姨母，占了实际情分，这般不伦不类，到时新妇夹在中间该如何是好？

次些的门第，沈从兴看不上，毕竟是他的嫡长子，将来要袭爵的。

可高门望族大多珍惜羽毛，明明都知不是桩好亲事，倘若还结了亲，岂非落个"卖女巴结国舅"的名声？况沈家又不肯屈就庶女。

再说了，前车之鉴，高门媳妇有什么用，英国公张氏女在沈家，也没过得多好。

是以国舅爷处处碰壁。

这事，明兰倒略有耳闻。

沈从兴有意忠敬侯郑氏本家的嫡出小姐——郑家兄弟俩的堂侄女，便叫妹妹小沈氏去透个意思。郑家堂兄、堂嫂商量几日，最终还是决意回了。

小沈氏有些难过，觉着众人都看不上自己娘家，郑大夫人为了开解她，便毫不隐瞒地直言，此事她也不甚赞同——

试想，出嫁后，新妇若孝敬张氏，邹姨娘定然不满，丈夫也会不喜，可要自家金尊玉贵的嫡出小姐去讨好一个妾室，当正经婆母般伺候，岂不惹人耻笑——像郑氏这样的人家，来往都是有头有脸的，好好的嫡女平白拉低身份，连累娘家都不好出去见人了。

小沈氏心知这是实情，况她生女之后，早不复当初心境。当仰赖如母的长嫂问她一句："若是你姑娘，你可愿把她嫁给你侄子？"

小沈氏连忙把女儿抱在怀里，这很可能是她此生唯一的骨肉了，那么弱小纤细，她心疼得恨不能连心都挖出来给孩子——便忙不迭地摇头，她才不要女儿受那份罪。

于是，她就在兄长面前代为隐瞒实情，只随着统一口径，道，郑家已在浔阳老家说亲事了。

国舅爷议亲不顺，难免央求到嫡妻处去，请她在相识的人家代为物色。张氏当时几乎要大笑三声，直想当即骂回去——你以为嫁来沈家是什么天大好事，坑了我一个，还要我坑害亲友家的好姑娘不成？做梦！

有了儿子后，她早不是当初那个忍气吞声的张氏了，当着丈夫就冷笑道："大少爷至今连声母亲都未曾叫过我，心心念念的只有他姨母，将来讨了媳妇，伺候的也不是我。侯爷真会消遣人，拿捏我好性儿，欺负我们张家也太过了吧！"

沈从兴很是下不来脸，却又反驳不出，只好咬牙说要押儿子来给妻子请安赔罪。

张氏又拦住他，叹道："你生他骨肉，却生不了他的心，强压他认我，他心中不服，又有什么意思。他念着生母，那是天经地义。只恨那起歪心邪念之人，无端从中挑拨，叫大少爷和我不睦，活脱像是我逼死了他母亲。"

她落泪道："邹家姐姐过世时，我尚在千里之外，张、沈两家八竿子都打不到一块儿，莫名背了这个罪过，我实是冤甚了！"

沈从兴自然知道这个有心人是谁，依旧不好开口，只恨邹家误事，儿子糊涂，嘴里道："待他渐渐大了，自然会明白的。"实则已觉着对不起张氏，口气软和下来。

张氏乘胜追击，故作哀戚道："罢了，好在我也不指着大少爷养老，大家井水不犯河水吧。不过，如今大少爷与我有成见，若叫他知道媳妇是我物色来的，他心里能高兴？只怕叫人家姑娘无端受了牵连遭罪，将来夫妻不睦，平白得罪了亲家。"

沈从兴一听，觉着十分有理，之后便不再要张氏为儿子婚事奔波了。又拖延了数月，实在无计可施之下，沈从兴只得求到皇后处去，最后……

明兰险些喷出一口茶来："什么？！国舅爷要叫嫡长子尚主？"

张氏闲闲地摆弄裙边流苏："这不正好？大公主和大少爷年貌相当，既是姑表之亲，又彼此知根知底，一带两便……想来，公主殿下定能体会沈家厚待邹家的良苦用心。"

反正，等将来沈从兴一死，她立刻带着儿子搬出去住，更自在悠闲呢。

明兰久久不能言语，这……实在太有创意了。

这天，陪顾廷烨吃过晚饭，明兰打发丫鬟、婆子下去，赶紧转述白日里张氏的话。顾廷烨听后先啧啧称奇："沈兄已怪了，每每与我说时，防张氏夫人跟什么似的，这种涉及皇家之事，既还没个定论，却也说了。"

听了这话，明兰也不惊奇。其实，今日言谈间，她就隐隐觉出张氏对其夫并不如何敬爱，只疑惑地喃喃着："国舅爷怎么想起这出呢？我朝惯例，驸马不是不能议政吗？"

言下之意，对这桩婚事并不看好。

难得夫妻意见相反，顾廷烨耐心解释道："话虽如此，然则……唉，沈兄想聘辅国公的嫡女，可老公爷只愿出个侄女；瞧上汝阳侯的四姑娘，可说来说去，只肯给个庶女；又有说姚阁老的老闺女好，谁知他家老太太不乐意，还闹得病了一场；韩国公府倒大方，开口就是世子嫡长女，不过……"

明兰替他接上道："不过，如今韩家，外无得力男丁在朝，内又家宅不宁，国舅爷瞧不上。"说着，她掩袖轻笑了下。没想国舅同志已碰过这么多壁了，非嫡不要，非品貌出众不要，非爵主一脉不要，非家世清正不要，那的确很难挑。

看妻子笑得狡黠，顾廷烨也觉着把兄弟苦，叹笑道："能挑的就那些，沈兄也是心高气傲的，不肯拿赐婚来压人，皇后娘娘心疼兄弟，这才提了尚主。沈兄仔细想，觉着不错，一来公主是主子，人人都得敬着，反无甚可闹；二来驸马虽无缘朝政，可哪个能保证老子英雄儿好汉，怎知儿子定有作为？索性安保尊荣，未尝不好。"

家里有个公主媳妇，无论将来朝政如何，儿子本事如何，总不会有人欺上门来，安稳富贵总是有的——以上是沈从兴的考虑。末了，顾廷烨加上一句："横竖现下瞧不出资质，兴许沈家大哥就是享福安闲的福分。"

沈从兴曾带长子上校场历练，几番试下来，无论马上地上的武艺，还是排兵布阵，那大哥当算中上之流——注意，是国舅老爹在场，一干老兄弟凑趣捧场。

明兰听出丈夫暗示赞成，也能理解。好比凭某家儿子的真本事，只能考到全国前十的大学，现下排名第四的学校提出保送，最后家长决定保险一点儿，接受算了。

"……话是没错，可是……"她依旧觉着不妥，将心比心，哪怕将来团哥儿资质平平，她也希望儿子娶个贤惠合心的妻子就好，而非为了富贵去尚主。

顾廷烨摸摸妻子鬓边柔软的细发，柔声道："我知道你的意思，换作我，也不愿团哥儿尚主。"妻子是在照居家过日子的常规思路考虑，可沈家情形还能算正常吗？

明兰倏然展颜："那就好，我就怕侯爷说这也好，那也好，回头给团哥儿也求位公主回来。"想了想，又笑道，"我总觉得国舅爷操心太过，实则沈家乃皇亲，将来大皇子继位，拉拔表兄弟一把，便是不尚主，哪个又敢轻慢沈家了？"

顾廷烨默然，有件事他一直没说，没想到明兰这么敏锐，自己察觉出来了。

他思忖半刻，便道："皇后仁厚，常耳提面命儿女牢记邹夫人的恩情，要厚待沈家表弟妹。这也还罢了，皇上刚登基那几年，沈家孩儿常进宫与皇子一道读书玩耍，也不知哪个嚼舌头的，小小孩儿居然敢与皇子争执，还道什么'我娘是为皇后姑母死的'……"

明兰倒吸一口凉气，不敢置信道："这话怎能乱说？！难道邹家经常提醒？"

顾廷烨叹道："那会儿孩子们才多大点儿，加上沈兄请罪不迭，我瞧皇上并未放在心上（邹夫人又不是为他死的），然两位皇子怎么想，就未可知了。"

明明是嫡亲表兄弟，却不见如何热络，前阵子张氏难产风波，皇帝迁怒皇后，又斥了皇子学业，皇后兴许不会见怪，但两个皇子呢？沈从兴想来也有此疑虑，才非要给儿子找个靠谱的岳家，就算将来皇帝不关照，官场也有人看拂。

"兴许是沈兄想多了。不过，大公主和两位皇子是一母同胞，素来兄妹情分深厚……"

他没再说下去，明兰已都明白了。夫妻俩默了片刻，顾廷烨打起精神，笑道："八字没一撇的事，皇上还没开口呢，你半个字也别提，就当不知这件事。"

明兰自然点头应了。顾廷烨又道："四弟长栋那事，我倒觉得好。老沈叔一家都是稳重的，从没出过错。你如今身子重，不如我去与岳父说？"

明兰赶紧道："侯爷还是拉倒吧，你去说，爹爹就是不乐意，也难说个'不'字。婚姻之事，总要两家都心甘情愿才美满，侯爷就不必担心这事了。"

他抚上妻子微凸的肚皮，又揉揉团子的脑袋——小家伙占了父母的枕头，小肚皮一起一伏，直打小呼噜。顾廷烨满眼怜爱地看了会儿，叹道："人人都有姻缘，不知咱们这个，将来会讨什么样的媳妇。"

"找个傻点儿的。"明兰老神定定。

顾廷烨吓了一大跳："这是为何？"

明兰认真道："婆媳相处，贵在一张一弛。我这般伶俐，再找个千巧百精的，岂非见天儿斗心眼？"

过了半晌，顾廷烨摸摸妻子的脑袋，小心翼翼地说："你觉着自己……伶俐？"

明兰横眼："你觉着我笨？"

"怎会？怎会？夫人是大智若愚。"顾廷烨笑得一脸正大光明。

明兰蹙眉，怀疑地看着男人，总觉得这家伙话中有话，不怀好意。

顾廷烨又望了眼团子，道："倘若这小子是个老实的，他媳妇又傻，岂不糟糕？"

明兰轻拧了下儿子的小手，叹道："侯爷放心吧，这小子精着呢。"

一日日大了，团哥儿性子逐渐显现，她深觉这小胖子是个腹黑的主——给他剥个蛋，他会啃掉喜欢的蛋白，然后笑得天真无邪，把蛋黄塞进乐呵呵的崔妈妈嘴里，等明兰回来，只见一桌蛋壳，什么也没发觉。

所幸崔妈妈心直，几回之后就跟明兰和盘托出，明兰二话不说，拍了团哥儿又Q又胖的小屁股一顿，并勒令不许挑食。小胖子当场泪奔，缩在床角赌气不理明兰，晚上还跟父亲连哭带比画地告状（最终无果）——他老实？哼哼。

次日，明兰修书一封，在里头将张氏所说的不添减半分，仔仔细细地转达了一遍，以盛纮之精明，自会揣摩利弊，无须多说什么。

三四日后，柳氏上门来见明兰，满面笑容，另带了好些山鲜海货，说是娘家兄弟从外头带来的，寒暄亲热几句后，姑嫂俩点入正题。

柳氏道："老爷说，这门亲事，只说门第倒是极好，沈家能瞧上栋哥儿，也是四弟的福分，只恐那姑娘自小生长于边地，性情强些。"

潜台词，长栋排行最小，生母最卑，将来家族分派资源财帛时，免不了会薄些，姑娘本就是武家出身，倘若再是个母老虎的性子，将来岂非闹翻天，重蹈河东府覆辙？

明兰想了想，就道："不如我请沈家女眷来吃茶，到时嫂嫂和大姐姐也来，咱们不论亲事，只说说笑笑，全当串门走亲？"

柳氏正有此意，当下笑道："妹妹肯这样，我就放心了。老爷也是这个意思，没得那边看过四弟了，咱们却连人家是圆是扁都不知。再说，有大姐姐在旁参详，就更稳妥了。"

待柳氏走后，明兰心下暗笑，也不知这几日盛纮走什么路子去查探过了，想来还觉得满意。如此想着，便给张氏去了封信。第二日，张氏使人来说，一切只请明兰安排，只是这阵变天，沈老姊子感了风寒，大夫说还须将养些日子。

原本两个孩子都还小，两家也都不急，明兰就去信好生安抚，切莫着急，好好养病。其实沈家那头也担心，怕风寒没好利索，明兰又有孕，回头有个不好，反倒好事变坏事了。

秋意渐浓，夜里寒气尤其重，崔妈妈挑个天气晴朗的日子，将嘉禧居几进屋子都烧起地龙来，明兰就逗着儿子在暖烘烘的炕上滚来滚去。

团哥儿越发懂事了，又叫崔妈妈等人一遍一遍地教着，常好奇地看着母亲鼓起的肚皮，却不再扑过去要抱，只用胖乎乎的小手轻轻摸摸。

这日，刚吃过下午的加餐，明兰正想沿回廊走走，谁知顾廷烨大笑着回来，连声叫出去迎客。明兰微奇，便整装坐轿，随他到前头偏厅一瞧，竟是许久不见的石氏兄弟和车三娘。

其实，数年前一面，只夜里江上说过几句，明兰能记得这么清，实是石老大那一脸剑拔弩张的络腮胡子太醒目了。车三娘倒富态不少，虽皮肤还有些粗糙，但眉目间愉悦舒展，已是一副富贵太太模样了。

见顾廷烨出来，石铿赶紧捶弟弟一拳，两兄弟齐齐下跪行礼。车三娘在旁福身深躬。顾廷烨一个箭步上前，一把拽起两兄弟，大笑道："自家兄弟，讲什么臭规矩！"

明兰也扶着肚皮，微笑道："车姐姐赶紧自个儿坐下吧，我偷个懒，就不来请了。"又叫小桃、绿枝看茶上点心。

车三娘脾气没变，爽快地道了谢，嗔笑着推了丈夫一把，三人俱落了座。夫妻俩落落大方，只石锵年轻，面皮薄，乍来了这富贵温软之地，始终红着脸，低着头，一言不发。绿枝给他上茶时，也不知他眼睛看向何处，差点儿没接住。

虽多时不见，但明兰对石家兄弟及车三娘并不陌生，顾廷烨昔日部属每年自南边送年节礼，里头总少不了石家的，份例尤其比旁人的厚重。

拿人手软，又见顾廷烨是真心高兴，明兰加倍客气招呼，说上几句家常后，便拉车三娘上软轿，一路到内院花厅去叙话吃茶，留外头男人们自说话。

互道这几年长短，明兰才知自顾廷烨跟对老板后，石氏兄弟也水涨船高，已陆续收拢了江淮及内河至陇西关口的漕运买卖。

"托顾爷的福，咱们如今有口安稳饭吃，不必再风里来雨里去地讨生活了。"说得顺嘴，车三娘又叫起了老称呼，听明兰谢她送的礼时，忙连声道，"这是该当的！若无侯爷上头护着，哪有咱们今天的好日子！"

"漕运畅通，是利国利民的好事，侯爷也不全是为着你们。"明兰微笑道，"侯爷再能耐，也无法处处照管到，你们有今日，多少打点，多少拼命，挣的都是辛苦钱。"

顾廷烨又不能给他们一道圣旨，让他们到处扯大旗摆威风去，凡是做盐漕买卖的，哪个后头又没靠山？很多时候，还得石氏兄弟自己有本事。

车三娘心下感动，抹泪道："有夫人这句话，咱们一辈子都跟着顾爷。"

她是明快性子，感伤不了几秒，随即擦干眼角，边瞧明兰，边笑道："夫人和侯爷真是天造地设的缘分，当初……"她自己先笑了出来。

想起数年前那夜，江冰风寒，宽阔的江面上燃起滔天大火，火光冲上漆黑的夜空，自己在水里冻得半死，还道有机会穿越回去了，谁知被车三娘救上船去。

"……我也没想到……会有今日。"当初还叫着二叔，这会儿就成老公了，他们都是亲耳听见过的，明兰顿觉不好意思，"还没谢过车姐姐救命之恩呢。"

车三娘也不忍着，直接笑了出来，挤眉弄眼道："谢我做甚，侯爷急得跟什么似的，叫满江里寻人，急得我家那傻汉子啊，愣说你这'侄女'定是顾爷嫡亲的，咱们加把劲儿，别叫孩子在水里冻坏了，呵呵……谁知一捞出来，竟是个顶顶好模样的闺女……呵呵……我就说了，哪有叔叔那般看侄女的！"

明兰脸上发烧，嗫嚅道："七拉八扯的拐角亲戚，我跟着浑叫的，其实不是……"全天下就没几人听过她叫顾廷烨"二叔"的，居然还是碰上了，果然天网恢恢，疏而不漏！

车三娘惯会看人眼色，眼见打趣得差不多了，也怕明兰真羞恼了不好，赶紧收住话题，转而说起儿女事。明兰忙叫人把团哥儿抱出来。车三娘看得喜欢，塞了个鼓鼓的大荷包过去，赞了又赞，最后叹道："……我就一个丫头片子，还是夫人福气好。"

明兰道："姐姐年纪还轻，定能生个大胖小子的。"

车三娘豁达地一摆手，笑道："早年生计艰难，伤了身子，生闺女时差点儿送了命，大夫说了，我不能再生的。"

她见明兰面露不忍之色，反过来笑呵呵地劝道："我算有福气的，他爹不嫌弃，只说等兄弟讨媳妇后，生他十七八个，给我们挑上一炉子香火就是了。"

明兰听了笑道："这倒是，都是自家人，石家大哥是真心实意的人，这最好不过了。"她早听顾廷烨说过，石家父母早亡，石锛由长兄带大，两人虽是兄弟，情分更像父子。

想到车三娘年少孤苦，颠沛流离，如今终得了个好归宿，明兰不胜唏嘘，柔声道："……姐姐好好保重身子，以后福气大着呢。记得那年在船上，石家大哥还说，要给姐姐做好看的缂丝衣裳穿呢。"

车三娘摸着自己的袖子，光滑绵密的触感，栩栩如生地刺绣着喜鹊登枝，不禁笑叹道："那没心眼儿的傻汉子，如今恨不得叫我天天穿缂丝衣裳。说句不怕妹子笑的话……"她压低声音，"这缂丝料子好看是好看，可我觉着呀，还不如穿棉布衣裳舒服呢。"

想起后世人崇尚天然的纯棉布料，特意要买粗布亚麻，明兰捧着袖子，乐不可支。

晚上，明兰请邵氏和车三娘一道吃晚饭，又叫人在外头摆了桌简单的酒席，石氏兄弟、顾廷烨，加上公孙老头，四人一齐吃酒。

四人边喝边聊，直到深夜顾廷烨才回屋，竟发觉明兰倚在床头看书。顾廷烨赶紧脱下发寒的外衣，搓热了手才靠过去："怎么还不睡？仔细伤了身子。"

明兰慵懒地坐起来，微笑道："适才已睡过一阵了。"

男人抚着妻子柔软的头发，语气温软："都是我不好，叫你睡不踏实。"

明兰没有答话，睁着又大又亮的眼睛，静静道："……你什么时候走？"

顾廷烨整个人僵了下，才苦笑道："我怕你担心，想迟些告诉你，没想你自己猜到了。"

这也不难猜——丈夫每天晚归，拿夜宵当晚饭吃，忙得脚不沾地，皇帝阅兵越发勤快，沈国舅几乎吃住在军营了。自己虽因养胎不曾出门，可从京城市井到各武将家眷的气氛变化，她还是能感觉到的。

"皇上怎么挑这时候用兵？天寒地冻的、眼看要过年了呢。"明兰嘟嘴，心有不满。

顾廷烨让她靠在自己怀里，下巴搁在她头顶，低声道："现下先到陇西聚兵，稍事整备，待过了隆冬，草原上食物匮乏，就该是羯奴大肆劫掠之时。咱们赶早一步守着，兵发几路，趁羯奴熬不住出来，就能一网打尽。"

明兰不语。

朝廷大军好比正规军，羯奴好比游击队，这帮散贼匪寇总趁大军退走后疯狂劫掠关外百姓，而朝廷大军又不能永远驻守在边关，要决战，最难的就是捕捉游击队主力。

"石家兄弟此次上京，也有差事吧？"她问。哪有快入冬了来北方的。

顾廷烨点点头："趁内河河面尚未结牢冰，赶紧叫人先把粮草送过去，官船不够。"

明兰摸摸自己的肚皮——预产期在明年五月，她心里酸楚得要命，却不能叫丈夫跟老板请假，只能低低道："……你什么时候回来？"

这次回应的是深深的叹息，男人语气苦涩："快的话，明年三四月；慢的话，不知道……我若未归，你只能自己生了。"

明兰扑哧笑了出来："废话，我不自己生，你还能帮我生不成？"

说完这话，她陡然勇气倍增，不就是丈夫不在身边生孩子嘛，有什么了不起的，就当自己做了军嫂，丈夫守边关去了！

她直起腰板，只一手抵在他的胸膛上，一字一句道："就三句话：第一，不许贪功，家里不缺你加官晋爵；第二，平安归来，别给缺手短脚的；第三……"

她恨恨道："不许拈花惹草，给我带回个异族公主、亡将妹子什么的，看我饶不饶你！"

顾廷烨搂着明兰贴在怀中，纵声大笑。笑声响亮得震动窗棂，深更半夜十分瘆人，外头值夜的婆子惊醒过来，面面相觑。

十一月上旬，皇帝命钦天监择一吉日，御驾亲临西郊燕云台，点齐将帅，歃血祭天，随后兵发三路，齐奔陇西而去。

其中，皇帝特意把英国公和威远侯分开，也不知是怕这翁婿俩感情太好，掌兵过慈，还是怕翁婿俩不睦，误了大事，总之，最后，顾廷烨随英国公走北路，沈从兴领段氏兄弟一路往西，薄天胄与甘老将军居中为主。

据送公孙老头前去的扈家兄弟来报，西郊大营那儿聚了十数万大军，端的是旌旗遮天、刀甲林立、杀气远冲云霄。

明兰只恨无缘目睹此古代盛况，加之身边少了他，心里空落落地难受，沉着面孔坐在炕上，把下头侍立的婆子、丫鬟吓得半声不敢出。

"我说凤仙姑娘，你倒是说话呀。"绿枝指着下首站立的一对主仆，大声道，"好好的人不做，非要偷鸡摸狗地做耗！"

凤仙低头立在那儿，只一言不发，柔弱清丽的面孔还残留着泪痕。她身边的丫鬟先不忿了，嘟囔道："我们姑娘不就是见了回娘家人吗？有什么了不得的，这么喊打喊杀的……"

明兰淡淡一眼过去，小丫鬟立刻闭嘴。

"早先我就立下规矩的，你们要见外头的人，得报与我知道。"明兰慢慢拨弄手指，"就这么不声不响，拿银子叫婆子开了二门，偷着溜到偏角门去见人，算怎么回事呢？"

凤仙依旧不语。那丫鬟倒一副精明模样，堆出满脸的笑："夫人仁厚，咱们都知道，因这府里上上下下都要夫人操心，咱们姑娘怕扰了夫人，这才……"

"不然，与廖勇家的说一声也成，你们说了吗？"明兰淡淡道。

那丫鬟一时语塞，又讪讪道："廖嫂子……不是也忙吗……"

明兰懒得再跟她废话，朝一旁的廖勇家的道："那婆子你发落了吧，别再留府里了，十两银子就叫砸开了，没用的东西。"

廖勇家的躬身应道："那是旧府里的老人，原先就是守二门的，没想眼皮子这般浅。"

明兰一点头："侯爷出门了，家里的门房越发该严些了。回头你荐几个人上来，不单夜里要守门，白天也不能懈怠。"

她说一句，廖勇家的应一声。

明兰看了那丫鬟一眼："既犯了府里的规矩，就该受罚，没得说我年轻，屋里没规矩。可我也不忍心重罚凤仙姑娘，既然你们主仆情深，你就替你主子受了吧。"

那丫鬟当即傻了眼，满面惶恐地连叫饶命。廖勇家的叫两个婆子上去，一把拿住，冷声道："别仗着几分小聪明，就到夫人跟前摆弄，府里的规矩，哪里是你说改就改的！"

那丫鬟犹自哭叫："……我们……我们是甘老将军送来的呀！"

廖勇家的冷笑："与你一道送来伺候凤仙姑娘的那个……叫什么蹁跹的，如今在哪儿了？我早就劝过你，别太拿自己当回事，要不然死都不知道怎么死的！"

边说这话，边拿眼睛看凤仙，目光不掩讥诮警告之意。

那丫鬟被拖出去后，凤仙终撑不住了，抬眼望明兰，强自镇定："夫人预备拿我怎么办？"

"侯爷与我说过，当初甘老将军将你送来时，曾说'此乃罪臣之女，尚有几分颜色，性情也算乖巧，可供都督洒扫消遣'。"明兰漫不经心地侧过身子，让小桃换边揉捏抽疼的小腿，"姑娘读过书，你说这'洒扫消遣'是个什么意思？"

屋里仆妇均一阵轻轻讥嘲嗤笑。廖勇家的先道："奴婢们没读过什么书，倒也知道这个。洒扫嘛，当是个正经活计；消遣嘛……呵呵……就是个玩意儿东西！可惜，夫人一没叫姑娘拿笤帚，二没拿姑娘消遣，还好吃好喝供着，绫罗衣裳四季换新。"

四周的目光犹如针芒刺骨，凤仙的脸色涨红，又陡然惨白。

明兰看了她一会儿，挥手叫众仆妇下去，只留小桃和绿枝在屋里，才道："你问我预备拿你怎么办，我倒想先问问，你有什么打算？"

凤仙猛地抬头，双目含泪，哀凄道："……我虽由甘家从教坊司赎了身，可依旧是官奴户籍，如何到外头寻常度日？只盼夫人怜悯，给我口饭吃，我一定忠心伺候夫人和侯爷……"

不待她说完，明兰已摇了摇手："这种废话以后不要再说了。"

见凤仙满眼绝望，泪水簌簌而下，明兰直言道："你到府里已四五年了吧，我进门尚不及你早，若侯爷有心收你，何必等到今日？你既是罪臣之后，又是甘家送来的，侯爷不会要你的。要纳个好姨娘，哪里找不到了，干吗非要你？"

凤仙跪倒在地上，她知道大凡罪臣之女，多没入教坊司受辱，运气好的，叫商户人家赎去做妾，运气不济，甚至有被卖入烟花地的。

有头有脸的人家多不会纳教坊司出来的女子做姨娘，当初甘家也不过是把自己当个玩意儿送来的，更何况顾、甘两家彼此忌惮。可起初，她还想着，若能叫顾廷烨喜欢宠爱，先当个通房，生下一儿半女后，以顾侯功勋威望，总能慢慢将她抬举起来的吧。谁知……

她不禁泪如雨下，自己都二十余岁了，自父亲获罪，全家被抄，便如一蓬浮萍，无处落脚安身："……夫人……难道我这辈子，就这么完了吗？"

明兰叹道："常嬷嬷说，你还是个知羞耻的。这些年我冷眼瞧着，你还算老实。如今，你面前有三条路。"

凤仙连忙抬头，满心希冀地望着。

明兰道："第一，若你还有可靠亲戚，我放你去投奔，将来走远些，嫁个庄户人家也好，全当我发嫁了个丫头；第二，如今车太太就在咱们府里，我请她帮忙，要么寻个老实的低门小户嫁了，要么给富户为妾，越南边的越好，天高皇帝远，以后也没人提起你的来历了。"

凤仙听得忐忑万端，面色变幻不定。

明兰再道："再有，你若不愿离去，我就到庄子上寻摸，给你配个老实的奴才就是了——这是第三条路。你赶紧拿个主意，待岁数大了，无论什么都不容易了。"

一气说这么多话，明兰有些累，叫绿枝带凤仙出去，然后软软地倚到靠枕上，手指放在肚皮上轻轻点着，仰头看着雕绘着火红石榴藤蔓的顶梁，怔怔出神。

顾廷烨临出门前，叫她可以开始着手处理掉凤仙了，这是不是表明甘老将军很快……

此次，皇帝的人事安排很有意思。以甘老将军的资历，哪怕是英国公也得叫声老哥，沈、顾、段就更不必说了，只遇上薄老帅没辙，只能当副手——套句李云龙同学的话，"老子当班长那会儿，你还扛着铁锅当火头兵呢"！

何况这回要捕捉的是"游击队"，中路军打着主力的招牌，扛那么招摇的帅旗，摆明了是做幌子去的，白来白去，一个"无功而返，空耗钱粮"的罪名是跑不掉的。

若皇帝开心，就会龙颜大悦：爱卿无罪，汝等为另两路军做出了巨大贡献，大家一同有封赏；若皇帝不开心，就会翻脸不认人：两位是老将了，没想到让朕这么失望。

明兰估计，呃，皇帝多半会人前很不开心，然后人后很开心。

看来这回薄老帅是下血本了，宁可拼却半生威名，也要给子孙在皇帝跟前讨个好，厉害，厉害……不过，这种程度的计策，自己都瞧得出来，那甘家怎么会瞧不出来呢？

明兰晃晃脑袋，不去想它。倒是顾廷烨这回蛮好，英国公素来靠谱，是那种既稳重又不会束缚手下将领手脚的，好处是吃不了大亏，坏处是显不出大功。

不过没关系，平安回来就好，风头留给国舅爷去显摆好了。

她越想越开心，捧着肚子在炕上滚来滚去，笑眯眯的，好像一只偷油成功的小老鼠，仿佛明天丈夫就能全须全尾地回家了。

这日后，明兰本以为凤仙这种风吹就倒的弱美人，面对如此抉择难题非得愁肠百转个俩月，谁知人家一遇上终身大事，一点儿都不优柔寡断了。

不过两日，她就婉转地请翠微向明兰转达，说愿给富户为妾。不过，请无论如何找个好人家，家底殷实些，主母厚道些，男人年轻些——太老了她生不了孩子。

……好具体的要求。

明兰呆了半刻，苦笑着去请车三娘。

车三娘早知前因后果，拍腿笑道："这有何难？"

她在外头理事惯了，很是利落泼辣，思忖片刻便道："本来我当家的识得不少盐商，最好出手，可这类买卖人，容易和当官的打交道。为免将来又饶上侯府，索性寻个安稳的土财主算了，沿内河往里头地界过去，山高路远的，耳根清净。"

明兰笑道："那可谢过姐姐了，多亏了你，否则我还真不知如何是好呢。"

车三娘嗔笑道："你也是心肠忒好了，这么个东西，你还费心巴脑地替她想前程。"

"姐姐也瞧见了，她既不甘清贫，又有些来历，留在自家我总是不放心。"明兰叹道，"可真要随意把人卖到哪处去，我又不落忍。唉，顺手的事，只是劳烦姐姐到处打听了。"

车三娘笑道："劳烦什么！她生得不赖，人也体面，还是个黄花闺女，找个肯收作姨娘的，半点儿不难。再说了，吃咱们这碗饭的，人头不熟，人面不广，那哪儿成呀。"

明兰心里感动，真心道："石家大哥随军送粮去了，委屈姐姐这阵子住在府里，若有不足之处，姐姐千万别跟我客气。"

车三娘仰头大笑，直露出两边白齿："夫人说哪门子笑话呢，我是渔村里长大的，那会儿铺的是稻草，哪怕现下享了几天福，又何曾住过这么好的屋子？"

明兰放心微笑，早先她还怕车三娘不习惯侯府的啰唆规矩，拘束了她，没想人家能说会道，满肚子趣事笑料，极有结交能耐，不过几日工夫，邵氏已跟她熟络得什么似的，连自诩清高的若眉也乐意找她说话，倒解了些许公孙老头远行的郁郁。

两人说笑了会儿，车三娘迟疑了下，终于道："夫人，有件事我瞧在眼里，不知该不该跟你说，这……我也不好断定的……"

明兰奇道："姐姐只管讲。"

车三娘皱了皱眉，道："我瞧若眉妹子，肚子着实太大了些，没准儿有两个呢。"随即苦笑，"当年我怀的就是俩丫头，可惜只留住一个。"

明兰大吃一惊，连忙发帖子请林太医举荐的那位成太医来瞧，自己到屏风后瞧着。若眉五个月的身孕，肚皮倒有六七个月的大，她不禁有些心慌。

成太医把了半天脉，出来摇头道："委实只有一个。"明兰擦了把汗。

自己常来宁远侯府请平安脉的，若连这个都没瞧出来，岂不糟糕？再仔仔细细地查问一番，最后确定："依老夫看来，实在非双生。"为怕意外，又加上一句，"不如再请旁的大夫来瞧瞧，稳妥些。"

明兰的确不大放心，于是又陆续请了几位产科有名望的大夫，谁知都说若眉怀的并非双生子，只是进补太过，致使胎儿大了些。

足足忙活了几天，居然得出这么个结论，明兰真是气不打一处来。她翻开公孙小院的账簿和库房支出，赫然发现若眉这几个月进补的珍贵食材几乎够她生两个用的了！

当下便叫崔妈妈去与若眉说，有多少孕妇难产、死产，都是胎儿过大的缘故。

若眉素知崔妈妈诚实，断不会胡言，立刻被吓得面色苍白。翠微一瞧，吓得过了，赶紧好言相劝，抚慰了半天才哄回来。

明兰气犹未消，把服侍若眉的几个婆子叫来痛骂："丫头们不懂事，你们都是伺候老了的，这道理还不知？！别给我装傻充愣，糊弄主子多进补，你们好中间过些油水。现下仔细听了，倘若眉姨娘和孩儿有个什么，你们谁也别想躲过去，统统都卖了！"

下头婆子吓得不住磕头求饶。明兰懊恼，自己眼皮子底下居然出了这种事，若非怕惊了若眉，真想立刻发落了这帮浑蛋！不过，若眉也是个糊涂的。

明兰又想公孙大娘快些到京，赶紧把这烫手山芋交出去才好，到时候把这帮浑蛋婆子的身契一齐送掉，怎么调教整治，全由公孙大娘！

车三娘劝慰道："都是我胡乱猜测，闹了个笑话。"

明兰忙道："姐姐，千万别这么说。"又恨恨道："若非姐姐及时提醒，我还不知若眉那傻丫头要补到什么时候呢。"

此后几日，明兰勒令若眉严格按照太医的吩咐，调整饮食，多走动，尽量放开心。崔妈妈却只担心明兰的身子，所幸太医再三保证——你家侯夫人真的很健康，况且偶尔发发火，叫骂一场，出些积郁的闷气，对孕妇也不是坏事，总比堵着相思离愁好。

崔妈妈默然，没把后半句话告诉明兰。

如此一波三折，这边奇，那边惊，倒稍稍冲淡了顾廷烨离去的愁绪。

到了十一月下旬，张氏使人来说，沈家老姊的风寒业已痊愈，好得不能再好了，绝对没有危险，请明兰安排相亲茶话会。

事不宜迟，为怕过年事繁，各家主母忙不开手，明兰赶在十一月底下了邀约帖子，得了各家的允诺后，便叫翠微准备。

入腊月的第二日，柳氏与华兰一早就登了门，难掩脸上兴奋。华兰沾沾茶水，放下帕子道："我出门那会儿，四弟才那点儿大，话都说不清楚，一眨眼也要讨媳妇了。"

柳氏面上透着几分疲倦，道："可不是？六妹妹递消息来时，老爷和相公都愣住了，过了半日才回过神来。老爷发话，叫我帮着相看，真真难死我了。我才多大年纪，懂得什么，哪够给小叔叔瞧媳妇的，昨夜一宿都没睡踏实，亏有大姐和六妹相助。"

华兰笑道："如今太太和老太太都不在，只留弟妹在家里操持，若今日相看得意，四弟要弟妹操心的地方还多着呢，你切勿推辞才是。"

明兰掐腰谄笑着倚在长姐身上："四嫂尽管放宽心，今日有大姐姐在，好不好的，都赖不着咱们不是？"

柳氏就怕若娶来新妇后觉着不好，自己容易落埋怨，听明兰这话，大是放心。

华兰拧着明兰的耳朵，瞪眼笑骂道："怪道老太太叫你小冤家，这么一推六二五，将来若有个什么，只我被老爷和四弟怪责，你们就一干二净了。"

柳氏忙道："大姐别这么说，且不说老爷倚重长女，大姐终归比我们多吃几年饭，多好些见识。由大姐领头，咱们才有底气。"

"你们两个少拿好话来哄我。得了，得了，我老实在前头顶着还不成吗？"华兰故作生气。

三人说笑了一阵，翠微便来传话，说威北侯夫人与沈家母女到了——

沈夫人年近五十，肤色微黑，五官生得不坏，只是精心修饰、遍身华服也掩不去早年操劳的风霜之色；沈家小姐倒生得眉清目秀、俏丽可人。

单论相貌，海氏和柳氏与之相比，都颇有不如，只实在太过害羞。华兰柔声问她平日爱吃什么、爱玩什么，她都犹若蚊蚋般答了几个字，几要明兰几个读唇方能明白。

沈夫人讪讪，心中苦笑。其实女儿性子原本爽朗伶俐，可自从知道要与个书香门第议亲，又听次子道盛家无男不有功名，兼之姻亲贵重，就成了这个样子，生怕多说一句，嗓门儿高上些许，就会叫人生了轻视之意。

华兰脸上笑着，却想到自己有嫡庶三个儿子，不免代入婆母心态。沈小姐这副磨不开脸的模样，实在不合她爽利的脾胃，若将她选作嫡亲儿媳，那定是不要的，怕将来撑不起门户。不过，又说了，为家门和睦计，庶儿媳这般的却可，羞涩柔顺总比剽悍泼辣的好。

另一边，柳氏已在心中道了个"可也"。妯娌相处，最怕争强好胜，长嫂海氏已是强大无比，再来个厉害的弟妹，她还过不过了？沈小姐这样的正好。

明兰态度悠然，谈笑自在，边打量沈小姐稚气未脱的面庞，边想她比蓉姐儿不过大两岁，却已开始议亲了，暗道罪过，真有残害幼苗之嫌。

她早细细问过张氏，什么刺绣学问都在其次，心地厚道良善最要紧。长栋这小子，看似虽老实，颇有几分呆气，实则胸中有大主意，只要能跟妻子和美互敬，纵算沈小姐再不晓事，都可慢慢学起来。

张氏领会后，当下狠狠夸奖了沈小姐一番，表示人品绝对过硬，随家人住在乡野时，常爱扶老人过沟渠，和热爱背老人下山的长栋简直天作之合。

明兰默然……您是头回做媒吧？

她们在估量沈小姐，沈夫人也暗暗打量盛家几个女媳，见华兰雍容飞扬，明兰亲切温婉，气度、家教均是上上之选，再看柳氏，虽相貌平凡，但别有一分庄重、端正，想来不会太难相处。

沈夫人不禁暗暗点头，心想，到底是有底蕴的人家，既知书达理、斯文和气，又不迂腐酸儒、酸文假醋地拿规矩压人。

众人吃过三四巡茶，张氏和沈夫人便起身告辞。明兰一路送到二门，多少好言好语，才彼此分了手。

回到屋里，柳氏和华兰已就相看结果交换过意见，一个说沈小姐仪容规整，我见犹怜；一个说沈家富足，父兄得力。总之，两人都表示这门亲事不错。

"到底是六妹妹做的媒，我们原也不用操这些心，就该知道是可靠的。"末了，柳氏拉着明兰再度道谢，然后告了辞，说要回去报与盛纮知晓。

目送柳氏离去，华兰转回头来，笑道："这倒是个滑不溜秋的，连你也叫拉下水了。"

明兰叹道："她不过是庶嫂，非嫡非长，要操办四弟的亲事，怕左右不落好，也情有可原。咱们是四弟的亲姐，又差了一层，多担些便担些吧。"

华兰默了片刻，也叹道："……老太太总说你厚道，将来定有福报，如今我也信了。你说得是，老三媳妇的确不易。你不知道吧，三弟那个不争气的东西，前些日子他房里有个丫头叫查出有喜了，把爹给气的！"

"怎能这样？如今三嫂还未生子呢。"明兰吃惊，"三哥哥也太糊涂了，爹的意思满府里谁人不知？如今三哥、三嫂都还年轻，长子怎可非嫡出？难道没有伺候汤药吗？"

"怎么没有？那丫头奸猾，偷着倒了汤药，想借身孕攀高枝呢。"华兰撇撇嘴，"爹气得不轻，骂老三不长进，不想如何用功取进，却流连花丛，当下把老三捆了，伺候一顿家法，还是弟妹在旁哭求了半天情，才免了老三罚跪祠堂。"

"……那丫头呢？"

华兰不屑道："灌了药，找人牙子发卖了。不是我说，都是老三给惯的，房里的丫头都一个个跟贵妃娘娘似的大脾气，不知天高地厚，连主子家的规矩也有胆去坏！"

明兰叹口气，没有多情的贾宝玉，也纵不出爆炭般的晴雯来。柳氏也不简单，大约趁这回能狠狠收拾屋里一番吧，估计又有一群女孩倒霉。

"当初的可儿也是，若眉也是，唉，三哥哥就不能收收他那多情绵软的性子？没得叫那些丫头存了不该有的心思，到头来，反害了人家。"

华兰微皱眉头，不自觉地流出鄙夷的口气："林氏教出来的，能有什么好。"

华兰顿了顿，又道："如今四丫头那边也麻烦得很，宗人府袭爵的册子迟迟没下来，一家人只好干耗着。你姐夫说，偏他家老大如今很得宣大总兵重用。唉，可怜梁夫人……"

明兰默了半晌，才道："这门亲事，是四姐姐千辛万苦求来的，好与坏都怨不着旁人。到时若梁府有事，咱们尽了亲戚的本分也就是了。"

华兰赞道："正是这个理。"

大年节的，为了不使府内过分冷清，明兰早早把制冬衣的差事交给蓉姐儿和娴姐儿，叫两个女孩忙进忙出，一忽儿查验采买来的棉花布匹，一忽儿跟针线上讨教，连发放也要亲力亲为，闹腾得热络起兴，最后却多饶了明兰三十两银子的费用。

邵氏拎着女儿和蓉姐儿来赔不是，歉疚地责道："这两个傻丫头，只顾自己兴头有趣，险些耽误了正事。亏得弟妹早在成衣铺子里定了些衣裳，不然，我看你们俩怎么收场！"

两个女孩红着脸，绞着手，头都不敢抬。

明兰倚在炕头，笑道："几十两银子，给姐儿们买个教训，不算贵。"

娴姐儿欢喜地抬起头来，态度诚恳地认了错；蓉姐儿也羞答答地随后，并表示，愿从自己月钱里扣下这笔银子。

明兰觉着好笑，抚平胸口道："现下知道了？读书是一回事，办事又是另一回事。记下这回吃亏，倒也不用罚月钱了，回去好好想想，哪里出的错，下回别再错就是。"又道，"你们头回办事，出了错，我原还当你们要互相责怪呢，现下你们能一同承担，小姊妹俩和和气气的，这样很好。"

两个女孩受了这番夸奖，适才的懊恼淡去一半，笑嘻嘻地手拉着手，小鸟般快活地出去了。邵氏看了，直是摇头莞尔。

到了腊月二十三，明兰领众管事媳妇祭过灶王爷，阖府分食汤面，打扫各院落，备置年夜饭。至大年夜，众人一起吃了饺子，几个运气好的丫鬟、仆妇，还吃出了两三钱重的银锞子，个个高兴得跟什么似的。因怕惊着孕妇，丫鬟们远远地到院子里去放鞭炮。蓉姐儿胆子大，一个人就敢放二踢脚；娴姐儿叫邵氏搂得死紧，只能点两枚烟花棒。

明兰拉着团哥儿，挨着炕沿趴在窗口看满天绚烂的烟火，小胖子伸着胖乎乎的手指，"咿咿呀呀"地指着天空，也不知在乐些什么。

大年初一一大早，廖勇家的和郝大成率满府众管事、仆役来向明兰磕头拜年，明兰照例叫人抬了几箩筐铜钱来分发压岁钱，各管事每人多得一份。

随后几日，便是款待陆续来拜岁的亲朋好友，大家有眼色得很，顾廷烨不在，明兰又挺着肚子，满面疲倦，来客也不多耽搁，稍事闲聊便走。倒是车三娘，这几日分外高兴。她刚得了丈夫打远方来的信，只说军粮事已毕，很快便能回来接她回江淮。

开了正月，皇帝也要发压岁钱，除宗室国戚，似明兰这般夫婿在前方征战的，如段家、耿家、薄家，都有赏赐，明兰得了个羊脂白玉大海碗，另数盆暖房供养的金橘。

大冬天能瞧见这么鲜亮的活植物，还透着淡淡的果香，两个女孩都喜欢得很。小胖子却瞧那滚圆鲜艳的果子发馋，扑腾着直想摘来吃。明兰也不哄劝，很利索地摘下一枚，剥出果肉，撕下一丝到小胖子嘴里。

小胖子被酸傻了，泪汪汪地撇着小嘴，小脸皱成三十二褶的蟹黄汤包，生鲜多汁。

再没人惦记那金橘了。皇恩浩荡。

除此之外，御上还有旁的恩典，其中便有永昌侯嫡子袭爵的旨意。

梁夫人终于放下心来，因白事过去不久，只能稍摆筵席庆贺。明兰依礼送了贺礼过去，墨兰也不忘回娘家显摆一回。可惜柳氏态度冷淡，而长枫臀伤未愈，不宜见人。

盛纮倒很捧场，既然亲家爵位得保，他当然继续提醒女儿赶紧生子，不然在夫家也没地位——真是伤口撒盐。墨兰郁愤，心道，还不如不来炫耀呢。

正月喜事多，未过几日，前方就传来捷报，宣大总兵将游荡于宣府大同处的小股羯奴歼灭，剩余残兵都赶至西北塞外，为即将到来的大战开了个好彩头。

皇帝龙颜大悦，论功行赏中，梁府大爷赫然于榜上前三名，一时间，永昌侯府一扫之前冷清，再度门庭若市，往来如织。

可惜，这般好光景只持续了十来日。

这日，柳氏来寻明兰，寥寥数语，淡淡道出永昌侯府要分家了，已闹好几日了，涉及梁晗与墨兰，问明兰要否去看看。

明兰沉默了好一会儿，才道："问大姐姐哪日去，我也跟着去一趟吧。"

第五十八回 · 千里姻缘

　　此后几日，华兰又来找过明兰一回，于此事姊妹俩已在不言语中达成共识。

　　若兄弟姊妹一个个都顺风顺水，只墨兰一家过得艰难凄惨，她们也不好袖手旁观。综上缘故，墨兰夫妇最好还是别分出来，继续依附永昌侯府生活才好。

　　华兰与柳氏说好，旁的长短琐事均由她们出面，不过，明兰多少得走一趟，算是压压阵。

　　这日，梁夫人来请，道梁氏族中和姻亲的女眷们齐聚吃茶，商讨分家事宜，华兰觉得这场面合适，内宅女眷说话，既不用撕破脸来闹，又能表明盛家态度，就叫了明兰一道去。

　　路上，姑嫂三人同乘一辆马车，明兰问及梁家近况："我也奇了，现下梁老侯爷才毕了七七，怎么梁大奶奶就明目张胆要分家？"

　　古代分家又不算什么体面事，若非父母发话，长辈主理，大多要落闲话。

　　柳氏叹口气，她是最逃不脱的，公爹和丈夫屡次嘱托，不得不奔忙劳碌。只听她道："六妹妹是老实人，哪想到那些刻薄伎俩。自老侯爷过世后，那大房两口子就开始不太平了，后来梁家大爷去了宣府，多少消停了一阵儿，可袭爵的旨意一下，梁大奶奶又闹腾上了，还越发变本加厉。"

　　华兰冷笑一声："这点子心计也不难猜，不过打量着老侯爷没立世子，起了念想，想在前头立些功劳，好争下这爵位，现又见没了指望，就想着分家。"

　　柳氏疲惫道："我瞧也是这个意思。大奶奶不会明说要分家，却镇日招猫逗狗，指桑骂槐，今儿指摘梁二奶奶克扣了她的份例，明儿说婆母偏心，满府都欺负她，一个不好，就是一顿号啕大哭，再不然就找亲戚来喊冤评理，动不动就要死要活，开口闭口'过不下去了'，连四妹妹也叫发落了一顿，说刻薄她那表妹、什么春舸姨娘的。"

华兰听得厌烦："梁夫人就不能睁只眼闭只眼算了？跟这种小人计较什么！"

明兰摇头道："梁伯母心高气傲，哪肯受这份气。"

"那就拿出些婆婆的手段来，别叫人当软柿子欺负了！"华兰捶了下马车壁板，上头裹了厚厚的锦缎棉绒，无声无息。

柳氏道："大姐有所不知，这几年来，梁家大爷仕途得意，谁不高看一眼？今上登基后，梁老侯爷尚挨了申斥，偏梁大爷有能耐，不知走了哪条路子，得了宣大总兵樊大人的赏识，依旧平步青云。外头人都说，梁老侯爷能官复原职，还是沾了儿子的光呢。世人多见风使舵，这回闹分家，梁家就有不少站大奶奶那边的，直把梁伯母气了个半死！"

听了这话，姊妹俩双双叹气，明兰不无感伤："说一千，道一万，还得子嗣得力呀。"

华兰想到自己，眉头深锁，低低说了句"养虎为患"。无怪世上嫡母总爱防着庶子，有些还要存心养废，可见有些道理，眼前便是好例子。

明兰瞥了她一眼，柔声道："梁家这样的，哪儿都不多见，姐姐不要往心里去。"

也不知华兰听进了没，只点点头。

她们到梁府时，各路神仙已齐聚假山旁的偏厅，各位女眷衣饰华贵、珠翠环绕。明兰略略一数，足有十来个之多。梁夫人指着说了，明兰方知其中两个是梁夫人的亲眷，两位是梁二奶奶娘家的母亲和嫂嫂，四位梁氏族内的女眷，余下尽是梁大奶奶的娘家人，庶房三奶奶独自垂首坐在一旁，四奶奶墨兰的娘家人刚到。

"你身子不便，就不必过来了。"梁夫人歉意道。

明兰捧着肚子，微微而笑："不妨事的，这几个月正稳当呢。伯母有事，我们做晚辈的，总得来瞧瞧。"

叙话招呼后，大家各自落座。

梁大奶奶年约三十，生得娇小清瘦，颇有姿色。她戒备地窥了眼明兰她们三人，抖开帕子，继续适才的话题——痛诉在梁夫人手下过得如何不容易。

"……不过想吃个鹌鹑蛋，是什么金贵东西了？婆子只是敷衍，好些的答我一声，不好的还暗地里说我瞎折腾。倘若是弟妹发话，怕不连夜逮鹌鹑去？！"她边说边抹泪，"才四五岁大的丫头，知道什么了？还当她爷爷在呢，她爹哪能跟二叔、四叔比……"

这女人诉苦极有技巧，巨细靡遗，丁点儿大的事都能漫天发挥，慢了一盏茶，冷了一碗汤，一句话、一个眼色，都能牵到尊重体面上去。

偏她身旁还有几个妇人，你一言，我一语，凑着帮腔，或叹息庶长子媳妇不好做，或抬着杠子，说梁夫人如何明理宽宏，定然能明白大奶奶的委屈和难处。

梁夫人脸色铁青地说"你是指我处事不公了"，梁大奶奶就抽泣着回嘴"五个指头还不一样长短，何况嫡庶有别，母亲哪里有错"，梁夫人又不能拉下脸来说"我对庶子比对嫡子好"，只好活活噎着。

梁大奶奶边哭边说，絮絮叨叨，尽管涕泪满面，话却条理分明，并非一味蛮横撒泼。明兰在旁听得有趣，暗叹头一次见闻这等高手。

譬如，若你好端端地指责某人，说"猴哥，你干吗只跟二师兄好，总叫我干活儿"，人家至少还能辩解一二，"那呆子贪吃懒惰，哪及沙师弟你稳重牢靠、盘靓条顺"云云，纵使未必服众，至少也算个说法。

可这梁大奶奶居然不照常规出招，完全走意识流路线，只道"你们心中隐藏着怨恨，眼中透着轻视，举止带着厌恶……不用否认了，我们又不是瞎子，完全看得出"。

遇到这种对手，你除了脸憋得通红，反骂一句，还能如何辩驳？难怪连墨兰也败在她手下。明兰恍然大悟，果然高手在民间。

梁二奶奶为人温柔端庄，从未与长辈顶过半句嘴；三奶奶自怜处境，瑟缩不语；墨兰倒是几次想开口，奈何畏惧梁夫人威势，不敢张扬，只能愤愤坐于一边。

梁大奶奶哭诉了足有两盏茶的工夫，终于转入正题，表示"你们伤害了大房人民的感情，意图颠覆我们的平静生活，再不能这样下去了"。

梁夫人早是气极，冷笑道："你要分家，说就是，难道我还会拦你？"

谁知梁大奶奶并不接过话茬儿，继续哭天抹泪，唠唠叨叨"树大分枝，分家也不是坏事，亲兄弟的情分又斩不断，哪怕大家都住开了，常来常往，依旧一般好"，绕着圈子说要如何帮扶两位弟弟。

梁夫人气得浑身发抖："你要走，自走好了，何必非要饶上老三和老四？我早说了不成的，你还不肯罢休？"

梁二奶奶忙过去扶着婆母，连声道："母亲消消气。大嫂不过自说自话，两位叔叔和弟妹早说了不愿分出去。"

梁三奶奶和墨兰也连忙起身，双双道："我们愿意孝顺服侍母亲。"

梁大奶奶立刻不哭了，柳眉倒竖道："既然要分家，自然一道都分了，哪有留两个、走一个的道理？现下把事都办妥了，省得以后再啰唆。"

明兰捋了好几遍肠子才明白过来，梁家大房非但自己要分家，还要下头两个弟弟也分出去！她转头，只见华兰也在看自己，彼此目露狐疑。

梁二奶奶的嫂嫂坐不住了，斯斯文文道："大奶奶要分家，两个小的不愿分，何必强人所难？各自管各自好了。"她出身浙南望族，父祖兄弟三代出仕为官，不论夫家娘家，都是门风谦和自省，何曾见过这般无赖的。

梁大奶奶脸色变了几转，缓下来强笑道："亲家太太此言差矣，几个兄弟都不分，只我们走，岂不显得我们不孝？"

明兰终于忍不住了，失笑道："梁大奶奶思虑果然周全，可人家明明不愿，干吗要为了你们去分家？"

梁大奶奶皮笑肉不笑："一笔写不出两个'梁'字，难道母亲和诸位叔叔忍心看他大哥被外头人指指点点？"

明兰玩笑道："适才大奶奶不是口口声声说婆母妯娌不好吗？都那么明目张胆地刻薄大奶奶了，何况'指指点点'？这不是抬杠，而是逻辑问题。"

梁大奶奶当即语塞，四周女眷发出轻轻的嗤笑声。梁夫人松开紧锁的眉头，融雪般浅浅而笑。梁二奶奶转头感激地去看柳氏，三奶奶也偷偷抬眼去看明兰，墨兰却神色复杂，看了会儿众人，又怔怔地望着窗外。

明兰再添上一句："况且孝不孝的，众人都有眼睛。老子过世还不足百日，哪怕有天大的委屈也该忍了，却有人闹着分家，呵呵。"

梁大奶奶咬牙切齿，心知这话有理，若非怕风评不好，她早闹得更凶了。

华兰见状，高声笑道："这不就成了？梁伯母都发话了，想自家过小日子的，就分出去；不愿意分家的，就留下。兄弟虽亲，但各走各路，大家好聚好散。"

顿了顿，她敛去笑容，冷冷道："谁也不怕闹事，不过顾着脸面，盼着一家和气。我劝大奶奶还是见好就收吧。"

梁二奶奶底气大足，微微挺背，斯文有礼道："大嫂嫂，三弟、四弟反正是不分的，你要怎样，自便吧。"自从丈夫袭爵后，她没少吃长嫂的排头。

梁大奶奶沉着面孔，一言不发。她身旁的一个妇人出来笑道："都是自家人，话赶话急了，瞧这弄拧的，实则大奶奶也没什么旁的心思，不过是儿女大了，总要分出去过的。”

她嘻嘻哈哈地打了番圆场，又道：“……若是分家，夫人预备如何分呢？”

梁夫人毫不犹豫："祭田不能动，永业田不能动，五丫头还没出阁，给她留笔嫁妆，余下的均分四份，一家一份。"

梁大奶奶又跳了起来，尖声道："这不成！淮西街上那排铺面，另两座银楼，还有四年前买的那两座庄子，爹爹早说了是给我们置办的产业，这些怎能算作公中的？"

"既然是四年前就置办的，为何老爷迟迟不把这些交到你们手里？"梁夫人问。

梁大奶奶死死咬住嘴唇，手指不住地绞着帕子。

梁夫人盯着她，一字一句道："锦绣繁华时看不出来，老爷也喜欢。可一旦有个什么，你们枉为长子长嫂，却一丁点儿担子都不肯挑。家里洪水滔天也罢，父母兄弟有难处也罢，只要自己好，别的一概不管！老爷明白了这点，才收了产业，叫我均分。"

梁大奶奶的面孔绷紧发白，过了片刻，她忽地扑在自己膝头上，大哭起来："家里兄弟四个，只他大哥在外头拼死拼活，有什么法子，庶子没有好出路，只能血里火里挣生活！光耀了门楣，体面了兄弟，又挣下大把家产，怜他才三十出头，已满身是伤，天冷腿会疼，天热背上疽伤裂开，下雨天旧伤发寒痒，浑身上下竟没一处好的！"

她哭得伤心，跺脚捶胸道："二弟命好，镇日看书赏花，悠闲自在，自有祖宗的爵位可承继。三弟、四弟也是舒舒坦坦地在家，外头有他大哥顶着，谁也不敢小瞧了去……"

梁夫人听得勃然大怒："说一千道一万，你不过是怕兄弟沾了你们的光。你放心，我们就算大难临头，也有几门能靠的亲戚，讨饭也讨不到你们门口！"

听得"亲戚"二字，梁大奶奶心头一警，虽说除了自己丈夫，剩下三个梁家子不过都是灯笼货——摆着好看的，可架不住从婆母到两个姽娌，背后都连着厉害的姻亲。

心头一转，她刚抬眼，就见明兰正笑吟吟地看着自己，她顿时缩了脖子。

坐在梁夫人身后的贵妇冷哼一声，道："敢情梁家老大是天生天养，不用我姐姐、姐夫养育教导，自己从娘胎带了一身好本事，武曲星下凡呢！"

梁大奶奶闷声不响，低下闪着怨愤的眼睛。

看到这里，明兰已觉得索然无味。

有能耐的兄长不愿被无能的弟弟拖后腿，想自负盈亏，没什么不能理解的。梁大夫妇仗着庶强嫡弱，策划此次分家，看老父亡故，嫡母骄傲，另亲朋帮从些许，本来成功率很高，可惜他们忘了一点，破船还有三斤钉。

兄弟们再无能，嫡母再高傲，世族姻亲依旧不容小觑。光是梁夫人和梁二奶奶身后，就有一位两广总督、一个户部侍郎、两个屡出权宦的名门望族，这还没算上盛、顾、袁三家。

梁府大爷再能干，也不能把这帮人都得罪了吧。

大约胎儿感受到了明兰的无聊，重重动了两下，明兰不防，轻"啊"了一声，皱眉捂腹。梁夫人看到，急忙道："可有什么不妥？"

明兰缓缓抚着肚子，笑道："无妨，约是坐太久了。"

梁夫人心知不宜叫明兰立刻回去，便转头对墨兰道："这边后头屋子还算清静，陪你妹子过去歇歇，待缓下来后再说旁的。"

墨兰柔顺地应了，低头去搀明兰。在旁服侍的小桃很机灵地抢先一步，不着痕迹地从侧边隔开她们，扶着明兰憨笑道："四姑娘，您前头走吧。"

墨兰看了这主仆俩一眼，莲步轻移，缓缓往后头走去。明兰和小桃跟着，临出偏厅前，还听梁二奶奶的母亲缓缓而言，老太太声音苍老笃定："要分家，直说就是，何必扯什么嫡母刻薄，白显了小家子气。亲家公的家底，便是一份也很富足的。做小辈的，眼光要放长远，万事留一线才好……"

明兰听得暗暗点头，这番又劝导又威胁，果然厉害。

明兰跟着绕过一架紫檀木玻璃彩绘的牡丹如意花样的大屏风，又转了两个拐角，来到一间清雅宽敞的厢房，厢房里靠墙设榻，窗边有桌几椅凳，当中一张大大的如意圆桌。

小桃扶明兰靠坐到软榻上，然后弯腰除鞋，将她双腿抬上榻，低声道："又肿了呢。"就轻轻揉着。明兰发出惬意的声音，酸胀的小腿难言舒适。

墨兰坐在明兰对面，看着梁府丫鬟端上热茶点心，然后屏退众人。侧面洞开的炭炉格栅，随着气流涌动，隐隐传来前头厅堂争执的声音。

她淡淡瞥了眼不肯离开的小桃，再看明兰。明兰也在看她，屋里寂静得落针可闻。

她们俩实在太熟了，墨兰装柔弱可怜固然无用，明兰扮老实纯厚也属于白搭。

打过架，吵过嘴，针锋相对过，互相陷害过，到如今，就算不知道对方肚里有几根肠子，至少也知道那肠子的形状和颜色。

墨兰轻笑一声，道："六妹夫又出门了，六妹妹觉着寂寥吧？唉，只盼六妹夫平安回来。"

明兰捧着暖盅，没理会这话，神色悠然道："我听说，老侯爷过世后，梁伯母便亲自做主，散了姐姐院里好些姑娘。"

墨兰沉下脸色，却忍不住辩解："相公要守孝三载，没得耽误了那些女孩子。"

"原来如此。"明兰笑笑。

看妹子这神色，墨兰越发恼恨，婆母对自己不满，明的暗的都示意过了，每每谈及顾家，总要夸两句"顾侯夫人那样的，才是旺夫益子的有福之人"。

"你们……"墨兰咬了咬唇，"是否觉着我窝囊无用？"

明兰笑眯眯道："论儿女、论前程、论夫妻情分，大姐姐、五姐姐，还有我，四姐姐自己比比看吧。"

墨兰目露怨恨，站起走近明兰几步。小桃一下跳起来，挡在软榻前，大声道："四姑娘，你若走近我们姑娘三步之内，奴婢就无礼了！"

她身体健壮，这几年又跟顾全几个学了些拳脚，撂倒个把内宅女子不在话下。

墨兰瞪眼："你敢？！"

小桃直直瞪回去："四姑娘，那年您拿碎瓷片要划我们姑娘的脸，奴婢还记得。房妈妈说了，若再有下次，只管往四姑娘的脸蛋上招呼，不用客气！"

墨兰气了个趔趄，心知小桃憨直老实，最是说一不二，再看她结实矫健的圆身子，只好退后坐回椅子上，恨恨地拍着扶手，低骂道："我自小就运气不好，今日才叫你们笑话。"

明兰微微抬起身子，失笑道："自小到大，姐姐每遇糟糕之事，总是怨天尤人，或怨爹爹不够宠爱，或怨祖母偏心，或怨姊妹们碍事，这毛病，到如今也还未改呀。这门亲事是姐姐自己算计来的，无人可怨了，姐姐就推给运气。姐姐何不想想，也许，所有这些都是你自己的不是？"

墨兰大怒，额头青筋暴起，吼道："我有什么不是？！难道要我眼睁睁地看着你们一个个攀了高枝，自己坐以待毙？"

明兰半点儿不动，静静道："从林姨娘教姐姐不要'坐以待毙'起，姐姐就错了。"

"你……"墨兰气急败坏。

明兰淡然道："林姨娘教了些什么，观姐姐现下行径，我也能看出些来，无非就是争宠斗艳，整治妾侍，牢牢拿捏夫婿，分宠、挑拨、诲媚……"她轻轻笑了一声，"说实话，无怪梁伯母对姐姐不满，林姨娘是什么身份，姐姐又是什么身份，好好一个正房太太，偏去学妾侍做派，还想拿这些鬼祟伎俩安身立命。"

墨兰手指紧紧掐着桌儿，哑声道："不许说我姨娘！她如今已受足了罪！"想起前阵子去庄上看望生母，昔日美貌清丽的林姨娘，如今已成了个粗糙的坏脾气老妪。

"除了她，还有谁来教我？我不听她、信她，还能怎样？！"

明兰看着她，摇头道："孔嬷嬷、祖母，连父亲也常对我们姊妹训话，可姐姐都没听进去。你的运气差，那大姐姐呢？梁伯母可有算计过姐姐的嫁妆？可有往你屋里塞人？可有刻薄欺侮你的孩儿？哦……我忘了，四姐姐还不曾生养。"

墨兰满心愤慨懊丧，一时又灰心颓废，只觉自己一生无望，又想去抓破明兰的脸，身子却像被定住了一般无法动弹，只能怨毒地瞪着明兰。

"大姐夫曾说过，四姐夫并非纨绔子弟，不过是年纪轻，好玩乐，心又软，易受挑拨，可骨子里不坏，好好盯着，鼓着劲儿，会有出息的。"

明兰回忆华兰的话，轻声道："即便四姐夫当初宠爱春姨娘，可若姐姐拿出道理来，谆谆劝导夫婿进取，斥责春姨娘的无理取闹，梁伯母还不欢喜坏了，能不给姐姐撑腰？往这条路子上，姐姐倒可以多使些手腕了，四姐夫焉能不听？

"可姐姐偏不走正途，去行那歪门左道。为跟姨娘争宠，不住给夫婿弄通房美婢，以图分宠，闹得屋里乌烟瘴气。这几年下来，大姐夫给大姐姐挣下数倍的嫁妆，可四姐夫呢？娶了姐姐后，数年来于仕途上竟无半点儿进益！我只问姐姐，若梁伯母哪日不测了，你们分家出去，四姐夫可能撑起门户来？"

明兰缓一口气，深深道："若我是做娘的，眼看我原先还能调教的儿子叫儿媳勾引得进取之心全无，整日厮混于花丛中，我能喜欢那儿媳吗？"

在督促夫婿用功奋进这点上，柳氏属于教科书般的典范案例。

啪，啪，啪——响亮的拍掌声。

墨兰冷笑着拍掌，大声道："好，说得好！到底是做了一品夫人的，果然说得头头是道，只叫我这不成器的姐姐恨不能一头碰死了，再投一次胎得好！妹妹现下飞黄腾达了，也别光顾着讥讽，好歹拉拔姐姐一把呀！"

望着她那扭曲激烈的面庞，明兰静了好一会儿，忽道："五姐姐随姐夫赴了外任，四姐姐从来不问，可知他们去哪儿了？"

墨兰不屑地从鼻子里哼出一声来："管哪处犄角旮旯，芝麻绿豆的小吏！"

"……是泉州。"明兰轻声道，"当年爹爹领咱们住过的地方。五姐夫有本事，自行谋的差事，爹爹不过最后推了一把。"

说完这句，明兰长出一口气，只道："我歇得够了，这就去前头告辞，姐姐不必送了，就此别过吧。"说着便下床踩鞋。

走出门外，小桃紧紧扶着她，嘟囔道："姑娘也忒好心了，四姑娘哪里配了！您的好言好语，她还当是笑话她呢！"

明兰揉揉小桃的刘海，微笑道："傻丫头，有时咱们要做些'应该'的事，而非'需要'的事。"就当为梁夫人做件好事吧，她待自己还算不错。

墨兰犹自坐在椅中，仿佛无力，脑中一片空白——

泉州，那是多么好的地方呀。

空气湿润温暖，到处都是碧粼粼的水塘，映得天光浅蓝明净。鱼米稻香间，悠荡着孩子们稚嫩的歌声，还有从海那边舶运过来的西洋货……

那是她最美好的时光。

那时，她是父亲最宠爱的女儿，生母林氏又那么体面，出门游玩，或见人待客，哪个太太、夫人不夸她漂亮、聪明？简直比嫡出的那两个还有大家风范。

泉州、文炎敬、父亲的安排……本来，这都是她的。

一时间，她满心怅然若失。

永昌侯府的这场分家风波足闹了大半个月，直至梁家大爷二月初回京，一俟往兵部述职毕，他就赶忙回家，先是痛哭流涕地跪倒在嫡母跟前，苦苦哀求原宥，再当着族人的面，痛斥妻子无知顽愚，为增加气氛，还当场扇了梁大奶奶一掌，接着跟三个兄弟痛陈亡父希望手足同心可持续家族发展的美好心愿。

最后于耆老们欣慰的目光中，四兄弟抱头痛哭，梁夫人抽搐嘴角，四个儿媳傻站一旁各自肚肠（到底年轻，表情转换不到位），好戏落幕。

"这么说，不分家了？"明兰啼笑皆非地问。

柳氏叹气着点点头，又迟疑道："六妹妹你说，梁家大爷……真不知大奶奶所为吗？"

不等明兰开口，华兰就轻啐一口，不屑道："哪能的事，做戏罢了！怪道人皆言梁老大非同一般本事，能屈能伸，精明果决，却不知为何做出这等反复之事，真真可笑！"

明兰沉吟片刻，小心揣测道："依我看，梁府大爷原是指着凭功袭爵的，谁知叫当头浇了盆冷水，见此事无望，便生出怨怼之心，又想几个兄弟都少能耐，侯府势力也不如前，还不如自立门户，少些牵连拉扯，便于信中向大奶奶透了分家之意。"

柳氏和华兰听得点头，催促着明兰继续说。

"分家之事，本是梁家大爷在失了爵位后，怨愤意气下生出的想头，并未思虑周全。谁知大奶奶见风就是雨，又早存了这个心思，便真真闹起分家来，不承想……"明兰略带讥讽地笑了下，没再说下去。

"不承想，傲气的梁伯母先前从不在意庶务的，此刻却厉害起来，"华兰笑着接上，"拉上亲戚，壮了声势，说掰起道理——父丧不足百日即议分家，哪儿都打脸的，梁大爷陡觉事情不好，忙悬崖勒马，哼哼，可怜大奶奶的脸，叫使了苦肉计！"

柳氏听这姊妹俩侃侃分析，虽未亲见其中原委，竟和梁二奶奶私底下透露给自己的十中八九，不由得暗叹盛家儿女多聪敏伶俐，偏最傻的两个都叫自己摊上。夫婿也就罢了，总算肯听自己的劝，可那嫡亲小姑子……唉！

既知长兄无义，分家是迟早的事，劝促夫婿上进才是真的，待三年孝期满了，赶紧生个儿子，大局定矣——那万姓妾侍又不能再生了，膝下只一个丫头，再宠爱又有何用？跟她较什么劲儿！真是聪明面孔笨肚肠。

正回肠百转苦思头疼之时，却听阵阵孩童般的嬉笑声从外头传进来，原来是明兰叫小桃开了半扇窗，好散散炭气。

此时尚值寒气料峭，嘉禧居的庭院颇为广阔，绿枝领几个稚龄丫鬟打扫着积雪，地上薄冰未化，女孩们嘻嘻哈哈地玩闹着，或从地上捡薄冰来塞对方领子袖口，或互推着滑来滑去，摇晃着不稳，亏得都穿得暖和圆胖，倒不会伤着，只个个都玩得小脸通红兴奋。

屋里三人看得有趣，过了片刻，明兰微觉冷意，便叫小桃关上窗。

华兰转回来笑道："说起来，四弟就是这时候生的，记得那年，我还在院子里顶着风口玩呢，便有人来报，'大姐儿，你又多了个弟弟'，我还没多想呢，一旁的奶嬷嬷就唠叨上了，什么'不可再淘了，要端庄些才好'。"

明兰半遮着帕子，哧哧笑起来："我听房妈妈说过的，大姐姐小时候淘得很，老太太和爹爹、太太又都宠得紧，舍不得责骂，把老嬷嬷愁的呀……是以家中每多个孩子，她都要这么说上几日，只盼天可怜见，能叫大姐姐忽生出为弟妹以身作则的心来！"

柳氏听着也笑了："这可真没想着，大姐姐如今端庄娴雅，相夫教子，外头谁不夸的，真该叫那奶嬷嬷瞧瞧。"

想起童年幼稚，华兰也是摇头苦笑："端庄娴雅谈不上。唉，我那嬷嬷原是奶大太太的，又照看我许多年，上了岁数，早就回去享儿孙福了。"她又指着明兰对柳氏道，"这丫头倒是从小就老实，叫吃就吃，叫睡就睡，从不添乱，不像五妹妹，跟个炮仗似的，没半会儿消停。唉，一眨眼的工夫……"啧啧几声，感叹岁月如梭，又问及长栋婚事如何。

柳氏笑道："瞧近来忙的，都糊涂了，我正要说这事呢。劳烦六妹妹去那边递个话，只说老爷是千万满意的，只是上面还有老太太，禀过长辈才好，前些日子已差人去问了，只等老太太回信，便可上门去提亲了。"

明兰也笑道："不差这几日的，正月里谁不忙？怕那边也无暇顾及呢。"盛老爹在面子活儿上从不会少半分功夫，绝对叫人指摘不出一丝问题来。

送走华兰和柳氏后，刚想叫乳母抱团哥儿过来玩，车三娘摇着丰硕的臀部上门来，刚落了座，就迫不及待道："夫人托我给凤仙姑娘寻婆家的事，有眉目了。"

明兰颇惊："这么快？"又失笑道，"姐姐好本事呀！"

车三娘不掩得意之色，痛快得不加自谦，笑道："喀，没这点儿本事，怎么吃这碗饭？"

听她娓娓道来，明兰方知对方姓郭，乃偏州县某一镇上富户，夫妻俩都甚为能干，攒下上百顷良田的家产，妻子年长夫婿五六岁，今年已是知天命了，长子去年已成亲。

郭妻年老色衰，想纳一房颜色好的女子来服侍丈夫，可小地方的丫头有几个整齐的？凤仙这样的罪臣之女最好，比良家贵妾好拿捏，又比烟花女子规矩。

"只要夫人点头，这几日就可把人送过去了。"车三娘道。

明兰巴不得快些了结，转身就使翠微去问凤仙。

过了半日，凤仙脸带红晕地来了，扭着碎花步站在厅前。明兰耐着性子听她自叹了半盏茶身世，才听她羞羞答答地问："还有更好的吗？"

明兰板脸："有，年前几位庄头来送年货，倒还有数十壮力没婆娘呢。"

凤仙见她脸色不好，连忙回话，说愿意嫁过去。明兰这才敛了怒气，刚和颜悦色地跟她说了两句，凤仙又红着小脸问："那位相公生得如何？"

明兰："……"

凤仙："那个，夫人打算许奴家多少嫁妆呀？"

明兰："……"

凤仙："路远迢迢的，旁的家什不方便运送，带银子即可。"

明兰："……"

用心险恶的对头送来的女人，好吃好喝供着，给她找婆家，末了，还要赔上一份嫁妆——明兰默了很久，实在无法容忍自己居然堕落成了圣母。

到送出嫁前，她都拒绝再见凤仙女士，只愿出二十两银子做陪嫁，不过，她可以带走当初甘家送来的首饰。临出门前，绿枝十分剽悍地从凤仙行李的衣裳堆中，搜出一对小巧的汝窑官藏青花玉凤转心瓶和一个垂玉珰粉紫釉描金暖手炉。

车三娘也是抹了一头汗："我原先当她是个弱质纤纤的才女呢。"

明兰暗叹，当才女是要付出代价的，像她那亲爱的小姑子顾廷灿小姐，自打嫁人后就无声无息，公主府管束严厉，打听都没的打听。还是小沈氏从郑大夫人那里听来些许趣闻，曾来调侃明兰"你家小姑子可真爱出风头，韩府千金领着几家小姐办诗会，她倒摘了魁首"云云。

又有张氏偶尔提及，仿佛是为了让新媳妇早日适应，新婚后第二个月，公主就派了个嬷嬷过去教规矩，半年后追加一个，一年后又补充两个。

人家婆婆爱往儿子院里塞通房姨娘，这位公主却一个劲儿地塞嬷嬷，实在妙得很。

这就是皇家的厉害，在公主府里讨生活，高兴了，人家就说"自家人过日子百无禁忌"；不高兴了，就叫你学满 13 个学期共 250 个学分的规矩，甚至延毕，让你难受都没的说。

世道艰难，才女还不如包租婆吃得开。

凤仙女士奔向新生活后七八日，石氏兄弟终于要回来了，车三娘犹如热锅上的蚂蚁，坐卧不宁，焦躁不安。瞥见明兰望来的好奇目光，她尴尬一笑："自打成亲后，和我那当家的就没分开过几次。当初说好的，他在水里，我也在水里；他在火里，我也在火里。谁若早一步去了，黄泉路上好歹要等一等。"

她说得理直气壮，明兰倒有些不好意思。她忍不住问道："姐姐这般痴心，若是……石家大哥负了姐姐呢？"

车三娘豪迈地笑起来："我原是个卖解的丫头，算是高攀，嫁个漕帮小头目，我想好好侍奉老娘，他要拉扯大兄弟，都是下九流，都有拖累，这就搭伙过日子了。以后的事谁知道，若他真敢起花花肠子，当我瞎了眼，红白刀子见真章就是了！眼下嘛，快活一天是一天！"

明兰报然而笑，相映之下，颇觉自己患得患失得好笑。

石氏兄弟来的那一日，车三娘披着一件簇新的大红缂丝袄子去门口迎丈夫。落日余晖照在石铿黑黝黝的脸膛上，望向妻子的目光宛若艳霞般光彩。

带回来数十个大箱子，其中十个是顾廷烨叫捎回来的，里面都是西北特产，各种珍贵的皮货、毛料，风干的菌菇瓜菜、党参、黄芪、当归，还有几张异域风情的厚毡，色彩浓丽绚烂。

石铿道："都是路上的孝敬侯爷的。"又指着另几个大箱子，笑道，"这些是我们兄弟补上的今年的年货，都是些粗物，夫人万请笑纳。"

什么东西倒在其次，明兰关心的是人。若眉也挪着笨重的身子过来，怯怯地问了几句。

石铿又道："侯爷身子好得很，行军也顺。侯爷说，叫夫人只管好好养胎就是，旁的不要操心。"又对若眉道："公孙先生也好得很，近来迷上了西域的葡萄酒，为着战事，不敢多饮，叫我封了两车回来，叫姨娘收着，说这酒以后跟儿子吃。"

的确是公孙老头的口气，若眉听得一乐，低头捂嘴甜笑。

石铿坐在门边说了好半天，末了，从怀里掏出一封信给明兰，说是顾廷烨的家书。

信封厚厚一沓，拿在手里沉甸甸的。

顾廷烨于笔墨上素来简洁，往日里是多一个字都不肯写的。明兰突发妙想，不会是路上收的孝敬银票吧，谁知回屋拆开一看，竟然真是家书！

信里也没说什么要紧事，不过是日常琐碎，絮絮叮嘱。

一张张，一行行，断断续续，似乎是得空了就写，什么天况、士气、西北风土人情，还有将士间的闲谈笑话云云，往往每段后头要添上两句戏谑调侃。

什么"风沙遮天蔽日，行不多时，只得安营扎寨，比你的脾气还大"，又或者"老天爷跟你一个性子，说变就变，错在哪儿也不叫人知道"，再不然"这儿妇人多泼辣健壮，能骑会射，待这趟回来了，我教你骑马"……

有时掰不出来了，就转两句歪诗。

什么"似此星辰非昨夜，为谁风露立中宵"——这还好些；"相思一夜情多少，地角天涯未是长"——有点儿肉麻了；"愿我如星你如月，夜夜流光相皎洁"……

明兰捧着信笺笑倒在床上，嗯，很好，很好，你做星，我是月，回头来个众星拱月。

小胖子刚吃了半碗蛋奶糊，胖脑袋一点一点地要睡了。明兰用力亲了儿子一口，笑眯眯道："以后要好好读书，别跟你爹似的，也不知从哪本书上抄来的！"

这夜，明兰将家书读了又读，把十几张信纸捂在心口，最后迷糊着睡去。

次日，红光满面的车三娘来嘉禧居，眉目含情，皮肤滋润，明显昨夜激战酣畅。明兰打趣了她两句，车三娘便说了来意。

她言语清楚，三言两语之后，明兰大吃一惊："石锵要娶小桃？！"

车三娘扭扯着帕子，为难道："离家几个月了，我们当家的打算这两日就走，那傻小子从昨夜起就不对了，闷头闷脑的，饭也不肯吃。我问怎么了，他把嘴闭得跟河蚌似的。他大哥要拔拳头了，这小子才开口，说几年前见过小桃姑娘，之后一直惦记。这回见到，大家都大了，个子也高了，他就动了心思。"

明兰呆了半晌，才结巴道："石兄弟……看上小桃……什么了？"

记得几年前那次江上遇劫，获救后她就更衣休息，一直坐在屋里定神，下头丫鬟们则忙着奔来奔去地收拾，那会儿一道帮忙的石锵自然见过她的丫鬟。

小桃是个好姑娘没错，可相貌……明兰眼前浮现小桃的模样，圆圆的、憨憨的、粗粗的、笨笨的，很村姑气质。一见钟情？

车三娘也为难了，道："这……我也不知道。不如，夫人自己问问那小子？"

明兰点头。因外男不好入内宅，她和车三娘只好坐轿到外厅去，另叫人去传石锊。

到了外厅，站在门廊边的石锊少年，头顶几乎顶到梁了，脸红得好似煮熟的虾，跟卡住了喉咙似的，死活说不出话来。

车三娘几乎把石锊当儿子看的，见状，恨铁不成钢地走过去，用力捶幼弟道："你倒是说话呀！夫人说了，正在给几个丫头看女婿呢，你再不说，那煮熟的……"不对，八字还没一撇呢，人家姑娘根本没熟。

"你再不说，那长毛鸭子本就是会飞的……"车三娘挥着拳头，吼道。

明兰扑哧笑了出来，厅堂内气氛一松。

"你好好说，到底喜欢小桃什么了？你若不说出个道理来，我如何放心把小桃嫁到大老远去？"明兰柔声问道。

石锊擦擦脑门上的汗，手脚都无处放，看看嫂子，再看看屏风后的人影，终于鼓足勇气道："小桃姑娘……"愣了半天，"是个好姑娘！"

车三娘绝望了，怀疑是不是自己从小管教太严了。

明兰叹了口气，用中学训导主任哄学生说出早恋的口气道："那你说说看，几年前第一次见到小桃，是个如何情形呀？"

依她原先的打算，定要给那傻姑娘找个靠谱的夫婿才行，并且要近些，好方便照顾。

石锊开始回忆，没头没尾地说了半天，只有一句关键："……满船的姑娘都吓得厉害，有些哭，有些骂，还有些在发抖，连话都不会说了……只小桃姑娘没有。"

"那她在干吗？"明兰也好奇了。

高门内宅里的丫鬟都是娇养的，哪里见过劫匪。当时，船虽已靠岸，但水面上还浮着几具尸身，不远处的船只刚扑灭了火，飘过来带着尸臭的焦味，船板上处处血迹未干，甫获救的女孩们惊魂未定，又要勉强收拾，自然没什么好脸色了。

石锊脸上荡漾起一层梦幻："……她借了柄鱼叉，到浅水边一气叉上来十几条肥鱼，然后捡了把冲到岸上的匕首，当场斩下鱼头，刮鳞挖肚，然后唱着歌回去了。"

这下非但明兰傻了，连车三娘也囧了。她很想摸摸自家幼弟的额头——难道那姑娘杀鱼剁头的样子十分明媚动人？

"我就想讨这样的婆娘！"石锵小弟握拳，坚定道。

明兰半晌不能言语，最后只能道："这个……我得问问小桃……"想到那傻丫头的性子，又补上一句，"怕是一时半会儿不能答复。"

车三娘笑道："这个不急。陪了那么多年的丫头，夫人自然要细细为她打算。我兄弟岁数也不大，况且我们那堂房叔父过世还不到一年，慢慢来，慢慢来，待夫人想定了再说。"

她不如石锵小弟这么天真，凡事要多思多虑，让幼弟娶到心爱的姑娘当然好，可能娶顾侯夫人从小伴大的贴身侍婢更加好。不是要贪图什么好处，但多个跟侯府的牵绊，就算将来他们夫妻走了，石家在漕帮里势力不再，女儿和幼弟也有贵人照拂，不致受欺。

直至回屋，明兰还有些啼笑皆非的感觉，当下赶紧把小桃捉来问。

小桃的反应比当初丹橘好，一点儿没脸红，呆了半天，只问："嫁了以后，还能跟夫人住一起吗？"

明兰道："这可不成。石家有点儿远，到这儿要小半个月的路程呢。"

小桃立刻摇头："那我不嫁。"

"笨蛋，为什么呀？"

小桃闷闷道："当初和丹橘姐姐说好的，倘若我要外嫁，她就不走了。我跟她说，她在外头有人等，我没有，我会留下陪夫人的，叫她尽管嫁好了，怎么能说话不算数？"

明兰心头一酸："你们两个……"

她揽过小桃的头在怀里，像搂团哥儿一样，仿佛她也只是个小小的孩子。

"傻丫头，这话我跟丹橘说过的，现在也跟你说。"明兰鼻头也开始酸了，"我从来、从来、从来没有一刻想过，要叫你们舍了终身幸福，就为了留在我身边。"

尽管她也很舍不得。

忍住眼中湿意，明兰抬起小桃的脸，认真道："你自小到大，从未有一字一句一事瞒过我，现在，你老老实实跟我说，你是识得石家小哥的，你……喜欢他吗？"

小桃傻傻想了半天，摇头道："我不知道。"

明兰无奈道："那你觉着他人怎么样？"

小桃带着哭腔："没去西北前，他就托人给我带了好几回东西，有安雅斋的酥糖、德福居的酱肉肘子、西街的荷叶莲藕粽子……这次他又给我带了好多好吃的。我偷偷去问他怎么知道我喜欢吃这些，他说，他都是拣自己爱吃的送来的。"

说着说着，小桃真的哭了起来，手足无措，好像做错了什么事。

明兰叹气道："哭什么，傻丫头，志趣相投，都是吃货，这不是蛮好的吗？"替她擦干眼泪，又问，"那你愿意跟他过日子吗？一直一直。"

小桃还是一脸茫然。

明兰又好笑，又无力，挥手道："罢了，你先下去吧，这事谁也别说，叫我好好想想。"

是稳妥起见，让这傻孩子留在自己身边，还是放她出去，让她拥有独立的人生呢？明兰抱着脑袋苦思起来。

车三娘何等机灵，没几日就看出了明兰的犹豫，便说他们夫妇先回去料理帮中事物，求明兰恩典，叫石锵小弟再留一阵，好跟屠家兄弟学些本事。

明兰正头疼呢，自是一口答应。那车三娘会来事，嘴上手上都没空过，屠家两位娘子早被哄倒了，闻听此事，也是乐得卖个人情。

如此，石锵小弟就留下了，在外院跟公孙猛挨着屋子住，平日凶巴巴的屠家老二学拳脚功夫，挨揍完毕，再去街上搜罗好吃的。

好容易料理毕石锵的起居，廖勇家的来跟明兰回话。恰逢明兰在午睡，她便托夏荷传话，夏荷一口应了，送走廖勇家的后回了自己屋，看见碧丝懒洋洋地挨在炕头上，笑骂道："好个轻狂的小蹄子，把你惯的，廖嫂子差遣，你也敢装睡？！"

碧丝无精打采地翻着手上的诗集，娇滴滴地笑道："叫我歇一会儿吧，有你一天，我且受用一天。"

夏荷望着地上的炭盆一会儿，悠悠出神："看来小桃姐姐是终身有靠了。"

碧丝闻言，猛地从炕上打挺起来，急急问道："莫非那事是真的？"然后自言自语道，"难怪三天两头往里头送东西。"

想起石锵挺拔的个子、漕帮的富贵，她嘟嘴道："私相授受，也不怕丢丑！"

夏荷摇头笑道："你呀你，眼红了不是？人家送的是吃食，你一口，我一嘴，姐妹们早分着吃完了，难道你没吃？何况……"她抿嘴，"何有昌家的都不说话，显见是夫人的意思。"

碧丝闷闷道："谁眼红了？谁眼红了？翠微姐姐自小就疼小桃和丹橘，夫人也处处体贴她俩。真不知石家看上那笨丫头什么了！"

夏荷好笑地望着她："我是后头来的，不能和你们比。不过呀，你也是活该！"

"你什么意思？"碧丝小声问道。

夏荷道："我虽服侍夫人不久，可也瞧出夫人温厚和善，像你们自小服侍的几个，但凡好些的，夫人焉能不上心？那秦桑和丹橘，都嫁出去了，夫人还三不五时地捎些东西过去，这样的主子……啧啧，上辈子修来的。"

她走到暖炉旁，倒了杯热茶轻轻吹着："那燕草我没见过，若眉是自己给夫人找为难，至于你嘛……"她坐到碧丝身边，调皮地戳她脑门，"委实是个扶不起的阿斗。"

碧丝不乐意地扭了扭。

夏荷继续笑着说："就没见过你这么好吃懒做的，分衣裳、胭脂了，你跑头一个；有活计要做，你躲得没影儿了；肥鹅大鸭子，绫罗绸缎，只得了你碧丝姑娘每日描半片花样子，做三两针刺绣。闲了，不是看书，就是吃吃喝喝。阿弥陀佛，我的佛呀，你是来做丫头的，还是来当小姐的？也就是夫人和几个姐姐好性儿，从来不说你，换作别家，哪容你享福？！"

碧丝生性柔顺，又贪图安逸，只想永远这么过下去，好吃好穿，不用干活儿，还有小丫头伺候，可眼见姊妹们一个个儿都有了着落，她不免心中暗暗着急。

"不过是个混江湖的下九流，有什么了不起的！"她低声嘟囔着。

夏荷笑道："你浑说什么呢！不是好人家，夫人会这么为难？你看看车氏娘子身上穿的、戴的，撒起银子来眼都不眨一下。"随即又叹气道，"真出去了，那可是当家做奶奶了。"

"既然是有头有脸的人家，干吗……"碧丝红着脸，放低了声音，"干吗不挑个好的做弟媳？我瞧石太太也高明不到哪儿去。"

夏荷失笑："我的好姐姐呀，你是真傻不成？"想跟这糊涂的也解释不清，索性说最直接的，"石家要开枝散叶，石太太早看过了，小桃姐姐是宜男相，喜欢得不得了呢。"呷了口茶，继续道，"石太太不高明？呵呵，她瞧出夫人心动，可小桃姐姐不开窍，夫人不放心的，不就是石家小哥儿的品性吗？人家索性把兄弟留下，叫夫人可劲儿地细细查看，若真是个好的，夫人就替小桃姐姐做主喽。"

碧丝听得急了起来，扯着夏荷的袖子道："那……那我怎么办？连绿枝也有眉目了，夫人属意外院的小陈管事，都托廖嫂子去跟陈家老两口说了，只有我……"

夏荷拍拍她的手，笑着安慰道："依夫人的秉性，总之不会亏待你就是了。"

不过，要怎么用心给你这么个好逸恶劳的丫头挑夫婿，也是不会的，估计你将来的日子……呵呵，要粗茶淡饭一些了。

碧丝素来好哄，既没胆量爬侯爷的床，也没毅力尽心办差、勤恳努力，只是听了夏荷的话又放下心来，懒懒地躺倒去翻诗集了，活脱一个小姐样儿。

夏荷托着下巴看了她一会儿，笑了笑。

其实，她倒希望小桃嫁出去，这样她能多些表现的机会。话说，能在这种明理清白的好人家里做丫头，实在是福气。

院里气氛和缓，丫鬟间也不用斗眼鸡似的，只要好好干，将来不敢说比绿枝好，总也能丰衣足食，运气好了，还能放出去安家立业。

如此两处安置，石锵每日在外院上着屠家兄弟的体育课，小桃则继续在内院吃香喝辣。嘉禧居一众女孩受多了孝敬，又想小桃平日和善，将来说不定有大造化，先前的调侃玩笑逐渐散去，越发替石小弟说起好话来。

连着受用了两回蜜汁火腿后，小桃那迟钝的心肝终于叫肚肠感动了，她决意致谢，因不通文墨，便做了两个横平竖直的结实荷包送过去。

一个继续送，一个继续谢，趋势渐转为纯口头道谢。一来二去，两人从见面说不足五个字，逐渐谈及人生理想、星星月亮，还有那些年一起杀过的鱼。

无须各路耳报神来通风，小桃便将每回相见的情形跟明兰老实说了。石锵自小随兄嫂走南闯北，颇有些见识，谈及风土人情、各地趣闻，虽是言辞拙讷，但胜在内容丰富，很叫小桃钦佩。但凡叫小桃钦佩的人，她只一种方式表达，就是放开了狠夸。

是以，明兰欣慰他们守礼自重，并无逾矩之余，心头不免酸溜溜的——

话说这十几年来，小桃都只夸她一人"好聪明，好有见识，好厉害啊"的啊！

明兰忽然很有找石小弟碴儿的冲动。

这日上午，她拿了点物册子与翠微合计。这一冬来，府中收入好些毛货、皮子，全家统共那么几个人，别说大人，便是两个正长身子的女孩都各做了两身紫羔皮袄，另一条大毛风兜，过年时又送与几房亲戚好些，依旧剩下不少。

眼见即将开春，明兰怕积存坏了，便商议要好好贮藏，新打造了十口半人高的樟木大箱柜，预备将皮子、毛货拣那干凉煦日晒得了，才能按册存好。

足忙活了半日，直至吃午饭方好，看着那须两人扛的厚实樟木箱子，明兰不由得微微咋舌，想，怪道那些积古的老太君、老封君都私房惊人，三天两头有东西赏小辈，照这么下去，大约等自己老了，也能攒下好多压箱底的宝贝了。

翠微看明兰略略蹙眉，却是想左了，便笑着劝道："夫人莫怕放坏了这些，如今家里是人口少，待夫人多生几个少爷姑娘，回头满院的孩子，一个个大了，到时怕都不够穿的。"

明兰莞尔，也不辩解，叫她自去忙了。明兰躺在暖暖的炕上歇了午觉，待醒过来后稍事梳洗，又叫乳母将小胖子抱来教说话。

团哥儿穿了件大红夹银鼠短绒小袄，以金线绣着富贵长命连身纹案，脚上蹬了双圆头圆脑的虎头鞋，由乳母牵着走进屋来，红扑扑的白嫩脸颊边还留着被褥睡痕，一见明兰便松开乳母的手，跌跌撞撞地挨过来，也不待人抱，就手脚并用地爬上炕去。

那乳母满脸堆笑："大哥儿走得越发稳了，若非今儿才睡醒，平时走路是再不肯叫人扶的。"自打明兰怀了身孕，她就很乖觉地管团哥儿叫"大哥儿"了。

明兰道："我如今身子重，还要妈妈多费心了，将来团哥儿大了，必不会忘了孝敬妈妈。"

那乳母"扑通"跪下，连声道："能服侍夫人和大哥儿，是我几生修来的福气。这么大的家底，想伺候大哥儿的满坑满谷，哪有小的邀功的份儿。"自团哥儿断奶，由盛老太太送来的两个乳母已放了一个，自己日日小心谨慎，耐心照料，终博得顾侯夫人满意，才能留在侯府。

明兰笑了笑，叫她下去吃点心歇息，自己教团哥儿说话游戏。

团哥儿自小身子健壮，吃睡妥帖，走起路来也是噔噔有力，偏只说话歪七扭八。

明兰指着邵氏让他喊"伯娘"，小胖子叫"跛羊"；指着华兰让他喊"姨母"，他喊"衣服"；蓉、娴两个教了他好半天"姐姐"，他只会说"借钱"。

你才借钱！你们全家都借钱！

气了半天，才想到自己也被绕进去了。明兰今日决意好好矫正小胖子的发音。在炕上逗他玩了会儿后，便叫小桃搬了把矮矮的小杌子，让团哥儿规手矩脚地坐好，开教。

她指着边上圆桌，字正腔圆道："桌儿。"

小胖子奶声奶气地说："……猪儿。"

明兰忍住额头青筋，拉长了调子教："来说——家。"

小胖子很乖很天真："——瞎——"

明兰大怒："笨蛋！"

小胖子咯咯笑着，神发音："粪——蛋。"

明兰不禁气极，一忽儿怀疑这小子是不是在恶搞，一忽儿怪顾廷烨那四肢发达的基因差劲儿。崔妈妈端着炖盅进来，见母子俩大眼瞪小眼，笑道："夫人急什么，既是能说话，就不必怕了。还有了，照老人的说法，小孩家的，说话晚些的，大了才灵呢。"

明兰心中怀疑，手上却老实地掂起勺子吃起来。崔妈妈慈爱地抱起小胖子，一勺一口地喂他蛋奶糊。小胖子见母亲吃得欢，也不挣扎地乖乖张嘴。

母子俩堪堪吃完，擦嘴漱口毕，外头便来传报，说小沈氏来访。

明兰忙下炕穿鞋，扶起髻上斜斜欲坠的珠簪，让夏荷给自己整理衣裳，对镜打量了下，才走到外屋去迎。不多时，小沈氏带着一个小丫鬟、一个婆子，笑着进来。

明兰嘴里念着"稀客"，一只手捧着隆起的肚皮，一只手拉小沈氏到梢间坐下："我还当你这辈子都不出来了呢！外头人都说，你做了娘后，忽贤惠起来，大门不出，二门不迈的。"边说边打量。只见对方容色清减，气色却还好，只不像刚生完的丰腴，反比以前瘦了一圈。

小沈氏赧然，叹气道："早先天不怕，地不怕的，现下才知道，自己是个没出息的。这几个月里，一来要照看闺女，二来嘛……唉，不瞒你说，我怕人家问东问西。嫂嫂时时劝我想开些，我想着，旁人不见也就罢了，你和我是投契的，却不该也断了。"

因生产时落下毛病，她很受了些罪，足坐满了双月子，此后数月，统共只出过一趟门，还是去庙里烧香还愿，已全不复往日东走西逛、爱八卦说笑的活泼劲儿了。

明兰心里唏嘘，却笑着去看那婆子怀里抱的褓褓，只见那女婴生得小小巧巧，秀眉大眼，活脱跟小沈氏一个模子印出来的，就是体气弱了些，叫声跟小奶猫似的微弱。此时绿枝早取了一个盘子过来，上头用红绸压了一副孩童戴的赤金锁件。

"早就给你家丫头预备好了，本想你若打定主意当缩头乌龟了，待我生了后，再杀上门去。"明兰笑着叫绿枝递给那婆子。

"呸，你才乌龟呢。"小沈氏笑嗔道，拣起那小金镯、小金脚环来看，又见那金锁片好生精致，通体打成一朵半开的芙蓉花苞状，栩栩如生，正面錾了个大大圆润的"福"字，反面刻了"平安百岁"四个小字，锁片下头垂着几条细小的莲子坠儿。

"好新奇的花样，我倒从未见过。"小沈氏摩挲着，也觉着喜欢。

明兰笑道："我想你家长辈多，那祥云锁片必是不少的，便自己描了样子叫金铺打的。也不用正经戴着，便当玩的使吧。"

小沈氏心知明兰早先预备的礼物并不是这些，必是她知道自己以后子嗣艰难，特意做了这好看物件叫自己高兴，她心中感激，哽咽道："好妹子，亏你惦记了，我……我……"

明兰怕她哭起来，连忙叫崔妈妈把团哥儿从里屋领出来，指着小沈氏让他叫"婶子"。小胖子响亮地喊了声"绳子"，所幸发音相近，众人倒也未察觉。

小沈氏见团哥儿生得虎头虎脑、白胖滚圆，喜欢得不得了，搂在怀里不肯松手，连着亲了好几口："大半年不见，都长这么大了。"她记得团哥儿生日，又道，"今儿也没带什么好东西，待你过两周岁时，婶子一定给你好好预备。"

亲热玩笑了会儿，小沈氏屏退丫鬟、婆子，明兰也叫崔妈妈把团哥儿抱下去，却留女婴在暖和的炕上睡觉。小沈氏本就不愿女儿离开自己的视线，便脱了鞋跟明兰一道上炕，边轻拍着女儿哄着，边说笑道："听说我嫂子近来赚了你们盛家一双媒人鞋？"

明兰愣了下，才意识到小沈氏说的这个"嫂子"不是郑大夫人，而是张氏，心中微奇，依旧笑道："月前我祖母回了信，说这媒做得好，没有不肯的。前儿我娘家三嫂已去提亲了，说是先定亲，过两年成亲。"

小沈氏啧啧两声，笑道："你家老太太是个爽利人，出手也大方，听说叫带回一对翡翠镯子做定礼。我嫂子说，便是她，也少见成色这么好的翡翠，通体剔透，那水头，那翠色，啧啧，倒不像是中原的，真是难见的珍品。"

明兰知道祖母是怕长栋聘礼单薄，又是庶出，不像长柏、长枫，一个有王家嫁妆，一个有林氏财物。祖母怕聘礼中没贵重物件压着，叫岳家看轻了。

她笑着解释："那是祖母的陪嫁，听说原是骁国王宫的藏物，早先徐家老太公征滇南时的缴获，后武皇帝又赏了勇毅侯府。唉，现下滇边封着，市面上哪有这么好的货色。"

"原来还有这么个来历。"小沈氏听得入神，拍腿道，"你不知道，我沈叔和婶子两个见了都说不出话来了。我嫂子说，如今老两口正商量着多添些嫁妆呢。"

沈家新贵，银子、田地是不缺的，缺的就是这种有来历、有底蕴的珍藏。

"别价，别价，我祖母这几年回不了京，便给小孙媳妇些见面礼，别倒像是我娘家来催要嫁妆的。你回去说，嫁妆适度即可。"明兰怕将来闹出不快，连忙摆手道。

小沈氏本就是受托来探话的，听明兰这么说，便放下心，笑着扯起沈家备嫁妆的趣事。

明兰听了半天，听她口口声声说"我嫂子说如何如何"，终于忍不住试探道："你……和你嫂子，那个……好了？"

小沈氏微微苦笑，摇头道："想想以前，明明无冤无仇的，真是何苦来哉。唉，她也是不容易。"叹口气，又低声道，"如今我自己吃了苦头，才知道好歹。"

明兰摸摸挺起的肚皮，心里替她难过："……你大嫂是个什么说法？"

小沈氏慈爱地望着熟睡的女儿，口气酸楚："嫂嫂劝我说，叫我别怕，我们是有规矩的人家，便是妾侍生了儿子，也越不过我去。"说着，一滴眼泪落了下来，她连忙擦去，强笑道，"叫你看笑话了，我哪是那等拈酸吃醋的，何时拦着不给相公屋里置人了？"

她吸了吸鼻子，抬头挺胸道："我姐姐是当朝皇后，哥哥是掌兵的大将军，哪个狐媚魇道的敢蹬我的脸？！我只是怕……"她鼻头一酸，哽咽道，"将来我去了，这孩子没娘家兄弟撑腰，可怎么好？大嫂生的侄儿们虽好，可到底隔了一房，是堂兄弟。"

慈母心肠，俱是如此，等将来皇后、国舅俱过世了，那些表兄弟、堂兄弟都自己成家立业，有几个能管到的。明兰将心比心，叹了口气，也不知如何劝起，只能陪她静静坐着。

过了片刻，小沈氏收了眼泪，讪讪道："叫你瞧笑话了。我现下镇日就爱胡思乱想，其实哪那么急了，别说相公如今远在陇西压送粮草，况且……唉，我公爹委实不大好，婆母也跟着病倒了。大嫂忙得连轴转，既要伺候公婆，又要关照一大家子，我怎好只想自己？也该帮着尽些力。"一旦父丧，武将或可夺情，但纳妾生子是不要想了。

明兰早知郑老将军的病况沉重，并不吃惊，殷殷劝着："既是如此，你越发该保重自己。车到山前必有路，或者将来那哥儿是个有良心的，会孝敬嫡母、疼爱嫡姐；或者你家丫头福大命大，跟你似的，一跤跌进个蜜糖罐子般的好人家，夫婿疼人，婆母、嫂子都厚道。儿孙自有儿孙福，你何苦早早就愁得死去活来？"

小沈氏破涕为笑："真要那样，我天天磕头上山去法华寺，也是肯的。"笑了一阵，她忽想到一事，看了明兰的脸色，迟疑道，"有件事……不知该不该与你说。"

明兰翻白眼，笑嗔道："废话！你素来都是该不该说都说的。"

小沈氏斟酌了片刻，缓缓道："你是知道的，我们郑氏本家忠敬侯府与韩家有亲，前几日，老侯爷、老夫人来瞧我公爹，几位堂嫂也来了，世子夫人跟我嫂嫂嘀咕了好一会儿，事后嫂嫂与我说……"她面露犹豫，"说庆昌大长公主近日要给她家三爷讨个二房。"

明兰愣了下："讨二房，不是纳小星吧？"儿子房里纳个妾，还需要公主出面？

"不是寻常纳妾，有帖子扯文书的。"小沈氏摇头道，"听说那姑娘还是个教谕的闺女，不知怎么，竟给公主看上了，便讨来给儿子做小。"

明兰惊得说不出话来。这么大模大样地由婆母出面迎娶二房，不是当面打脸吗？她不由得狐疑道："……廷灿她，不讨夫婿喜欢吗？"

小沈氏摇摇头，压低声音道："我听说，是你那小姑子脾气太大，一个不好，就给夫婿脸子瞧。姑爷跟通房多说句话，她都要病上数日，哭成个病西施，还赶夫婿出屋。起先你家姑爷还哄哄，可到底是要读书上进的人，哪能作小服低天天陪妻室吟诗作对……"

明兰直听得暗自苦笑——你倒是想学大秦氏，也得有那缺心眼儿的顾偃开捧场才行呀。

庆昌大长公主忍了这两年，到底挨不住了，又不愿让没头没脸的丫头、奴婢生下孙子，便讨了个读书人家的女儿做二房。

"你和你家太夫人之间……"小沈氏想不出适当措辞，"那个……不大对付，嫂嫂叫我来跟你说一声，叫你心里有个数。"

自明兰生团哥儿那日的大火后，京中各种传闻就不绝于耳。众人又见分家后，两房人几乎不曾来往，往来亲朋便都有想头了。

送走小沈氏后，明兰皱眉思索片刻，很快心中有了定论，随即心绪大定，扶着夏荷缓缓走到里屋，却见团哥儿已摊成"大"字形呼呼睡着了。

崔妈妈见明兰进来，起身将她扶过来坐下，又听她喃喃什么："沈家姐姐真够意思，亏得她来报我……"

崔妈妈叫夏荷去端热茶，蹲下替明兰脱鞋，再宽去外头衣裳，让那母子俩头挨头一道歪着，严肃的脸上难得露出戏谑的笑容："郑家两位太太待夫人这么好，其中用意，夫人真瞧不出吗？"适才她一直在隔壁屋，两人的对话她听了个七七八八。

明兰转头讶异道："用意？还能有什么用意？"

崔妈妈坐在明兰榻边，慈爱地将起她脸上的碎发："我的姑娘，你是聪明一世的，居然听不出。那郑太太没口子地说如何疼惜女儿，怕将来孩子无靠……说来说去，那还不好办？找个知根知底的诚实厚道人家就是了。我看，大约郑大夫人也是知道的。"

说着，便把目光落到明兰身上，再落到炕上的团哥儿，似笑非笑。

明兰张大了嘴巴，低头看了看熟睡的小胖子，抬头道："……不会吧？"话虽这么说，但她越想越有可能，不免心里一阵发瘆。

"团哥儿将来要承袭爵位，他的媳妇……得能干些吧。"不是她嫌弃小沈氏的女儿，而是……她也说不好，若是郑大夫人的女儿，那她立马点头。

咦？她的思维怎么越来越像宝玉他娘了？

崔妈妈见明兰愁眉苦脸，暗暗好笑："也不见得就是团哥儿。我看郑太太未必愿意闺女做长子嫡媳，她适才不是问夫人的怀相和产期了吗？"

明兰反射般地捂着肚子，惊疑不定："……就算这胎又是哥儿，可比她家丫头小呀。"

崔妈妈笑道："差个半年一载的，也没什么大不了，小儿媳可比大儿媳好当呢。"

明兰傻了。

她做梦也想不到，长子不满两岁，次子还没出生，她就要开始考虑媳妇人选了。

崔妈妈扑哧笑了出来，拍着明兰劝慰道："夫人不必急，我看郑太太也不见得非要跟夫人做亲。哥儿大了会怎样，品性如何，有出息否，谁也不知道，人家做娘的且得瞧呢。"

明兰仿如梦里雾里，半天才缓过神来："……这么说来，她跟威北侯夫人忽和好了，不单单是想明白了，怕也有这个心思在里头吧。"

张氏的儿子比小沈氏的女儿大半岁，不但年岁更合适，且是姑表之亲，张氏品性正直，不会为难儿媳。

崔妈妈笑出声来："夫人真聪明！"

听得这句话，明兰顿时悲从中来。

话说自打小桃拍拖以来，她已经很久没听到夸奖了——所以才变笨了嘛。

第五十九回 · 祸起萧墙

　　小沈氏的情报异常准确，才过去两日，这日上午，明兰发毕对牌，正逗着胖团子学作揖，绿枝就火急火燎地奔跑进来，道，太夫人来了。

　　崔妈妈抱团哥儿的臂膀明显紧了紧，绷脸望向明兰。明兰缓缓站起身来，道："妈妈把哥儿给乳嬷嬷吧，小桃服侍我到榻上去。绿枝，去请大夫人。"

　　最后五个字仿佛含着异样口气，绿枝响亮应声，当先一个出门去了。

　　过不片刻，邵氏神色慌张地匆匆而来，一踏入院中，便见明兰身边丫鬟们进进出出，或烧水炖药，或戒备地站在庭院中，尤其几个大丫鬟，那神色，如临大敌一般。

　　邵氏走进里屋，只见明兰缩躺在榻上轻泣，崔妈妈和小桃坐在床边不住低声劝着，她大吃一惊，忙道："我的天爷，这是怎么了？"

　　崔妈妈满面愁容，起身回她道："今儿一早原本好好的，谁知夫人一听太夫人来了，就吓得什么似的，死活不肯见人。"

　　邵氏呆了呆，快走几步到床边，握着明兰的手，柔声道："好妹妹，身子哪里不适，跟我说说，可别惊着肚里的孩子。"

　　明兰缓缓从被褥中抬起头，脸色发白，又是惊惧，又是戒备，颤声道："嫂嫂，我怕……我不要去见她。"

　　邵氏愣住了。她原在屋里看花样子，听到太夫人来了，便起身整装打扮，想着大约得出去行个礼，谁知绿枝面带慌张地来报明兰有请，她却怎么也想不到会是这样。

　　她忙劝道："这怎么成？好妹妹，若你身子不得劲儿，请太夫人过来看你也是一样的。"

　　明兰直直坐起，眼睛睁得大大的，透着一股奇异的神气，竟有几分怀崽母狼的凶狠："我不去见她……她又想来害我了，我绝不见她！"

说完这句，她就抱着肚子，朝里躺下，颤着身子低声哭泣起来。

邵氏欲再去扳她身子，再好生劝导一番，却叫崔妈妈拦住并拉起身来。只听崔妈妈道："您瞧见了，夫人是叫上回给吓着了，也是一般挺着肚子，也是一般侯爷不在。太夫人是长辈，夫人只有叫收拾的份儿。只求大夫人念着往日情分，到外头去招呼下太夫人吧。"

邵氏僵在当地，还没想出要回什么话，已被众人推搡簇拥着到前头厅堂去了，发现太夫人已坐在首座喝着茶了。太夫人见只邵氏一人出来，眉头一皱："老二媳妇呢？便是分家了，难道我就不是她的长辈了？她就恁般尊贵，连见都不得见了？"

邵氏慌慌张张地敛身行礼，支吾道："弟妹……她……她……身子不适，怕不能见您……"

太夫人怔了下，冷笑道："好好好，我来了，她就病了，不能出来见我，那我去见她！"说着，抬脚便要往里冲。谁知廖勇家的领了几个健妇堵在当口。太夫人大怒，骂道："不长眼的奴才！也敢拦我的路！"

邵氏听了这话，微微惊奇，记忆中的太夫人从来都是温文和气、举重若轻，虽在府中说一不二，权柄极重，却从不疾言厉色——怎么今日这般凶神恶煞、火烧火燎的？

她缩在一旁，偷眼去看，只见太夫人穿着、首饰一如往日端丽高贵，只是气色不好，面皮发黄，身子明显消瘦许多，神情更是说不出的焦躁。

廖勇家的不慌不忙，恭敬道："侯爷出门前定下的规矩，没夫人点头，任她是谁，都不能随意往里闯。"她挑眼看了下太夫人，又笑笑补上一句，"夫人身子重呢，出事就不好了。"

太夫人气了个趔趄，指着廖勇家的，半天说不出话来。她一跺脚，转身朝着邵氏，厉声道："好！你们这儿如今是金銮殿，我闯不得，怕冲撞了里头那位天仙！你这就进去跟她说，我有要事商量，要么她出来，要么我进去！不然，我就不走了！"

邵氏这辈子都没跟太夫人顶过嘴，哪敢不从？闻言后转身就走，一路匆忙地奔至嘉禧居里屋，顾不得喘气，赶紧将太夫人的话与明兰说了。谁知明兰怕得梨花带雨，哭叫道："有什么可见的？！难不成还叫她再放一把火烧死我才好？"

邵氏哑口无言，没劝上两句，又叫崔妈妈使婆子推了出去。听身边丫鬟连声催促自己去前头打发太夫人，她只觉得头皮发麻。一边是娇贵不得惊动的弟媳，一边是威严素著的婆母，两边都得罪不起，两边都应付不了，邵氏宛如热锅上的蚂蚁，进退维谷。

站在原地愣了半晌，邵氏还是想不出如何是好，茫茫然地溜回自己院落，走进里屋。

娴姐儿正伏在炕几上写字，见母亲失魂落魄地进来，问道："娘，怎么了？不是说太夫人来了吗？你怎么回来了？太夫人要见我？我早换好衣裳了，这就能去。"

邵氏听了这镇定的语气，好似忽然找着了主心骨儿，抓着女儿的小手一顿急诉。好容易才将适才之事说了个七七八八，她着急道："我的儿，娘怎么摊上这事儿了？！这好好的，跟我什么相干？怎么会……"

没头苍蝇般急了半天，她忽想起什么，低声道："你说……你二婶，是不是装病？"

娴姐儿静静地听着，放下手中的玉管青鬃小笔："是不是装的，有什么打紧的。二婶的意思清楚得很，她不想见太夫人，连照面也不愿打，还要娘去出这个面。"

邵氏急得都快哭出来了，抓着帕子发急："你……你……你……这可怎么是好……"

娴姐儿道："娘跟太夫人去说就是了。"

邵氏一把扯下搭在脸上的帕子，拍在桌上，怒道："死丫头，读了两天书，浑说些什么呢！那是太夫人！我……我……我哪里敢放肆！"

"娘，你怕什么呢？"娴姐儿抽出自己的帕子替母亲拭泪，笑道，"现下咱们都分家了，太夫人还能打骂咱们不成？"

邵氏低头拭泪不语。

娴姐儿轻轻叹气："娘，我知道，你是怕得罪了太夫人。二叔现下在前方打仗，团哥儿还小，若有个什么，怕她将来为难咱们。"

邵氏只觉着满心凄苦，搂过女儿小小的身子，哭道："我的好孩子，难为你这么点儿大，就这么懂道理……没了你爹，咱们娘儿俩的日子能不小心着过吗？"

娴姐儿蜷在母亲怀里，幽幽道："若是为着这个，我劝娘一句，大可不必顾忌了。其实，娘去不去外头应付太夫人，咱们也早得罪她了。"

邵氏惊道："这话从何说起？娘进门以来，自问从未对太夫人有半点儿不恭呀。"

娴姐儿轻轻叹了口气："娘，当初爹为我们做了些什么，难道你看不明白吗？不肯过继三叔的儿子为嗣子，退还祖父给二叔的田地、银两，亲笔上疏，请立二叔承袭爵位；临终前，更是当面列清侯府家产，更对族人说什么两位叔祖父是早分了家的。"

邵氏听得发怔，不明女儿忽提这些做甚。

"我小时候半懂不懂，可这几年渐渐大了，又跟薛先生学道理，才慢慢明白。"娴姐儿眼睛开始发红，"明着看来，爹爹是为了劝二叔回心转意，保住侯府爵位，实则……"她稚嫩的脸庞流下两行清泪，"爹爹都是为了娘和我！"

想起亡夫临终前百般筹谋，只牵挂自己娘儿俩，邵氏再也忍不住，捂着帕子失声痛哭。

娴姐儿低头擦干脸上的水渍，坚强道："爹爹临终前做的，一桩桩、一件件，哪样不得罪人？爹爹这是拿四叔祖父、五叔祖父，还有太夫人，换了我和娘日后的尊荣富贵呀！这事连我都看得出来，何况太夫人？到了这会子，娘还指望她能不记恨爹？唉，娘，爹早就替咱们选好投靠哪边了，娘还有什么顾忌的？"

邵氏抽泣道："既然你爹都这么委屈了，为何你二婶还非要我出这个面？！我……我……我是见了太夫人就怕呀……"

娴姐儿懂事地轻拍母亲的背，柔声道："娘，二叔是应了爹爹要照看我们，可怎么照看、照看得好坏，就全凭二婶的心意了。娘，您说，这几年来，二婶待咱们怎么样？"

邵氏抬起头，边擦脸，边迟疑道："……说句良心话，你二婶，是极厚道善良的。"

娴姐儿抬头思索道："上学的姊妹里，有位郑四奶奶的外甥女，她爹是个秀才，屡试不第，只好给族中为官的兄弟做了师爷，跟着到外地赴任去了。就这样，家里当家的大伯娘还常克扣她们母女的份例，衣裳吃用，不是慢一步，就是短缺了。"

她转头注视母亲，好声气地道："娘，二婶若也那样，单一个守孝的由头，就能省下我多少衣裳穿戴。可二婶非但不那样，还变着法儿地给我整治皮裘、首饰，每每出去，人都说，没见戴孝的小姑娘还能装扮这么精致素雅的，显是家里极用心的。还有娘日常礼佛、烧香、捐香油，哪回二婶叫咱们自己出银子了？都叫走公中的账目。"

邵氏听得也是动容，真诚道："你二婶，待咱们真是没话说。"顿了顿，咬牙道，"你说得没错，便是为了报这份情，我也该替她出些子力气。"

她是大人，又想多了一层，将来娴姐儿议亲，自己是孀居之人，娘家又不甚得力，能有多少人面路子，想找个上选人家，怕到时还要明兰出力。

"可……该怎么跟太夫人说呢？"一想到强势能干的前婆母，她又开始六神无主。

娴姐儿歪头想了想："二婶不是说'怕见她''怕再放一把火'吗？娘不如直说，反正娘也只是传话。"顿了顿，她小小的脸庞上露出一种孩子气的讥讽，低低嘟囔了句，"反正，也不算多冤枉了。"

听到前面几句，邵氏险些跳起来，正要尖声训斥，待听到最后半句，她忽又偃旗息鼓，无力地喟叹几声，然后叫外头丫鬟进来，服侍自己匆忙梳洗，对镜整装，站在门口深吸几口气，狠狠跺了下脚，出门而去。

再见太夫人，只见她已等得万分不耐烦，见了邵氏当即冷笑："多日不见，连你也金贵了？不过传句话的事，折腾了这么半天才回来！"

邵氏依旧怕她得很，几乎想转身逃跑，想起女儿的将来，只能鼓足勇气，结结巴巴地将明兰的"惊吓病情"诉说并夸大了一番。当说到"放火"云云之时，太夫人涌上满脸戾气，目光凶狠得叫人不敢正视。

邵氏虚脱着才把话说完，最后道："弟妹说了，她……她……她是无论如何也不敢见您的……逼急了她，她就去娘家，还有沈家、郑家，搬救兵。"

她喘上一口气，几乎用尽了这辈子所有的胆量，连看都不敢看太夫人，哆哆嗦嗦道："……反正，您也闯不进去……不如就……就回去吧……"

太夫人脸色铁青得吓人，仿若一副青铜鬼面，直吓得邵氏几要跪下了。只听她短短冷笑几声，上下打量了邵氏和厅中仆妇几眼："好好，我记下了！"

说完这句，她转身就走，再也没回头。

邵氏瘫软在地上，直至仆妇将她扶出厅堂，冷风一吹，方才觉察出背心一片冷汗。

廖勇家的很细心，瞧出邵氏满头冷汗，回头便嘱咐婆子熬煮姜汤，另加定神的汤药送去，然后才赶紧去明兰处。

听了回话，明兰神色淡然地坐在炕上，缓缓吃着一盅木瓜竹荪炖排骨，低声道："我是不是太狠心了？"她轻摸着肚子，感觉那有力的规律的胎动——她永远、永远也不会让那老妖婆再见她的孩子了。

崔妈妈淡淡道："上回府里起火，大夫人连桶水都没叫人提出来呢，也该她明白些了，总不能老这山望着那山好，索性断了这头，免得怕太夫人找她做耗。"又道，"娴姐儿倒是个好孩子，不枉夫人疼她一场。"

明兰点点头："妈妈记得不？去年初拜岁时，祖母见了娴姐儿，也说她福泽深厚。"

崔妈妈瞄了瞄屋角的滴漏，转头道："我看林太医也快来了，夫人还是快躺回去吧。"

明兰摇头苦笑，做戏要全套，才能效果显著。小桃扶她躺下，边替她揉着小腿，边疑惑道："要是叫林太医瞄出夫人没事，那可该怎么办呀？"

明兰正想躺平舒展四肢，扑哧笑了出来。崔妈妈揉着小桃的脑袋，无奈道："傻孩子，林太医那么聪明乖觉的大夫，见夫人躺着哼哼，还能愣说夫人没病不成？"

哪怕寻常大夫，看见病人无痛呻吟，也多会婉转表示部分同意，何况林太医这种德艺双馨的顶级人才乎？

此后两日，又是延请太医，又是炖得药香满院子飘，病情渲染得十分热烈。林太医自家正开着医馆，明兰索性狠狠光顾了他家一笔买卖，顺带传出顾侯夫人受惊致病的消息。

与此同时，顾侯夫人傲慢刻薄的说法也如长了翅膀一般飞遍京城。据传闻，宁远侯府继婆母难得有事求上门去，却连面都没见上，就叫赶了出来。

年节后的京城正闲得很，这件事直把一干无事的贵妇激动得议论纷纷。

有些说当年顾侯夫人快临盆时的那场大火何等蹊跷，眼下顾侯不在，难怪顾夫人吓得什么似的，情有可原；有些说做继室的命苦，不受前头儿子待见，该叫言官参顾侯夫妇不孝才是；还有些隐隐知道内情，说当初不只一场大火，还有纳妾和过继等风波云云，越扯越多，众人更加兴奋了。

其实，这两条消息都是真的。太夫人是真的吃了闭门羹，明兰也是真的被上回之事"吓病了"。至于其中内情，看旁人爱信哪个了。

太夫人倒是火力十足，可惜，这年头见义勇为的少，捧红踩黑才是主流。

何况——不孝？明兰冷笑数声。

贴心的盛老爹闻知女儿"吓病了",立刻使柳氏来探望,兼传达权威意见——似小秦氏这种自己有儿有孙,又带着大笔家产分家另过的,还想告继子继媳不孝,难度高得很,除非皇帝有意整人,才会有御史配合出演。

崔妈妈为人实诚,当下感动道:"到底是亲爹,惦记闺女呢。"

明兰扯动嘴角——盛老爹是怕金龟婿变心爱上新岳父吧。

因连续几日叫人去外头探听风向,竟也有意想不到的消息。这日,顾全忽跑来报了桩奇事:"……先前还不觉着,可小的叫人盯在门口多日,那余大夫人短短五六日就去了两回。我又四处跟人打听了,才知道,打去年起,余大夫人就频频往太夫人那儿跑了……"

"谁?"崔妈妈听得含糊了。顾全瞥了下明兰的脸色,闭口不语。

明兰看了眼他,轻声道:"是余氏嫣红姐姐的娘吧?"顾全忙点头称是。

崔妈妈惊了:"怎么是她?她不是被余家休了吗?她们怎么又跑一块儿了?"

余大太太,准确来说应是前余大太太,其娘家姓方,父祖辈屡任高位,声势煊赫,这才以庶女做了余家的继长媳。然到了余方氏这辈上,已现颓势。余方氏被遣返回娘家后,其嫡长兄方老爷也曾去余家理论,结果被余阁老拉去书房内谈话后再未说过什么。

其中缘由,照市面上的说法,一是方家如今式微,子孙又多为不肖,哪里有跟余家抗辩的底气;二是兄妹俩同父异母,本就情分泛泛,方老爷也没下多少力气;三嘛……据说,余阁老的口才很好。

被休归宗后,其实方家也没怎么为难余方氏,毕竟她的儿女尚留在余家,由余阁老夫妇亲自教养,若将来有出息,余方氏未必没有出头之日。

可惜,余方氏前半辈子命太好了。

她做闺女时,生母宠冠内宅,老爹疼若性命,要什么有什么,连嫡出姊妹也不敢跟她争风头;嫁人后,她跟着余大老爷在外任上十几年,把丈夫吃得死脱,说一不二。

谁知一朝成了休妇,她还是改不掉颐指气使的性子,镇日打人骂狗,跟嫂子、侄媳们吵闹不休,闹到在方家待不下去,最终被送至京郊白云庵带发修行。

本来她的故事已经暂告 over 了,谁晓得不知何时这两个老妖婆又搞到了一起。

"……记得咱们刚跟三爷分家那阵儿,余大……哦不,那余方氏不是上门去寻过太夫人吗?结果叫轰了出来,怎么这会儿……"极品的思路,老实人理解不了。

绿枝就犀利多了，直接不屑道："她们俩能有什么好话说？！凑到一块儿，无非又是琢磨着怎么害人罢了！"

明兰静了半晌，道："不去理她们。便是没这回事，咱们也不能少防备了。"

她低头翻了下账册，抬头道："叫郝管事去那边递个话，就说，那余方氏不是好人，心术不正，请太夫人少来往为妙。"

绿枝应声就要出去，崔妈妈迟疑道："夫人，这话说也是白饶，太夫人不会听的。"

明兰微微而笑："这世上白饶的话，说得也多了，就当尽个亲戚情分。"

绿枝听了这话后再不耽搁，当即掀帘子出去传话。

郝管事办事老练，短短半日就打了个来回，迅即来跟明兰回话，道，话传进去后，太夫人只冷冷笑了几声，说"既见死不救，就少来废话，叫你们夫人管好自己，别的还轮不到她来过问"。

明兰丝毫不意外，拦住气愤待言的崔妈妈，挥手叫郝大成下去歇了。

此事便如一粒小小石子，只激起数圈微漪，旋即归于平静。此后每日，明兰依旧养胎管家，教小胖子说话，检查两个女孩功课，听小沈氏八卦公主府讨二房的趣闻，间或担忧若眉的肚皮怎么跟吹胀的气球一般。

自两家着手定亲事宜起，小长栋终于知道自己多了一个未婚妻，背老妈妈下山居然背出个嫁妆丰厚的媳妇来，果然好人有好报嘛。

三月春光映照，某日下学，小长栋避开好友常年，扭扭捏捏地来明兰处，嘴里说着来看看六姐，却词不达意，面红如血。

明兰故作不明，顾左右而言他，一会儿说沈家岳父使得一手好刀法，将来女婿不乖可以直接修理，一会儿说沈家次兄学问颇好，做亲后可互相学习。

明兰就是不说到点子上去！直把小长栋急得抓耳挠腮、头顶冒烟。

崔妈妈是厚道人，白了明兰一眼，拉着少年温和道："栋哥儿放心，那姑娘是你姐姐亲眼相看的，错不了——又贤惠又和气，前儿送了个荷包过来，针线也是上乘的。"

小长栋听得两眼发光，轻轻"哦"了一声，却还偷偷瞥明兰，欲言又止。

明兰心知肚明，当下豪迈地挥了下手臂："崔妈妈，叫我来说，有些事，你不懂的。"然后拉过幼弟，笑眯眯地不怀好意道："四弟呀，那姑娘生得是……"

小长栋心提到嗓子眼儿，耳朵都竖尖了。明兰心中好笑。

——"就跟崔妈妈差不多。"

小长栋立刻张大了嘴，看向崔妈妈那沟壑纵横的肃穆面孔。

明兰故作劝慰，拍着弟弟的肩："娶妻娶贤，媳妇嘛，还是贤惠能干最要紧。"

长栋满心绝望，低下头去，心底一片茫然，几乎要哭了。

崔妈妈忍无可忍，赶紧拉过少年，连声道："栋哥儿别听你姐的，她近来就爱捉弄人，那姑娘长得好看着呢！"

希望重回人间，小长栋吸回一口暖气，感激地望着崔妈妈。那边厢，坏心眼儿的姐姐捧着肚子伏在炕上，捶床狂笑。

如此愉悦玩闹，惬意度过数日后，谁知有一个意想不到的人来访——朱氏。明兰也愣了片刻，静默后吐出两个字——"有请"。

崔妈妈不放心，不但派数个健妇候在屋外，又亲自领小桃几个盯在一旁，装作不在意地端茶送水，目光却犹如老鹞般一刻不离。见此阵仗，朱氏只是连连苦笑，却没说什么。

两妯娌对坐了半盏茶工夫，朱氏才缓缓道："今日我来这儿，婆母并不知情，她只当我是回娘家了……"她露出一抹自嘲般的微笑，"反正我近来也常回娘家。"

明兰微微扬眉，表示不解。

朱氏盯着她的眼睛，轻声道："那日婆母来寻你，是为了廷灿妹妹的事。你素来聪明，想也料到了，是以见都不肯见。"

明兰不置一词，反道："想来太夫人头一个寻助力的就是你这嫡亲嫂子吧。"

朱氏无奈地摇摇头，笑得有些苦涩："廷灿妹妹早不是头一回了。承平伯府虽有些薄面，可在皇家眼里，又算得几斤几两？"她顿了顿，浅浅微笑，"我娘家父母、嫂嫂都是极好的，前儿已应了我，将来大侄女要许给我们贤哥儿。"

明兰点点头。

承平伯府的嫡长孙女，许配给无爵无权的侯府旁支之子，朱家兄嫂的确蛮厚道的，哪怕将来顾廷烨袖手不理，贤哥儿的前程也有朱家护着。话说，好钢要用在刀刃上，出嫁女求娘家帮扶，本就不宜过于频繁，否则，再好的兄嫂也叫恼得烦了。

"婆母跟我说了好几回,我都是不应,婆母气了,指着骂我不孝,言语中带及我父兄,我忍不住辩驳——哪怕不是公主的儿媳,廷灿妹妹的言行又哪里值得娘家替她出头了?"朱氏不自觉地提高了嗓门儿,仿佛积郁多时不得吐露,此刻一股脑儿倒了出来。

"说句得罪的,我和二嫂都是有儿子的,若是廷灿妹妹这样的做了儿媳,怕也气不打一处来。她镇日使小性儿就不说了,单说孝道,公主前头两个儿媳都生儿育女了,尚要立规矩呢,她才服侍了两日,就病弱得不成样子,要死要活地看病吃药。姑爷说了她两句,她倒哭成了个泪人,说姑爷不体恤她、不怜惜她……"

朱氏说得激动,面上泛起薄薄的红晕,当初说这话后,她还被自家婆婆罚站了一个时辰。

明兰一脸黑线。

据说,当年大秦氏甫过门,才服侍婆母吃了半顿饭,曾太夫人筷子还伸在半空呢,她就当着满屋丫鬟、婆子和妯娌的面昏倒了。

火山孝子顾偃开急速赶回,抱着大秦氏不肯撒手。沙场上的铁血男儿险些就要淌下泪来,对着父母又是磕头又是哭求。老两口先被大儿媳吓了个半死,又被儿子气了个半死,半顿饭吃出这么个结果,大秦氏立规矩之事也只有不了了之了。

事情传回秦家,东昌侯夫妇赞不绝口。大约当时年幼的小秦氏听了很是憧憬,便把这当作先进事迹宣传给自己女儿。

天哪,地啊……遭遇这种脑残级粉丝,明兰只能无语。

朱氏一气说了个痛快,一直说到"新人进门后,廷灿怒而不肯吃饭,可惜只坚持了两日便破功,于第三日接了敬茶",方才抚胸微喘,算是告个段落。她赧然一笑:"二嫂别笑话我,委实这话哪儿都不好说。"

明兰亲手替她添茶,微笑得和气柔软,静坐等待下文。两人虽相处不久,但她清楚朱氏,是个绝对实际明智的人,不会无缘无故地来倾诉。

朱氏叹了口气,望着明兰,真诚道:"长辈的事,我做儿媳是没法子的,可我总想着,将来孩子们大了,团哥儿和贤哥儿还是堂房兄弟,讨媳妇,担差事,总要来往的。"

明兰略一沉吟,抬脸笑道:"那是自然。有弟妹'好好'教养,想来三叔的儿女以后都是明理懂事的。"她明白朱氏此来的用意了。

朱氏松了口气，握着明兰的双手："二嫂大人大量，真是咱们家的福气。"

临送出门前，朱氏笑着宽慰明兰："二哥不在，嫂嫂挺着肚子独个儿在家，想是望穿秋水了吧。我娘家说，这几日前头就有信儿传过来，二嫂且耐心等等。"

朱氏父兄皆在军中，便是不在阵前效力，消息也比一般人灵通些。

果不其然，才过两日，前方军报就抵京了——羯奴仗着地利之便，兼野骑灵活，神出鬼没，难以捕捉。几路大军四处搜索敌踪，却是有胜有负。

其中沈国舅那一路，就运气很好地逮到了正在劫掠村庄的羯奴左谷蠡王部，狠打了场漂亮的阻击，带着绵延十里的俘获及左谷蠡王本人已在回师路上，直把帝后乐得合不拢嘴。

而薄老帅那头，一路声势震天，兵强马壮得像去参加世博会，不但羯奴不敢掠其锋芒，连在西北几十年老字号的山贼盗匪们都暂时停业，避而不出，自然没有任何收获。

比较诡异的是顾廷烨那一路，报来的消息是：英国公贪功冒进，致使孤军深入，后援断给，于黑水河一带中伏，折损了几员大将，现败退至和营山求涪岭。

英国公冒进？！明兰眉头皱成一团，这比说盛老爹是热血青年还不靠谱。

英国公和那位早先致仕的申阁老基本属同一物种，千年油猾老狐狸，万年神龟不倒翁，任你皇帝年年换，我自岿然不倒。哪怕无功而返，他也不至于冒进邀功呀。

小沈氏把从皇后处听来的消息报完，脸色也十分难看，既为自己兄长高兴，又替明兰担忧，表情实难控制。幸亏明兰不似寻常妇人般大惊失色、痛哭流涕什么的，反十分镇定地道了谢，还请她一有消息赶紧跟她说。

送走小沈氏后，明兰茫然坐了半天，崔妈妈催了好几回，她才傻傻地吃饭睡觉。

她分不清是害怕还是担心，或是别的什么刻骨的情感，像一层薄薄的雾气笼罩在心头，无处不在，却又说不清、道不明。

只要不是谋反之类的，应该不至于抄家、祸及妻儿。

那么，最坏的情形便是自己要提早做寡妇了，好在有团哥儿和肚里这个，皇帝和沈氏等几家交好的，大约会看顾他们孤儿寡母吧。年纪轻轻就升格做太夫人，意味着可以少奋斗几十年，从伺候老板直接转为自己做老板，这么想似乎还蛮不错的。

一夜噩梦连连，醒来后却记不得梦见了什么，枕上湿漉漉的一片冰凉，仿如黄粱过后，一切都不是真的。她呆呆地坐在床头，看天色从灰蒙蒙到大亮，连饿也不觉得，想就这么一直坐下去，等到他回来。

不能哭，不能哭——她一遍遍对自己说。

一定要挺住！越是这种时候，自己越要坚强，不能有丝毫软弱。

消息传开后，先是太夫人遣人来不阴不阳地说了几句风凉话，故作关心"烨哥儿可千万别出事才好"，明兰当即问候回去，"听说七姑奶奶最近多了个妹妹，真是恭喜恭喜"。

接着是几位素日交好的同僚，来安抚的钟太太和段太太（她们的夫婿跟着沈国舅）、同病相怜的耿太太（老耿跟着顾廷烨），还有来打气鼓励的张氏——

"下圣旨申斥了吗？兵部有明报了吗？一切尚在云里雾里，朝廷都还没定论，我等妇道人家倒先胡乱猜测起来，岂不好笑？"曾是标配女文青的张氏，此刻却是十足将门虎女的本色，待人接物反比之前更镇定自若。

"自小到大，每每我爹出门，我娘就念叨一句话——吉人自有天相，是祸也躲不过。好妹子，咱们做武将家眷的，此刻最忌阵脚大乱。你又怀着身孕，千万别去听旁人议论，急坏了身子，才是头等大事。"

明兰心里感动，宛如暖流冲过，揽着张氏的胳膊，低声道："姐姐放心，一概消息尽可说与我听，我是断不会学那妇人哭啼心慌、要死要活的。知道得越多，我越心定，若两眼一抹黑，才真叫我害怕呢。"

张氏见她目光清明、态度稳妥，方才放下心来。

此后几日，依旧不停有人上门，柳氏和华兰分别来瞧明兰，毫无新意地嘱咐她好好养胎，不可惊着了。再是四房、五房忧心忡忡地来探消息，除烦大太太明兰亲自安抚解释几句外，连同哭哭啼啼的若眉，其余一概叫邵氏去应付。随便她们哭成泪海，还是一起拜佛祈福，明兰一概不管了，之后更索性托病不出，就叫外头人当她"忧心夫婿安危不起"好了。

如此纷扰了大半个月，明兰不胜烦扰，连野史话本子也看不进去。肚里胎儿越发乖了，只在母亲半夜睡不着时踢两下抗议。

日子久了，明兰慢慢定下心来，好整以暇地继续压平府中惶恐的人心。不过，旁人是瞧不出这变化的，只当顾侯夫人向来镇定如斯。

这日，屠老大亲自递进来一封信。信封被叠得有些破损，扯开一看，信笺左上角处描了朵极小的八瓣海棠。顾廷烨行二，明兰行六——正是他临走前跟她说好的几种暗记之一。

明兰将那信匆匆读毕，不屑地哼了声，面上露出鄙夷至极的讥诮，冷笑地自言自语："来得可真快呀！好呀，那就来吧，我恭迎大驾！"

至此之后，明兰便似鼓足了一口气，也不管外头关于张、顾兵败身死的消息传得如何绘声绘色，她只日日好睡饱食，坚持散步活动。

过了三四日，屠家兄弟从外头回来，从马车上押下一对风尘仆仆的母子。

屠龙站在廊下，拱手道："禀夫人，咱们从刘大人那儿回了，照夫人的吩咐，拿到人的那几位兄弟都各给了二十两。现下人已带到，适才交予崔妈妈手上了。"

明兰笔挺地站在门内堂上，一手撑后腰："有劳屠爷了。"

屠家兄弟目不斜视地拱手躬一躬身，齐声告退。

小桃扶着明兰缓缓出门，绿枝等人随后。众人走过长长的抄手游廊，穿过侧边的垂花门，四周顷刻寂静下来，不闻半声嬉笑说话，只闻阵阵窸窣的虫鸣鸟啼。

来到一间偏僻的屋子，明兰抬脚进去，只见里头光秃秃的，只上首一把太师椅，旁设一几，余下再无任何摆设。崔妈妈领几个粗壮婆子侍立四周，狠狠瞪着屋中立着的母子。

明兰稳稳坐下，双臂轻搭扶手，笑笑道："本想说'别来无恙'，可今日一见，你比当初老了十岁不止。都说绵州水土养人，你怎么越发不成样子了？"

曼娘缓缓抬起头，头发凌乱，容颜憔悴，加上刻意打扮粗陋的衣装，满身老态遮挡不住。她低低道："咱们是下贱人，不比夫人尊贵，年轻貌美更胜往昔。"

明兰挑挑眉，侧头朝她身边的男孩道："昌哥儿吧，你认识我吗？"

那男孩八九岁模样，样子倒白净，就是骨架瘦弱。他双手紧拽母亲的袖子，低低垂头，闻言迅速抬起头，脸上满是戒备和憎恶之色，一触及明兰望下来的目光，赶紧再次低头。

明兰自没错过他眼中的神气，只轻轻叹气，道："崔妈妈，叫人把昌哥儿送到西边厢房去吃点心，再叫蓉姐儿也过去，他们姐弟也多年未见了。"

不等那男孩挣扎反抗，两边四个健妇已一扑而上，两个扣住曼娘不让动，另两个一把抱起昌哥儿夹住，迅速走出门去。

明兰对曼娘笑笑道："你放心，为着我自己，也不会叫哥儿在府里出事的。打发孩子出去，不过想和你好好说话罢了。"

曼娘心中不甘，却也知明兰说的是实话，便停了挣扎。这时，两个掌刑婆子进了来，一个抬着把高脚椅，另一个捧着一捆布条。

明兰轻拍掌三下，两个婆子迅速动手，另有几个健妇协力，或抱腿扳手，或压头抵腹，须臾便将曼娘牢牢捆在椅子上。随后，众婆子鱼贯而出，屋里只留下崔妈妈和小桃、绿枝三个。

曼娘的双臂、后背，乃至两腿都如被铁焊般固定在椅子上，脚尖离地三寸，周身动弹不得。她哭叫道："适才进来时，我们母子已被搜过身了，身上什么也没有，夫人还待如何？"

明兰淡淡道："没什么。不过怕你练得铜头铁骨功，回头磕起头来，将我家地砖磕坏了。"

曼娘知明兰意指当年那事，窒了下，哀哀哭道："……夫人，上回是我错了，都怪我糊涂，听信了太夫人的花言巧语，居然敢冲撞夫人。事后想起来，夫人那会儿怀着身孕，若是有个什么不好，我真是万死难辞其咎……"

她说得涕泪横流，动情之处只恨不能磕上几个响头，叫额头出些血丝才好。

明兰面无表情，打断她道："我说你省点儿力气，哭得再楚楚可怜，我会吃你这套吗？往事如何，你我心知肚明。外头守着的婆子俱离此屋十步开外，而屋内只我们几人。"

她指了指崔妈妈几个，戏谑道："便是我叫她们说你在屋里光着身子跳舞，她们也会说的，是以……"她笑笑，"咱们摊开来说说话吧，出了这屋，你尽可以赖个干净。"

曼娘收起眼泪，慢慢敛去眼中的水汽，冷硬道："好，明人不说暗话，我们母子甫进了京城麒麟门，就叫拿下，夫人真是好手段，连差役也能随意差遣。"

明兰微微而笑："你弄错了两件事：其一，那不是寻常的差役，而是守城的卫戍；其二，我哪儿差得动呀，那是侯爷临出门前特意嘱咐刘正杰大人的。"

曼娘倏然变了脸色，颤抖道："……你是说，二郎他……他叫人捉拿我的？"

"当初侯爷说过，倘若你再敢闹毛病，便要不客气了，你却不肯信。"明兰看她那副痴情且不敢置信的模样十分腻味。

"不过，你也是个有能耐的。前方消息传至不过数日，你就得了信，随即日夜赶路进京……你当日被侯爷送回绵州时，应是在京中留了通风报信的人吧？"一边哭天抢地地被解送出去，一边居然还能预先留下耳目，这等本事、胆识，明兰确有几分佩服。

曼娘冷冷道："夫人别忙着夸奴家了，乡下地界上，怕也少不了夫人的耳目吧。"

明兰笑道："你又错了。的确有人时常来报你们母子的情形，不过，不是我吩咐叫盯的，而是侯爷的意思。报信的人比你早到几日，其后，我按侯爷的吩咐告与刘大人，再其后……"

"再其后，城门口便有官兵等着我们母子了。"曼娘冷笑，随即又道，"现在夫人打算怎么发落我们母子？"

明兰一挑眉："又错了，该是我问你上京来有何贵干才是。"

曼娘仰起脖子大笑，直笑得脖颈上青筋暴起，毕了才冷声道："还是夫妻呢！二郎在前边生死未卜，你却好端端地坐在这儿！二郎待你何等好，你到底有心肝没有？！"

明兰用心想了想，道："那我该当如何？"

曼娘大声道："这还用我说？！赶紧去官场上寻些助力，看着能否救二郎性命；再或者打听西北可有熟识之人；还有……进宫面圣，披发跣足，求皇上看在二郎往日功绩上，千万赦免了这回兵败呀！"

明兰再也忍不住，捂嘴大笑，直笑得腰也直不起来："你还把戏文里教的当真了？还披发跣足，文姬救夫吗？"

好半天才止住，她笑着喘道："其一，如今大军倾城而出，哪里还有旁的军队？难道请刘大人将拱卫京师的卫戍带去西北不成？其二，西北重镇，军国大事，轻易连文官也打听不得，何况我一个妇道人家，别是没祸惹祸吧！其三，迄今为止，圣上并未有任何旨意下来，连御史都未开口，我求哪门子的情？！"

曼娘被她笑得脸色铁青，咬得牙槽疼，尖厉道："夫人水晶心肝，聪明绝顶，可也不及我对二郎一片痴心，才会方寸大乱！"

"痴心？别逗了，你当侯爷预备怎么发落你？"

曼娘脸色骤变："他……他……"

明兰静静道："当初侯爷说过，你再敢来啰唆，此生都不叫你再见昌哥儿了。"

曼娘尖叫："你休想分开我们母子！"

"不是我。侯爷根本不打算叫我脏了手。"明兰缓缓摇头，"照侯爷的意思，刘大人一拿住你们，即刻将昌哥儿送走，择一厚道殷实人家抚养。是我叫刘大人送你们过来，叫蓉姐儿再见亲弟弟一面。"

"……那……我呢？"曼娘怔怔地说。

明兰冷漠道："还瞧不出来吗？若侯爷有心，你们母子哪里离得了绵州？可侯爷只叫人看顾昌哥儿周全，于你，从不曾阻拦分毫，这是为何？侯爷压根儿不在乎你做什么！待送走昌哥儿，你爱死哪儿死哪儿去！"咦？这算钓鱼执法吗？

曼娘拼命摇头，号啕大哭，连声道："二郎不会这么待我的！不会的！不会的……"直至此时，她才怕起来，哭了半天，忽抬头直勾勾地盯着明兰，哀声求着，"夫人，都是我糊涂蠢笨、不知好歹，求夫人把昌哥儿领进府里吧！夫人待蓉姐儿这么好，也能好好教养他的！"

"用不着我教他。当初，你不是说，没了儿子就去死吗？现下却又肯了？"明兰淡淡地看着她，嘴角挑起一抹轻嘲，"看来这几年，你教得昌哥儿极好。"

教他仇恨，教他报复，教他跟顾廷烨时时提及生母，教他怎么跟嫡出弟弟们"相处"。

曼娘眼神瑟缩一下，很快又是一脸哀恸："没了亲娘在身边，好歹要在爹跟前呀！他是老实的孩子，将来孝敬夫人……"

"昌哥儿是断断不能进府归宗的。"明兰道，"这是侯爷的原话。"

曼娘满眼怨毒，低低嘶吼："你这刁毒之人，全是胡说！一定是你撺掇挑拨，二郎怎会对我们母子这么心狠？！"

明兰看了她一会儿，缓缓道："你以为当初侯爷为何想领昌哥儿进府？因那时尚无人知侯爷要娶谁，昌哥儿又小，想来你还来不及调教儿子些什么，待孩子进府慢慢教化，兴许还有救——可叫你一口否了不是？后来，侯爷与我说，有你这种娘教着，旁的也就罢了，想你不至于会害亲生儿子，却绝不能放心昌哥儿与我所生孩儿一道了。所谓防不胜防，只有千年做贼的，没有千年防贼的。"

曼娘像被狠狠扎了一刀在心口，脸色惨白如素，嘴里喃喃着"我不信，我不信，是你特意来气我的，二郎一定还念着我们母子"云云。

明兰也不讥笑，看着曼娘自欺欺人，半晌才低沉道："今日，我多回事，叫你再为昌哥儿选条路吧。"她叹口气，"只要你答应，此生此世不离开绵州，再不纠缠作耗，我就去求侯爷，将昌哥儿送到常家去教养。"

曼娘愣愣地抬起头："……常嬷嬷？"

明兰点点头："几日前，我跟常嬷嬷说了，她说，与其叫素不相识的人来抚养昌哥儿，还不如她来养，横竖燕姐儿已嫁了人，年哥儿又忙着日夜读书，她老来闲暇，岂不正好？"

好一个厚道的老人，不忍心孩子受罪，明兰心中轻叹，接着道："常嬷嬷的为人你也清楚，再正道没有的了，且看她教养出来的孙儿何等上进，昌哥儿将来必能有出息。"

曼娘半晌才道："倘若我食言了呢？"

明兰眨了下眼睛，微笑道："老天做证，只要你应下了，我就不会叫你食言。"

曼娘心头一紧，看着明兰温和的笑脸，无端生出一股寒意——她知道这话中意思，一旦自己答应了，就会立刻被押回绵州，依宁远侯府的势力，只消跟地方官吏提点几句，自己便如坐牢一般，永生不能离开那山沟沟半步了。

明兰看曼娘面上阴晴不定，似是心中交战颇剧，笑道："怎样，可想好了？"

曼娘不屑地啐了一口，冷哼道："你舌灿莲花，我却不信你！我要见二郎，他一定不会负了我们母子的！"

明兰微微失望，叹道："昌哥儿……唉，罢了，他是你生的，还是依侯爷的意思吧。"

她缓缓站起，扶着小桃离去，再也不愿看这自私凉薄的女人一眼。

回到房里，只见团哥儿盘着肉肉的小胖腿，苦苦扯着一副锃亮黄铜打的九连环，见母亲回来，立刻丢下九连环，摇晃着从炕上站起来，奶声奶气地张开手臂："娘。"

这次没喊错，明兰满心柔软温暖，揽着儿子抱了好一会儿。眼看小胖子有攀着母亲往上爬的迹象，崔妈妈赶紧过去抱开他。

明兰躺坐在炕上，含笑看着小胖子在柔软的垫子上翻来滚去，疯玩得累了，便四肢一摊，挺着小肚皮呼呼睡去。

明兰望着儿子甜甜的睡颜，莫名伤感——其实，将昌哥儿送去那无人知晓的地方，由可靠人家抚养，也许更保险些；再说了，抚养孩童何等耗费心力，真叫常嬷嬷替顾家来收拾这个烂摊子，她也于心不忍。唉，何必多此一举，给自己找麻烦呢？

只是……这世上，并非所有女子都有资格为人母的。

稍事歇息，绿枝匆匆进来，低声报道："夫人，已将昌哥儿……和他娘，都交予刘大人了。"崔妈妈在旁听了，叹道："刘大人可真费心了，只……却是家丑外扬了。"

明兰忍不住扑哧一笑，暗想，干刘正杰那行的，文武百官谁家的私事他不知道呀。

"蓉姐儿呢？"

绿枝难掩兴奋，因怕明兰说她，只好努力做出稳重样来："昌哥儿早认不出蓉姑娘了，咱们大姑娘哄了半天也不成。姐弟俩一声不响地坐着，后来……那女人来了……母女俩关上门说话，谁知后来吵了起来，蓉姑娘哭着奔回屋子的，听说，这会儿还在哭呢。"

明兰默然。

绿枝只好继续自说自话："照侯爷的吩咐，昌哥儿一路送走，那女人另一路赶出京城。刘大人差来的那亲兵跟郝管事吃酒时，稍稍透了几句，说，若再见那女人，立刻发去漠边为役。"

明兰继续沉默。顾廷烨曾说，昔日几个知情的兄弟多为大度，只刘正杰常奚落他妇人之仁，当断不断，将来烦扰不尽。旁人兴许还会对曼娘手下留情，可刘正杰断然不会客气——偏偏托付了他。

正快快不乐，外头忽有人报屠龙求见。明兰微微一愣，忙道："请到外间说话。"只听一阵沉沉的脚步声，屠龙站在外间，低声道："打搅夫人歇息了，小的有件事要禀。"

明兰轻轻挥手，崔妈妈小心抱起小胖子进里屋，绿枝站到门旁，隔着帘子脆声道："屠爷请说，夫人听着呢。"

屠龙道："这阵子在市井间查探，俺觉着有些不妥。前方军国大事，亦无明文邸报，怎么就传开了？往绵州报信的那厮，也不见得如何消息灵通，怎么……这么快？"

他说得很婉转，但明兰立刻明白了，一转念间，心头大震，"哎呀"一声，失声道："屠爷说得有理！我这是身在此山中了，竟不曾想到这处！"

她也疑惑过兵败消息的来源，却不曾反向思索过。

要知古代社会消息闭塞，尤其怕以讹传讹，激起人心不稳，哪怕前方真吃了大败仗，也要粉饰一二，可这次，怎么才丁点儿传闻就传得沸沸扬扬？

"屠爷的意思是？"明兰迟疑道。

屠龙道："俺也瞧不出来。不过，近来京中似有不稳，今早刘大人也说来了好些逃荒的，大多身份不明。俺想着，总是夫人安危要紧，不如从庄上调些会功夫的壮丁来看家护院……"

明兰沉吟片刻，缓缓点头。

刘正杰本是刑名出身的一把好手，眼见近日京城里头三教九流各色人物聚集日多，越发不敢耽搁，前脚领走了曼娘母子，后脚就使人分两路遣送出京。谁知第二日入夜，刘夫人忽乘一顶小轿匆匆而来，见面便道罪，说昌哥儿叫人劫走了。

明兰大吃一惊："这是怎么说的？"

"他爹也没想着，直说这回是打雁的叫雁啄了眼睛！"刘夫人面带惭色，话中带有浓重的蜀边乡音，身上一件赭红色掐暗银丝宝葫芦的褙子叫她扯着衣角不住揉搓。

"昨日他爹撵走那妇人，送至城门外时还使人狠狠吓唬，说再见她来纠缠，定然发往边地为苦役！那妇人连声应了，说是再也不敢，扭身就跑了。"刘夫人压低声音，微微前倾身子，"其实照我当家的意思，这回就该发配了这妇人，一了百了，不过……"

"不妨事的。"明兰摆手。露水夫妻做到曼娘这份儿上，也算是到头了，再作死作活，不过是平白惹笑话，于顾廷烨和侯府，如今更牵挂的反是那小小孩童。说句不好听的，若有不怀好意之人将昌哥儿卖入那腌臜地界，或引昌哥儿入歧途为匪为盗，才是天大的隐患。

她急道："昌哥儿究竟是怎么回事？"

刘夫人拿帕子摁了摁额头上的细汗："因要找个奶妈子一路照料，是以昌哥儿那路晚了半日出城，谁知路经京郊十八里铺边上的风云山山脚下时，忽冲出一伙蒙面劫匪，不由分说便上来挥家伙。双方缠斗时，一直躲在后头的女贼忽驱马至车边，一棍撂倒那婆子，然后拎孩子上马就跑。众位护送的兄弟急了，赶紧将多数劫匪毙命，拷问两个活口，才知他们是什么山魈帮的，收人家银钱来劫人，偏几位兄弟都没穿差服，贼人们只当是寻常人家的家丁，才会这般胆大包天。"

明兰一阵发愣，那女贼是谁，她心里隐约有数。

说实话，自余府初次碰面起，她从不曾小看这看似不起眼的女子，没想饶是如此，却还是低估了她。这位奇女子不但能唱会演，居然还是个练家子。想这回见面，亏崔妈妈小心，定要搜身捆绑，否则，若曼娘忽然暴起，自己岂非遭殃？

她咬了咬唇，还是问道："刘大人可打听出来是何人指使吗？"

刘夫人重重地叹了口气，眉头紧紧皱起，更显相貌老态粗糙："问了，那几个活口当即指了，死在地上的尸首中，便有那托事妇人的哥哥！"

明兰轻轻"啊"了一声："是曼娘的哥哥？"

刘夫人拍腿道："可不是？听说她兄长这几年混迹直隶一带，结识了不少偷鸡摸狗的市井闲汉。几个活口说他们也是受了诓骗，她兄长说自己妹子是某大户的外室，谁知那家大妇歹毒，容不下她们母子，要发落那孩子……唉，若知对方是官差，哪个敢胆边生毛的！"

明兰讥诮地翘起唇角："这个说法倒也不算错。"

刘夫人讪笑几声，解释道："那个躲在后头的蒙面女贼便是曼娘了。本来兄弟们想射箭阻止，可昌哥儿也在马上，因怕伤了孩子，只好眼睁睁地瞧着那母子俩跑脱了。"

明兰默了片刻，才道："这怪不得几位护送的兄弟，他们哪知一个小小妇人竟会这般无法无天。不知兄弟们可有损伤？若有个好歹，可叫我们怎么过意得去。"人家本来只受命快递，结果还得兼职保全，被打了个猝不及防。

刘夫人连忙摆手摇头："没有性命干系，都是些皮肉伤。那些蠢贼也不见得如何能耐，只是人数多，一拥而上时被缠住了，才叫劫走昌哥儿的。"

明兰心头微松，又说要给那些护卫银钱、伤药，略表心意，刘夫人先头还不肯，经不住明兰口舌伶俐地劝说，才应了将东西捎带过去。

两人又说了几句经过细节处，刘夫人忍不住叹道："不是我替我当家的辩解，实是任谁也想不到呀。那女人瞧上去多枯瘦可怜、六神无主，被差役们一吓唬，怕得连话都不敢说，人家说话声稍大些，她就哭得快断了气，身子抖得跟筛糠一般。谁知一转头就去寻了兄长，又是着人跟踪，又是买人劫道，啧啧，真真好厉害！"

她年长夫婿多岁，与刘正杰手下的亲信弟兄儿是半嫂半母，询问起来格外细致。当初乍闻曼娘之事，她还暗怪过明兰连个孩子也容不下，哪个达官贵人不是三妻四妾、庶子庶女一大堆的，现下看来，那对母子委实留不得。

明兰歪了歪嘴角："他们兄妹都是梨园出身的能耐人，文武全才，不怪刘大人和众位兄弟，没亲眼见识过的，如何想得到这事，再说了，受这妇人骗的，可不止一两个。"头一个特号冤大头就是她亲爱的夫君大人。

刘夫人咋舌道："要说那妇人真是狠心，她哥哥被一刀砍翻时，曾大声呼叫'妹子'，她连头都没回，自管自地飞奔走了。照我当家的说，她是有意拿那些贼人做了肉盾死鬼，为怕事有不全不密，怕是连自己兄长也瞒了些话。"说着连连摇头，连自己嫡亲哥哥的命都能利用，已非"心狠手辣"四个字可形容了。

明兰默了半晌，才道："她们母子去了何处，刘大人可有眉目？"

刘夫人尴尬地笑了笑："一旦出了凤云山口，便是东西南北四通八达，哪路都去得，实是摸不准那母子的去向，再说，呃，如今京城……实挪不开人手……"

明兰拉着她的手，柔声道："姐姐不必解释，刘大人的难处我都晓得，我只可怜那孩子，小小年纪，才安稳了几年，这下，不知又要颠沛流离至何处。"

刘夫人早育儿女，也是慈母心肠，听了长叹一声，轻拍明兰的手劝道："大妹子，姐姐倚老卖老多嘴一句。这等歹毒妇人，落到外头哪家能有好果子吃？你们夫妇都是厚道人，心眼儿诚实，做不出那伤天害理的事，不然早早结果她了！唉，那孩子也是前世不修，摊上这么个娘，谁也怨不得，还望来世托个好生吧！"说着唔叹不已。

前世不修吗？

明兰茫然。其实昌哥儿有多次可以改变命运的机会，可惜全失之交臂。

于自己，自是恨不得永远不要接手这烫手山芋，一切相关昌哥儿之事能躲就躲。

于顾廷烨，因早年经历，总觉有亲娘在身边，孩子多少能得妥当照料，总比交给素不相识之人强；更兼之顾及嫡妻嫡子，不愿明兰受累、团哥儿受胁。

至于曼娘，更是百年难见的奇葩，要么早些放掉昌哥儿，要么和儿子好好过日子，偏她死活拽着妄念不肯罢休。

不知为何，自从做了母亲，明兰越发心软起来，以前碰上多少悲惨案件，都公事公办地转头过去，如今却见不得无辜孩童受罪，心里莫名不忍。

送走了刘夫人，明兰便把蓉姐儿叫来，屏退众人后，将此事巨细靡遗地告知于她，吁叹道："唉，如今，谁也不知道他们去哪儿了。"

蓉姐儿低头紧握双手，两眼红肿，这几日似是瘦了，圆润的脸颊微微收拢，在下颌划出少女的清丽弧线。她听了明兰的话也不应声，只默默坐在炕前圆凳上，指甲深深陷入掌心。

两人相对半晌无语，明兰正想叫她回去算了，蓉姐儿忽道："谢谢母亲。"声音里带着浓重的鼻音。明兰微微一愣。

蓉姐儿拿帕子轻拭鼻端，低声道："谢母亲替昌弟操心，托常嬷嬷代为抚养。自从……自从知道这事后，我心中感激极了……想常嬷嬷正直，弟弟还能跟着年哥哥读书上进，实是天大的福气。谁知几年未见，昌弟竟乖张异常，除了……除了娘，谁的话也不听……"

想起那日见亲弟的场景，亲姐弟便如陌路人一般，她泪水上涌，心头酸涩："我求娘答应这提议，好好劝服弟弟到常家去。若强送过去，弟弟执意胡闹起来，不但累了常嬷嬷，还耽误了要读书备考的年哥哥。谁知……谁知娘不但不肯，反骂我……还……还……"

后半句她说不出，生母当时要她去求明兰，让昌哥儿留在侯府。

"……可……可夫人不会答应的呀。"记得当时自己这么回答。相处这些年，她深知明兰外表随和温柔，内里却是主意极定。

"你这没用的！那你就去哭，去求，去寻死觅活！你现下是侯府大小姐了，难道她敢眼睁睁地看着你死？这个才是你亲弟弟，你忍心看他没名没分地流落在外？！"

望着生母满口好话、满脸算计，一忽儿软语哄骗，一忽儿厉声叫骂，毫不掩饰的用心，她当时半句话也说不出。

她早不是无知稚女，其中深藏的凶险和干系她如何不明白；她更不是那不知自己斤两的，才过了两天舒坦日子，就自鸣得意，不知天高地厚，妄想在大事上改变嫡母心意的人。

蓉姐儿用力晃头，努力不去想当日叫人心寒的情形。她抬头看着明兰，颤声道："母亲，我实是不明白娘的心思，做母亲的，不都想着儿女好吗？为何……为何……难道她非要毁了弟弟才罢休？！"她再也忍不住，终于哭了出来，捂着帕子轻声抽泣。

明兰叹口气，轻拍女孩的背。

从阴暗面来想，曼娘根本不爱昌哥儿，儿子不过是一枚棋子，自是该怎么用就怎么用；往好处想，曼娘也爱儿子，不过，她所认为的对孩子好与正常人理解的不大一样。

好像某些狗血剧里演的，穷苦女孩生下富家子的双生子（女），一个送回富豪家去当公子哥儿或公主，一个留在自己身边，最后的结果……呃，要看哪个是主角。

此事如此无疾而终，曼娘母子便似风中浮絮，消失得无影无踪。明兰闷闷不乐了好几日，直至华兰来访劝慰才好了些。

"你这傻孩子，这种事有甚可烦恼的！"华兰依旧容颜明媚、娇艳英气，她戳着妹妹的额头，笑道，"似你这般心慈手软的，见这个也可怜，见那个也不忍，屋里还不乱作一团了？自来是冤有头，债有主，那哥儿自有爹娘，该你什么事了？"

明兰低头抚着硕大的肚皮，低声道："近来我越发瞻前顾后，总怕自己行事不好，将来报应到孩子身上。"姚依依也曾是一个坚定的无神论者，唉，真是往事不堪回首。

华兰一派心宽体胖，大笑道："神佛之事，信也要适可而止，不能事事往这上头绕。妹夫既不叫你沾手，你乐得推开好了，难不成你真要把那哥儿接进府来？"

"那可不成。"明兰断然道，如护小鸡崽子的母鸡般扬起头来，坦率自嘲，"可怜归可怜，做娘的自要先护着自己的骨肉，哪个敢危及我孩儿，我非跟他拼命不可！"

华兰拧了一把妹子的脸，笑道："这就对了！"

望着长姐灿烂宽容的笑脸，明兰暗叹自己庸人自扰，遂扯开话题："听说三嫂嫂有身孕了，前儿刚送了些她爱吃的鱼鲞过去，不知近来身子可好？"

自打王氏回老家服刑，为怕柳氏甫接掌内宅有不便之处，华兰常回娘家帮衬，闻言笑道："弟妹是个有福气的，这回怀相好得很，好吃好睡，一概行事如常。"

正说着，小桃端上来一盆厨房新炒的蒜香芸豆，华兰皱眉掩鼻，再度轻呕一声。

明兰皱眉道："这不是姐姐素日爱吃的吗？怎么也……"适才已换下去一盘奶酥豆沙卷和拔丝蜂蜜苹果，华兰是闻着一样恶心一样，她只好叫厨房赶紧新做点心。

再看华兰微见丰腴的身形，明兰目带戏谑，笑道："姐姐莫不是也有了吧？"

华兰倏然停手，笑骂道："胡扯什么，我都这个岁数了。"这几年没有动静，兼之年岁渐长，自己早断了念头。

话虽这么说，不过，中年生子的妇人也不是没有，因怕有闪失，明兰赶紧使侯府那辆三驷软金呢缀直顶的大车送华兰回去。过不半日，袁府使人回报：二奶奶果然有孕了。

来报信的翠蝉拊掌笑道："二奶奶起先还不肯信，连换了两位大夫都说是喜脉才信了。二爷乐得不行，就跟黄莺拴住了鹞子腿，这会儿寸步不离的，连口外都不肯去了。"

袁文绍瞧上了口外一块地皮，想买来圈作马场，本已向上峰告了假，此刻见爱妻有孕，大夫又说孕妇年岁不小，更当处处小心，袁文绍便打定主意不走了。

"正经事要紧，相公是有大志向的，不必牵挂我。"华兰当然这么说。

袁文绍却一脸港剧男主的风范，开口便是："银子是赚不完的，最要紧的是咱们一家人和乐平顺。你安安稳稳生下孩儿，比赚一座金山都强。"

华兰娇羞红了脸，水汪汪的大眼含情脉脉地瞄过去，袁文绍情意绵绵地凝视回来，两个加起来足有七十多岁的中年男女情真意切得吓人，时不时头挨头小声说话，直把前去替明兰送礼的崔妈妈肉麻得不行。

"怪道房家姐姐说，当初太太瞧不惯大姑娘和大姑爷呢。"崔妈妈深觉错怪了王氏。

明兰伏在炕上捧腹大笑，数日来的不快一扫而空。

数日后，屠虎从城外领着四十来个庄勇回来，明兰再度忙碌起来，安排外院吃住，又与屠老大商量如何分班看护，如何派至各处门墙院落看守。

里面安顿妥当，外头继续着人打听各路消息：京城内的确来了好些形迹可疑之人，三五成群，聚落不知所终。刘正杰越发恼怒，却无处可查。石小弟也很恼怒，他和小桃都喜欢的一家包子摊，那老两口近来说市面瞧着不太平，居然躲去乡下儿女家了。

五房的顾廷狄夫妇忙于整顿店铺，买卖渐有起色；四房的煊太太忙着给长子相看媳妇，伏家的反应十分积极；太夫人依旧很少出门，不知在密谋些什么；顾三爷依旧三不五时地去外头吃酒斗戏；余方氏也依旧三天两头去顾廷炜府邸串门；梁家大爷继续装孙子，哦不，孝子……

喜喜忧忧，不一而足，法院小书记员的政治觉悟和决策水平只够让明兰叫家丁们加倍严禁门房，不能从现象分析出本质。

此时天日渐暖，短短半月内，肚皮便如充了气般鼓起来，几个婆子都说是产期近了，没等明兰习惯沉重的身形，若眉先发作了。

好在稳婆和乳母都是事先备好的，铺褥、烧水、烫剪子……一样样有条不紊。明兰亲自到公孙小院的厅堂里坐镇，无人敢有怠慢。

从晌午到月上树梢，若眉的惨叫声一阵阵传来，直至明兰挨着软榻第二次睡醒过来，才有人来报若眉生了，是个极其肥壮的小子。

明兰擦擦口水，强打精神去慰问产妇，只见乳母抱着个大红缎子绣金丝牡丹的襁褓坐在床边。若眉虽面色苍白，却是喜不自胜，不住眼地望着襁褓中的婴儿。

明兰凑过去看，嗯，的确肥壮，尤其那叫产妇们闻风色变的硕大脑门，活脱公孙老头的死德行。她坐在若眉身边，柔声道："孩子很好，生得极像先生，你算是终身有靠了。"

因叫喊过度，若眉的嗓音有些嘶哑。她拉着明兰的袖子，急切地仰望着："等先生回来，求夫人美言几句，说哥儿是我拼了命生下来的，能……能否叫我自己养……"

明兰默了片刻，叹道："我会说的。但这毕竟是先生的家事，最后还是要看先生和师母的意思。"又道，"当初你要给先生做妾时，我就说过这事的。"

说完，明兰便轻轻抽开手，不管若眉泫然欲泣的神色，扶着小桃转头就走。

此后，若眉坐蓐，明兰不再去看望，只叫廖勇家的多多照看，一切吃穿用度切不可轻忽。

到了洗三，明兰让婆子们在公孙小院中摆上两桌，叫素日与若眉交好的丫鬟、婆子去凑凑热闹，好好劝慰，叫若眉高兴高兴，没得整日愁眉不展、唉声叹气，影响坐月子。

就在洗三次日，一封陕甘总督的快马急报震惊了朝野——

羯奴左谷蠡王之子为救父亲，于青石河平原伏击沈从兴大军。因日前大胜，致使沈军辎重过多，队形拉得太长，多数将领自满不防，大军被风驰电掣的羯奴铁骑截成三四段，另一支奇兵直取中军大帐，击杀主要将帅，左谷蠡王被救走，沈从兴重伤，全军大乱，将官兵卒死伤无数，目前由段成潜将军暂掌军队。

另有一则，薄天胄老帅近日从马上跌落，现下昏迷不醒，由薄氏亲信伏将军与甘老将军共掌中路大军。

反倒是前阵子传得沸沸扬扬的张、顾大军，因其深入草原，至今没有明确消息，大军到底是败光了，还是死绝了，谁也说不清。

明兰掰着指头算了下，照送信的日程看来，沈从兴应是大胜不久即遭伏击，与此同时，薄老帅坠马重伤，她亲爱的夫君大人的确切消息继续云里雾里。

消息传来，皇帝震怒，既惊又忧，照盛老爹传来的说法，与当初张、顾的兵败消息传来时相比，此刻倒像是真真的着急了。皇后和小沈氏双双哭至昏厥，张氏慢了半拍，为照顾群众情绪，于半日后也"忧心致病"。

薄老夫人表示伤心得不行，为怕一命呜呼，决意到京郊庄子上去养病——听到这里，明兰忍不住吐槽：话说你都当了五十多年军嫂了，不是早麻木了吗？伤心个毛呀伤心！

那年薄老帅染了厉害的风寒，太医都说凶险了，薄老夫人很镇定地拍拍丈夫的被褥："你先走一步，不用等我，我找得着你。"

薄老帅大怒，嘶吼着"没良心的臭婆娘，老子就是不死"，一顿脾气发过，病倒好了。

——顾廷烨讲这故事时，居然一脸神往。

武官个个请奏援军上前阵，唯恐落于人后；文官奏疏如雨，或有参奏几位大将轻忽失责，请皇帝重罚，或请调伤重的薄、沈回京，徐徐再议。茶馆酒肆中也满是议论声，或骂沈、张、顾几位无能，或轻声议论当今圣上用人不明、用兵草率——京城顿时陷入一种奇特的嘈杂中。

明兰沉默不语。

接下来几日，她身体倦怠得厉害，连逗儿子玩都提不起劲儿来，只能坐着看娴姐儿耐心温柔地教小胖子说话。蓉姐儿坐在一旁安静地看着，眼中又是失落又是渴望。

这日醒来，小桃扶她慢慢坐起，翠微端着热气腾腾的铜盆进来，笑着打湿巾子道："今早我去瞧若眉了，她神气好多了，哥儿又胖又结实，两个奶妈子还不够吃呢。"

明兰艰难地撑着床沿站起来，披一件弹墨松花夹棉袄子缓缓走到窗前，微开一线探手出去，手背上落了些细细的雨丝，夹着倒春寒的微风，沁凉沁凉的。

"今儿外头有些凉，夫人多穿些。"翠微绞干巾子。

明兰嘟囔着："我讨厌下雨天。"眼珠一转，厚着脸皮道，"索性再睡会儿。"说着，她便挪动臃肿的身子，胖企鹅般扭着外八字挨到床边去。

翠微又好气又好笑，将湿热的巾子覆到她手上："夫人想多睡会儿也成，好歹先净面洗手，用些粥汤再睡。您不饿，肚里的小哥儿可要吃呢。"

明兰慢慢擦着手，交还巾子，正想说"今日想吃奶香饽饽"，绿枝忽从外头惶急地奔进来："夫人，夫人，宫里来人了，说要宣夫人进宫呢！"

只听"啪嗒"一声，翠微手中的巾子掉入盆中，溅出几朵小小的水花，落在猩红色的厚绒地毯上，染出的点点暗沉如墨渍般的不祥。

还是小桃最镇定，因她根本没反应过来这事有什么不妥。明兰沉声道："给我更衣。"

绿枝凑上一步："夫人，那外头……"

明兰定定神，先问："宣的是明旨还是口谕？"

绿枝有些迷茫，侧头一想，立刻道："应是口谕，因为廖嫂子没叫摆香案。"顾府接旨或接赏赐多次，几个大丫鬟都清楚内中门道。

明兰已不见适才的迷蒙慵懒，简洁明快道："吩咐郝管事，招待众位天使到前厅吃茶暂等，就说我近日身子不适，尚未起身，正梳洗穿衣呢。"

绿枝应声，正要出去，又被明兰叫回，只听她吩咐道："你和夏荷几个眼神好，都到前头去认认，这回来宣旨的，是皇后娘娘身边的那几位女官宫人，还是小夏公公他们。"

绿枝机敏伶俐，觉出事情紧急，应声后忙飞奔出去。

明兰深吸一口气，直直站稳身子，张开手臂让人服侍自己穿衣梳头。小桃费力地想往明兰脚上套鞋子，翠微边系中衣带子，边颤声道："夫人都这个月份了，说不准下一刻就要生的，宫里怎偏偏这会儿宣您入宫呢？这要是有个什么不好……难道把孩子生在宫里？"

她额头上沁出细细的汗："难道是侯爷……兵败要抄家？"

明兰缓缓摇头："先别自己吓唬自己。"

皇后此人，虽有种种不靠谱，但确是心地仁厚温良，上回因她怀着胖团子，便主动免了她新年正月初一的入宫谢恩，若无要紧事，皇后断不会此时宣她入宫。

可若有什么要事，小沈氏也该事先透个风不是？

除非是要问罪。

可这种军国大事，皇后掺和什么，兵败抄家，一道旨意即可，又干吗使宫廷仪仗来宣口谕？何况刘正杰那边半点儿消息也无。那么，除非是皇帝……

穿戴好诰命霞帔，小桃扶着明兰在镜前转了转，翠微小心翼翼地端出珠冠来，正想给明兰戴上。明兰轻轻一摆手："这东西怪重的，你先端着吧。"

这时，外头一阵鼓点般的跑步声，绿枝和夏荷气喘吁吁地奔进来："郝管事已将天使们稳住了。我和夏荷两个隔着屏风细细看了，领头的是一位公公和一位女官，说是奉皇后的旨意，可他们和后头那些人，咱们一个都不认识！"

明兰紧锁眉头。这事情透着邪乎，皇后身边有头有脸的女官和内宦她大多认识。

崔妈妈从外头进来，低声道："软轿子备好了，夫人，您……"

见老妇满面忧心，明兰宽慰道："妈妈别急，长这么大，你几曾见我吃过亏？"

崔妈妈略略宽心，便服侍明兰缓缓走出嘉禧居，坐上软轿，迎着凉凉的细雨，一行人往外院前厅走去。轻悄悄地绕过正堂大门，明兰下轿走侧道，扶着绿枝、小桃从后头静静走入正厅，隔着十六架朱红隔扇，隐隐可见前头郝管事不住恭维那几位天使，劝茶水、点心。

照绿枝说的，郝管事先前已塞了不少银两，是以才能这么稳当。

明兰凑近隔扇，透着格子细细看了，从那方面大耳的宦官到中年枯瘦的女官，甚至后头站的一排小宫人，的确没一个认识的——难道有人假传圣旨？

正苦思无果之时，崔妈妈轻手轻脚地过来，在她耳边道："我领几个针线婆子看了，这些人身上穿的、戴的，还有打的仪仗，确是宫中无疑。"

明兰再次皱起眉头，沉思片刻，招小桃过来低语几句，然后抬头低声道：

"就这么说，郝管事就明白了。"

小桃立刻奔出去，过不多时，只见顾全快步走入前厅，到郝大成耳边轻声道："夫人在隔扇后头。这伙宫人恐怕有假，试探之，问皇后身边的韩尚宫咳嗽可好了。"

郝大成何等精明，不动声色地扫了后头一眼，然后笑着拱手道："陈公公，黄司侍，这几年娘娘到府里宣旨赏赐的也多了，却从未见过二位，想是宫里贵人众多，咱们识不过来，也是有的。"

那宦官面色一变，随即笑道："宫里使唤人手多了，今儿这个，明儿那个，你们宁远侯府素来大方，来宣旨是个肥差，多少人想着来呢。"

郝大成连连称不敢，朝那女官堆笑道："黄司侍，小的有个不情之请，趁咱们夫人还没来，托您跟娘娘跟前的韩宫令递个话，说小的这回新弄了上好的枇杷膏，不知什么时候能送进去。如今日乍寒乍暖的，若宫令大人的咳嗽又犯了，可怎么好？"

那女官纹丝不动，目光冷电般扫过去，道："娘娘跟前统共两位宫令，一个姓刘，一个姓吴，何曾有姓韩的宫令！你少给我使花样，赶紧叫顾侯夫人出来，耽误了大事，你们顾家满门还要命吗？！"

这句话一出，明兰紧绷的神经便如松了绑一般，腿脚一软，险些站不住。她扶着小桃缓缓走离隔扇，坐下后揩了把冷汗，长长舒了一口气。

皇后身边的确没有韩姓宫令，却有位颇受信重的韩掌事，那位刘宫令如今越发老迈，眼见要退下了，皇后属意韩氏顶上，是以自年前起，小宫女、小宦官们已早早叫上韩宫令了。

当然，这种事自来是对下却不对上的，下头人知道，上头主子却未必知道。这黄氏小小从五品的司侍怎会不知？怎敢不敬？

除非，她根本不是皇后宫里的！那么就是……明兰微微眯起眼睛。

顾全再次跑入前厅传话，郝大成原本正在不住赔罪讨好，附耳听了后，顿时眼睛一亮，转头哈哈一笑，大声道："两位大人，小的孤陋寡闻，都说无中生有是假传圣旨，那乱说下旨的主子算不算假传圣旨呢？"

那两人顿时面色大变。那宦官将桌子拍得"嘭嘭"响，声音尖厉："吃了雄心豹子胆！竟敢这般污蔑！"那女官阴阴道："都说顾侯在外头威风八面，这回可是见识了，如今连宫里的话都敢不放在眼里了！今儿敢抗旨，明儿怕是就要造反了吧？"

"两位不必拿大帽子扣人。"郝大成笑眯眯的，他在外头也是有头有脸的人物，哪里是一吓就软的，"咱府里不是那等没见识的小门小户，以郑骁将军夫人跟咱们夫人的交情，皇后娘娘身边有哪些大人，咱们还是知道的。"

那两人对视一眼，那宦官忽堆出笑脸："郝总管好眼力，咱们确实不是皇后宫里的人，不过嘛，这旨意确是皇后娘娘下的，因近日宫中忙，娘娘便差遣咱们来办事了。"

郝大成微笑着问是哪宫里的，那两人却支支吾吾说不清楚，只道是寻常使唤的宫人。郝大成立刻放下脸来："两位也太小看人了，小的便是蠢钝如猪，也不至于信了这话！宫里的规矩只有比臣子家里的更严，这一大队人要出宫，必得有放行令牌。说句不敬的，皇后娘娘再宽厚大度，也不见得会把自己宫里的令牌随意给人吧。"

那宦官见郝大成不好糊弄，暗暗着急。此时，那女官忽道："咱们是圣安太后宫里的，太后的位分犹在皇后之上，这下你可放心了吧。"

郝大成冷冷道："怎么放心？两位一会儿一个说法，侯爷眼下出门在外，咱们更要小心护卫夫人，怎能把夫人随意交给不明不白的人！"

"那你要如何？抗旨不成？"那宦官急了，尖着嗓子叫了出来。

"总得知道两位究竟是不是宫里来的吧。"郝大成悠悠道。

那女官冷冷注视，缓缓从袖中掏出一枚黑黝黝夹金丝的令牌拍在桌上。郝大成凑过去一看，果是皇宫大内的出入令牌。可惜那女官很快又收回令牌，郝大成看不清令牌底下刻的甲、乙、丙、丁、戊、己、庚、辛的号数。

那女官道："咱们确是从宫里来的，宫里的都是主子，请顾侯夫人走一趟不算委屈了吧？"

郝大成摸摸胡须，正要开口，忽听外头一阵杂乱，只见一个小丫鬟跌跌撞撞扑了进来，哭喊道："夫人肚子疼得厉害，还见了红，叫您赶紧去请大夫呢！"

郝大成脑中一阵急闪，立刻"满面惊慌"地拉长调子高声叫起来："哎——呀——这下可糟了！前阵子大夫还说夫人怀相不好呢，果然出事了！"

郝大成又冲着身边一个小厮叫骂道："你这蠢货，还愣着做什么，赶紧去请大夫呀！"

那小厮在地面上滚着飞跑出去。郝大成回过头来，笑着告罪："两位见了，咱们夫人这几日就要生了，是以保不准这就……唉，看来是没法进宫了。"

那女官和宦官的脸色极是难看，正要开口威吓，只见郝大成又转头对那报信的丫头道："赶紧去回夫人，说大夫片刻就到了，请千万撑住。夫人别为进宫之事着急，想宫里的主子都是仁善和气的，总不会存心要了夫人母子的性命吧！"

那小丫头似是吓坏了，抹把脸上的泪，一溜烟儿地跑了出去，一路往里直至嘉禧居。走进里屋时，她脸上已无半点儿哭泣惊慌之意，顽皮得意地道："小桃姐姐要给我抹葱头，我说不用，适才我哭得可真了，把大家都唬住了呢！"

"小丫头还卖弄呢，快说，怎么样了？"绿枝把她扯进屋里，连声追问。

翠袖跟小桃一个路子，半憨不傻道："没怎么样呀。说完我就出来了，哦，郝总管说大夫很快就来了。"

绿枝急得直跳脚，哪个问大夫了！

明兰失笑道："你吼她做甚，本就叫她去做戏，做完就回来了呗。"绿枝瞪了小翠袖一眼，又无奈地叹口气，领她出去吃果子了。

崔妈妈便和翠微两人替明兰松袄子，散发髻，脱去鞋袜，侍弄了半天，明兰才躺上床铺，只觉得浑身酸软，小腿抽疼。

见翠微收起诰命服饰，拿到后头熨烫整理，崔妈妈回过头来："夫人，这……这成吗……那到底是太后呀。"

明兰揉着太阳穴，细声细气道："太后倒是太后，只不过，不是圣安太后，而是圣德太后。"一个是亲妈，一个是……连后妈也算不上。

崔妈妈一惊："啊，是圣德太后！咱们与她素日无仇，她干吗来为难夫人？"

"是呀，是呀，都知道她这是为难我。那老太太要消遣人，若叫我进去站两个时辰，或跪半个时辰，就算皇帝皇后来救，怕也要糟糕。性命要紧，安全第一，是以，哪怕这旨意是真的，我也不能从命，大不了以后去御前打官司。总之，这个眼前亏咱们不能吃……"

明兰正喃喃自语，忽见小桃脸颊红红地跑进来，后头跟着着急上火的绿枝。她扭着小桃的胳膊，连声道："你在外头守了半天，赶紧说说！"

小桃甩脱绿枝的爪子，瞪眼道："疼！放手，听我说啦！"

喘匀了气，她才凑到明兰跟前，禀报道："现下郝总管已把那些人打发走了。夫人，您不知道，适才那两人发好大的脾气呢，又拍桌子又骂人，还说咱们侯府要造反了，一定要叫夫人出去！我吓得厉害，谁知郝管事反倒不怕了，越说越硬气，最后那两个人没了法子，又不能冲进来打，只好走了。"

明兰听得嘴角翘起，又问了几句那宦官和女官如何发脾气、如何语出威胁，小桃都一一说了。最后，明兰赞道："郝总管是个有见识的，这回宣旨的确有猫腻。"

自来去臣子家宣旨的内官，那都是鼻孔朝天，跩得不可一世，哪家敢抗旨不尊，人家也不多说，不过冷笑几声，回去跟皇帝皇后复命时狠狠告上一状就是。

哪像今日这两个，着急得跟什么似的，好像非要带走自己不可。

"他们气急了，临走前还说要我们等着瞧呢。"小桃补上最后一句。

明兰不屑地冷哼："等着瞧就等着瞧！"

只有皇帝才握有诏卫和禁军，才能锁拿人犯、抄家问罪，倘若这旨意没有问题，圣德太后也得先告到皇帝面前，由皇帝下令拿人才行，因为后宫本身是没有军事权力的。

但若这旨意有假，呵呵……

——哎呀，不对！

微笑凝结在脸上，明兰忽地脑中警铃大作。她猛地从床榻上坐起，用力一捶枕头，大叫道："糟了！糟了！快快，小桃，绿枝，你们赶紧去找郝总管，叫他派得力亲信的人先去找刘正杰大人，把这事说了，再挨家上门，说，千万别进宫！"

"哪些人家呀？"小桃被吓了一跳，绿枝也愣愣的。

"段将军家、沈国舅家、英国公府，还有薄家、钟家、耿家、伏家、郑家……先这几家，别的等我想到了再说，快去！快去！"明兰急得连连拍床。

两个女孩连忙应声出去。

崔妈妈见明兰满面惊慌，颤声问道："夫人，这是怎么了？"

明兰神色凝重了，缓缓道："崔妈妈，你可还记得那年的'庚申之乱'吗？也是诓骗了好些贵家女眷入宫呢。"

崔妈妈双眼瞬间睁大，失声叫道："不会吧？！"

"但愿是我多想了。"

明兰疲惫地靠在床头，双臂紧紧抱着肚腹，掌心贴在肚皮上，静静地感觉有规律的胎动。

这回肚里的孩子很乖，从不像胖团子那会儿乱踢乱动，只在不舒服时动两下抗议，将来应是个安静懂事的好孩子。

只盼他或她出生时已是天下太平，再无纷扰。

第
六
十
回
·
终
结
章

被此事一扰，非但误了早饭点，连午饭明兰都不想吃了，叫崔妈妈强押着用了半碗冬笋香菇鸡汤泡糯香碧粳米，却是食不知味。

那边厢邵氏已知宫里来了人，本以为明兰会接旨入宫，谁知等了半日不见动静，反听说前头一番大闹，两位天使怫然大怒而去，扬言要问罪抄家，她顿时惊得一佛升天。自上回被逼着出面打发了太夫人后，她开始惧怕明兰，只遣了身边亲信的媳妇去询问。

翠微耐着性子解释了半天"不过是场误会"云云，却听来人还在支吾什么"为免宫里贵人着恼，还请二夫人忍些委屈，进宫一趟才是"。翠微当场冷下脸，不悦道："该做什么，不该做什么，咱们夫人自有主张，大夫人不知外头情形，只管享清福便是。"

见那媳妇忸怩作态的模样，既怕得罪明兰，又盼无祸沾及自身，翠微心下轻蔑，暗觉邵氏此人实是无胆少义没担当。

匆匆将人打发了，翠微转身回去，穿过庭院时，见绿枝在正屋外头的廊下守着一只红泥小炉咬牙切齿，微微发亮的炭丝中冒出一股甜香，她笑道："你这妮子，烤什么呢？午饭才吃了多久，也不怕积食。"

绿枝拿一柄小巧的紫金铜火钳拨着炭火，恨声道："小桃那死蹄子，也不知溜去哪儿了！把几枚毛栗子当宝似的，说这是今年最后得见的了，非要我看着火，也不看看什么天，动不动飘雨丝，能烤出什么好味来！"

翠微不禁莞尔，又问："夫人还歇着吗？"

绿枝摇摇头："崔妈妈叫我在门口看着，不许院里喧闹，想叫夫人睡个午觉，可我听里头没断过说话声。"

翠微点点头，轻手轻脚地走进里屋，刚掀起帘角，就听崔妈妈低缓温柔的说话声："……如今什么都还不定呢，夫人别胡思乱想，没得着急伤了身子。"过了片刻，她听里头没了声响，才抬步进去，屈膝福礼后，回道："大夫人遣来的人已回去了。"

明兰披一件半旧的月白色云纹织锦的暖裘，乌发松散了满肩，斜靠在床头。她瞧翠微提及邵氏时面色不豫，便道："可是来人说什么胡话了？"

翠微气呼呼道："我好说歹说，倒是把人打发了，只气事到临头，不见问夫人身子半句，只顾着怕连累了她，还劝夫人进宫呢！哼，便是块顽石，焐了这两年也暖和了！"

平日明兰听到这话多不以为意，此时她正满腹心事，闻言皱眉道："叫廖勇家的多使几个丫头去那头盯着出入，别闹出事端来。"墙头草的麻烦！

此话正中翠微下怀，她笑着应了声便走。

明兰心中烦乱，又不放心儿子，便叫崔妈妈去看着团哥儿，自己挨着被褥睁眼平躺，满脑子抑制不住地胡思乱想。她一边盼自己是吃饱了想太多，一边却隐隐觉得自己没错，只恨古代通信太落后，在现代，一个群发短信能搞定的事在这儿却这么麻烦……

想得疲了，迷迷糊糊地睡了过去，然后做了一堆乱七八糟的梦，先是曼娘率黄金圣斗士打上门来，威胁她交出七龙珠，她瞠目问："不要雅典娜吗？"然后羯奴攻入京城，捉她回草原表演胡笳十八拍，结果发现她是个音痴，立刻打发她去洗马刷羊，正洗着，忽然旅团从天而降，杀光整个部族，只为她洗的那匹窟卢塔族马的火红眼。跟她搭班的羊倌断气前扯着她的肩颤声道："……原来……你……真的……会带来腥风血雨呀……"

咦，快死的人了，怎么还扯她肩膀晃得这么有力？

明兰被晃得悠悠醒来，迷蒙的眼前出现绿枝放大的面庞，她急急道："……夫人，夫人，您醒醒，郝管事遣出去的人回来了，您不是叫我一有人回来就立刻叫您吗……"

明兰猛地惊醒，定定神，赶紧叫绿枝服侍自己起身更衣。

外头雨已停了，天色昏黄，夹着半边依依不舍的蒙蒙灰蓝，远处添上几抹暗淡的橘红，映得庭院中的树叶都带了些许颓废。池边几株秋日里栽下的晚菊叫风吹得微微摇晃，仿佛诗里写的那般——黄昏月影残菊落，晚风秋水潋碧波。

明兰扶着翠微稳稳走去，傍晚凉爽的空气叫她精神大振。偏厅不是很远，几步便到，只见郝管事已躬身等在廊下，身后跟着几个满头大汗的小厮。一坐定，明兰便赶紧问情形如何。

郝大成统共派出去十几个小厮，此时陆续回来几个。明兰心知此事干系极大，倘若之后无事，自己岂非有挑唆抗旨之嫌？是以也不拿手书等信物，只叫小厮去传上一句"倘若宫里有来宣旨的，请多加小心，我家夫人觉着不对劲儿"。

小厮们跪下行礼后，明兰叫他们站着回话。

最早回来的是去钟家和段家报信的，非因这两家路近，而是待报信之人赶去时，段夫人和钟夫人已携婆母和儿女进了宫，小厮一问主家已走，便飞也似的赶了回来。

明兰心头一惊，连这两家也饶上了，难道自己真料中了？

其次是耿家，因耿宅路远，快马赶去的小厮恰好早到一步，上气不接下气地传达完主母的话，前头宣旨的仪仗便到了。耿夫人虽不识字，但心思灵活，明兰的话她既不敢全信，也不敢不信，因怕抗旨连累了丈夫，一咬牙，便将儿女从后门送出，对天使只道"去外地走亲戚了"，然后自己跟着入宫了。

明兰摇头叹息，却也无可指责。

末了，那小厮还道："耿夫人还说，请夫人看在相交一场的情分上，给她做个证，若她有个好歹，叫耿大人讨她娘家四房的三舅姥爷的二姑娘做填房，旁的狐狸精不许找。"

明兰："……"

相比之下，张、沈两家的消息就振奋多了。

"庚申之乱"时，张夫人正是被扣在宫里的倒霉人质之一，一朝被蛇咬，如今京中局势有异，她岂能无有警惕？甫听这旨意，张夫人当场就生了疑虑。她也不咄咄质问，只仗着身份高贵，缠着两个天使不住绕话。

她的娘家、夫家俱是顶尖的名门望族，打小起进宫便跟走亲戚似的，皇城里头的规矩套路远比明兰更为熟稔，没绕几句，那两个宣旨的便现出破绽。张夫人执掌英国公府数十年，说一不二，当场发作，拿下宣旨的一干人等。

小厮赶到时，张夫人正张罗着要将"假传旨意的贼人"送交由衙门法办，叫小厮向明兰转致谢意后，还顺带送来四个精悍的弓弩手。

"张夫人只说'以备不测'，旁的便什么也不肯说了。"那小厮疑惑，暗想，莫不是要打仗了？

明兰越发心慌，大约张夫人也察觉出什么，可无凭无据，并不好说。她继续问道："那沈家呢？"

另一个小厮上前回道："张夫人已给国舅府递了信，本来国舅夫人想带着儿女避去娘家，可听国舅夫人身边的妈妈说，邹姨娘和大哥儿、姐儿不肯走，连累得沈夫人只好也留下。小的去时，沈夫人已托病赶走了来宣旨的那帮人，正关门戒严府内呢。"

明兰点点头，转头道："郝总管，就这几家回来了吗？"

郝大成面露难色，拱手道："回夫人，就这几家。"顿了顿，又道，"小的本想使人去打听，可今儿晌午时分，重阳门那处有人械斗了一场，如今刘大人已下令京城戒严了。"

明兰心头咯噔一下。郝大成见状，连忙又道："夫人勿要忧心，小的自作主张，使人往亲家府去瞧了。三舅太太说府里一切都好，还说若是得便，叫亲家太爷下衙来瞧瞧夫人，唉……眼下怕亲家老爷没法来了。本来还想去忠勤伯府给大姨太太报个信的，可出门就碰上戒严，便走不成了。"

文官没事，武将家眷却……怎么与上回情形迥异？

明兰眉头皱成一团，如何也想不通，只能再三吩咐郝总管加倍戒备门户，切不可轻忽失察。郝大成心知情形不妙，守卫干系重大，连声应下，随即下去办差。

正要回嘉禧居，忽听外头一阵喧哗，夹杂着女孩惊呼之声。没等明兰发话，只见一个圆胖憨拙的女孩连滚带爬地进来，"扑通"扑到自己跟前。

明兰忍不住笑道："傻丫头，一下午跑哪儿去了，累得绿枝给你看了半日炉子，仔细回去她拧你！"

小桃抬起头，慌张道："夫人，不好啦！石二哥适才从外头回来，他说……说……"

"他说什么？"明兰脸色凝重。

小桃急急道："刘……刘……刘大人，他……他……被刺了……"

"什么？！"明兰心脏急剧跳动。

"不过没刺中。"小桃咽下口水，说完。

明兰几乎要尖叫："把话一口气说完！"

差点儿把她吓死！"到底怎么回事？！哪儿听来的？"

小桃赶紧吸足一口气，开始道："今儿中午，石小哥叫我到外院去吃乳鸽，我说可惜没有酸甜的桑葚果来配，他说他知道有个铺子卖的南北果子极好，我说外头好像戒严了，他说不打紧，当年江淮兵乱时他还扛着小侄女满街跑呢……"

望着笨丫头憋得通红的圆脸，明兰闭了闭眼睛，叹道："好好说话，先喘气。"

小桃大口喘气，半死不活地继续道："于是石小哥换了身小厮打扮就出门了，我等了半天他才回来。他说赶去时，那家店已关门了，不过，他记得附近还有家铺子卖的果脯也不错，就是那掌柜的爱缺斤少两……"

"别提你们那果子了！"明兰只觉得血压噌噌往上冒，"拣要紧的说！"

小桃很委屈，讲故事本来就要来龙去脉的嘛，她继续道："……石头哥刚出了扇子胡同口，就听见街上有人喊'有刺客'，石头哥赶紧往街上跑，谁知当头碰上刘大人侍卫队的小陈哥。小陈哥说中午重阳门有人闹事，刘大人遍寻郑骏将军不到，正要亲往五城兵马司问责，谁知骑马过前边拐角时，屋顶和四面忽然冒出一大拨蒙面人，对他行刺。刘大人受了伤，好在命保住了。"

明兰长长舒了口气，疾言厉色道："你个笨蛋！外头乱成这般，你也敢叫石小兄弟出门？！若有个万一，我怎么跟他哥哥嫂嫂交代？！他人呢？还不滚过来！臭小子，看我不教训他！"

小桃结巴了："他、他、他……受了些皮肉伤，现下正给屠二爷看呢。"

明兰陡然飙高嗓音："不是说没碰上刺杀吗？"

小桃心虚地低头："那家店的掌柜见石头哥穿得寒酸破旧，拿陈货充新鲜的欺负人，叫石头哥尝了出来，理论着要退钱换货。谁知那掌柜忽然发横，叫几个拿棍棒的伙计出来吓人。石头哥气不过，就跟他们打了一架……"

明兰一点儿火气都没了，叹道："很好，很好。那果子究竟买回来了没？"

小桃昂首道："石头哥把他们都打趴下了，那掌柜的白送了几斤最上等的蜜饯！"看见明兰后头的女孩们都在偷笑，她讪讪道，"回头分给众位姐妹尝尝。"

明兰仰天长叹——京城一片混乱，外面逆贼横行，多少权贵人家胆战心惊，这对活宝居然还因零嘴的质量问题跟人打架，何等粗壮的神经！

见一旁的翠微已憋笑得快内伤了，侍立在后头的几个小丫头无不扭嘴扯脸。明兰无力地挥手道："罢了，你扶我回屋，换身衣裳，就去看石小兄弟吧。若叫石当家夫妇知道这事，不知还要不要你当弟媳妇……"

傻丫头居然也知道脸红了，忸怩着挪过去，和翠微一边一个搀起明兰，缓缓往外头走去。一路上，翠微不住地打趣小桃，明兰在旁听得好笑，略略解了些心头的烦闷。

忽听一个小丫头惊呼："瞧呀，那边走水了！"

众人忙回头，顺着小丫头的手臂看去，只见远处冒起高高的浓烟，滚滚的火光传至老远。

甫入夜的天空如沾了煤灰的浅色布匹，墨黑色且浓且淡，衬着金乌西垂仅余的光晕，远处的火焰耀眼得惊心动魄。

"夫……夫人，那方向不是……"翠微惊疑不定。

明兰沉默地点点头："这么高的火光，定是极高处的屋宇起了火……应是皇宫。"

——终于开始了。

四周静悄悄的，女孩们看来看去，彼此的目光中尽是惊惧。

明兰静静地望向远方，半边脸没入昏暗暧昧的暮色中，半边脸被冲天火光映得闪烁晦涩。然而，她却从未这么清楚明白过。

中午，崔妈妈劝她歇息时，曾说"夫人想多了，上回'庚申之乱'被宣进宫去的都是那些贵人呀，咱们又不是皇亲国戚，捉您去何用"。

当时她也不明白，现在都明白了。

世易时移，当年四王爷作乱时，先帝健在，政军权柄皆归于帝位，四王爷缺的是正统的名分和宗族世家的承认，是以诓了满京城的皇亲国戚和勋贵女眷进宫为质，需要强逼阁僚和大学士写诏书。而现在……唉，睿王，睿王！

明兰曾远远见过那个十岁左右的男孩，生得粉雕玉琢，又聪慧好学、温文有礼，于士林中颇有美名，与铁腕强硬的当今圣上相比，更得世家权贵的赞誉，连圣安太后和皇后都十分喜欢——果然是要拿这孩子做文章！

睿王是先帝明旨入继三王爷一脉的，三王爷又是先帝立过储君的，序位犹在当今天子之前。皇帝继位方几年，权位未稳，若不幸"暴毙宫中"，几位皇子一齐"遇难"或失踪自然更好，如若不然……那就只能看谁的腰杆子硬了。

京中局势未明，多数的军队西征在外。

撇开生死不明的张、顾一路，薄老帅重伤卧床，伏将军未必争得过老奸巨猾的甘老将军，何况圣德太后的娘家盘踞西北多年，盘根错节，经营非同小可，而沈从兴一路，如今实际掌控军队的是段成潜等人。

倘若宫变成功，让睿王先继位称帝，再以家眷儿女要挟这些将领，便不怕大军回京勤王，生米已煮成熟饭，不认也得认了。

果然好算计！

"夫人，夫人！"

素来镇静的郝总管惊慌地跑来，"扑通"跪在青石板上："外头全乱了！五城兵马司作乱，不但不听刘大人号令，自行封住了城门，不许任何人出入，还与刘大人的禁军拼杀起来了！"

他抹了把冷汗，小心地瞥了眼明兰："……还……还有……听说郑大将军也叛了，来报的小厮说，他瞧见诏卫快攻入皇宫了……"

四周女孩惊呼，伴着轻声啜泣。

明兰静静道："怪道敢闹腾，原来是有备而来。"

郝大成急急道："夫人，要否先避一避？咱们护着夫人出府。"

明兰冷笑一声："避？避哪儿去？"

她轻轻抚平被晚风吹起的鬓发，镇定道："便是出了府，如今城门紧闭，咱们又能躲到哪儿去？是福不是祸，是祸躲不过，皇上英明，定能一举平乱。"

外头乱作一锅粥，出去未必安全，只希望顾廷烨挑老板的眼光比挑女人的强，不然，覆巢之下，焉有完卵？

明兰不理众人各色神情，抬脚继续走回嘉禧居。崔妈妈在次间摆好了饭，抱团哥儿在旁等着。小巧的菱花填漆八角桌上摆着一盏肉末酿虾仁丁蒸鸡蛋羹、一碟拿紫红薄脆萝卜花配的盐水桂花鸭、一碗酱红的葱烧牛柳，另一碗青翠的香菇扒菜心。

明兰反而镇定了，举筷便吃，边吃还边逗着儿子。小胖子许久没跟母亲玩了，咯咯直笑，扑腾得差点儿滚到桌底下，乳母好容易喂下一碗蛋奶糊。崔妈妈边布菜，边偷偷打量明兰，几度开合嘴巴，想问又不敢问。

吃饱喝足，明兰漱口净手后，道："仔细大夫人的院子，两个姐儿不许到处跑了，都给我一处待着，将若眉和孩子也挪到大夫人院子里去。"

离自己远些，兴许她们反倒安全。

"至于团哥儿……"

明兰附到崔妈妈耳边轻言几句，崔妈妈恍然大悟："夫人放心，我明白。"

左右布置完，已至掌灯时分。明兰端坐在正屋书桌旁，大门敞开，静静读着书卷，翻至《桃花源记》，念到"芳草鲜美，落英缤纷"处，只见廖勇家的径直从外头奔来，脸色煞白若鬼，也顾不得礼数，边下跪边急急道："外头……外头有官兵围住了咱们侯府……"

明兰缓缓放下书卷："来人是怎么说的？"

廖勇家的吞了口唾沫："说……说夫人抗旨不尊，要锁拿夫人入罪！屠大爷拦在前头，不肯开门。"

"我猜也是这般。"明兰微微而笑，"我要去前头。"

外头早备好了软轿，明兰顺着轿妇的步子微微晃动。初春的京城竟意外寒冷，仿若一瞬回至寒冬。朔风在树丫间飞快走动，如潜伏暗处的毒蛇在咝咝吐着芯子。

明兰抬头望天，夜黑如墨，月暗星稀，无边无际的黑暗笼罩天际。周围满是仆妇、丫鬟，却静得落针可闻。寂静和黑暗一样可怕，她想。

——可我心中，明亮如皎月当空。

像每一次生命开始，像每一个芽苞感动于绽放，诸法空相，不灭不生。

行至外院前厅，院中挤满了健壮的护卫，人人手持火把，直把黑夜照如白昼。近三人高的朱漆大门被拍得砰砰响，外头喧嚣着杂乱的叫喊——

"顾盛氏快快就擒！"

"顾氏逆贼还不赶紧开门！"

"吾等奉命捉拿逆贼，开门者恕其无罪，加官晋爵！"

……

屠大当前而站，拦出一条笔直的通道。明兰扶着小桃走过去。侧门边上开了一处巴掌大的望窗，明兰凑过去细瞧，门外聚了一大帮人，只前头几个身着兵马司的官服，后头几十个却是各色穿着，形貌匪气，满面凶相，嘴里骂骂咧咧。

明兰转身离开大门，站至正厅台阶高处，朗声道："请诸位听我一言！"

门里门外一片嘈杂。屠龙鼓足气息大吼："外头的听着！咱们夫人来了，你们都给我老实听着！"

练家子的吼声非同小可，直震得明兰耳膜嗡嗡作响。外头果然静了。

只听门外一个嚣张显摆的男声响起："顾侯夫人听了，前次尔等不肯奉命进宫，惹恼了皇上和太后，命我等前来捉拿！快快就擒，饶你满门不死！"

明兰柳眉一轩，利落道："做你的春秋大梦！我才不去！"分贝高的女声在这黑夜中分外清楚。庭院中的护卫们忍不住轻声嗤笑。

外头那男人咆哮着："兀那贼妇，安敢如此？！"

"不为什么，只因你生得獐头鼠目、贼眉鼠眼，一看就是个每把押输的衰人！"明兰刻意细声细气。

四周一片哄然大笑，连门外也传来些笑声。

那头儿暴怒地叫起来，嘴里不干不净。刚把周围嘈杂声压下，明兰冷不防插嘴道："你们是群什么东西，我清楚得很！别装着人模狗样，造反作乱的也敢出来现眼！"

"造反作乱"四个字极有震慑力，外头再度稀稀拉拉地静下来。

明兰提高声音，冷冷道："乱臣贼子，人人得而诛之，这个道理谁都懂，可偏有那不长眼的，愣觉着自己运气好，拿脖子去磕刀刃，硬要赌上一把！记得几年前'庚申之乱'，逆王有多少勋贵权臣相助，哼哼，可又如何？短短七日，先帝便平了乱。你们也不掂掂自己的分量，比当年的逆王如何？也不知撑不撑得过七个时辰！"

她冷笑一声，高声道："废话少说！有本事就打进来，别在那儿哄人骗狗的。我劝外头的好汉一句，趁着还没露相，赶紧溜了是正经，发财的路子有的是，别蹚这浑水，造反作乱可不是打劫个把富户、掉颗脑袋就能完事的，多替妻儿老小想想！"

外头陡然静如无人。过了半晌，那嚣张男声大叫起来："别受这婆娘蛊惑，侯府里头金银珠宝那是满坑满谷，发财就在今夜呀！"

屠龙也大吼一声："咱们的名册侯爷都有数，若护夫人不力，回头必遭严惩！夫人许诺，一只胳膊一百两银子、一条腿一百五十两，若丢了性命，家小便由侯府照料了！弟兄们，上呀，熬过这遭，人人都有重赏，以后就吃香喝辣了！"

随着这两下吼声，这夜的拼杀正式开始了。

正厅十六架朱红隔扇大开，绿枝搬了把高大的太师椅放在厅堂正中，明兰端坐其上，看着前方激斗，算是掠阵。

照规制，京里除了皇宫，侯府的门墙只稍逊于王府，远比寻常人家的高大厚重，足有两三人高，近半尺厚的朱漆大门上门闩后，非有重锤不能击破。外头疯狂擂门，却不见半点儿晃动，拿刀枪又砍又刺也无用处。

贼人显然也没想到明兰这般硬气，本想妇道人家吓唬吓唬便成，眼下手头又无得力的攻门器械，只好一边吩咐去砍些粗壮的树木来撞门，一边催促手下互托着爬墙跳进去。

谁知屠龙早备了许多两米余长的白蜡杆，顶端尖利，杆身轻便，墙内两人一组举着，但见着墙头冒出人头，便狠狠顶戳上去，只听惨叫连连，"扑通"数声，立时就有几个贼人被戳穿下颌或胸膛，重重跌落下去。也有勇悍的贼人，挥舞大刀爬墙，谁知那木杆是涂抹过焦油的，等闲利器砍它不动；另有身手灵活、木杆戳刺不中的，门内两名弓箭手在旁看着，嗖嗖几下射将下来。

外头停了片刻，也开始往里射箭，掩护同伙往里攀爬，箭镞纷纷。片刻间，手持木杆的壮丁数人中箭，明兰赶紧叫人将伤者抬进厅内。

众护卫回头间，见主母挺着大肚子，镇定自若地坐于后面堂中，俱不敢有所懈怠，均想："连弱质女子都有这般胆识，何况我等男子？"

屠龙急舞鬼头刀，使人爬上贴墙摆放的座梯，拿小包装好的石灰，避过箭雨，迅速抬手撒出去。石灰纷纷扬扬，外头一阵"哎哟"惨叫，夹杂着咒骂惊呼——

"快闭上眼睛，里头撒石灰啦！"

"好不要脸的东西，居然使这般下作手段……"

屠老大忍不住喃喃叹气："若叫江湖上的兄弟知道，俺老屠真没脸见人了……看什么！浑小子，赶紧接着撒呀！"

此后近半个时辰，里外渐渐安静。忽闻一阵脚步声，似又来了许多贼人。屠龙侧耳倾听，脸色大变，嘴里呼喝着："兄弟们小心了，螯贼又要来了！"

果不出片刻，贼人在眼睛处蒙上一块薄布条，呼啸着再次攀墙。这回进攻人数众多，墙上人头攒动，射箭、捅杆子已是来不及。

此时，院中早架起的油锅已冒起瘆人的青烟，屠龙大叫着叫人将一桶桶滚油递上梯子，然后"刺啦"一声，泼洒下去。只听外头瞬间响起鬼哭狼嚎般的叫声，伴随着人肉焦臭的气味，深夜中显得格外惊怖。

绿枝脸色惨白，牙齿不可抑制地咯咯互撞，直直地盯着地上一摊摊血迹。相比之下，小桃就坚强多了，得空还帮着搬动哀号的伤员。

此时正值春季，浇油的家丁们身披棉袄、手戴皮套自是不怕，可外头的贼人皆穿薄薄的春衣，别说被当头浇中的立时去了半条命，便是周围被溅到些许的，也是剧痛到跳脚。

泼滚油远比旁的波及面大，贼人这遭死伤惨重，外头一时消停。

屠龙抹一把大汗，冲到厅堂里头，拱拳道："夫人，约能安生一阵。"

明兰握着扶手的手指关节微微发白："他们不会轻易罢休的。"

"夫人放心，后门处有俺兄弟带人守着呢，热油管够，尖桩多得是！"

明兰僵硬着点点头，伸手擦拭额头上的冷汗，一手抚上肚子，只觉得跳动得厉害，大约是胎儿也感受到了这份惊恐。明兰心生怜惜，忍泪轻轻抚着孩子。

平静不到一个时辰，远远一个浑身血污的家丁跑来，大声道："屠大爷，那伙贼人跑去后门了，屠二爷叫去几个帮手！"

屠龙转头去瞧明兰，眼中有询问之意。明兰爽朗笑道："妇道人家不懂攻防之事，府内人手器械，一切但凭屠爷分派！"

屠龙暗叫一声"要的"，恭敬地抱了个拳，当下挑一队壮丁往后跑去相助，自己与剩余人手继续戒备前门。贼人攻打后门要绕过整条街，而侯府内却是直线跑动，是以，只消抵挡一阵，便能人手周转顺利。

其实，后门更易防守，因其巷子狭窄，堪堪只够并排行走四五人，连以大木桩撞门都难以为之，贼人无法充分散开，三五人挤在一处，无论浇滚油还是撒石灰都更为有效。

过了两三刻钟，前门墙头再次响起呼喝攀爬之声——前头的贼人果然没走干净，想调虎离山，等后头打杀起来，前头兴许会放松警戒。

谁知屠龙早防着这手，叫几个小厮沿墙守着，不许眨眼地望风，哪处露出半个脑袋，立时一杆子戳过去，对方连闷哼都来不及就栽下墙头。

见这等光景，明兰忍不住赞道："屠爷果然名不虚传！怪道侯爷时时夸口。"

屠龙回头咧嘴一笑，豪气道："都是些下作伎俩，让夫人见笑了。夫人不曾见侯爷阵前英姿，那才是所向披靡、万夫莫敌！"

明兰正想再赞两句，侧面忽亮起冲天火光。前院众人齐齐转头，只见东侧侯府旧院已成一片火海，远远传来凄惨尖叫声。与旁人惊恐不同，明兰和屠龙十分平静。

屠龙望着东边火势，腮边恨恨咬动："这帮兔崽子，果然想从那边摸进来！唉，可惜了那片老宅，多少年了！"

明兰面无表情，轻描淡写道："不必可惜。贵重东西早搬空了，祠堂又在边角上，火势蔓延不到，半点儿不碍的。到底性命要紧，房子还能再造。"

此时已是寅时初，葛妈妈领着一群仆妇来送消夜。明兰草草用了半碗米粥，才放下碗盏，只见西侧山林处也亮起一片火光。

明兰停了手上动作，绿枝远远眺望那处，惋惜道："唉，可惜那山上的鹤儿、鹿儿，还有两位姑娘新养的一笼小兔儿呢。"

过不须臾，东、西两侧先后有人来报，都道贼人已被阻退，东侧仿佛烧死了五六个，西侧因在山林中，瞧不仔细，四五个总是少不了的。

明兰轻抚胸口，暗叫侥幸。

以澄园为中心的宁远侯府，俯瞰下去，是个四四方方的巨大宅邸，前后为两处门，东西分别是侯府旧宅和一座小小山林。为防有人从两侧摸进来，明兰一狠心，叫人布置了易燃油料——春季山林茂密，顾氏老宅梁木森森，烧个一夜不是问题。再于澄园之间隔出一道宽阔的防火带，拉上引线，但见有人闯入，立刻引火。

眼见山林老宅俱是一片火海，若说不可惜是假的，明兰只盼真能阻住贼人。

这时，屠龙步履沉重地走来，在明兰身旁轻声道："夫人，这事不对。"

他阅历极丰，深知每每变乱，伴随而来的多是宵小趁机劫掠偷盗，因此，他原以为凭自己这番布置，寻常贼伙定不在话下，谁知打斗了半夜，兄弟俩左支右绌，只能艰难抵挡。

"现下贼人已死伤不下三十，却还如此顽悍……这伙人像是背后有人鼓动。"交手这么久，他发觉对方本有百余人，前两轮激斗后，跑掉不少帮闲，估出贼人核心只五六十众，至今对方已死伤过半，却还不肯退却，实在蹊跷。

明兰却想更深一层。

这回变乱，会杀来侯府的无非两种人：一者是趁火打劫的匪帮贼伙，也是屠老大原本防备的重点；另一者则是造反的逆贼。

前者求财，京中富豪大户多了去，抢哪家不是抢，何必不依不饶，非啃顾家这块硬骨头？

后者求势，要捉明兰为质，若顾家老小被逼得死光光，那还拿什么要挟？顾廷烨不拼死报仇才怪，可眼前这伙贼人穷凶极恶，分明是来要命的。

"你说……"

明兰面色凝重，才开了个头，忽听外头有熟悉的哭叫声。小翠袖披头散发地跑来，哭道："夫人，不好了！里头进贼人了！"

明兰如遭雷击，失声叫道："怎么可能？！"

翠袖哭叫着："是从山林那处过来的！几个贼人冒火从条小路闯进来！石小哥正领人挡着呢，夫人赶紧派人去吧！"

明兰摇摇欲坠，强自镇定。

屠龙沉声道："夫人别急，俺这就领人去！"随即扯过身边的一个大汉：

"兄弟，替我看着这儿！"那大汉应了，屠龙立带一队护卫往里头冲去。

绿枝紧咬嘴唇，小桃死死撑住明兰，低低道："夫人别怕，没几人知道团哥儿和崔妈妈在哪儿的！府里屋子这么多，一间间摸去得多少工夫呀。"

明兰稍稍定神，可母子连心，她忧心如焚地非要去瞧情势，绿枝只好去叫软轿。因天黑路暗，众轿妇不敢走快，明兰急得几要哭出来，总算到了。

内院里一片狼藉，丫鬟、婆子或哭叫救命，或寻躲避处，明兰不敢坐轿，扶着绿枝往里走。小桃眼尖，一把扯住从身边跑过的一个人影，大叫道："石头哥！"

来者正是呆头呆脑的石小弟。他满身血污，见是明兰等人，喜道："夫人，我正要去寻你呢！那七八个贼人没头苍蝇似的四处乱闯，有两个刚摸到大夫人的院门口，已被守在外头的护卫宰了，现下屠爷正满世界捉贼呢！"

明兰松了口气："大伙儿没事就好……"

"夫人……"石小弟急切道，"我和屠爷到大夫人院子时，见屋里只有秋姨娘、眉姨娘母子，还有几位妈妈。"

"啊！怎么回事？"明兰愣了。

"屠爷也问了。"石小弟为难道，"一位妈妈私下说，大夫人发觉崔妈妈带团哥儿躲在别处，觉着那儿更安全，就从碧丝姑娘嘴里问出了下落，带两个姐儿也躲了过去……"

明兰咬住下唇——千算万算，居然漏在这处！好一个碧丝！好一个邵氏！

"屠爷叫我来问夫人，团哥儿到底在哪儿，别叫贼人瞎猫碰上了死耗子，哎呀……"石小弟想及这比喻不妥，赶紧闭嘴。

明兰急急道："就在蔻香苑的某间厢房中！快去，快去找屠爷！"说着连连跺脚。所谓隐秘的藏身处，必是知道的人越少越好，眼前这算怎么回事！

目送石小弟离去，明兰也急匆匆地往那方向走去，偏小桃谨记崔妈妈的吩咐，牢牢夹住她的胳膊，后头又有婆子声声劝着，不许明兰走快半步。

一行人挪了快半刻钟才瞧见目的地，明兰觉得仿佛有两个钟头那么久，路上抓住个没头苍蝇般的小丫头问："蔻香苑那边可好？"

这小丫头刚从蔻香苑方向跑来，猛然间见到主母，结巴道："都好，呀……不是，鲁妈妈说蓉姑娘到大夫人处去了，叫咱们不用守着了……"

明兰微微放心，正想叫她躲去邵氏院落，那小丫头忽又道："不过……不过……适才我瞧见任姨娘领着两三个黑乎乎的人影往蔻香苑去了……咦，真怪，那儿不是没人了吗？"

"任姨娘？！"绿枝大声吼道，死死扣住那小丫头的腕子，"大夫人身边那个？"任姨娘原是邵氏的陪房丫头，后被邵氏给了顾廷煜做通房，顾廷煜过世前被抬作姨娘。

小丫头吃痛，赶忙点头。

明兰心底惊恐不能言语，只生生憋出一句："快过去！"大家再不敢耽搁，赶紧走去。

一踏进蔻香苑，就闻到一股浓重的血腥味，明兰借着灯笼往下一看，地上满是血迹，门口横横躺了两个婆子的尸首，正是护着崔妈妈的健妇。

明兰一阵天旋地转，险些晕倒。好在此时屠龙等人过来，躬身道："夫人，已结果了两个，还逮住了个内贼。"

他后头的侍卫将两个黑衣的尸首重重地摔在地上，又推出个衣衫污乱的妇人，正是常跟在邵氏身边的任氏。明兰愤怒已极，当即"啪啪"扇了那妇人两耳光，正想问屠龙找到儿子在哪间屋了没，忽听西侧屋内传来妇孺的惊呼声，然后是石小弟的呼喝——"贼子，你敢……"

屠龙等人举着火把立刻赶去，黑漆漆的那排厢房中亮起一间。明兰连忙扶着小桃过去，只见桌上燃着烛火，邵氏搂着娴姐儿缩在角落，崔妈妈似被敲晕了，软软挨着床头，石小弟捂着汩汩流血的臂膀从里屋出来："夫人，在里头……"

明兰一把推开小桃，不管不顾地往里冲去，扯下半松的帘子，见地上横着一具黑衣尸首，屠龙及两个侍卫提刀站在门口。

明兰顺着他们的目光看去——蓉姐儿半坐在床沿上，怀里抱着哭得稀里哗啦的胖团子。

女孩脸上泪迹未干，头发散乱，额角处被扯下一绺头发，血丝在太阳穴附近晕染开，右手紧握一支金簪，左手鲜血淋漓，森然见骨。她脸色惨白，眼中却如烧着熊熊火焰，嘴边一圈俱是血污，腮帮子咬得微微鼓起。

屠龙见此情形，已猜出个大概，又见此地无碍，因惦记着外头情形，便留下两名侍卫和石小弟，自己出去擒贼护卫。

明兰捧着肚子缓缓走过去，轻搂着蓉姐儿，柔声道："好孩子，怎么了？跟我说说。"

蓉姐儿呆呆地抬起头，张了张嘴，什么也说不出来。

娴姐儿在外头听见了，用力挣开邵氏，冲到里间，大声流利地说起来。

过了片刻，胡乱包了胳膊的石小哥进来，叽里呱啦地补充了好些。

随着他二人的述说，蓉姐儿发现嫡母瞧自己的目光越发温柔赞赏，可她满心茫然。

——方才的须臾光景，仿佛做梦。

众女眷躲在黑漆漆的屋里，那贼人举着火把踢开一间间屋子，听着那粗暴残忍的叫骂声，大家吓得瑟瑟发抖。眼看那贼人快到这屋子了，连崔妈妈也束手无策。

此时，自己不知从哪儿生出的胆量，一把抱起团哥儿，进到里屋，把弟弟塞进床底，然后搬了把凳子放在门边，拔下金簪握在手中，站了上去。

贼人一脚踢开大门，大伯娘叫得尤其尖厉，活像被掐住了脖子的老母鸡。娴姐儿只是轻轻哭泣，又听闷闷一声，崔妈妈没了声响。

听着那贼人往里屋走来的脚步声，掌心的簪头几乎陷进肉里，她死死咬牙，不出一点儿声音。那贼人甫踏进屋，她就纵身扑跃过去。

那人猝不及防，被一下撞倒在地上。她牢牢扒着贼人背后一通奋力乱刺，有些刺中肩颈，有些刺到背上。那贼人呼痛，丢下长刀，从靴筒中拔出匕首。她想也不想，当刃抓去，利刃割入肉掌，顿时痛入心扉。

她从不知道自己竟这般硬气，一声没叫，反愤怒不已，激起骨子里的烈性，对着那贼人的头脸张口咬去。那贼人痛得狠了，反手抓她的头发——她倔强性子发作，任头皮和掌心皮开肉绽，仍咬紧牙关，就是不松口，一手握着金簪，继续用力刺。

最后，那贼人扯去她一绺头发和一片头皮，她咬下他半只耳朵。当她终于被那贼人从背上甩脱，眼看就要被一刀戳死之际，石小哥赶到了。

团哥儿从床底爬出来，歪歪斜斜地四下张望，然后张开手臂，泪汪汪地朝自己过来。蓉姐儿再也忍耐不住，扑过去，紧紧抱住幼弟圆乎乎的身子，姐弟俩放声大哭。

……

明兰眼泪盈眶，轻抚女孩血肉模糊的伤口，感激得恨不能匍匐在地上磕几个头才好。她哽咽道："好孩子，团哥儿有你这么个姐姐，实是天大的福分！"

蓉姐儿被嫡母拥在怀中，百感交集，酸楚莫名，又哭了起来。胖团子不明所以，又不会说完整句子，只能扯着姐姐的衣裳，呜呜哭着，反复叫着"姐姐……"

邵氏在门口扭扭捏捏，想进又不敢进。明兰瞥见，故意不去理她，对着蓉姐儿揩泪笑道："蓉丫头，老实跟我说，怕不怕？"她指指地上的尸首。

蓉姐儿看看地上，认真想了想，赧然道："……说实话，不很怕……就是气得厉害。"

明兰摇头啧啧，拍掌笑道："果然是你老子的闺女！天生刚烈勇悍，胆大包天！"

此时天色微微发白，进得内宅的贼人已被肃清。明兰带两个孩子回了嘉禧居，翠微找出顾廷烨的金疮药，明兰亲自替蓉姐儿清洗伤口，上药包扎。

小桃很顺手地匀走小半罐，偷溜去给石小弟裹伤。

到底是孩子，一夜未睡，惊吓、受伤、痛哭，蓉姐儿累极了，倒在明兰的床上沉沉睡去，旁边是熟睡如猪的小胖子。

明兰站在床边，秉烛静看，嘴角含笑，姐弟俩连摊手摊脚的睡相都一模一样。

话说，如兰也爱睡成"大"字形，不知这几年文姐夫是如何过来的，有无睡梦中被老婆的大腿压醒——想着，她忽盼望，将来这女孩也能像如兰一样，找到一个好归宿。

外头喧闹渐停，明兰已知这关是过了。

过不多时，屠家兄弟使人来报，说那伙贼人本想最后一搏，忽见刘大人派兵前来护卫，贼人立时作鸟兽散了。

明兰疲惫地揪眉心："大家伙儿都辛苦了。别的放放，先去请几个大夫来，满府要治病的、治伤的，回头再清点物件家什损毁，论功行赏，一件件，慢慢来。"崔妈妈醒是醒了，脑袋上的肿块却不知要不要紧，还有蓉姐儿的手掌，且得好好医治。

郝大成忍不住道："夫人，您就不问问外头情形如何了吗？"

明兰放下手，笑笑道："刘大人虽会顾念咱们府，但比及对皇上的忠心又差远了，若是宫里没太平，刘大人能腾出人手来救咱们吗？"

郝大成连连苦笑，叹服："夫人见识实非小的能比。"

"罢了，管它天下大乱呢，眼下我只守着儿女先好好歇一觉！"明兰轻捶脖颈，酸痛不已，"郝管事，别撑着了，收拾得差不多就成了，也去歇歇吧。"

郝大成正要离去，忽停脚转身："夫人，昨夜……"他迟疑了下，"贼子中有个人，不少人瞧着……极像三爷……"

明兰捶肩的手停在半道，惊疑不定地望去。

——顾廷炜？！

纵有满腹疑问，也抵不过极度疲惫袭来，明兰扎进绵软温暖的被窝，倒头便睡，这回什么梦也没做。团哥儿挨在她怀里小声抽泣，不一会儿也睡了过去，小脸上还留着泪痕，熟睡中，短小的手指无意识地钩着母亲的袖子。

母子俩睡得昏天黑地，醒来已是午时三刻，正是菜市口开张吉时。

团哥儿忽懂事许多，醒后不哭不闹，翠微喂一口，他吃一口，只是缠明兰得紧，谁来抱他都是满眼戒备，小手抓牢母亲的衣裳。奈何满府的事等着明兰，她只好哄着小胖子道："咱们去看姐姐吧，姐姐手痛得很，你去帮姐姐呼呼好不好？"

小胖子睁着黑白分明的大眼睛，稍稍迟疑了会儿，才乖乖点头，由翠微抱至偏厢蓉姐儿休息处。随即，各路管事忙不迭地上前，照顺序静候廊下，轮流回禀诸般事宜。

一夜混乱，半宿大火，损失不可谓不大。

老宅处报销了十之七八，好在祠堂安然无恙，顾氏先祖当初将之建于偏僻阴润处，明兰颇觉有见识。可惜另一边就无此好运，整片山林俱毁。可叹那刚绽出花蕊的红梅、才结出青翠可爱小果的桃林，还有花大银子移来的几排秀丽的花树——统统化为焦木。

搜检林中时，还发现了几具烧焦的尸首，明兰正心疼那些被无辜烧死的鹿儿、鹤儿，便没好气地叫人拿破草席裹了，连同门外留下的贼人尸首，一道送往顺天府衙。

除这两处，澄园余处倒无大损伤——不算葛妈妈在惊慌中烧塌的半座灶台的话。

房屋、山林损毁再重，到底是死物，终有修复之日，真正可惜的在后头。

细细点查后，此夜侯府家丁、护卫共伤亡三十二人，其中轻伤十四人，重伤九人，其余的……已入往生道矣。明兰嘘叹不已，吩咐郝大成厚葬亡者，并重重抚恤其妻儿老小及伤者。

明兰每说一笔，夏荷便提笔往册子里录入一笔，一旁的绿枝算盘打得噼啪响，脸色比明兰还难看——略略估算下来，光抚恤金就要出去上万两！

待诸管事回禀毕，鱼贯而出，绿枝的面皮已青得跟西瓜皮一般了。明兰只好安慰她顺带安慰自己："……你细想想，昨夜若无人拼死抵挡，咱们早做鬼了！如今雨过天晴，喝水不忘掘井人，更不能寒了下头人的心。"

绿枝勉强点点头。

话虽如此，可算上来日复建宅邸的经费，这几年明兰认真理家所积攒的银子几乎要去一大半——呀呀个呸的，还真如伯虎兄所言，风吹鸡蛋壳，财去人安乐！

明兰捂着胸口心疼了半天才缓过劲儿来，不等缓过一口气，眼见日影西斜，外头忽来报，英国公府使人来传话。

"昨夜张家并未受贼人进袭？"明兰听了消息，惊疑不定。

传报的媳妇站在门边，提声道："正是。张家昨日一夜太平，是以张夫人也未料到咱府的光景，今早一听说，就赶忙派人来问安。"

明兰又问："那国舅府呢？"

那媳妇道："来传话的人说，眼下外头还戒严着，音信不通，个中情形……也说不清。"

明兰默了许久，她心中存了一夜的那个疑问已浮起一个越发清晰的答案。

此后，她又召了外院几位管事问话，继续理事。屠龙神色疲惫地来禀府内已清理干净，前后门外也再不见贼人踪影，郝大成和廖勇家的已分派杂役、仆妇收拾整顿院子房舍云云。足又忙了一个多时辰，明兰方才空下来，想及蓉姐儿，她赶紧起身，叫人扶着去偏厢看望。

刚要迈出门，却见小桃颠颠地从外头跑回来，口角含蜜，一脸叫人想抽的幸福样。明兰驻足斜眼，拖长调子："回来啦？石二公子伤情可好？"

小桃半傻不呆道："伤？哦……石头哥只皮肉破了几道口子，屠大爷说不碍事的。"

明兰阴阳怪气道："那你怎耽搁到这会儿才回？"主母都睡醒理事毕了，贴身大丫鬟还不见人影。

小桃难为情道："石头哥说……他说，昨夜真吓人，血花四溅的，前门、后门地上都是死人，他想起来就心头怦怦跳呢，怕得都不敢闭眼睡觉！"

屋里还在秉笔对账的绿枝听得一阵恶寒，险险一头栽进砚台里去。扶着明兰的夏荷明显晃了晃，咬唇忍耐再三，终忍不住道："这话你也信？"

小桃愣愣道："石头哥干吗骗我？"

夏荷没算计，自然脱口道："提刀杀人都不怕，哪会怕做噩梦！他在诓你呢，他喜欢你，想跟你多待会儿！"

小桃顿时粉面绯红，结实有力的胖胳膊"轻轻推了"她一把，娇嗔道："哎呀，什么喜欢不喜欢的……你……你真讨厌！"又对着明兰含羞道："夫人，我去帮绿枝了。"然后扭着圆乎乎的身子往屋里去了。

夏荷被推了个趔趄，脑门差点儿撞在门框上。明兰好心地扶了她一把，怜悯道："别和这丫头斗嘴，也别拿石家小子说事，只有你憋气的份儿。"

那小两口，一个无知者无畏，一个脸皮至厚无敌，真是天打雷劈的天作之合。明兰又思忖着，不若回头就给石家夫妇去信，待生下腹中胎儿后，便可筹备婚嫁了。

想及小桃此后要远嫁江淮，明兰不禁心头酸酸的，默默低头走路，没几步便到了偏厢房，听里头隐隐传出孩童的说笑声。

跨门左向转里，走进里屋，却见蓉姐儿坐躺在床头，床榻里侧是盘着胖腿扒在姐姐身上的团哥儿，外侧是坐在床沿的娴姐儿，窗下小几两旁分坐着邵氏和秋娘。崔妈妈独坐在如意圆桌旁，轻轻吹着一碗黑漆漆的药，额头尚贴了两枚活血化瘀的小小梅花形膏药。

见明兰进来，众人面色各异。秋娘微笑着起身行礼，谁知邵氏比她起得更快，兔子似的从座位上跳起来，一脸惶恐不安的模样，活像又死了一回老公。明兰朝秋娘点点头，看也不看邵氏一眼，径直朝床边走去。

蓉姐儿原正愁眉苦脸地望向崔妈妈手中的汤药，见了明兰，欣喜道："母亲，你来了……"说着便要起身。明兰忙上前按住她，柔声道："起来做什么，赶紧躺着。"又问伤处疼不疼，有否旁的不适。蓉姐儿摇摇头："吃了大夫的药，都不疼了。"

明兰心中怜惜，心想，待药性过去，定然疼得更厉害。她拂开女孩浓密的额发来瞧，只见额后两三寸处，一块糊满了墨绿色刺鼻药膏的头皮，犹隐见几分瘆人的血赤糊拉，她叹道："亏得你生了这么一把好头发，若换了头发少，怎么遮得住伤处。唉，伤成这样，少说半年不好戴金珠的钗环，沉甸甸的，坠得头皮疼。"

蓉姐儿摸摸脑袋，大大咧咧道："娴妹妹说了，反正我梳堕马髻也不好看，以后索性都梳正髻好了。前头母亲不是刚给了我一盒子新鲜的堆纱宫花吗？不妨事的。"她的脸蛋偏英气端正，每每梳那种柔美爱娇的鬟髻都是各种别扭。

话题说到娴姐儿，却见她一改往日明快慧黠，自明兰进来，始终低着头，听了这话方才微微抬头，小心地瞥了眼明兰。

明兰伸手轻抚女孩的脸蛋，温和道："你俩就跟亲姐妹一般无二，有你在蓉姐儿身边开解着，我就放心了。"

娴姐儿目中含泪，稚嫩的面孔带着早熟的羞愧，轻轻点头。一旁的邵氏张嘴欲言，对上明兰望来的冷淡眼神，立刻哑了。她有心想说些歉意的话，当着满屋人的面却不好启齿。

明兰转回头去，拾起蓉姐儿缠满纱布的左掌端详。事后，她曾检视那贼人的匕首，端的是锋光锐利。幸亏女孩性子刚烈，倔强急怒之下，索性死死握住刀刃，那当口，倘若松了一松，锋刃滑动之下，怕是整只手掌就要对开了。

饶是如此，依旧是刀刃入骨，皮肉绽裂，直看得明兰心惊肉跳。照大夫的说法，以后就算创口痊愈了，手掌怕也不如以前灵活了。

"待过几日戒严解了，我就给你们先生去信。唉，好在伤的是左手，写字什么的倒是不碍，可刺绣……可怎么好……"大幅绣品撑在方框立架上，须一手上针一手下针，两手翻飞引线，"说不得，洪大娘的功课是没法做了……"

蓉姐儿一喜，脱口道："真的？我不用再与洪大娘学了？哎哟……"未等说完，被铺下头就被一根手指戳了下，见娴姐儿用力地看了自己一眼，蓉姐儿心领神会，立刻低头，语气虚弱道："辜负了大娘的悉心教导，女儿很是过意不去。"

明兰本是满心愁绪，见此情形也不禁"扑哧"一声笑出来。

表情转换扭曲，语气折入生硬，加之配合失调，比自己当年那行云流水般的演技差远了。想当年她们姐妹斗法之时，便是居末的如兰也远胜这小姐俩，更别说戏骨级别的墨兰和自己了。果然有竞争才有进步吗？

两个女孩见明兰笑话，双双低下脑袋，满是赧然懊丧。明兰笑着拍拍女孩们的小脸蛋："嗯，这么着就好多了，有些像样了，回头就做这般形容给你们先生瞧。"

这话一说，全屋子人都笑了起来。崔妈妈停下凉药的羹匙，摇头莞尔；娴姐儿乐倒在蓉姐儿肩头，小姐俩捂着嘴悄声说笑。秋娘上前两步，凑趣道："还是夫人知道，读书看账什么的，全难不倒咱们大姑娘，只那针头线脑的恼人！"

明兰微笑道："女红本为怡情养性，端显妇德工品而来，我们这样人家的闺女，也不见得非练成精不可，不然，叫那绣娘做什么去。"这话说得自有一番老成持重的味道，她心中颇是自得，想了想，添上一句，"刺绣什么的就算了，不过寻常缝补总得会些。"又转头与秋娘道，"你辛苦些，细细教与姐儿才是。"

蓉姐儿连忙将头点得跟拨浪鼓一般。娴姐儿捂着嘴，拿手指去刮她的脸蛋偷笑。秋娘也忙表态道："夫人放心，这原就是我的本分。"这话其实不妥，妾侍的本分应是伺候男人和大妇才是，然而时至今日，她已很自觉地往老妈子的身份上靠了。

明兰微微一笑，又问崔妈妈头上的伤势如何，崔妈妈连声说"无碍"。

秋娘乖觉得很，见明兰犹自皱眉，自发补充："大夫给崔妈妈开过药后，说现下瞧着是不妨事的，待过一阵子再来瞧瞧。"

明兰点点头。其实照她的意思，最好去拍个片子才保险，可这年月，哪来的 X 光，只好吩咐崔妈妈多歇息了。

见受了嘉许，秋娘越发卖力，又道："今儿晌午我已去瞧过眉姨娘了，正坐着给小哥儿喂奶呢，母子俩都神气好得很。"

明兰展颜道："这就好，不然我可没法子跟公孙先生交代了。"

昨夜一场大乱，几乎人人都被波及，不是受了惊吓，就是皮肉吃罪，谁知最最安然无恙的，反是平日不大靠谱的秋娘和若眉。

自打搬至邵氏院里的厢房，这俩人其实都惊惧得厉害。

贴身伺候若眉的两个婆子早得了主母的吩咐，又素知这位身娇肉贵的姨太太敏感多思，想与其叫闹不太平，索性熬了碗浓浓的安神茶，神不知鬼不觉地掺在汤药中送下。

若眉一觉睡到天亮，压根儿不知夜里何等刀光剑影，待醒来已是雨过天晴，自己神清气爽不说，儿子也在乳母怀里睡得小脸扑红，一大早，母子俩就精神抖擞地吆喝着回自己院了。

明兰大是赞赏这俩机灵的婆子，连同乳母在内，三人均赏十两银子。

至于秋娘，在屋里倒是惴惴了一夜，当蓉姐儿不见时，她本想去寻，却被婆子吓住。

"姨娘又忘记夫人的吩咐了吗？夫人特特对姨娘说过，不论发生何事，都不许离屋，姐儿不见了，自有丫鬟、婆子去寻，姨娘若非要去，到时一个寻一个，都走丢了，反倒坏事！"

因近来被明兰冷着脸收拾了一阵规矩，秋娘畏惧主母威仪，便老实地待在屋里，不敢自行走动，只竖起耳朵听外头动静——前半夜无事，后半夜热闹。

刀剑打斗之声就在庭院门口，夹杂深夜回响的惨叫声，吓得她几乎腿软失禁，差点儿要跳窗而逃。谁知没等她鼓起勇气去开窗，贼人就被守在院外的护卫收拾干净了。

再接下来，护卫们使婆子进来报平安，她和丫鬟们松口气后，见天色微亮，深觉身心俱撑不住，便各寻屋子去歇息了。从头至尾，秋娘纯属心灵受惊，肉体十分安全，当作听了个吓人的鬼故事罢了。

"……都说昨夜凶险，可我们连贼人是圆是扁都没瞧见。"说到后来，秋娘也不全是拍主母马屁，心中真感激明兰周全的保护，"眉姨娘叫我代她向夫人磕头谢恩，说多亏了夫人筹谋妥帖，他们母子才能平平安安的，头发丝儿都没伤着。"

说这话，她并无讥讽之意，可邵氏依旧羞愧上涌，脸上变了好几次颜色，终忍不住，上前道："……弟妹……我……我……都怪我糊涂……险些连累了团哥儿……"说着便红了眼眶，拿帕子捂着眼睛，"倘哥儿有个好歹，我……我真是没脸见你了……"

没脸见我？

明兰心中冷笑，好轻飘飘的一句话。若她真害死了儿子，自己活吃了她的心都有！

"大嫂子有何错？人生百态，本是各自肚肠，大嫂子信不过我，想自行寻个藏身之处，也是在理的。"这话说得既尖又酸，听得娴姐儿难堪得低下头。

邵氏发急，不住赔罪。明兰故意晾她一会儿，想听她还有什么可说。谁知邵氏口齿不利，肚里也没深度，翻来覆去就那几句"我糊涂，我不好"，言辞既无甚出彩，眼泪流得也不够真切可怜。连娴姐儿也听得暗自摇头，深觉这种说辞如何叫人谅解。

邵氏抽泣了会儿，原想着弟妹素来脾气好，就算心里还有气，当着众人的面也会给自己一个台阶下吧，谁知左等右等，也不见明兰开口说些宽宥的话，只不冷不热地岔开话头，反转头去逗团哥儿玩，她不由得尴尬地站在当地。

明兰只能再次感叹，盛家可真出人才呀。

今日倘换作林姨娘，遇上这种自请罪的场面，包管可以从自怜身世一直哭诉到天地苍茫，满眼望去无可依靠，这才做出糊涂事——直说得闻者伤心、见者流泪，怜卿命薄甘做妾，最后忘光她犯的错。

她心中暗暗摇头，也不再耽搁，又吩咐了蓉姐儿几句，方对邵氏道："有件事，本想过几日再说的，既见大嫂子精神好了，不若今日一并了结了吧。"

邵氏心头乱跳，强笑道："何……何事？"

"还能有什么事，任姨娘呗。"明兰慢悠悠地转身站起，"领着贼人满园子走，多少双眼睛看见了，总得有个交代吧。"

说完这话，她扶着夏荷率先走出屋子。邵氏脸色惨白，摇摇欲坠，几有推托不愿去之意。侍立在旁的夏竹忙上前，一把托住邵氏的胳膊，半扶半拖着跟去了。

一行人绕行至后座的抱厦，从偏侧门直出嘉禧居，沿着一条卵石铺就的小路朝北走去。明兰捧着肚皮，一晃一摇地走得极慢。邵氏不敢催促，只能耐着性子紧紧地跟在后头。

其实也没走几步，邵氏却恍觉隔世，生生熬出一脑门汗来。一行人来到后排屋最靠西的厢房，里头无甚摆设，只一张圆圆的如意桌，桌旁三四张凳子，窗边架了个极大的花盆，里头泥干草枯，显是许久无人料理了。

夏荷轻声道："仓促之间，只来得及粗粗洒扫了下，夫人别见怪。"

明兰来回看了一圈，见窗明几亮，地面一尘不染，满意道："也就用一会儿工夫，费什么劲儿，这样就很好了。"她边扶着圆桌坐下，边道，"别磨蹭了，赶紧叫人带上来吧。"

夏荷应声而去。夏竹见状，一把将邵氏甩在凳子上，赶忙绕过桌子，转到明兰身旁服侍。

过不多时，夏荷回来，后头跟进来三拨人，当头是屠虎，其后是两个侍卫夹着个被捆绑手脚的妇人，最后是两个婆子拖着个被缚牢的丫鬟进来。侍卫将那妇人往地上一丢，然后抱手戒备两旁。两个婆子有样学样，将那丫鬟也摔在明兰跟前。

邵氏低头望去，只见地上那妇人生得身形丰腴，秀丽的杏眼被打青了一只，形容狼狈，鬓发凌乱，衣衫上滚着许多泥泞，不是任姨娘又是谁？

至于地上滚的另一个，自是碧丝了。

邵氏抚着胸口，犹自惊疑不定，却听明兰微笑道："屠二爷自昨夜辛苦至今，应该好好休憩，这事交由旁人便可，何必亲自来？"

屠虎笑道："外头已清理干净了，赶紧料理了这俩，大家伙儿才好放心歇着。"说着，弯腰扯去那妇人嘴里塞的布团，"夫人，您问话吧！"

碧丝也被堵了嘴，只能发出呜呜的低鸣声，仰脖望着明兰，目中流露出哀求之色。

明兰不去看她，反转头看向邵氏，笑道："我有什么可问的呀！这是大嫂子身边的贴心人，还是嫂嫂来问吧。"

邵氏脸上发热，不敢抬头看对面三个彪形大汉，只能去盯任姨娘，弱弱道："……我……我……你为何要引贼人进来……"无论娘家、婆家，她从未掌管过庶务，问起话来毫无威势，越说越轻。

任姨娘一见邵氏，当场涕泪滂沱，哭号道："夫人，我冤枉呀……我哪敢……是那贼人要挟……拿刀架在我脖子上呀……"

话还未说完，明兰便笑了："我说，任姨娘，糊弄人也得看地方。你瞧瞧眼下的架势，是你忽悠你家夫人就能过关的吗？"

任姨娘闻言，环视了屠虎及两个侍卫一眼，瑟缩了身子。

因邵氏守寡，她身边的媳妇、丫鬟也跟着往暗沉老气上打扮，平日不许涂脂抹粉，不叫佩钗戴环，明兰以前没留心，此时细看，饶是一眼乌青，两颊高高肿起，依旧难掩这任姨娘姿色不俗。她问道："是受要挟才引贼人去蔻香苑，还是里通外贼，你当旁人都是瞎子不成？"

任姨娘心知明兰不比邵氏，是个厉害角色，可到底存了侥幸，嘴硬道："黑灯瞎火的，兴许有瞧错……"又扭动被捆牢的身子，冲邵氏连连头点地："夫人，咱们相伴这么多年，您可要为我做主呀！"

邵氏嘴唇动了几下，目光触及明兰寒霜般的面庞，嘴里的话又缩了回去。

"好个不见棺材不掉泪的东西！"明兰冷哼一声，"好，就跟你说个清楚。"

她左手向邵氏一指："你们夫人素日清净度日，两耳不闻窗外事，她怎会知道我将团哥儿藏于何处？！你们屋的邛妈妈说了，是你报大嫂嫂知道，又一个劲儿地撺掇她查个究竟。"

邵氏面如滴血，头几乎垂到胸前。任姨娘张口结舌。明兰冷笑道："我自负行事也算隐秘了，竟叫你探得了风声。哼，你可别说是顺耳听来的！可见你平日用心之深！"这种事不是平日闲磕牙就能探知的，必得时时留意嘉禧居动静方可。

任姨娘颤着身子，虚软道："……我……我是为了夫人和姑娘，才一直留意……"

明兰不理她狡辩，继续道："你说动大嫂子后，趁外院大乱之际，将碧丝叫去跟前问话。大嫂嫂不善言辞，只坐在上头，是你在旁巧言善语，诱以重利，终问出底细来。"

被捆成虾米状的碧丝用力扭动，发出呜呜的叫声，双目如同喷火，恨恨地瞪着任姨娘。任姨娘终归不算老练作奸的，竟不敢去看碧丝的目光。

"好！就算你适才说得没错，你是为主子才留意我院里的情形，既打听出团哥儿的下落，你就该跟大嫂嫂她们一道过去躲藏，贴身护主才是！结果你跑哪儿去了？"

明兰满眼讥诮，质问连连，任姨娘都答不出来。

"你借言内急跑出去，先遇上了暖香阁的阎婆子，你说去给大嫂嫂叫些消夜，阎婆子说，彼时两侧均未起火。接着看二门的崇妈妈瞧见你往西奔去，其时东侧老宅已火光冲天了。最后是看林子的福伯，那会儿西边山林刚起火。"

明兰逐渐提高嗓门儿，语气越发凌厉："你一个内宅妇人，大乱时往外院林子那儿跑什么，摆明了是去接应贼人！且昨夜凡是见过你的人，都说没什么刀架你脖子的，你还敢狡辩不成？！"

任姨娘被逼问得手足无措。一旁的屠虎露出残忍的神气，阴阴道："夫人何必跟这贱婢多说，交到俺手里，把她骨头一根根拆了，看她说是不说！"

明兰摆摆手。她是新时代法制人员，总要先礼后兵嘛。

任姨娘惊惧不已，如同痉挛一般团起身子，拼命挪动得离屠虎远些，尖声叫道："二夫人饶命！我都说了，再不敢抵赖的！"

明兰冷冷看着她："你晓得我想问什么吧。"

任姨娘咬了咬嘴唇，忍着手足麻痹，颤声道："……是太夫人那边……那边使人来找我的。"

明兰闭了闭眼睛，喃喃着："我猜也是她。"

"……不……不只是我，外院也有太夫人的人，说好到时开门放人进来的，谁知两位屠爷临行从庄上调来许多丁勇，又亲自盯紧前后大门，才没机会下手。"任姨娘断断续续道。

屠虎听得勃然大怒，吼道："是哪个吃里扒外的兔崽子？"

任姨娘吓得肝胆俱裂，忙道："是……是门房的韩三……"

屠虎一愣："韩三？可那小子昨夜中箭死了呀。"随即又一把提起任姨娘的身子，吼道："莫不是你为着脱身，胡乱栽赃？！"

任姨娘杀猪般号丧起来："真是韩三！真是他！原本我只管探消息，谁知昨儿入夜前，韩三偷传消息给我，说情势有变，两边大门怕都开不了，人放不进来，叫我打听了团哥儿的藏身之处，就去西边林子那儿接应！"

屠虎手一松，晦气大骂道："居然叫眼皮子底下掺了沙子！"又朝明兰连连谢罪。

明兰啼笑皆非，人都已经死了，任务也没办成，又有什么可说晦气的。屠虎犹自气愤，直说查清后要抹了给韩三家眷的抚恤银子。

邵氏默默听了许久，此刻终于忍耐不住，冲着地上哑声道："……我……我们自小一齐长大，又共侍一夫，我往日也待你不薄，你为何要……"

任姨娘本缩在地上低低哭泣，闻言忽如火山般爆发了。她用力直起身子，怨毒地瞪着邵氏，吼叫道："你还敢说待我不薄？！都是你害的！都是你！你这假仁假义的蠢妇！"

她丰满的胸膛不住起伏，粗重地喘着气："……陪嫁过来的姊妹都纷纷嫁了，我年纪最小，原想到了岁数也能配桩体面的婚事，谁知……谁知，你竟把我给了那痨病鬼！大爷还有几天活头，你自己守寡还不够，还要拉上我！"

邵氏被她一记喝晕了，半天才反应过来，尖声辩道："你……你怎么敢说大爷是……是痨？！我生了娴儿后多年没动静，见你有宜男之相，有心抬举你，将来若生下哥儿，你岂非有天大的体面？"

"呸，抬举个屁！"任姨娘恍若变了个人，披散着头发，疯叫道，"大爷的身子你不清楚？到了后头几年，他连行房也不成，生个屁哥儿！我早说了不愿意，你这蠢猪，却硬要说我是面皮薄，怕羞，还颠颠地去跟太夫人表功，好装贤惠，结果太夫人直接给我摆了酒……"

想及往事，她泪流满面："到了那地步，我不肯也不成了。"

邵氏失魂落魄，喃喃道："原来你真的不愿……"在她心中，顾廷煜是天下第一的好男人，又是侯府之主，加之她平日看的、听的，都是丫鬟想攀上爷们儿当姨娘，怎么？

明兰在旁冷眼看。照理说，顾家前任侯爷的阴私不该议论，不过，想这对夫妇，一个生前欺负她老公，一个昨夜险些害了她儿子，明兰便不制止，嘴角略带讥讽，静静坐着听了。

"我统共伺候了那痨病鬼不到五回，他生前，你叫我守活寡；他死了，你也不肯放了我！还说什么要跟我相依为命！我才几岁呀，你竟这般狠心！"

邵氏听得手足冰凉，慌道："我……我是真心想叫府里给你养老，我……"

"放你娘的屁！老什么老，我这般颜色、年岁，还有大半辈子要过呢！"任姨娘厉声叫骂，"你自己当寡妇无趣，想拖儿伴儿解闷罢了！"

邵氏被骂得天旋地转，欲辩不得，脸色涨得紫红。明兰看得好生解气，直至见邵氏气得簌簌发抖，才悠悠道："好一张巧言善变的利嘴，大嫂子果然埋没你了。不过我有一问，你与大嫂嫂相伴多年，岂不知她性子绵软，最好说话？你若真想嫁人，跟她直说便是，哪怕惹她心中不快，也不见得会罚你，终究会放你出去的。你为的，怕不是单单嫁个人吧？"

看任姨娘脸色忽变，明兰心知自己料中了。

死了男人的妾要改嫁，本来不难，若要嫁得好却是不易——正经的好人家干吗非娶你个残花败柳不可？非得有大笔银子的陪嫁，或有旁的抬举才成。

任姨娘本想嫁侯府中得脸的管事，可顾家兄弟交恶，明兰怎会将服侍过顾廷煜的妾侍配给得力的管事为妻？而邵氏守寡后，想多给娴姐儿攒些嫁妆，将银子看得越发重了，自己提出改嫁，本就会惹邵氏不快，顶多白放了身契，怎么还肯给丰厚的嫁妆。

思来想去，还不若投靠太夫人那头，说不定还能博个好前程。

"我……"她刚要开口再辩解一二，就被明兰抬手拦下。

"就算你有苦衷，不得已而为之。"明兰缓缓收回手，"可我从不曾亏待过你，蓉儿姐弟俩也不曾，在林边被一刀捅死的安老伯几个不曾，惨死在蔻香苑门口的那几个婆子、丫鬟更不曾！就因你吃过苦头，就能里通外贼，害人性命吗？！"

明兰一掌拍在桌上，面罩冰霜，冷冷瞧去。任姨娘无言以对，面色如土地低下头。明兰转头道："话都问清楚了，请屠二爷将她交过去吧。"

屠虎早等着这话了，闻言捡起那布团，再度塞回任姨娘的嘴里，待那两个侍卫一把夹起任姨娘，他领头迅速朝外头走去，只余下任姨娘远远传来的呜呜叫声。

邵氏僵在原地，双手紧紧攥着帕子，脸上似是尴尬，似是恼怒，又似是伤心，半晌才道："……她……她将被带往何处？"

明兰指了指门口，示意夏竹去关门，同时顺口答道："交往刘正杰大人手上。"说着，嘴角弯了弯，"咱家是积善人家，便是内贼也不好随意发落性命，还是交给官府办吧。"

邵氏再笨，也听出明兰话中另有深意。她顿了顿，低声问："露娘她……会如何下场……"露娘是任姨娘的名字。

"那要看刘大人审得如何了。若昨夜来袭的只是寻常蟊贼，那任姨娘也不过落个贼婆子的罪名；若昨夜那伙人是反贼同伙，那任姨娘……"明兰说得面无表情。

作为反贼，一般下场无非是绞颈、斩首之类。若是头目级别的，大约还能享受到"凌迟"这种高技术含量的刑罚。

邵氏思绪万千，一时悲一时惧，忽伏桌哀哀轻泣起来。明兰没半分怜香惜玉之心，凉凉道："大嫂嫂别急着哭，先把这个结了再说，如何？"邵氏这才惊觉地上还滚着碧丝，两旁还有两个婆子，只好讪讪地揩泪端坐。

婆子得明兰示意，抽出堵在碧丝嘴里的布团。碧丝适才听任姨娘招供，已知自己闯下大祸，吓得泪水涟涟，甫一松开嘴，就连忙哭着哀求："夫人，奴婢知道错了！奴婢该死，求夫人饶过我这回吧！"又连连磕头，满嘴讨饶。

夏荷见她清丽的面庞上俱是泥污和血渍，不禁暗自可怜，冷不防听明兰朝自己道："拿出来吧。"她忙回过神，赶紧从袖中取出一小包物事放在桌上。

那是用丝巾包的一对镯子，镯身通体赤金，打成滚圆的荷叶宽边钏儿状，上头镶有数颗明珠，璀璨夺目，于镯扣处竟还各嵌有一颗黄豆大的猫眼儿。

一见此物，邵氏的脸色顿时青红交加。她心虚地望了明兰一眼，只见明兰闲闲地拨弄那对镯子，道："这对镯子是当初顾家给大嫂嫂的聘礼吧，果然是好东西。"

邵氏哪敢答话，只胡乱点了点头。

"就是为了这对镯子，你就把我和团哥儿卖了？"明兰声音轻柔。

碧丝抖如筛糠，哭道："不……不是……我见是大夫人，素日夫人多信重大夫人，想着告诉大夫人也无妨……"

"崔妈妈是怎么跟你说的？别说是大夫人，就是天王老子也不得透半个字。"明兰语气淡漠，"这些话，你都吃到狗肚子里去了？"

碧丝无话可说，只能不断磕头求饶，又去瞧夏荷和夏竹，盼她们代为求情。

夏竹心软，耐不过就想开口，却被夏荷扯了下衣袖，制止下来。

不是夏荷心硬，而是她更清楚主母的性子，但凡明兰拿定主意的事，鲜少有人能改变，何况——她看了周围一眼，缓缓低下头去。

今日这种场面，明兰却带她与夏竹来服侍，是什么用意？

小桃远嫁在即，绿枝也快到放出去的岁数了，不过这一两年，嘉禧居的大丫鬟便要全部易位。翠袖和春芽倒讨夫人喜欢，可年纪还小，那么剩下的就是……夏荷心中通透，暗自决心最近要更用心当差，少自作聪明才是。

明兰望着连连磕头的碧丝，心中伤感："你自小就没什么大志向，既不聪明灵巧，也不够忠心勤快，只消给你好吃喝好穿戴你就知足了。"这要搁现代，倒是个极安分守己的材料，绝不会生出晋级的野心。

"你在我身边，何尝有几分做丫头的样子，整日好逸恶劳，拈轻怕重，亏得丹橘她们宽厚，不与你计较。我虽不喜欢你，可到底一处十年了，人非草木呀。"

都说喜欢回忆就表示开始变老了，明兰忽觉一醒扬州梦，往事历历在目，一次次背叛伤害，一次次离去分别，回头望去，惊觉自己已老了。

"不过，你却也没惹过什么麻烦。"碧丝性子懒散，既不像若眉目无下尘，也没有燕草的心眼儿多，早早惦记好了前程。"我原想着，待小桃、绿枝出了阁，就给你找个会疼人的、家底殷实的嫁过去，叫你一生饱暖，咱们主仆一场的缘分也算善始善终了。"

碧丝满心慌乱，不知明兰说这些是什么意思，忽听叮咚轻响数声，眼前金光珠闪，原来明兰将那对镯子连着丝巾丢在自己跟前，耳边传来明兰冷淡的声音——

"我不来罚你，也不打骂你。不过，咱们的缘分算是尽了。"明兰轻叹，"记得你家中尚有兄嫂和老母，我这就放你家去。这镯子给你，你这些年攒的银子珠帛也统统给带走，不论是买些地还是收间铺子……终归，以后你好自为之吧。"

说完这句，明兰便朝那两个婆子挥了下手。

碧丝耳边嗡嗡作响，只听得"放你家去"四个字……

不要！她不要回家！自打祖父和父亲接连过世，家中一日不如一日，才将自己卖入盛家，老母软弱，兄长无能，嫂嫂又刻薄，何况家中清苦，要操劳家务，一个铜板都得计较再三，哪及在明兰身边锦衣玉食，十指不沾阳春水，悠闲度日。

她当即就要大哭告饶，谁知那婆子出手如电，嘴里迅速被塞回布团，什么也说不出了。

她拼命挣扎，呜呜狂叫，不断用眼睛向明兰求饶，只恨那俩婆子手似铁钳般拿捏得她动弹不得，她只能眼睁睁地看着自己从明兰跟前被拖走。

直至门外，其中一个婆子轻声讥讽她道："我说小姑奶奶，好歹消停吧！你还当自己是金贵主子呢。"另一个道："夫人也是忒仁慈了，这种贱婢，险些害了小主子的性命，照我说呀，还不如远远发卖了才解气！"

冷言冷语断续传入屋中，夏荷眼眶酸涩。这两年她与碧丝同住一屋，朝夕相处，纵不算情同姐妹，见她这般下场，心中也是难过非常。她此刻想着，待以后自己能进出容易了，便常去探望碧丝，好周济一二。

谁知事与愿违，若干年后，她嫁了个颇有才干的小管事，随后跟着夫婿到南边替顾家经管田庄，一去数年，再见碧丝已是十年之后了。彼时的她，几乎不敢信眼前这个面红高嗓、粗手大脚的鄙陋壮妇，竟是曾经那个腰纤如柳、喜滴翠色、好风雅事的闲散女孩……

发落完碧丝后，明兰也是情绪低落，片刻后才道："夏荷，你去给她收拾行囊，一针一线都给她带去，别叫旁人贪了。夏竹，你去外头看着，我要与大夫人说会儿话。"

两个女孩低声应了，一个直出门而去，一个轻手轻脚从外头带上门。

此时屋内只余她们二人，邵氏整个人都绷直了，如惊弓之鸟般坐卧不宁。瞥见明兰正不错眼地盯着自己，她更加慌了："弟妹，你别吓我，这回是我错了！是我不好……我……"

听了任姨娘的招供后，认错的话虽还是老调重弹，可心意更真诚了几分，每个字俱是发自肺腑。

"大嫂究竟哪里错了？"明兰逼问道，"是不该听任姨娘的撺掇，还是不该不听我的话？"

邵氏一下就被问住了，顿时憋得脸色黑红。

"我来给大嫂子号号脉吧。"明兰步步进逼，"大嫂错处有二：一者，不肯信我；二者，又太易信旁人！归根结底，大嫂子就是信不过我。任姨娘说我拿你们放在明处，是做了团哥儿的幌子，你其实很信的吧！"

邵氏哪敢应声，只能连连摆手："不……不……不……哪能呀……"

"我说个明白吧！"明兰一拍双掌，撑着桌面立起来，"京城大乱，会来侯府捣乱的无非两种人，不是为财的，就是别有用心之辈。我特意叫人将嘉禧居主屋点得灯火通明，为的就是好引贪财的蟊贼过去。哼，满府还有比我的居所更财帛丰厚的地儿吗？蟊贼抢完我的屋子后，怕是连走都走不动了！"

邵氏张大了嘴巴，结巴道："我……我就说，怎么你的院子亮堂成那样……"

"若是冲人来的……哼，侯爷两兄弟不睦，闹过何止一回，半个京城都知道！无论宫里来捉拿的，还是咱们那好继婆母，都只会冲我们母子，与你们有什么相干？好吧，若非要进去……你那院子可是挨着湖建的！四面里倒有两面半是临水的，难不成贼人还能随身带筏子来夜袭？统共只一处出口，易守难攻，我布置了多少护卫呀。屠老大早说了，除非冲进三倍数的贼人，否则绝进不去！"

明兰双掌撑在桌上，气势逼人，吓得邵氏几欲钻桌下了。

"老实跟你说，我心中最防备的其实就是太夫人那头！反贼那头又不是她管的，能来捣乱的人数也有限，我怕的是明枪易躲，暗箭难防！这府里使唤着多少先前的老人呀，人心叵测。府里乱作一团时，婆子、丫鬟们进进出出的，一支簪子一包药，一块石头一根刺，团哥儿才多大，能防住吗？可事发之前，这种诛心的话我能说吗？"

邵氏欲哭无泪，几乎要给明兰下跪了。她瘫软在桌上，哀求道："弟妹，是我猪油蒙了心，有眼无珠，不识好歹，若……若真……我给团哥儿赔命吧……"

"我不会叫大嫂子赔命的。"明兰冷冷道，"我素来喜欢娴姐儿，便是侯爷不喜，我也有心给她将来谋个好前程。可团哥儿若真叫你害死了，你觉着我会怎么想？"

邵氏猛一个激灵，双手乱摆："不……不……这不干娴姐儿的事……"她忽然万分感激蓉姐儿，若不是她抵死救弟，便是她们母女活了下来，怕以后日子也难过了。

"好险呀，只差那么半步……"明兰目中流露深切的后怕，"若非蓉丫头刚烈果敢，团哥儿已送了一条小命了。此刻什么情形，真是不堪设想。"

邵氏不敢往下想，不说明兰，便是顾廷烨的怒火，就能将她们母女活烤成灰烬还绰绰有余了——她越想越怕，一时间手心、背心俱是冷汗。

明兰冷冷地盯了她良久，方才道："我今日这么说，不是为了你，是为了娴姐儿。"

邵氏木头人般抬起头，不明其意。

"你偷去蔻香苑躲藏时，只想带娴姐儿一个吧。"明兰叹道，"娴姐儿是好孩子，那当口居然还记着蓉丫头，将她一并叫了去。"

邵氏顿时泪盈出眶，仰头哭道："我的好闺女！娘险些害了你，你却救了娘呀！"

娴姐儿去叫了蓉丫头，蓉丫头救了团哥儿，间接又救了自己和母亲的处境——冥冥天意，果是善有善报！她心中忽升起万分虔诚——对天道神明，对因果循环。

明兰推开门，临跨出去前，肃声道："大嫂子放心，只要今后嫂嫂不再犯糊涂，我会把两个姑娘全当亲生闺女看待。"她顿了顿，"我说话算话。"

说完这话，她再不回头，扶着守在门外的夏竹径直离去。

当晚，用过饭后，绿枝来报邝妈妈递过来的消息——邵氏已将前因后果与娴姐儿说了，母女俩抱头痛哭了一阵。邵氏虽自责不已，却也放了心。

次日一早，娴姐儿红肿着眼睛来给明兰请安，不安地扭手挪脚。明兰怜惜地摸摸她的脑袋，叫她去跟蓉姐儿和团哥儿玩了。

不过，对着邵氏，她可没这么好脾气了。虽依旧礼数不缺，但神色肃穆冷淡，一句多余的话也不多说，直把邵氏吓得唯诺服帖。

明兰曾想过，倘若之前邵氏就畏惧自己如同畏惧太夫人，哪怕任姨娘再起劲儿撺掇，大约邵氏也是不敢冲去团哥儿的藏身之处的吧——秋娘就是极好的例子。

小人畏威不畏德，春风化雨不是对所有人都管用的。

对这无奈的现实，明兰唏嘘不已。

吃过午饭，明兰坐着软轿将侯府四处巡了一遍。

春季原是万物繁茂之时，庭院中本绚烂如锦缎般的花丛一夜寥落，多在黑夜中被夺命乱奔的脚步践踏成泥。光洁铺就的青石板虽已拿水冲洗多遍，却有几处依旧隐见暗红沉疴，蔻香苑尤甚，屋里屋外都死过人，几个胆小的丫鬟哭着不敢进去，明兰也不好强逼，筹算着给蓉姐儿挪地方另住，原处地段本就有些偏，索性翻了另作他用。

最惨烈的还在另处。

近半尺厚的朱漆大门缓缓摇开，带着瘆人的金铁嘎吱声，顺着向外延伸的青石台阶缓缓看下去，门外满地尽是斑驳血迹，粘着人皮毛发的滚油已冷却凝结成焦黑块状，纵是死尸和残肢已拾掇干净，仍旧是浓紫腥臭得骇人。

地上丢着数根杯口粗的树干，也不知是贼人从哪家砍来的，门面上的黄铜大钉居然被撞落一大半，横七竖八散落得到处都是。门房的刘管事在旁喃喃着"亏得当年没镀金，拾齐后熔了还能用"云云。

明兰想笑，但笑不出来。

回到嘉禧居，闷闷地挨着炕褥，望着逐渐微黄泛金的天际出神。

晚饭前，屠老大从外头回来，隔着帘子在廊下就给明兰跪下了，脸色极难看，活像刚被戴了绿帽子，憋得慌却又说不出："……那韩三果然不干净！俺管束不严，请夫人责罚。"

他领着几个护卫去韩家一顿翻找，赫然寻出两张新过户的地契另黄金一百两——气得屠虎直想一股脑儿将人砍成肉酱。

明兰微惊："虎爷动手了？"韩三虽是投身来的，其家眷却都属良籍。

"这倒不曾！"屠老大懊丧道，"只把人先看了起来，这当口不宜发落，回头再算账。"

明兰疲惫地点点头："这就好。该打该杀，等侯爷回来再拿主意。"

像她这样崇尚和平懒散生活方式的人，却要被迫不断处理这类事，真是厌倦极了。明兰又安抚了屠老大几句，反正这位卧底明显没成功，也不必过分懊恼，以后防微杜渐就是了。

到了第三日上，戒严虽还未解，但气氛明显松动，好些心急难耐的人家已偷偷遣小厮互通消息了。最先来信的是英国公府，再次询问一切平安否，还道明兰若缺人手东西，无论是侍卫、大夫还是伤药汤剂，尽管问她去要——张夫人还笑言，前夜英国公府白戒备了一夜，早先预备的物事一点儿没用着。

明兰心中感动，难怪这几十年来张夫人在京城贵眷圈中始终是数一数二的人物，观其行事，确有气魄。没过多久，这位有气魄人物的闺女也来了信——短短一封便笺却是笔迹暴躁，怒气连连。

前日夜里国舅府也不太平，却实实在在是单纯的劫财——"愚姐徒耗光阴近廿载，自负张门虚名，薄有积威，应无有敢捋虎须之辈，实未料到竟有前夜之劫！"

张氏真是长见识了，从没想到有朝一日，居然有蟊贼胆肥到敢欺上她的门来！郁闷了半天才想到，这家原来姓沈，不姓张。话说，哪怕她老子现下兵败的名头满天飞，英国公府方圆三里之内依旧没有敢开业的扒手。

信中道，没有内鬼招不来外贼，究其根底，却是邹家在外头招摇露财惹来的麻烦。

"邹家在外头做了什么？"明兰问道。

来报信的小厮说话也是一脸晦气："……邹家那群黑心肝的，说国舅爷在外头重伤，若有个好歹，世子转眼就要袭位了，娘舅大事头，到时候还不得事事请教着？夫死从子，看姓张的还挺得起来？唉，审问出来后，我们夫人也是气得不行……"

酒肆胡言，却叫有心的地痞匪类留了心，着意灌酒结交一番后，套出了沈家内宅的虚实，当下便趁京城变乱，黑夜中打着邹家的名号骗开沈府后门，摸进去后一番砍杀抢掠。

亏得张氏早有戒备，闻讯后忙领着护卫赶去杀贼。寻常蟊贼如何敌得过英国公府练出来的勇丁，未待几时，已是杀的杀、擒的擒。

张氏积了一肚子的窝囊气——话说那些准备原是为了更严肃、更大型的政治迫害的好不好？！

当下，便以贴身软弓亲自射伤数名贼人，其中两个勇悍的贼人被擒后见一屋子妇孺，犹自狂妄，满嘴污言秽语地吓唬。张氏怒极，二话不说，唰唰唰数剑，削下那俩贼的耳朵，摔在地上喂了黑獒——当时满场肃穆，沈府众人没敢出声的。

那小厮说得一脸自豪，明兰心中直叫乖乖。

此后，沈府上下见了张氏都绕着走。其后数十年，张氏的日子也过得极有派头，妾侍不敢顶嘴，继子女不敢啰唆，若说因祸得福也未可知，这且按下不提。

除此外，段家、钟家以及耿家的女眷尚未从宫中回家，个中情由仍不得而知。去薄家和伏家的小厮终于有了回信，俱是在途中遭袭，困于民户，直至戒严松动才赶忙回来报信，均道这两家一概无恙——尤其是薄家，一家女眷早早随着薄老夫人去了乡下。

盛府来信最厚，长枫执笔，洋洋洒洒十几页。明兰耐着性子读完，忍不住吐槽"三哥威武"。其实经过很简单，那日，盛老爹照常上下班，吃了一碗饭、半只烧鸡后开始检查长枫的功课，刚训到"这回秋闱若还不中，就要……"时，狠话还没放出，外头开始大乱。

京城戒严，盛老爹不得已待业两日，至今无法复工——文官的情形大多如此，只能说，相比上回逆王作乱，重灾区转移了。

简单一封家书，大事没有，小事基本也没有，却是通篇华丽辞藻，押韵讲究，光是感叹时局不稳就一气用了三个典故，连厨上大娘不能上街采买新鲜菜果都要吟一句"凌霄生乱灶君叹"的自编体打油诗。

团哥儿原本眼睛睁得滚圆乌溜，怎么哄也不肯睡觉，结果明兰将信念给儿子听，方读了一页半，小胖子就耷拉下脑袋，昏昏欲睡。

"得了，不指望你读书了，以后还是跟着你老子练胸口碎大石吧。"明兰很认命地摸摸儿子胖乎乎的小胳膊小腿，他小肚皮一起一伏，已然睡着了。

郑家的消息姗姗来迟，直至掌灯时分方才得信——却是比国舅府遭贼的消息更糟糕。

那小厮哽咽道："……我家老太爷前日去了，今儿上午，老夫人也……也没了。"

三日内，接连两老都病故了？！

明兰惊得非同小可："这是怎么说的，好端端的，怎么说没就没了？"她有心想问个究竟，可郑大夫人治家严厉，那小厮只是摇头，多一个字也不肯说。

"……这些年来，老太爷和老夫人始终没断了病……大夫人叫小的传话，说眼下她和二夫人都腾不开手，待得了空，再与顾侯夫人细细分说。"

明兰见那小厮累得满头大汗，气喘吁吁，却依旧措辞得当，规矩半点儿不乱，心下佩服郑大夫人的本事，叫绿枝抓了把铜钱赏他后叫人送了出去。

崔妈妈目送人影消失在门口，才道："夫人，这事儿不对呀，前几日咱们送酿了一冬的果子酒去郑家，郑老太爷和老夫人不还好好的吗？老话说，细细扁担弯弯挑，这……这……"连续"这"了几遍，也说不出下文来。

明兰明白她的意思，越是多年缠绵病榻的老人家，越是少有即刻亡故，从病危到断气，多要拖上三两日，两老前几日还没什么事，就此猝然过世，实在奇怪。

想了半日，也想不出个所以然来，明兰只恨自己想象力贫瘠，抱着枕头困惑了一夜，结果次日一早，就有人上门给她解惑来了。

刘夫人穿着件半旧的赭石色暗金丝盘纹妆花褙子，头上勒了条一指宽的暗红色细绒抹额，正中镶有一颗大珠，脸上抹着粉，鬓边插着小红花，活像新社会翻身致富版的刘姥姥。

彼时明兰正在用早饭，顺嘴就招呼了一句，谁知刘夫人张口就说好，执起筷子就吃。

她似是心绪甚喜，边吃还边夸："妹子家里吃的就是考究，啧啧，这糯米羹熬得香呀……里头都搁了些啥呀？哎哟喂，妹子生得俊，家里这油果子炸得也俊……"

明兰对这个比喻感到绝望，扯动嘴角干笑道："哪里，哪里，都是先前传下来的食谱。"钟鸣鼎食之家，连厨娘的手艺都是代代相传的，哪家没有几道压门面的独门菜，"姐姐若喜欢，赶明儿我使人抄几份送去。"

"别价，别价。"刘夫人连忙摆手，咧嘴笑道，"说实在的，家里老小都吃不惯京城的吃食，年前特特从蜀中请了个厨子过来。我就那么一说，妹子别往心里去……打小，老人就说，去人家家里，一定要多夸夸。"又自说自话地絮叨了半天。

明兰张了张嘴，又闭上。

刘夫人也非一味唠叨，吃完饭，抹嘴净手，不待明兰发问，她已十分自觉地说起来意："昨儿半夜他爹回来，哟哟喂，身上都是血……哎哟，这个不说了，怕吓着妹子……他爹吩咐了我好些话，叫我今儿来说个明白，好叫妹子宽心，别愁坏了身子……嗯，这个……从哪儿说起呢？我说妹子，你最想先问啥呀？"

当然是顾廷炜死了没，侯府安全了没，太夫人那老妖婆完蛋了没，啊啊啊——可惜不行！这是古代，她是朝廷钦封的一品诰命夫人！

明兰活活把话憋死在嗓子眼儿里，干笑几声，道："自然是皇上皇后现下安好否？我们做臣子的，最惦记的就是这个了。"

刘夫人仿佛十分感动："妹子果然忠君爱国。"

感动完，为表示自己的政治觉悟也不遑多让，她开始给皇帝唱赞歌。

"……那群跳梁小丑，平日鬼祟行事，暗中勾连，还当自己多高明呢，殊不知咱们当今皇上乃旷古……那个……不多见的明君，天上星宿下凡，对这些早就瞧得明明的。不过看在先帝的分儿上，想给圣德太后和睿王母子留些情面，谁知……"

明兰忍着被酸倒的牙，插嘴道："当真与圣德太后、睿王有关？"

"可不是？妹子以为是哪个吃了雄心豹子胆的，敢假传圣旨骗大臣家眷进宫？"刘夫人抹抹干燥的眼眶，好像乡下哭丧队的主唱，"哎哟喂，我们皇上呀，那是多厚道的天子，那圣德太后，一不是皇上亲妈，二没有晋位过皇后，为着先帝爷的一句话，我们皇上是晨昏定省、千依百顺、二十四孝、体贴入微呀……"

明兰深深认为后三个成语颇不合适，不过，眼见人家情绪正爆发，不好提醒。

"……被人捧着、供着，却还不知足，非要谋了圣上的皇位才罢休！还有那容妃，真真一伙的狼心狗肺……亏得郑大将军赤胆忠心，不然咱们皇上岂非遭了暗算……"

接下来，刘夫人足说了大半个时辰——其中一半是歌功颂德。小桃换了两壶茶水，绿枝添了三次点心，才堪堪将此次变乱的经过说了个大概。

其实，照明兰判断，圣德太后那伙人固然居心叵测，然众人深深热爱的、忠孝双全的、敬天爱民的皇帝大人，也未必纯洁无辜如小羊羔。

这几年来，随着帝派势力壮大（张、沈、顾、郑、段、刘等），皇帝行事愈见凌厉，不遗余力地削弱圣德太后一系人马。文官重臣中，要么是以姚阁老为首的死忠皇帝派，要么是像已致仕的邹阁老那样和稀泥装傻派。

当年在先帝榻前顾命的几位老臣中，那些死命鼓吹皇帝要孝顺圣德太后的，早在这几年里不知不觉地被架空或是"被告老"了。

至于四品及以下的……睿王毕竟年幼，到底要说他有多正统也不见得，青壮阁臣中就没几个愿蹚这争位的浑水的。

眼见今上的帝位越来越稳固，膝下几位皇子也渐渐大了，圣德太后一系急得跟猫挠心似的。另外，皇帝每每见了聪明灵秀的睿王，也跟喉头里卡着根刺般不舒服。

圣德太后一系想动手，但没寻着好机会，不敢动。皇帝明知他们有不轨之心，但不能主动出击，怕招个不奉养妃母、不照拂子侄的恶名。

两派如此僵住了——好比文明社会中，两国都想开战，但谁也不愿背负挑起战争的烂名声，所以就不断互相挑逗，求神拜佛希望对方赶紧开第一枪。

到了去年，皇帝自觉具备了压倒性的优势，开始耐不住了。

于是，他布了个一箭 N 雕的局。

犹记得数年前，羯奴趁新帝继位之际大肆南下劫掠，最后虽被打退，但仍旧占去数座西北边镇。皇帝厉兵秣马数年，终于整齐大军讨伐，找回这口气——这是第一只鸟。

大军西进，京城空虚，绝妙的谋反"好机会"，不轨之徒蠢蠢欲动，恰能引蛇出洞——这是第二只鸟。

圣德太后出身西北望族，数十年来其家族在地方盘根错节，姻亲遍地，动辄把持西北军政（积极传递张、顾大军兵败消息的，就是这帮人）。皇帝暗中吩咐薄老将军，征敌次之，主为剿平地方。倘若圣德太后按捺不住了最好，倘若对方忍了下来，那就趁机一举除了这个西北大患——这是第三只鸟。

据说，还有几只别的小鸟，但刘夫人说不清，明兰自也猜不到。

"皇上也忒险了，大军尽出，倘有个万一……这……这可怎么好？"押得大，固然赢得多，可若赌神菩萨不保佑，却也容易连底裤都 lose 掉。

"咱们皇上是什么人？那是真龙天子下凡……"刘夫人再度热情讴歌了一遍皇帝的英明神武，才道出真相——皇帝早密旨郑大将军为间，与刘正杰里外呼应，可定大局。

京城的兵权分三，一为刘正杰的禁军，二为郑大将军与另一武将共执的诏卫，三为五城兵马司。要造反，至少得策反三中其一。

三路人马中，除了郑大将军外，其余几个指挥使俱是皇帝亲自拔擢的寒门武将。当同为世家子弟的睿王亲信去游说时，郑大将军假作答允，预备待事发后一举成擒，好人赃并获。

应该说，郑大将军的任务完成得很好——通常老成持重的人装起来，更有说服力。事情进行到这里，还是十分顺利。

不过，没料到，不光皇帝知道安插细作进敌营，对方也知道，还一下安了俩。

变乱那日上午，皇帝照常下朝后，忽然一个倒栽葱，就此昏迷不醒。圣安太后和皇后六神无主，只知啼哭，宫中乱作一团，圣德太后趁机发难。

"是容妃下的手？"明兰听得眼如铜铃，"皇上多宠爱她呀！"帝后的夫妻情分本来还不错，为了她，皇后不知闹过几次别扭了。

刘夫人恨恨道："就是这狐媚子！"天底下的小老婆都不是好人。

"他爹说，是圣德太后诓容妃，说除大皇子和二皇子，容妃之子最年长，等皇帝驾崩后——呸呸，可不是我说皇帝驾崩的，是他爹说的，喀喀喀，也不是他爹说的，是圣德太后说的——把谋害皇帝的罪名往皇后母子身上一推，三皇子就能登大宝了！"

"这种鬼话容妃也信？"明兰觉得匪夷所思，往日进宫觐见，她还觉得容妃智商蛮高的呀，"圣德太后好好的自己有孙子，干吗要立容妃之子为帝呀？！"

刘夫人大声讥讽："那种以色……以色……呃，伺候男人的狐媚子有什么脑子，圣德太后连哄带骗，说反正睿王也不是她亲孙子，只逢年过节见个几面，情分薄得很，倒是三皇子时常在她跟前孝敬，很是喜欢……再说了，容妃不是跟皇后不对付吗？等大皇子即位，还能有她们母子的好果子吃？"

明兰默然。皇后虽然宽厚，却不是个会做戏扮贤惠的人，容妃生性高傲，出身又高，这些年来圣宠不断，兼之三皇子出息，风头直逼前头两位皇子。后妃之间常是针尖对麦芒，一言不合，有时还要太后去说合。

恐惧和贪念是最简单，也是最有效的诱饵。

"那现下呢？龙体可安康了？"明兰心知皇帝此刻定然无恙，但仍抑制不住后怕。

刘夫人双手合十，对着头上连连拜了几下："哎哟，我的佛祖呀……亏得咱们皇上洪福齐天，因前儿彻夜批折子，那日早上就有些不得劲儿，素日爱吃的酥茶酪子只用了两口……真是老天有眼了……"

她早暗中把容妃的十八代祖宗连同祖宗的姘头一齐骂了个遍，皇帝若倒下，似顾、段之流的武将兴许还有活路，可她男人这般做内卫密探起家的，十有八九凶多吉少。

明兰也默默朝虚空拜了几拜——皇帝若有个好歹，顾廷烨就是连羯奴单于的七舅老爷都活捉了，怕也是祸福难料。

不单内宫，圣德太后一系于旁处也下足功夫，竟策反了五城兵马司的副总指挥使腾安国。

明兰眨眨眼，眼前浮现一位年近五十、目光阴鸷的汉子，她疑惑道："我记得这位腾指挥使……不是潜邸出来的人吗……"

刘夫人啐了一口，不屑道："正是这人！说起来，他跟皇上比旁人都早，没什么本事吧，却爱摆老资历。那年圣上三十寿宴，笑称他爹和国舅爷几个为'五虎'，他居然要酒疯！进京后，还埋怨圣上不够重用他呢！也就是咱们皇上厚道，不然哪个理他？！"

明兰暗叹不语。

沈、顾、段个个青壮，目前还在不断建功立业，腾安国本有怨念，眼看越发没了出头的机会，难免生出"搏一搏"的念头。

两厢串通后，腾安国借职权之便，陆续放了许多江湖打扮的反贼人马进城。未几，刘正杰察觉出不对来，前去责问五城兵马司总指挥使窦老西。

正当窦老西查出内情之时，却于回家途中受刺身亡。为防刘正杰发觉，逆党不得不立即发作，还一不做、二不休地想连刘正杰一道除去。

如此一来，内有容妃，外有腾安国，刚"叛变"的郑大将军傻眼了。

——亲，说好的里应外合、一网打尽呢？

总算皇帝事先安排周到，加之郑骏机警有谋、行事果敢，于要紧关头反戈一击，将圣德太后与睿王母子先行擒获，再与刘正杰兵合一处，将失了主心骨儿的逆贼一举击溃。

"天老爷保佑，现下外头总算太平了！他爹今早已解了戒严。"刘夫人不忘替丈夫表表功，又道，"妹子尽管放宽心，他爹说了，昨夜八百里加急送到，英国公那路大军压根儿没事，还大破敌酋金帐呢！现下正赶着回京平乱。他爹说，这叫什么……什么敌……"

"诱敌。"明兰平静道。不知为何，她似乎早就知道了。

刘夫人拍腿笑道："对！就是诱敌。"

当初为使效果逼真，张、顾大军传来冒进惨败的消息时，皇帝明知这是预定的诱敌之计，却只能憋着，板着张锅贴脸，做"龙颜愠怒"状。

演技不错，满朝文武都被瞒过了，也因如此，圣德太后越发放心地行动起来。

刘夫人见明兰神色平静，反有些担心。她清楚地记得，头回见到明兰时，鲜果子似的娇嫩漂亮，孩子般无忧无虑，可如今呢？眼前的孕妇已是即将临盆，血色不足，身形消瘦，眉头间有着一抹难言的疲惫。

"妹子，你可别埋怨他大兄弟呀，这事儿，连他爹事先都不知道，可见皇上瞒得多严实了。他爹说，都是西北的那群臭官儿忙着报兵败的信儿，不然，依着往例，隔那么老远，哪那么快传得满城风雨，兴许没等妹子听说假信，大胜的喜报就来了呢。"

明兰在袖中轻轻摊开手掌，掌心湿凉。她坐姿不动，微笑道："这有什么好怨的，总不能为着宽婆娘的心，叫男人把军国大事的底细都先交代一番吧……姐姐，你还是与我说说咱侯府那夜遇袭之事吧。"

"哎哟，瞧我这脑子！"刘夫人笑着自拍脑门，然后压低声音，"妹子，你料得不错，那夜来害你们府的，还真是你们家三爷！"

明兰瞳孔激张，随即归于平静，做出忧心的模样："姐姐这话当真？三爷到底是顾家骨血，光是几个奴才说瞧见，怎好将那顶帽子扣过去？！"

刘夫人心中明白，打包票道："他爹办事，妹子你放心。前日天没亮，他爹不是遣人赶来了吗？那伙贼人叫追上后，丁零咣当一通乱打，有些逃出城去，有些被捉住……"

"老三叫当场捉住了？"明兰捂胸口惊呼。

刘夫人尴尬："那倒没有。"

明兰微微失望，却还安慰道："那刘大人定有旁的斩获了？"

刘夫人松口气，赶紧道："他爹审了几堂，就都招了。贼人说，他们原是城外的山贼，两月前接了这笔买卖。去接头的是个老头，而那夜领他们来这儿的却是个年轻人，听他们老大叫什么'三爷'的。又细细说了形貌，那年轻的可不是你家老三吗？他爹立马领人把你家太夫人的宅子给围了，你家老三果然不在家，倒从地窖里捉出个姓鲁的管事，拉出来一认，哈，正是那接头的老头！"

明兰沉吟片刻，道："那我们三爷只是打家劫舍，不是谋反从逆了？"

"那可不见得。"刘夫人别有深意地笑了笑，"他爹说了，寻常打家劫舍，怎么就时辰算得这么准了，恰好皇宫那头出了事，这头你们老三就来逼杀嫂嫂、侄儿了？"

明兰静静地看了刘夫人一会儿，心中透亮，低声道："多谢姐姐了，我都晓得，侯爷和刘大人亲如兄弟，果然没托付错人。"

刘夫人心道，这个好没白卖，笑吟吟地端茶碗喝起来。

其实，照刘正杰估计，顾廷炜交游广阔，应该只是暗中知道了些谋反的皮毛，并不曾入伙，本想等打听清楚了确切日子再有所行动，谁知那日事发突然，圣德太后一系猝行谋反，顾廷炜来不及周全布置，只好亲自出马，将山贼接进城来，并带路去夜袭侯府。

严格来说，顾廷炜只能算杀人放火，加害嫂侄，不算谋逆造反，罪不及父母子孙——可是，干吗分这么清呢？刘正杰是特务头子，又不是青天衙门。

再说了，以刘正杰的职责，事前既未察觉容妃娘家的异状，也未探知腾安国叛变，虽说事后平叛有功，但到底有些失察，哪如来日顾廷烨的功劳大。

想到这里，刘夫人对明兰越发殷勤备至，有问必答。

"老三……这会儿逃出城外去了吧？"明兰迟疑地发问。

刘夫人点点头："一同逃出去的还有好些逆贼。他爹说，都逃不远的。何况，现下他家宅子已叫看住了。唉，只可怜一家妻儿老小了……"做女人的，性命富贵哪由得自己。

明兰心中冷笑，那老妖婆可算不得可怜，这件事恐怕她才是主谋祸首，顾廷炜不过是个跑腿的，可是朱氏……她是那么希冀着未来……

两人对坐，为着不同缘由一起唏嘘。

良久，明兰隐隐记得似乎还有一事不明："……哦，对了，昨儿郑家来报，说他家老太爷和老夫人都没了，这……姐姐可知为何？"

她也就一问，本不指望对方回答，谁知刘夫人长叹一声，苦笑道："这可真是无妄之灾了。变乱那日，外头纷传郑大将军谋反，说得有鼻子有眼，家里瞒都瞒不住。郑老太爷素来忠直，气得堵住一口痰，当场就去了！老夫人伤心了两日，几次哭晕过去，谁知昨儿一早，郑大将军赶回家说清缘由后，老夫人乐得发疯，没缓过气来，也……跟着去了……"

明兰半张着嘴，惊得不能自己。

老爹是活活气死的，老娘是活活乐死的，乍悲乍喜，老人家还真受不住。此役，郑大将军痛失双亲，然而，却彻底从皇帝心腹的姻亲完美过渡为皇帝的顶级心腹。

——好好，好一条流血的仕途！搏的就是命！

刘夫人的来访犹如一场及时雨，既解了疑惑，又宽了心。

许是最近思虑太过，明兰浑身不得劲儿，脚面肿得像馒头，脸上浮得像挨了两耳光，脖子突起细细的青筋，活似被人卡住了喉咙。

摸着她身上凸起的骨头，崔妈妈唉声叹气——多少年辛苦喂养呀，一夜回到解放前了。

明兰歉疚地抚着肚皮，记得怀团哥儿时，哪怕连道都走不动了，也是红光满面，精神抖擞，这回却弄得这般……手掌贴着腹部，感受那稳健有力的胎动，慢吞吞的，却很有规律，好像八十岁的老爷爷在踱步。她笑了："这孩子，将来定是个慢性子。"

崔妈妈没有答话，她盯着明兰的肚皮掰着手指算日子。

其实明兰已至产期，可历年有眼色的婆子都说隆起没下去，胎儿还未落入盆骨。请张太医来瞧后，道还要七八日，最多十日，十一二日也没准儿——险些叫崔妈妈打出去——尽管他说的确是大实话。

（林太医曰：大夫这种生物，从来到世间那日起，每个毛孔都滴着医术和口才。）

产期稍有延迟是正常现象，明兰也不心急，只安安心心地歇息养胎，对崔妈妈的指令无有不从，努力恢复到吃吃睡睡的作息状态。

外头解开戒严后，各路亲朋陆续来探望明兰，顺带瞻仰下那犹带着暗红血迹的大门和石阶。头一个上门的居然是盛老爹！

明兰吓了一跳，盛纮也吓了一大跳，自打小女儿进了寿安堂，都白白胖胖多少年了，乍然一副枯黄瘦弱的模样，忍不住道："当初我就说，嫁武官多少不便，到底不如许给文人的好，偏你娘乐得忘乎所以，一口就应了！"

明兰呆呆道："爹何时说过这话？"她怎么从没听说？

盛纮似乎意识到口误，轻咳一声，支吾道："……当初……来给如兰……喀喀，说亲时……"

明兰恍然——是顾廷烨当初来盛家行骗……哦不，是提亲时。

想着，又斜眼去瞄盛纮，心道，您拉倒吧，其实您当时心里也乐得很，不过道行高深，比王氏含蓄罢了。

时光如箭，转眼团哥儿已能打酱油了，盛老爹也两鬓斑白，明兰忽地全不记恨了，笑得露出两颗白生生的牙齿，挥着小手绢送故作威严的盛老爹离去。

好吧，这个极品爹虽各种不靠谱，曾为了新家庭忘记嫡母，为了小三忘记原配，后来又为了前程忘记"真爱"……不过，也用了十几年了，凑合得了。

上午送走爹，下午女儿就来了。

袁姐夫亲自护送，尚未显怀的华兰袅袅婷婷地走进屋来，一见明兰就红了眼眶，扶着门框哀声道："你个不省心的小冤家，怎么这模样了？若叫老太太瞧见，还不定多心疼呢！"

明兰晃了晃，险些歪倒在炕上。这等娇嗔啼哭的做派，长姐便是十几岁时也不曾有过，一时适应不良。

自打怀了这胎，华兰忽多愁善感起来，见花谢就哽咽，见雏鸟离巢就含泪，风吹起几片落叶都要伤心一阵，偏袁姐夫如今很捧她的臭脚，夫妻俩自得肉麻有趣。

"大姐夫不用外头忙吗？"明兰疑惑。

华兰噘着嘴："我要来瞧你，他不放心，便跟上头告了半日假。"

"这当口？！京城里哪处不得用人？你……你……"明兰痛心疾首，"你们就可劲儿作吧！"

话说这回变乱，人人倒霉，袁姐夫却时来运转。

他在五城兵马司中官职不低，却未受收买，腾安国正考虑着是否该提前除去，谁知袁姐夫因惦记马场生意，告假说要去口外，腾安国乐不可支地当即准假。

回家后，忽闻华兰有孕，袁姐夫乐傻了，死活不肯离开，便躲在家中陪老婆，结果全程赶上京城动乱——领一帮小兄弟猛然间杀出去，居然立下不小的功劳。

同样运气很好的还有墨兰老公，作为父丧的丁忧人士，完全没受到波及，还领着家丁帮邻街人家打退了趁火打劫的蟊贼——永昌侯府的邻居，非富即贵，梁晗一时赞誉不断。

"这回后，五城兵马司必得好好整顿一番。你姐夫说，四妹夫怕是有机会出头了。"华兰慢条斯理地剥开一枚粽叶蜜饯，"唉，若墨兰懂事，好好过日子，以后也不见得差了。"

唠嗑毕，又叮嘱明兰好好养胎，发挥完长姐情怀的华兰心满意足地回去了。

其后两日，煊大太太、狄二太太，甚至康允儿也来探望，却始终无人提及太夫人。段、钟、耿三家女眷是一起来的，每个都带着大包小包、鲍鱼人参，感激之情溢于言表，一个劲儿地说明兰于乱中且不忘她们，足见仁厚。

其中耿太太尤其激动，拉着明兰连连道："妹子是可靠的，下回我一定全信妹子的话，不然也不会吃那番苦头！"

钟太太假咳一声，轻捅了她一胳膊："哪里还有下回，以后就天下太平了。"

耿太太自知失言，却不肯服输："就你心眼儿多，我说的是旁的事，什么翻修宅邸呀、待人接物呀，以后都信妹子的。"

见两人这般，段夫人摇头笑道："你们俩呀，一道吃过那么多苦头，也算共患过难，还闹个不休，等将来做了祖母、曾祖母，我看你们还吵不吵！"

明兰听得有趣，四人一齐大笑——至于这几日究竟在宫里吃了什么苦头，这三人却谁也不肯说。

到了变乱后第九日，刘正杰终于将全京城肃清，连隐藏在四方边角的渣滓也清除干净，或格杀，或擒拿，多数赶出城外，由埋伏在城门外的郑骏驱至东面。

叛军想着，毕竟京师卫戍不好离开太久，便与一道被算作逆贼的散碎蟊贼，共一千多人，团聚于城东三十里的落山坡，稍事休整，谁知忽杀出一支剽悍铁骑，堵住山谷口，霎时漫天火苗箭矢，一片血海。

天色昏黄，明兰坐在饭桌前，慢悠悠地喝着鸡汤。

隔着半座京城，三十多里外的京郊坡地，仿佛也能听到落山坡的震天杀声，远远漫起滚滚浓烟，其间金赤的火焰傲然闪动，天色越暗，火光就越亮，似是故事里的神仙，身披战甲，踩着烽烟雷鸣，下凡来诛妖降魔。

已时的梆子声咚咚传来，因白日睡得太多，明兰此刻了无睡意，便摇着把大蒲扇，坐在廊下仰头看那浩渺繁星。树叶带着古朴的清香，丝丝钻入鼻端，星星点点的萤火虫颤颤悠悠地在檐下扑腾，飞蛾在水晶灯罩上轻轻拍翅，发出仿佛书页翻动的声音。

睡意渐渐上涌，正想起身回屋，明兰忽听见园子里一阵嘈杂，似是惊喜的欢呼，不等她反应过来，只见一个黑乎乎的高大身影站在庭院那端。

那人停了停，一步步走过来，宽阔的肩上撑起暗红色大氅，两边露出金光闪闪的狰狞猛兽，两头虎首张口，齿锋尖利欲嗜。

透过繁茂的枝叶，稀疏的月光照在那人脸上、身上，猩红的浓稠凝结在暗金的铠甲上，满脸浓密的络腮胡子遮住了大半面庞，只一双黝黑的眸子明亮炽热如昔。

明兰觉得嗓子发干，心头乱跳，握着扇柄的手心有些黏。思念太久，以致反忘了初衷。一旁的小桃、绿枝在说什么，她全然听不见，只那么一动不动地站着，定定地望着他。

胡子缓缓走近，哑声开口，头一个字却先破了音："……我……我回来了……"

仿佛远方擂鼓，低沉鸣动，隐隐传来惊心动魄的消息。幽香凉爽的庭院中，飞蛾的扑扇声、叶尖露珠的滴落声，明兰耳畔寂静，忽然不知此刻是梦是真。

是不是适才在廊下已经睡着了，此刻只是在梦中……

胡子一个大步上前，用力抱住她，扑面而来的血腥与尘土的气息、捏得发痛的肩和臂，才让她清醒过来。她呆呆地去摸他的脸："哦，你回来了。"喉头堵住了似的，千言万语，此刻却什么也说不出来。

胡子搂了她良久，捧起她的脸："你想说什么？"

明兰愣愣地说："仗打赢了吗？没落罪吧？"

胡子咧嘴笑道："都赢了。我率一骑人马连夜赶回来的，张老国公还在后头压阵呢，有俘获、首级，还有羯奴单于的虎头金帐！"

明兰想笑，又想哭，傻在原处，像忽然被老师叫起来的小学生，一副呆相。

胡子搂着她坐到廊下，摸着她枯黄干裂的头发，怜惜道："……你丑了。"

明兰立刻清醒了，用力捶他的肩膀，狠狠道："你还不是一副恶鬼模样！"

大半年的风餐露宿，征讨杀戮无尽，数日连夜驱马狂奔，继而一场厮杀，胡子也消瘦憔悴极了，颧骨高高耸起，眼眶深陷，配上漆黑的面皮，一脸凶神恶煞，与恶鬼颇有几分神似——和枯瘦干黄的明兰，倒很登对。

夫妻对坐，有太多话想说，反一时想不出说什么好。

胡子一遍遍睃巡明兰，目光从脸上、身上到硕大的肚皮上："……我真怕……"怕她不测，怕她生病，怕她忧心……"兵败之事，我该早告诉你的，免得你担忧。"

说不介意是假的，可又能怎么办呢？"你不告诉我是对的。"顿了顿，她接着道，"你听闻郑大将军的事了吧？郑老太爷和老夫人，三日内全没了。"

胡子叹道："可惜了。郑大哥最是孝顺……他是裹着孝，领兵出城伏击的。"

明兰默了会儿，才道："君不密，失国；臣不密，失身。这道理，我懂。"

若说亲近，郑家父子是骨肉至亲，几十年父慈子孝；若说忠心，郑老将军一腔赤胆，铁骨铮铮，更别说郑老夫人一辈子与世无争。纵是如此，不能说，就是不能说。

这是血的规则。

作为家人，能做的，不过是信任和坚强。

"何况，薄老夫人曾说过，做武将家眷的，若男人真战死了，也没什么好寻死觅活的，拉扯孩儿长大就是了。"明兰语气沉重。

胡子毫不犹豫地点头："这话是没错，不过……"他忍不住道，"也别事事都学薄老夫人。"

"这是为何？"她深深觉得薄老夫人乃一代奇女子，每回祸事，她都能神奇地避过。

"薄老帅少时无家无恃，一书香门第机缘巧合，受其大恩，是以当薄老帅求娶那家女儿时，人家不好回绝。可那姑娘不乐意，天天等着守寡改嫁，老帅说，便是为这口气，他也要活得比婆娘长！"

明兰听得发笑："乱讲。我听说薄老帅也是名门子弟，不过家道中落而已。"

胡子一脸"总会有各种关于成功人士成长背景的美妙猜测"，笑道："你听那胡说！薄老帅的老家在不知哪处的山沟沟里，自小连个大名都没有，升小校时，才连夜抓了个算命瞎子给改的名。"

"那……薄老帅的原名叫什么？"

胡子道："小时听老爷子说过，仿佛带个'狗'字，只不知是二狗还是狗剩，抑或狗蛋什么的……"

明兰笑得弯下腰去。胡子让她靠在自己怀里，一只手牢牢包握住她的手，另一只手轻轻捋着她的头发。空阔安静的庭院，忽地宁馨可爱起来。

静不过一会儿，侧厢响起幼儿的哭声，夫妻俩醒过神来。明兰摸着胡子肩上的金虎头，笑道："团哥儿知道爹回来了，你先换身衣裳，再去瞧他吧。"

"衣裳就别换了，领军武将无旨不得入京，我是偷着进城来的，先抱一抱儿子，我这就得赶回去……"

后面的话明兰没听清，只觉得耳朵嗡嗡作响，半晌，她才尖叫着："你这是私自进城啊！你……你、你……你有没有毛病呀？！记挂妻儿，叫人递个话进来不就完了，干吗非要自己来？！你知不知道无旨入京是什么罪名？你当那群言官是摆着好看的呀！你岳父早不在御史台混了，没人罩着你啦！你个大傻瓜！你还看，看什么看……"

胡子哈哈大笑。这时，崔妈妈抱着团哥儿出来。胡子一把抱起小胖子，用力亲了几口，然后交还给崔妈妈，大步流星地转身离去，走前还摸了一把老婆的脸蛋。

明兰怒极，用力将扇子掷过去，跺脚骂道："你个大白痴！回去给我好好写谢罪折子，求得皇上谅解！老娘可没兴致去送牢饭！"

回复的是一串响亮大笑，从外头远远传回院来，笑声敞明快活至极，仿佛这寂静幽夜，刹那已是春暖花开。

明兰气了半天，忽觉自己双手叉腰，凸肚叫骂，不正活脱一把"茶壶"吗？睡眼惺忪的小胖子呆呆地望着母亲，仿佛在惊奇——明兰忍不住捂嘴轻笑。

胡子夜里回来过的事不到天亮就传遍了整座侯府，丫鬟、婆子、杂役连同管事们，好像忽然有了主心骨儿，个个儿精神抖擞，早早起来打扫庭院，整理花草，满府一片勤快火热的景象。

明兰反有些懒懒的，身子发沉，提不起精神来。

到了中午，武英阁大学士亲往城外颁旨，平叛的五百轻骑方能依序进城。

因为胡子没刮胡子，尽管骑在最前头，满街的大姑娘、小媳妇都没搭理他，只把荷包、鲜花什么的不断往后头几个俊秀小将身上招呼。

连老耿都得了几个，正乐呵着，冷不防在人群中瞥见自家管事目光炯炯，顿时吓得冷汗直流，在宫门前一下马，就忙不迭地把荷包、果子都塞给身边副将。

金殿之上，例行嘉奖劝勉，规矩烦琐，继而议政……待胡子回家，已是天暗。

刚牵辔下马，只见刘管事等在门口，颠颠地跑上前来："侯爷，您赶紧进去吧！夫人要生啦！"

胡子心头一紧，拉回缰绳再度上马，勒马抬前蹄，轰然踢开正门，在所有人的瞠目中，径直往里疾驰而去，在嘉禧居前下了鞍，扔了缰绳，三步并作两步往里跑去。

却见主居周围俱是人，个个仰着脖子等消息，里头却被翠微清空了闲杂人等，只几个婆子、丫鬟来来回回地端送热水、白布等，井井有条。

胡子本想抬脚就进屋去看，却被一群婆婆、妈妈拦在庭院，直道这个规矩、那个忌讳。他是重规矩守礼之人，倒没硬闯，可心头烦躁不安，急得团团转，又无可作为，正一肚子火，忽瞥见一个憨憨的少年在树丛边张头缩脑，他过去一把揪住，喝道："臭小子，你在这儿做什么？嗯……手里拿的什么？"

石小弟怀抱一张条凳，遮遮掩掩，一愣神间："呵呵……呵呵，这个……哦，我怕侯爷累，给你端凳子坐呢！"其实不是，但他十分敬佩自己的急智。

谁知一旁侍立的顾全笑了起来："石头哥，你就别唬人了，这是给小桃姐端的吧！"

石锣脸上发烧，好在他生得黑，也不显眼。原绷紧面皮等着责骂，谁知胡子上上下下打量了他一番，忽拍着他肩，微笑道："知道心疼老婆了，嗯，将来有出息！"

未等他乐，胡子忽又补上一句："从现下算起，夫人一个时辰内生，今年就给你办婚事；两个时辰，那就明年；三个时辰就后年。小子，以此类推吧！"

石小弟傻眼。记得当年嫂子生小侄女时，足足折腾了一天一夜，适才刚过去两个时辰，这……这……呜呜，他不要七八年后再讨媳妇呀！

见少年惊恐交加，面皮青白，胡子满意地撩开手——嗯，心里舒坦多了。

屋中断断续续传出低低的痛楚呼声，胡子背负双手，在庭院里一圈一圈地走，直绕得石小弟头晕眼花、天旋地转。绕了两三百圈后，屋里终于传出欢呼声，继而是细细的婴儿啼哭声。只见崔妈妈擦着手出来，满脸堆笑："生啦！夫人生啦！又是个哥儿！"

石锵紧抱条凳，差点儿喜极而泣。崔妈妈奇怪地看了他一眼，心道，这孩子倒比正经家里人还激动。

婴儿粉红娇嫩，被强盗似的亲爹抱在怀里却不害怕，淡定地瞥了胡子几眼，淡定地歪头睡去。因生他时，恰好一家团圆，便起乳名"阿圆"，小哥儿俩刚好凑一对。

胡子喜欢得不得了，一会儿赞儿子手指纤长，必是个会读书的，一会儿又说生得像娘，将来定然风度翩翩，长大后摘下"京城第一美男子"的名头！哈哈，哈哈……

明兰累得满头大汗，正躺着歇息，闻听这话，没好气地翻了下白眼儿，奋力砸了个枕头过去——目前，"京城第一美男子"的称号仍由某齐姓已婚男子保持。

胡子轻巧地接下枕头，笑呵呵地坐在床头，亲亲妻子，又亲亲儿子，心中满足喜悦，忽叹道："这会儿皇上若叫我致仕，我定一口应下。"

此后几日，胡子忙得甚至见不到清醒状态的妻儿。

远征大军尚在外头，更别说甫平息变乱，暗底下还有多少从逆，多少要犯潜逃，如何处置圣德太后和睿王母子……商讨捉拿叛贼余党、抄家缉拿、三司会审、入罪定名、布防京城等，拉拉杂杂一大摊子。胡子日日是鸡叫出门，狗叫回家，连剃胡子的工夫都没有。

如此折腾了三四日，到了第五日，皇帝终于良心发现，放郑大将军回家奔丧，另几位重臣也各得了半日的假，还是轮流的。

郑家布置好灵堂后，可怜两子都不能在亡父亡母跟前守着，总算长子儿女不少，好歹撑住了场面——其实，哪怕没有儿女守灵，端看日日祭拜之人川流不息，热闹红火堪比菜市场，又有圣旨厚葬，就知郑家情势正好。

煊大太太去过后，绘声绘色地将情形说给明兰听，聊解产妇闷闲，末了，迟疑地说了件事——那日落山坡激战后，检首论功时，从死人堆里扒拉出了顾廷炜的尸首，据说第一轮乱箭齐射就死了。将尸首送回宅子，太夫人当场晕死过去，醒来后，大半个身子动弹不得。

明兰不欲多语，淡淡道："薄熙小将军家学渊源，他领的箭阵自是凌厉无双。"对这种明火执仗要害她母子性命的人，管他怎么死呢。

煊大太太笑笑，也不再多说。其实照她看来，来探望明兰母子的贵家女眷不见得比去郑家祭灵的少，可见顾廷烨眼下圣眷正隆，而那顾廷炜居然敢邀集山贼上侯府杀人放火，何止胆大包天，简直疯了，傻子才会替他家说话！

次日，总算轮到胡子休沐，午间便与明兰在炕上用饭，炕桌上摆一盘清炒芥蓝、一碟蜜汁胭脂鹅脯、一条鲜美的清蒸鲈鱼，另一大盅荷叶口蘑鸡汤。

胡子吃相凶猛，吃得八分饱才撂下筷子，微微叹气道："说起来，这竟是回来后与你吃的头一顿饭呢。"很伤感，很感慨。

明兰盯着他的脸："你什么时候去把胡子刮了吧。"

"这段日子，你都一个人吃饭吧？"继续伤感。

"你胡子上没挂汤吗？要不要巾子？"

胡子不悦了，瞪眼道："你就不能好好说话吗？"

"好好好，我说，我说……我说什么呀我说。"明兰咬着筷子想半天，"我挺着个大肚子，一不能踏青游玩，二不能吃酒看戏，连拜佛都怕庙里人多冲撞了……每日都是吃饭睡觉看账管孩子，日复一日，有甚好说的……你这一去就是半年，行军打仗的见闻可不比家里的鸡毛蒜皮精彩得多吗？还不如你说我听。"

不知怎的，这句话像把闸刀，一下关掉了胡子的说话兴致。胡子沉默了许久，才平淡道："有件事，早就该跟你说了，一直没工夫……曼娘母子……"

他顿了下，明兰提起一颗心。

"找到我部大军处了。"

明兰艰难地咽下米粒："那……然后怎么样了呢？"这家伙真可恶，说一半留一半，极端缺乏讲故事的基本素质。

胡子正待开口，外头忽传来顾全恭敬的声音："回禀侯爷，耿大人到了，在门房等您呢。您是这会儿过去呢，还是请耿大人等会子？"

皇帝的假不是白给的，其中一个重要行程就是去郑家祭灵，是以同日放假的顾、耿二人相约结伴齐去。胡子稍稍沉吟，看向明兰道："不好叫老耿等，他家也是一大摊子事等着，我们早去早回。晚上把蓉丫头叫来，咱们一家人吃顿饭。"

"哦，那好吧……"明兰耷拉着耳朵，不情不愿地嘟嘴，被吊起了胃口，断在此处别提多难受了。

胡子翻身下炕，整理衣装，转头瞧见她失落的模样，好笑地摸摸她的耳朵："也没什么大事，跟咱们过日子干系不大，你若耐不住想知道，我去叫谢昂那小子来跟你说。"

明兰略一迟疑，随即用力点头。天知道他什么时候回来，难道要吊她一下午的胃口？既然他敢让个外人来说这事，那她就敢听！

胡子出门后，夏竹和小桃合力撤下饭桌，换上个半旧的如意菱角边小炕几。夏荷从外头拿进几个晒得滚烫的靠垫，塞到明兰身后，顿时让明兰腰后一片暖热熨帖地舒服，又指挥两个婆子搬了架两折的八仙过海绡纱屏风放在屋子正中间。

女孩们堪堪收拾停当，绿枝就领着顾侯的贴身侍卫——小队长谢昂进来了。

谢昂跟随顾廷烨多年，生死阵仗也见得多了，此刻却红着脸，拧着手，活像个刚过门的小媳妇。隔着屏风给明兰行过礼，绿枝给他搬了把凳子坐，高高大大的小伙子，偏身只敢坐一半，那姿势别提多秀气含蓄了。

"谢小兄弟，别拘束了，你跟侯爷这么多年了，就跟自家亲戚一般。"明兰努力放柔声音，企图使他轻松些。

"不……不敢……小的……亲戚……怎敢？"谢昂连头都不敢抬，明明隔着屏风，什么也看不见，他却死活盯着自己的脚尖不敢动。

明兰继续道："侯爷跟我说了，过两年再给你谋个好出身，将来成家立业就好了。"

"不……不，不必……我娘说，叫我多跟侯爷几年……眼下就好，就好。"谢昂一边辞谢，一边在心里哀怨侯爷为甚给他摊派这么个差事，主母和侯爷的前任外室——多尴尬的话题。

明兰又柔声说了几句，见谢昂始终羞羞答答，终于泄气道："侯爷忙得厉害，叫你跟我说说，你就说吧。"

谢昂目光茫然："说？啊！哦……那事儿……"他心中一团乱，"这个……从哪儿说起呢……"

屏风后传来平静的声音："就从你见到曼娘时说起吧。侯爷说，还是你最先发现她们母子的。"

谢昂叹口气："也不算发现，实是……"他停顿了下，似乎在想如何措辞。

"那是刚收复西辽城不久，前段缩在草甸子里，装了大半个月的孙子，总算在粮草耗尽前引出了单于大军，血战一场后，咱们大获全胜，可也死伤不少，便到西辽城里休整。那日，神箭营的小薄将军忽来寻我，说他帮着去城北土窑给饥民放粮时，遇到一领着病重孩童的妇人，自称是咱们侯爷的家眷，说得有鼻子有眼……"

谢昂咽了口唾沫，想去窥伺主母的脸色，结果只看到屏风上的吕洞宾正在自命风流地捋胡须，何仙姑看人的眼神很风骚，他只好继续道："我吓了一跳，赶忙过去看，谁知竟是曼娘姐……呃，我早先在江淮时就识得她的……"

那时，曼娘处处以顾夫人自居，着意结交车三娘夫妇等人，还非常主动地对一众小兄弟嘘寒问暖、关怀备至。他也跟旁人一道起哄着叫过她"嫂子"——想及往事，谢昂更不安了，再次想去看主母的脸色。

结果，吕洞宾还在捋胡须，何仙姑继续风骚。

"我不敢自作主张，忙回去报了侯爷。侯爷跑去一瞧，什么也没说，便把她们母子带了回去，可怜昌哥儿已病重得昏迷不醒。"他微微叹息，当初他还将那男孩举至头顶过，"军营重地，不好随意进人，侯爷便将人带至一小院，先找了大夫去瞧昌哥儿。"

其实没这么简单，他省略了些叫他不舒服的事。

到了小院后，顾廷烨面色极难看，张口就问："你来干什么？"

曼娘饱含热泪："二郎，我来与你生死相随呀！哪怕死，咱们也要死到一块儿！"以及诸如此类的肉麻话。她并不知前日大胜，只道听途说，还以为张、顾大军是龟缩在西辽城中。

亏得当时小薄将军已遣散众人，院中只有谢昂和几名亲信，回营后，众兄弟闲聊——

一个说："生死相随？唱戏呢！怪恶心人的！"兄弟，还真叫你猜中了。

另一个说："死什么死！哥儿几个把脑袋别裤腰带上，眼看回去就是荣华富贵，这丧门星说什么疯话！若不是……看老子捏死她！婆娘嘛，男人出门打仗，就该好好在家伺候老人带孩子，跑来添什么乱！"

一个有些知情的道："我听说咱们副帅早年在江湖上混过，少年人嘛，风流，大约沾上了个甩不脱的女人！"

又一个出来插嘴："瞧那娘们儿，要脸蛋没脸蛋，要身段没身段，老得跟我娘似的，咱们副帅相貌堂堂，瞧上她什么了呀！"

"莫不是榻上本事好？老货老货，才去火呀！"

——荤段子上场，哄堂大笑。

军中女子只有洗衣妇和营妓，又不能常去光顾，一帮大老爷们儿闲时只能说些上官的八卦来解闷——再说了，良家女子哪有曼娘这等轻佻的行径、这等不尊重地说话。众兄弟虽无恶意，但口气中自然带上些鄙夷和轻蔑。谢昂听得难受，暗替顾廷烨难堪。

他晃晃脑袋，赶紧继续说下去："……谁知，昌哥儿已是重病不行了，不论随军的大夫，还是城中的名医，瞧过后都说没救了。公孙先生说，若在繁华的大城里还好说，可西辽那种穷乡僻壤，又逢流民肆虐过几阵，缺医少药的，连吃的都不大够……唉……"

屏风那头轻轻"啊"了下，清脆的瓷盖碗相撞声，里头道："难道，昌哥儿……死了？"

谢昂低低道："是。已化了骨灰，请后头的公孙先生带回来，到时再入土下葬。"

"那曼娘呢？"明兰急急道。

昌哥儿是顾、曼二人之间唯一的牵连，这会儿死了，曼娘能善罢甘休？

谢昂沉默了会儿，口气艰涩道："从曼娘被带回去起，侯爷就将她们母子分隔开……到死，都不肯叫她再见昌哥儿一眼……"

他虽幼时胡闹过，但总的来说人生坦荡光明。那几日于他，几可说是噩梦，他只盼以后再不用记起，偏此刻还得细细说给主母听。

曼娘一开始紧着纠缠男人，可侯爷根本不理她，只叫人将她关在屋里，给吃喝衣裳。没几日，京城辗转送来一封刘正杰的信，侯爷看过后，叫人开锁。曼娘一出来，就迫不及待地要诉说自己的深情和不易，侯爷一言不发地听着。曼娘自说自话了半天，直说得口干舌燥、涕泪横流，终于住了口。

侯爷这时才开口，很平静地说："说完了？那么我说。当初我跟你说过，倘若你再敢进京，再敢去纠缠明兰，我叫你这辈子见不着昌哥儿。我的话，你记着吗？"

曼娘不死心，又哭又说："你还提她？！她在京城吃香喝辣，根本不在意二郎的死活！只有我，只有我惦记你，吃了多少苦，受了多少罪，才见到了你……"

侯爷不理她，撂下一句："我说话算话，从此刻起，你休想再见昌哥儿一面。"然后扭头离去。

曼娘又被关回屋里，开始哭号着要见儿子。大夫奉命来告诉她，说昌哥儿正用人参片吊着命，就在这几日了。曼娘不信，说侯爷要骗去她的儿子，满嘴诅咒叫骂，几日都不歇，骂累了，开始哀哀哭求，不停地哭，每天哭，哭得好像嗓子冒血了，哭得满院的人都快疯了……

终于，侯爷又得空回来了一趟，叫放出曼娘来见。

曼娘前面说了些什么，谢昂已经记不得了，只记得最后，她瞪着血红的眼睛，蓬头散发，状如疯癫："二郎，难道你真的对我没有半分情义了吗？"

她其实早已哭哑了，偏还捏着尖细嗓子，仿佛在台上唱戏般拿腔作调，语意婉转，配上沙石般嘶哑粗糙的声音，竟如鬼魅般阴森——彼时西辽城里燥热不堪，可听见那句话，谢昂还是禁不住打了个冷战。

侯爷第一次对着曼娘露出表情，那么反感，那么倦怠，甚至带了几分匪夷所思："你到底要我说多少遍，很早很早起，我就厌憎你了。"

他叹了口气："我是真的，对你早就没情分了。为什么无论我说多少遍，你总也不肯信？"

粗莽了小半辈子的谢昂，头一回听出这两句话中深深的无奈。

曼娘傻呆呆得像抽空了精气，只余一具空壳，也不再哭闹。几日后，昌哥儿过世，火化前，侯爷让曼娘去看一眼。

公孙先生也是早识曼娘的，与旁人不同，他初见曼娘就十分厌恶，于是当场讥讽道："这孩子本就不甚健壮，还被你硬带着千里奔波，忍饥挨饿，病又不得及时医治，白白拖死了一条小命，都是你这好母亲的功劳！"

对着儿子的尸首，曼娘痴痴笑着，忽然满嘴胡说八道起来，半说半唱，又时哭时笑，旁人也听不清楚，只知道她抱着儿子尸首，直说要回家。

明兰指尖微颤，午后温暖的阳光似乎突然冰凉一片，好像小时听《聊斋》

里的故事，妖异诡秘的鬼怪从地底潮湿的土壤中酝酿出可怖的阴冷。

她颤声道："曼娘，她……她疯了？"

谢昂点点头，忽想起隔着屏风主母瞧不见，赶紧出声："没错，公孙先生和几位大夫也都这么说。"

说到这里，他也是唏嘘不已。

他是正经的良家出身，家有薄产，父亲早亡后，寡母宠溺得厉害，纵得他每日在市井中胡闹，顽劣不堪。十五岁时闯下大祸，他险些没命，被顾廷烨救下后，开始老老实实过日子，每日扎马步，吊砖块，练习刀枪棍棒，还要写字读书——顾廷烨从不客气，那阵子他没少挨揍，终长成了今日叫寡母骄傲欣慰的谢昂。

顾廷烨于他，可谓半师半主，他既畏又敬。

当初他还暗暗羡慕过，想这位顾大哥就是有福气，哪怕流落江湖，也有红颜知己相随。可这一路看来，却是越发心惊害怕——这哪是红颜知己，简直是索命债主！

有件事，他谁也没告诉。

那时，有个羞涩的邻家女孩，扎着红艳艳的头绳，模样秀气，暗中恋慕着顾廷烨，常来送些衣服鞋帽。车三娘觉着她人品不错，既然顾廷烨死活不喜曼娘，便想等那趟买卖回来，把这姑娘说给他为妾，好日常伺候。

曼娘得知此事后，没露半分不悦，反拼命善待那女孩，自责不讨顾廷烨喜欢，把那女孩感动得当曼娘如亲姐。某日深夜，那女孩不知何故跑去一条僻静巷子，被三五个恶徒欺侮了。

次日女孩就投湖自尽了，红色的头绳漂在水面上，良久才下去。

顾廷烨回来后，没人提起这件事。

很久之后，谢昂才意外得知真相——是曼娘诓那女孩深夜出去的。

顾廷烨虽也混江湖，和众兄弟同吃同睡，毫无架子，可他的孤僻倨傲、他的讥讽自嘲，甚至某些不经意的细致习惯，总无时无刻不流露出他与众不同的高贵出身。

众兄弟从不敢随意跟他打趣、造次。

谢昂更加不敢。

他想，反正顾廷烨也决意不要曼娘了，自己就别多嘴了，徒惹侯爷不快。只不知旁人是否晓得内情，反正从那之后，车三娘再不肯理曼娘。

谢昂叹口气，正要接着说，忽听背后一阵熟悉的稳健脚步声，他忙起身拱手："侯爷回来啦。"

胡子笑着迈步进来，挥手挪开屏风："放这劳什子做甚？"然后坐到明兰身边，将下巴搁到她肩上，亲昵道，"下午睡过没？别是我走后，一直说到现在吧？"

明兰扯出笑："小谢兄弟说故事的本事好，我听得都入迷了。"

"哦，是吗？"胡子浑似不在意。

谢昂感觉额头冷汗滴下，仿佛回到十几岁时，又要挨揍了。

谁知，胡子居然冲谢昂笑笑："得了，你回去歇着吧，明儿咱们还得忙。"

谢昂如临大赦，飞也似的逃了出去。

天气渐热，胡子在外头跑了一圈，早是浑身大汗，到净房中匆匆浇了两瓢温水冲洗，换了身干净的白色绫缎中衣出来。

他搂着明兰再度坐回去："老耿惧内的毛病更重了。从郑家出来，我叫他来家里吃杯茶，他死活不肯，跟有鬼在后头撵似的，死命打马回家。"

明兰揉着他湿淋淋的头发："郑家两位姐姐可好？怕是累坏了吧？"

胡子拧了她一把，瞪眼道："女眷的事我怎么知道？"又叹，"可郑大哥……唉，足瘦了一大圈，听说还呕了血。"

说到这里，夫妻俩一齐唏嘘郑家的离奇际遇。

胡子四处看了下："两个小子呢？"

"团哥儿不肯睡觉，要找姐姐玩，叫崔妈妈抱去了。阿圆饿了，叫乳母抱去了。"

胡子皱眉道："既饿了，为甚你不喂？"他还记得生长子时，头两个月大都是明兰喂的。

明兰扭着帕子，懊恼道："这回，我没吃的给阿圆。"

胡子摸着她微黄的发梢，内疚道："都是我不好，连累你没好好休养。"

明兰叹道："是呀！谁家都有麻烦的亲戚，可哪家也没咱们三弟这么厉害的，比蓉姐儿的娘也不遑多让。"老公还不错，可惜要捆绑销售给你两个死敌。

胡子神色一冷，又柔声道："适才，你们说到哪儿了？"

明兰犹豫了下，才道："说到昌哥儿没了，曼娘疯了。"然后去看他的神色。

胡子并无半分阴郁或尴尬，泰然自若地坐到明兰对面，执壶倒茶，先自饮一杯，才道："其实到那地步，下头也没什么可讲的了。不过……"

他抿了下唇："我还是说说吧。"

明兰直了直身子，表示洗耳恭听。

"这回出门时日久，反能静下心来想些事。张老国公老笑话我，说我以前想太少，现下又想太多，可我不能不想。以前的我，做什么都错，说什么都没人信，愿意信我、好好听我说话的，只有曼娘……谁知，还都是演出来的。"胡子自嘲一声，将把玩的茶盏平平放下。

"曼娘是个极好的戏子，可惜没的登台，不然定能成个红角儿。"胡子仿佛在说一个陌生人，而非一个与他纠缠了近十年的女人。

"初识她时，我觉得她是一潭清可见底的泉水，心思简单，性子温柔。待我知道她用心之深，什么身世可怜，什么兄长外逃，乃至余家……我又觉得她是一潭浑水，布满蛛网，污浊不堪。及至后来嫣红过世，我方才惊觉，她实为见血封喉的毒水！"

明兰暗自吐槽：若非被老娘识破了，不论清水、浑水、毒水，你还不一样喝得欢？

"其实，甫知她本来面目时，我并没很怪她。不论是骗我数年，还是搅黄余家亲事，引嫣红去闹事……我觉着，只因她对我一片深情。说实话，那会儿我虽气曼娘骗我，但心里还有些隐隐高兴。到底，她不是为着侯府，而是看中我这个人，想跟我名正言顺地做夫妻罢了。"

明兰想撇嘴，忍住了——人家喜欢的未必是你，不过是一个可以实现她梦想的男人而已，可以是任何有本事、有担当的高门子弟。

谁知胡子下一句就是："后来我才知道，她为之深情的根本不是我，而是她的执意、她的妄念。"

明兰默了。

"当时，我尽管没很怪她，但有一件事，我心里是透亮的。曼娘数年来能诓得我团团转而未露一点儿马脚，可见厉害。我当时就明白了，她是不可能甘心居于人下的。除非我娶她为妻，否则她若为妾，定不会放过主母……可是，我从没想过娶她为妻。"

幼时老父对自己的种种期许，其中就有希望自己能娶一房好妻室。可究竟怎样才是好妻子呢？老父说不明白，动不动四个字四个字地教训，什么家世清白、品行端方、温善贤良、大方得体——若是娘家再有些助力就更好了。

小男孩并不解其中的深意，懵懵懂懂间，记在小小的心底。

胡子凝视明兰，微微而笑："你曾说我瞧着放荡不羁，骨子里却是最守规矩的。那会儿，我气得直想把你丢回江去。不过回去后，辗转深思，觉得还真有些道理。"

明兰反射地缩了下脖子，呵呵呆笑。

"怯怯柔弱的神情虽很惹人怜爱，但哪家的高门正室是这副模样的？出身卑微不是错，但缺乏足够的教养，无法大方得体地待人接物。曼娘擅女红，能唱会跳，还懂些经济学问，然而见识浅薄，每每诉苦毕，接下来，就跟她没话说了。"

便是在他将曼娘当作一潭清泉时，也不认为她能做自己的妻子。

像"臣不密，失其身"这种话，曼娘非但说不出来，就算硬记了下来，怕也无法理解其中深意。而他将朝堂见闻和来往人情说与明兰听，明兰非但能懂，还能吐槽得头头是道。

……他只是同情她的身世，敬佩她的骨气，喜欢她的柔顺劝慰，想照顾她，给她衣食无忧的下半辈子，仅此而已。结果，什么身世、骨气、柔顺——居然还都是装出来的。

"你不一样。"胡子望着明兰，目光温柔和煦，"咱们总有说不完的话。"

明兰迎上他的目光，静静微笑："……对，咱们总有说不完的话。"

"不过，说一千，道一万，不过是侯门公子的顾二，瞧不起戏子出身的曼娘罢了。曼娘恐怕早就看明白了，是以再三激我、劝我，叫我弃家自立。"胡子轻嘲自己。

"刚离家远行那段日子，我又是烦闷，又是丧气，没出息时还想过，既都成了混江湖的下九流了，还有什么可瞧不起别人呢？索性就跟曼娘过算了，反正还有两个孩儿。可是……谁知……"他轻轻揉着额角，手背上浮起暗色青筋。

"谁知，嫣红死了。"明兰平静地替他接上。

胡子放下手，眼神坚毅："……是，嫣红死了，也绝了我对曼娘的念想。"

"我不是嫣红想嫁的，嫣红也不是我想娶的。短短那几个月，她的所作所为固然不是个好妻子，我也不是个好丈夫，可离家远行后，我还是觉着对不住她。"

他伸手替明兰拉了拉薄毯："我曾想过，若她不愿再与我过下去，我愿与她和离，叫她好好改嫁，一应过错骂名俱由我来担，反正我的名声已够坏了。可到后来，我却一点儿替她报仇的意思都没了。

"哪怕是我出门三年五载，她因耐不住寂寞做了错事，我多少也能谅解。谁知，才三个多月的工夫，她就红杏出墙，还珠胎暗结，她也欺我太甚……"

他双眉一轩，嘴角扯出一丝冷笑："给我戴绿帽子的，居然还是顾廷炳那种货色。若非秦氏成心把事弄大，嫣红原本还想买通大夫，把那野种栽到我头上。"

太夫人当然不愿嫣红生下孩子，哪怕是野种也不行。眼看着老大就快无嗣而终了，老二又自行破家出门，倘若老二留下个嫡子，那就多一分变数。

胡子似是深觉耻辱未消，忍不住又道："说句不中听的，江湖上的血性汉子，若有知道自家兄弟受了这等欺侮的，一刀结果了奸夫淫妇，怕多的是拍手称快的。"

明兰嘴唇微动，很想就古代出轨男女的处理问题发表一些意见，不过，想起沉塘等历史悠久的习俗，还是闭上了嘴。

"到底是拜过天地的夫妻，没有情，总该有义。到了这个地步，我与余嫣红是无情也无义了。她死也好，活也罢，我全不在乎。"胡子叹道，"可不该是……不该是曼娘……"

在这件事上，曼娘所显露出来的阴毒、邪恶、缜密以及心狠手辣，都远超出他对寻常女子的想象。自己不过是酒醉后，对长随稍稍流露出宽宥之意，曼娘就非要了嫣红的命不可。

若说之前种种，他还能自圆其说是曼娘痴心所致，这次，终叫他彻底死了心。

幼时，老父曾拿着《名臣录》和《神武志》，将历朝历代那些了得的文臣武将的为人行事一篇一篇说给他听："文有文道，武有武德，非心志坚毅、身正形直，不能拒天地间之鬼魅侵袭。"谆谆教诲，言犹在耳——这种坏了心术的女子，他绝不要。

"可即便如此，我从未想过让她死，或旁的什么坏下场。她到底伴我度过那段日子，我不愿再见她，却也盼着她们母子能自去好好过日子，饱暖一生。这话说出来，大约老国公又要说我滥情了……明兰，你？"他目光急切。

明兰平静地看着他的眼睛："我懂，我明白。"

与很多人的臆测相反，其实他是个很重情义的人。因为缺少，所以更懂得珍惜，哪怕是假象下的美好，也曾宽慰过他无助暴烈的少年时代。

"我最不明白曼娘的地方是，不论我如何义断情绝，不论怎样给她难堪，一遍一遍地真心回绝，她都仿佛活在自己的世界中，认死了自己的念头，非要以为我对她还有情。"

胡子有些困惑："难道非要我打断她的手脚，割她几根手指，她才肯信？"

放曼娘母子去绵州，是他给曼娘唯一的一次机会，其实，他已寻觅好了几处合适的人家，倘曼娘再有纠缠，就彻底带走昌哥儿，另处抚养——他自幼饱尝无母的苦楚，想着曼娘千不是、万不是，总归还是爱孩子的。

谁知出征前，石铿夫妇将一件往事告诉了他，他当时就决定，回来后立刻将昌哥儿带离曼娘身边，谁知还是晚了一步。

"曼娘像个无底洞，永远摸不到底。知道她会骗人，谁知她还敢杀人；知道她敢杀人，谁知她连亲人也下得去手。唯一的兄长就那么利用完丢弃掉——为达成她的目的，竟是无所不为，多阴损的事都敢做。"

扒去她身上一层又一层的皮，底下是那样的腥臭和丑恶。他无比惶惑，不敢相信这个女子竟是他喜欢过的曼娘。

他记起在西辽城见到曼娘时，她正持一根木棍，在饥民中左劈右打，又狠又准，无人敢靠近她们母子——他识得她这么多年，一直以为她身子病弱，顶多会些花拳绣腿，直至此刻，才知她的功夫岂止不错。

他当时就冷汗直冒，想起那年曼娘撞向身怀六甲的妻子，彼时他还认为，这是一个绝望女子想同归于尽的激愤之举，此刻想来，哪怕曼娘当时抱着昌哥儿，也能在伤害明兰的同时，很好地保护自己——他的心，陡然间冷硬无比。

"遇到她，是我倒霉；遇到我，她更倒霉。"

时过境迁，他现在可以这样平静地为他和曼娘下个简单的注解。

明兰挺了挺坐僵的背，脑子仿佛麻木了一般，不知该说什么，也不知该做什么，抬头去看胡子暗淡宁静的面庞，她竟有些可怜他。

"那年我发落曼娘母子去绵州，你怪我……"他很艰难地发出声音，"怪得对。"

明兰张嘴欲言，胡子伸掌摁上："你先听我说。"明兰只好闭嘴，耐心听着。

"我不想辩解什么。你说我没真心待你，这话一点儿没错。可我也不是天生凉薄，我曾真心待人过，可下场呢？被瞒骗，被欺侮，被冤屈，无处可诉，无人可信……只能跳出去，往外走，扒下顾侯次子的衣裳、冠佩、名字……一切一切，把心挖出来，把头低下去，重新来过，重新学起。"

男人声音低沉沙哑，像两块粗糙的石头在互相抵磨。

"最终，我学会了。遇事先三思，利弊、好坏、正反……学会了抵御算计，也学会了算计别人。"他惨然而笑，"杀死以前那个顾廷烨，才能活下去。"

明兰眼眶中慢慢浮起一抹湿热，心房处酸涩近乎疼痛，一个侯府贵公子，怕是连一碗面几文钱都不知道，就那么一无所有地去讨生活，何其不易，她知道，她都知道。

"那阵子，时局并不好，多少人对我们虎视眈眈，等着我们出错，老耿被参过，沈兄被参过，连段兄弟那么忠厚的人都被鸡蛋里挑过骨头。我比不得他们在皇上心中亲厚，所以，我不能出错。"

他伸掌包住明兰的手，痛声道："知道你们母子平安后，我头一个想到的，不是担心你害怕，替你出气，竟是如何稳稳当当地将曼娘之事压下去。你后来怪我、怨我，都对！就我这样的，后来居然还敢埋怨你不真心待我，真是浑蛋之至！"

他用力握拳，指关节惨白，咯吱作响。

"到祖母出事时，你跪在病床前哭得那么伤心，那么掏心掏肺。为了替老太太讨回公道，你全然豁了出去，生死富贵，万死不肯回头，我这才如梦初醒——原来，我走了那么多路，学了那么多得失进退，却忘了最要紧的……忘了怎样真心待人……"

他发声已近嘶哑，似是扯裂陈年的羊皮卷，话音落下，一颗泪珠掉了下来。天际开了一道缝，亮光乍现。命运对他，从来都不是坦途，越过坎坷，历险跋涉，回头望去，竟发现遗失了珍贵的以往。

明兰哽咽出声，反手压住他的拳头："不是的，是我小心眼儿。你在外头办差那么难，我能有眼下这么风光的日子，不是我聪明，不是我人缘好，更不是我八面玲珑，会做人做事，不过是你在朝堂上有体面，大家才处处奉承我、捧着我……"

泪水滴落在两人交握的手上，滚烫炽热。

"你人前人后护着我，不肯叫我受一点儿委屈，京城里谁不羡慕！是我不知足，是我……"明兰在唇下咬出一排深深的齿痕，泪珠大颗大颗滚落下来，"是我害怕！怕你有朝一日不喜欢我了，那我该怎么办？所以我总爱斤斤计较，多一分，少一寸，一点儿不肯吃亏！就怕有那么可怕的一天到来，我会伤心到死的！"

她终于痛哭出声，忍了许久的隐秘心事，忽然敞开到日头底下，一切的原因竟是那么软弱、那么自私、那么让自己羞愧。

"其实我早知道你的心意，你待我好，不单单是要一个会治家、会生儿育女的妻室。你是真心诚意地爱我、尊重我，哄我快活，想叫我过得无忧无虑……可我就是装不懂！因为我怕、我怕……"

胡子笨拙地拿袖子给她擦泪："你……你别哭，月子里不能哭的……"说着，他自己又滴下一大颗泪珠。

明兰哭得更厉害了。

他们抱在一起，头挨着头，身子挨着身子，泪水莫名地淌个不停，濡湿了衣襟和袖子，像两个受了委屈的孩子，互相抚慰着、温暖着。

他们都早早地被现实磨去了天真和热情，在生活中学会了各种伪饰，对人、对事，充满戒备和提防，小心翼翼，不肯轻易相信。

直至翻山越岭，猜疑、伤心、犹豫，绕上一大圈路，这才发觉，原来想要的近在咫尺。

——这是曼娘最后一次出现在他们的生活中。

说开了，也想开了，两人忽觉得比以往任何时候都坦然、豁达，仿佛一夕间就成了相伴半生的老夫老妻，又似是久别重逢的老友，彼此说话、行事再无什么顾忌。明兰从来不知可以和一个没有血缘的人这样亲密，这样无话不说。

坐蓐期的日子悠闲而舒适，顾廷烨一手捞去了所有的琐事。

头一件，便是奖赏护卫侯府的庄勇和家丁，每家分赏银子不说，几家死了男人的，索性发还良籍，并赠以田地；若家中有适龄的子侄，还能去军中当差——这么一来，非但那几家感激涕零，旁的人家也都看着眼馋，无不盛赞主家厚恩大德。

厚赏必得辅以重罚。接下来几日，顾廷烨用实际行动告诉所有人两件事：第一，夫人罚过了，侯爷还没罚呢；第二，侯爷爱用军法。

因外头不太平，碧丝尚未出府，关在外院小屋里不住地哭天抹泪，一日三回地纠缠看管的婆子往里头递话，求明兰回心转意。顾廷烨二话不说，叫把人拖到跟前，众目睽睽下打了她四十板嘴巴子——你不是爱说话吗？直打得碧丝唇破脸裂，一张俏脸肿胀如猪头，牙齿脱落六七粒，打晕过去后冷水泼醒，随后被丢上辆破马车，由几个婆子押送回家。

这下，她再也不敢哭求了。事实上，她连话也说不出来了。

另一头，任姨娘虽已被送走，可服侍她的丫鬟共六人，一个也没逃得了。

以前明兰顾着邵氏的脸面，极少过问大房屋内的人和事，其实细想来，一个深宅内院的姨娘，轻易连大门也不得出，如何跟远在几条街外的太夫人府接上头，须得进出多少回才能通气好所有事，身边人敢说全然不知？顾廷烨连问也懒得问，直接发落。

两个贴身大丫鬟各断食指一根，割去双耳，而后卖往北边苦寒之地为奴；四个三等丫鬟每人二十大板，是家生子的，连同其家人一齐撵至庄上做粗活，永不许踏入侯府一步。

邵氏的错处不好明说，顾廷烨索性就不说了，直接将伴其多年的妈妈和管事媳妇四人拖出来，当着邵氏的面重打三十大棍，并罚没银米三年。罪名很隐晦——动乱之时，没能好好"服侍"大夫人，致使大夫人"到处乱跑"，险些"酿出祸事"。

当那碗口粗的家法呼啸着挥下第一棒，邵氏便尖叫着昏死过去。

顾廷烨连眼皮都没抬，只在心里冷笑。这些大房的头等奴婢，哪个不知他与顾廷煜的旧日恩怨，靠着明兰的良善，方能继续过着有头有脸的尊严日子，外头的家人还能仗侯府的势做买卖，可到要紧关头，却没一个有良心的。

那晚，邵氏和任姨娘的异常举动能隐秘到什么地步，这些多年服侍的老人儿会毫无察觉？但凡有一个去报个信，明兰就能提早应对。这帮刁奴，无非想着多一事不如少一事，反正主母仁厚，真有个什么，也不会过分责罚她们。

一个媳妇当场被打断了腿，一个婆子被打至吐了血，另两个也是半死昏厥。事毕后，邵氏院中，只余几摊沉沉的暗红浓稠，斑驳于清冷的石板上。

满府的仆妇、家丁无不噤若寒蝉，到嘉禧居回话都战战兢兢。邵氏吓得病倒了，秋娘吓得闭门不出，娴姐儿只敢默默哭泣，蓉姐儿搂着堂妹，静静在旁耐心抚慰。

至于那背主的韩三家眷，无人知其下场。

顾廷烨这一番，无非告诉众人：你们吃的、用的、穿的，都是老子给的，没姓邵、姓秦的什么事，无论你们服侍哪个，在哪儿当差，都该只忠心老子的婆娘一个。

从头至尾，明兰都躲在屋里，抱着小儿子，揽着大儿子，闷声不响。

其实她很清楚，在古代，这样的做法才是对的。主人家太和善，太讲道理了，容易叫刁钻的奴仆欺到头上来。哪怕慈爱如盛老太太，那年回金陵时，捉到几个偷卖主家财物的下仆和管事，也是毫不犹豫地当场发落过人命。

当时大伯母连声赞老太太，并拿这事教育她和品兰"在外头替主家看管宅邸田庄的奴才奸猾起来，害处更大"，她却忍不住胡思乱想：那些人偷了多少财物，价值几何，有否达到从民事罪责变为刑事罪责的标准，是否够死刑量度。

——好吧，不用别人提醒，她也知道这样很傻气、很迂腐。

"……对不住，你这么忙，这么累，还要叫你操心内宅的事。"她满心歉疚。

顾廷烨摸摸她消瘦的脸颊，揉开她紧皱的眉头："你不必自责，我都知道。"

她能巨细靡遗地查明鬼蜮伎俩，落实罪状，可一旦要发落起来，却总手软，他着实不解过。身为主子，无论为着震慑，还是立威，有时是需要下狠手的——哪怕冤枉几个，哪怕罚过重了，也是有的，哪能件件都实打实地依罪量刑。

他也曾恼她心软不争气，可回头思忖，却是钦佩。

从小到大，他身边的人，无论是亡父顾偃开、太夫人、顾廷煜，还是堂房叔伯兄弟，俱是只凭自身喜好利益行事之辈，从不多想到底应不应该、对不对得住良心，更别提曼娘，为着一己之私，杀人放火，想怎样就怎样。

像书上士大夫说的，"君子有所为，有所不为"，他这辈子就没遇上过几个君子。

相形之下，明兰的自持道理虽傻气了些，却清风明月般干净。

顾廷烨在前头杀戒开得一气呵成，毫无心理障碍。明兰忧心忡忡，想邵氏到底是亡兄寡妻，顾廷烨对她如此不客气，会否有碍外头名声。"早知这样，还不如我来做这个恶人呢。"

"若只为怕弹劾就畏首畏尾，那日子都不必过了。你放心，我心里有数。"顾廷烨微笑相劝，只换来明兰一个大白眼儿。

呸，有数个毛线！得胜还朝的将军，不但薄待寡嫂，还草菅奴仆性命，简直是绝好的参奏材料，那些闲得发慌的言官得知此事，还不唾液分泌立刻加快？

明兰将眉头皱成一个大大的"囧"字，结果次日张氏来访，三言两语打消了她的不安。

"哈，你当你男人是吃素的不成？我爹早说了，顾侯看似粗豪，实则内里细密，人家动手之前，早做足功夫啦。"张氏当即失笑出声，"现下外头人都说，你家那寡嫂不安分，私底下勾结继婆母，意图谋害你们母子。"

"啊，这是怎么说的？"明兰惊道。

"那日夜里，除了皇宫和九门打得厉害，旁的人家至多不过招些蟊贼，我家算闹贼最凶的，还是因有内贼……"张氏不屑地噘了噘嘴，"你满京城打听看看，哪有你家闹得那般凶险的？油锅、撞门、高梯，连火都放上了，死了近半百数的人，就跟说书里攻城似的——天子脚下，何曾有过这光景？连皇上都惊动了，直说要严惩呢。"

张氏似是心情不坏，说得眉飞色舞。明兰默默递上茶盏。她接过喝了口，继续道："原先大家都乱着，现下时局稳下了，还不左右打听这桩稀奇事？偏你还在月子里。"

言下之意，众世家贵眷不好直接问明兰，只好风闻言事了。

明兰苦笑："那可打听出什么来？"

"也用不着如何打听。你家那闹鬼的姨娘不是押送至刘大人处了吗？里头一审，隐约透出意思来，是你嫂子和你继婆母串通，打算害了你们母子。"

明兰讶然，半晌才道："……可任姨娘说，那全是她自己所为，与嫂嫂无干呀。"

张氏笑得有深意："衙门里审问，都讲个追根究底。"

明兰默了。小喽啰犯事算什么，要由表及里，往深处挖出个大头目来才算有成就。

"再说了，哪有奴才犯事，主子全不相干的？"张氏又道，"你嫂子不是总惦记给亡夫入继个嗣子吗？"

明兰越听越讶异："可那是嫂嫂早先的念头了，这几年她并未再提这事呀。"怎么连这也牵扯出来了？

张氏见她拙拙呆呆的样子，好笑地拧了把她的耳朵："才几年工夫，好多人都记得呢。顾家大爷临终前当着满屋人说死了绝不要嗣子，可你嫂子不见得乐意呀。若那头在这事上做文章，焉知她不动心？得，这事正好对上了，如今外头传得可起劲儿呢。"

明兰吸了口气，艰难道："不至于如此吧，这里头我清楚，嫂嫂她没这胆子……"在张氏稀奇目光的上下打量下，她停住了嘴。

张氏仿佛在看十分好笑之事，戏谑道："至于不至于，非但我不知道，谁又能打这包票？倒是你，怎么待你侄女的，薛大家和郑家也好，旁的亲朋也罢，人都有眼睛。"

这话说得十分玄妙——明兰细细咀嚼片刻，终于捋清楚内中细腻。邵氏这个恶名已落定七八分了。她默了半晌，闷闷道："我只可怜娴姐儿，她实是个好孩子。"

张氏心里透亮，闲闲抚弄自己的指甲，漫不经心道："一来，孩子还小，少说五年后才说亲，兴许那会儿早没人记得了；二来，以后多叫孩子到你跟前待着，回头就说是自小养在姊姊跟前的，品性随你。哼，连自己妻儿都顾不上，还有闲工夫想旁的阿猫阿狗，也算不得男子汉大丈夫……"

明兰侧眼看去，窗外明丽的日光透过纱窗洒进来，落在张氏身上，映照得那纤纤十指直若春葱染豆蔻，鲜艳水嫩，人美得像一泓秋水名剑，既英气锋利，又气定神闲。

三路大军出京，另两路好坏还未知，只张、顾这路已是板上钉钉的旗开得胜，英国公既运筹帷幄、决胜千里，又能知人善用，遣轻骑迅捷回师，拱卫天子，自己在后头稳镇中军不乱，还有余力驰援女婿。论功行赏，作为主帅的张老国公自是居首。

有如此得力的父兄，张氏腰板铁硬。至于老公沈从兴现下如何，她……实在不是很在乎。

这时，崔妈妈抱着襁褓进来，满脸堆笑："圆哥儿醒了，抱来给沈夫人瞧瞧。"

张氏立刻撂开话题，笑着去抱孩子。

婴儿皮肤幼嫩，红扑扑的脸蛋上留有浅浅的睡痕，散发着好闻的奶香，兼之眉目秀致，张氏喜欢得不行，急急掏荷包金锁出来。小阿圆刚吃了奶，不哭不闹，大大的眼睛清澄干净，还很给面子地笑了笑，柔嫩的小嘴边露出小米粒大的一颗笑窝，恬静秀美。

张氏看得有些眼直，笑道："……怪道前几日我娘从你这儿回去，直嚷嚷着要结亲呢。"她在孩子的脸上用力亲了一口，笑道，"亏得我生了个哥儿，不然，非缠你把他给我做姑爷不可。"

明兰听着捂嘴直笑："唉，儿子是好看，娘却变丑了。"她双手按按自己消瘦的脸颊，故做闷闷叹气状。

张氏回头笑着劝道："我生产那会儿，不也脆得跟张纸似的？还有庸医说我快咽气了呢，慢慢将养着，没多久就活蹦乱跳了。"

她自己没咽气，却让别的不少人咽了气。

明兰忍住笑，连连点头。

张氏抱着小阿圆轻轻拍着，抑制不住喜爱之色："啧啧，将来给这孩子说亲的不定踏破门槛呢……哦哦，好孩子，以后来伯母家找望哥儿玩，小兄弟俩一道读书写字……"

哄了好一会儿，张氏才将孩子交给崔妈妈，转头冲明兰笑道："你也是，京里都太平了，前几日你家哥儿洗三，做甚不给外头下帖子？你若没气力张罗，叫我来就是。"

明兰连连道谢，才叹道："也不全是没气力的缘故。你想，我家素日跟郑家好，现下人满门披麻戴孝，我却喜气洋洋地办洗三、办满月，岂不太没心肝了？"

说到郑家，张氏也叹气："真是飞来横祸，老人家多和善可敬，谁知临了却……"她想起幼年去郑家的情形，摇头叹气，不再说下去，转言道，"我去吊唁时，郑大嫂子托我捎话，叫你好好休养身子，两家的交情用不着那些虚头巴脑的，她心里清楚。"

明兰又问小沈氏和郑大夫人的情形："办丧事最是熬人，可别累坏了身子。"

"可不是。"张氏摇头道，"妯娌俩都瘦了一圈，快没人形了。何必呢，天地有灵，孝心自知，生生把活人熬坏，老人在地下未必高兴。"这话豁达通透，颇有几分禅理。

既说起这个，明兰忍不住打趣道："我听说你上郑家吊唁时，气派可大得很。"

张氏不以为忤，反笑道："托邹家的福，平日没少叫人瞧我的笑话，如今可消停了。"她一踏进郑府的迎客厅，本在叽喳闲话的贵妇们忽地寂静无声，看她的目光又敬又畏，说话莫名客气起来。

这就是厉害的泼妇与武林女高手之间的待遇区别。适才绿枝几个在跟前服侍时，对着张氏也是战战兢兢的，大气不敢出一下。

明兰看着她的眼睛，轻声问道："你难受吗？"毕竟是异样的目光。

张氏想了想，摇摇头，嘴角露出一抹自嘲般的微笑："换作是你，你愿意叫人时时怜悯地瞧你好，还是这么着好？"英国公唯一嫡女，从小骄傲到大，谁知姻缘反是最不如意的，各种或善意或幸灾乐祸的怜悯目光，叫她出嫁后连门都不想出了。

明兰心中了然，点点头，换过话题："现下邹家可都老实了吧？嗯，你怎么发落那个在外头胡说八道的？"

张氏不屑地轻哼，淡淡道："我发落什么，国有国法，我把邹老四连同擒获的贼人一起交到刘大人处，先熬着刑吧。"

高明！明兰微微笑起来，在心中竖起大拇指。

两人聊得有兴，她便留张氏吃午饭。

丫鬟们端着各色碗盏鱼贯进来，一碟翠绿嫩粉的龙井虾仁、一盅乳白色的鲫鱼汤、一碗浓香赤酱的红烧扣肉，当中还有个莲花瓣粉彩折边的水瓷大碗，盛着热腾腾的荷叶鸡，再两个炒时蔬和清爽的凉拌……满当当足一桌，此外还有一壶顾府自酿的果酒。

三杯下肚，张氏开始叨叨起来："……恶人有恶报，你家那位黑心的太夫人，也没落着好，不但儿子没了，听说孙儿、孙女也病了，仿佛是染了时疫……"

明兰心中一动，低头缓缓喝汤，什么也没问。

"……这回你可遭了大罪，瞧你现下这模样，灯笼似的，风一吹就破。"借着酒劲儿，张氏莫名伤感起来，"女人就是受苦的命，生儿育女，相夫教子，不是血，就是泪。"

明兰轻叹气，提壶给张氏再斟上一杯。

酒色湛清如碧，像柳叶梢头的露珠般流泻出幽幽清甜，仿佛拖曳出最后一抹夏日余韵。张氏一饮而尽，脸颊上泛起浅浅红晕："我有四个兄长，从小一道玩得跟猴儿似的，日子好不快活。谁知十岁上，娘说女儿家舞刀弄剑的，将来夫婿不喜，于是我弃了刀弓，学女红、持家、诗词、温良恭俭、轻声细语……学能叫夫婿喜欢的东西，谁知……"

她拉过酒壶，自斟一杯仰脖饮下，低头时，眼角闪去一滴晶莹，瞬息而过。她放下酒盏，低声道："其实有什么打紧……"

见她又要给自己斟酒，明兰伸手按住酒壶，柔声道："这酒虽浅，可也有些后劲儿，你……慢慢吃……小心伤身。"

张氏醉态可掬，拗着性子夺过酒壶，又一气吃了两杯。她冲明兰哧哧笑着："……你起初不想搭理我的，是不是？唉，没见你这么老实的，我娘托的人多了，见我面孔冷得那样难看，都只意思一两回便罢。唉……好妹子，我领你的情……"

明兰心道，不是自己老实，而是在外每每受完张夫人的照拂，心虚之余赶紧去沈家找债主闺女还人情。

说到后来，张氏似已醉了，拉着明兰反复念叨："傻妹子，听我一句，少替男人操心，保养好身子最要紧。男人精着呢，身边有的是狗头师爷，替他们算计功名利禄，苦的只有女子……"说着说着，她眼眶就红了，垂头轻拭眼角。

明兰轻轻敛眉，坚定地微笑道："不论以后如何，我决意信他一回。"顿了顿，忍不住添上一句，"老国公除了是你的父亲，也是张家族长。"她知道张氏话里的意思。

张氏抬头，看了她足有半晌，浅浅抿了口酒，语气苦涩地低低道："当初皇后娘娘透出结亲的意思，娘哭着只是不肯。张家人丁兴旺，我光是嫡亲的堂姊妹就有七八个，母亲便想叫叔父们的女儿去。可爹说，从小到大，堂房姊妹中数我最尊贵，如今家族有急，我不去，谁去？我也怨过，可……可我晓得，爹爹做得没错，实则他比娘还心疼我……"

酒入愁肠，更催人心恸，张氏终忍不住伤心地哭起来。她打出娘胎就诸事顺遂，却在婚事上跌了大跟头。偏她生来心高气傲，便是有委屈，宁可倔强地冷颜以对，也不肯低下身段，乞人怜惜。

明兰轻抚拍着她的背，让她靠着哭了一阵，也不知劝什么好，只能喃喃道："可惜我在坐蓐，不然也能陪你哭一场……要不，再给你斟一杯，反正也醉了，死猪不怕开水烫，吃几杯都一样……"

张氏"扑哧"笑出来，啐了一口："呸，你才死猪呢！"

明兰见她破涕而笑，总算松了口气。

张氏不让叫丫鬟进来服侍，自己走到盆子架旁绞了块冷帕子，坐下轻轻擦拭。幸亏她素日不爱擦粉涂脂，此时脸上除了微有湿意外，也不很显痕迹。哭过一场，酒也醒了大半，张氏心知自己适才失态，借着拭脸，不着痕迹地侧眼打量明兰。

抱膝静坐在炕上的女子，苍白又瘦弱，长长的睫毛微微垂下，浑不似已生了两个儿子的母亲，尤其那一双眼睛，跟她适才抱过的小阿圆一模一样，清澈和煦，不笑时也像带着笑意，叫人一见便心生好感。

张氏忍不住叹道："你和我那小姑子素日交好，她在背后怎么说我的，我多少知道。"她咂吧了下嘴，自嘲道，"自然，我也没少说她。可这些年来，我从未听你传过一句，总是往好处劝我们俩……唉，不说了……"

她叹口气，忽又展颜一笑，眼中泪光犹在："不诉苦了，说得跟怨妇似的。"她侧头望向窗外，初夏日光照耀下的庭院越发绚丽如画，她神情落寞，"好歹我有了望哥儿，以后守着儿子，静静过日子，也不坏。"

明兰悠悠微笑："至于我嘛，小时候总想着，只要一个小小的院子，衣食无忧，能悠闲地睡觉发呆，就心满意足了。"

张氏抬腕举杯，笑嗔道："没出息……唉，还是共勉吧。"

明兰双手捧起小小汤碗，盈盈一笑："共勉。"

很久以后，两人垂暮闲聊，才发觉当时这两句竟都落了空。

张氏足足生了半打儿女，后半生子孙绕膝，热闹烦恼不得闲，再无工夫空叹落寞；而明兰，却踏出了内宅深院，青山绿水，畅意人生。

夜里，顾廷烨回屋，见明兰还未睡，尚趴在窗前怔怔出神，歪着脑袋，消瘦的面庞上，眼睛越发显大，也不知想些什么，连连追问下，明兰抿嘴而笑："与国舅夫人还能说什么，自然是社稷黎民咯。"

顾廷烨表示深切怀疑："是吗？"

明兰用力点头："已议定了一道去城外舍银米。"

顾廷烨眯眼。

"我在铺子里定了只大将军风筝，这几日风大，日头也好，回头叫人放给你瞧。"顾廷烨抱她坐到膝上，一手顺着她微枯的发丝轻抚，故作不经意地岔开话题。

"我放得比她们好，可惜这会儿动不得。"

"这摊子事快忙完了，以后早些回来陪你说话。"

"正事要紧，我不闷的。"

"太医说你该多走动走动，我一得了空，就陪你去山上进香。"

"哦……好。"

"这回得了匹极俊的小马驹，待身子好了给你骑着玩。"

"嗯。"

"近日有什么想吃的？"

"……侯爷，张家姐姐没说你坏话。"

两人四目相对半晌，然后同时笑出声。

明兰以手背抵唇，不住发出呵呵笑声，调皮道："侯爷很不待见张家姐姐呀。"

顾廷烨板着脸："她不来撺掇人家美满夫妻，我就待见她。"

明兰来往的那些女眷他大致清楚。

钟夫人总爱夸自家妻妾和睦，嫡庶一家亲——他没有这个问题；耿夫人三句不离严防死守"狐狸精"——他没有狐狸精；段夫人操心着比儿子还不懂事的小叔子何时娶妻——他亲兄弟都死光了；刘家那位老徐娘左右绕不开孝敬公婆——他的爹娘这会儿大约已在阴曹地府接上头了；便是小沈氏，也不过爱扯些别人家的长短。唯有张氏，既有见识，又有经历，能够深刻阐述对婚姻的不信任，以及悲观的前景展望。以前每每明兰从沈府回来，总要怏怏半天。

"大姨姐就很好，你们姊妹要多多来往。"

且不说妻姐敏慧敦厚，从来都爱劝人好话，更所谓近朱者赤，袁文绍夫妇好得蜜里调油，恩爱非常，叫明兰耳濡目染，胜于老听沈家那些凄风苦雨的破事。

仿佛明白他的心事，明兰笑得东倒西歪，又去刮男人的鼻梁："小气鬼！小气鬼！"还真叫这精明的男人猜中了，不过……

她伏入他的怀里，低声道："你放心，我们都说好了的。"

世上固然有很多怨偶，但也不乏白头偕老的恩爱夫妻。也许被淹过泥石流后，老天爷过意不去，也许否极泰来，也许她也有这个运气，能得一心人，白首不相离，总得试一试。

顾廷烨心里是说不出的柔暖。

里炕上躺着一大一小两个胖小子，团哥儿摊开手脚呼呼大睡，阿圆则绷着张小脸，睡得十分严肃，自己怀中抱着心爱的妻子，大约这就是家吧。

他忽地跳下炕，挺直地站在屋中，哈哈大笑着双臂托起明兰，高高地转了几圈。明兰咯咯笑得像个孩子，一只手拼命捂自己的嘴，一只手用力去捶他的肩膀："……死人，还不快放我下来！吵醒了那两个魔星，你哄呀！"

足足转了十几圈，两人一起晕头晕脑地倒在炕上，脸挨脸躺在一块儿，彼此都笑得傻气。

崔妈妈在外厢忍了半天，因怕明兰累着，几次想进去阻止，过了半晌，又笑着连连摇头——都是爱胡闹的孩子呀。

顾廷烨高兴起来，便急着把听来的事说与明兰听："你可知段、钟、耿三家女眷被诓进宫后，吃了什么苦头？"

明兰被勾起了好奇心："你说，你说。"

"三家女眷进宫后，自然受了一番吓唬利诱，不过因局势未明，皇宫都尚未完全控制，圣德太后也没工夫发落她们，只将她们三个单独关在一处宫室，叫几个又聋又哑的监奴看管。"顾廷烨说道。

这一关，便是两日一夜。

"只是关起来，能吃什么苦头？"明兰不解。

顾廷烨笑道："关是关着，只缺了一样东西，叫她们生受了一番罪。你猜猜看。"

明兰猜是"吃喝""衣裳铺盖""杯盏筷匙"……顾廷烨只是摇头："好容易弄来的人质，哪能饿着、冻着。"明兰连猜几样俱是不中，不由得急了，捶他道："你说是不说？！"

顾廷烨才慢悠悠道："缺的是……恭桶。"

明兰顿时脸绿了。

因那宫室废弃已久，自没有恭桶、澡豆之类的物事，人可以不吃饭喝水，却控制不住排泄，待郑大将军领人进去相救时，屋里的气味和景象……

明兰恶心了半天，却又忍不住问："她们……都……都方便在……地上？"

顾廷烨点点头，忍笑："还能在哪儿？看管的聋子、哑巴只照吩咐办事，旁的一概不理会。"

虽在角落，但因屋子空旷，很难看不见那……呃，那一摊……三位贵夫人在京城也算有头有脸，当时她们的脸色……众将士的脸色……啧啧，算郑大将军厚道，隔了这么久才透出风来。

明兰呆了半晌，抽搐着嘴角："……这也太狠了。"

顾廷烨挑眉："就这些？"

明兰转过头去，幽幽叹道："几位夫人受苦了，唉，真叫人不好受。"语气很真挚。

顾廷烨提着耳朵把她的脸转回来，笑眯眯道："乖，说实话。"

明兰瞪了他一会儿，最后破功扑在褥子上，锦棉垫子里发出断断续续的狂笑声："讨厌！呵呵，呵呵，呵呵，呵呵……笑死我了……"好吧，她真是太坏心了。

旁人也就罢了，想起段夫人素日端庄威严的模样，顾廷烨也很不厚道地乐起来，伏到明兰身上一起闷笑。明兰被庞大的身躯压得几乎断气，努力翻过身来，望着男人溢满笑意的侧脸，像秋日爽朗的太阳。她心头一动，最后什么也没问。

她想，她该学着去信任了。无论小秦氏那头发生了什么，她都应该相信。该做的，他不会少做；不该做的，他也不会做。

顾廷烨有意叫她安心休养，明兰也乐得诸事不问，只管吃吃睡睡，闲来逗两个儿子玩耍。团哥儿对新生的小兄弟热心得很，可惜阿圆静得厉害，不论活泼的哥哥在旁怎么闹，不到该醒时，宁可装睡也不睁眼。

团哥儿记着母亲的吩咐，阿圆睡时不许碰——只能抱着新得的玩偶，盘着胖腿呆坐在褓褓旁，懊恼地望着固执地闭着眼的弟弟。

明明是很衰的情形，崔妈妈却感动得一塌糊涂："都说三岁看到老。大哥儿是兄长，就该这么宽厚热心；圆哥儿有定力，不容易叫人拿捏，将来自立门户，也能独挑大梁。"

明兰很想说：您老的想象力也太丰富了。

到底年纪轻，底子好，如此悠闲度日，心情舒畅，不过十几天工夫，明兰又迅速白胖红润起来。顾廷烨摸着她身上肉嘟嘟的，比崔妈妈还开心。

顾廷炜的一双小儿女终究没能熬过去，于明兰出月子前六七日传来夭折的消息。顾廷烨什么也没说，只叫人备了份丧仪送过去，推说自己事忙；明兰在孕中受了惊吓，损耗不小，须得坐足双满月才成，夫妻俩连看都没去看。

不过也的确不用去看了，两边早撕破了脸，已成死仇。

这阵子诏狱和几处大牢都热闹得很，刑部、大理寺和都察院忙着会审，然后一一落罪。至于当时趁火打劫的一众蟊贼，刘正杰奉旨只以劫掠偷盗和杀人放火来论处，不涉谋反，不牵连妻儿老小——只有顾廷炜例外。

闹贼最严重的国舅府，也不过两个被刺中胸部的奶妈、四个被打破了脑袋的管事、六七个黑夜中摔伤的小厮丫鬟，余下十数个皮肉伤，外加一个吓晕过去的姨娘，反倒是张氏和她的侍卫下手比较狠。说到底，人家蟊贼毕竟只是去求财的，目标单纯明确。

可顾廷炜不是。

若说他跟逆贼无涉，那为何他知道圣德太后诓众将领家眷入宫的事？当时在场多少人听见他们口口声声说"奉旨召顾侯夫人进宫"，奉什么旨？进哪座宫？

便是那些被擒的同伙也供认出，一起杀上侯府的还有几个身着官服的军爷，稍加审讯，便知这几个正是五城兵马司中的逆贼，素日是顾廷炜的酒肉哥们儿。

便是有人想替顾廷炜辩驳几句，也很难说得清。何况，就算能说清，又能怎么说？

"皇上呀，顾老三不是想造反啦，人家只是想除掉嫡亲嫂子和侄儿而已。"——这话能说出口吗？

宁远侯府那夜激斗，死伤过半，火势仅次于皇城大火。皇帝震怒，也不管真相不真相了，先夺了小秦氏的从一品诰命，大理寺据上意将顾廷炜定罪为附逆，念顾家世代忠良，免其妻儿为奴，免其与腾安国一干逆党悬尸午门，但责令顾氏宗祠将顾廷炜一支除族，子孙三代不许出仕。

定罪的旨意一下，众人对顾氏三房避之唯恐不及，连秦家都紧闭大门，不愿搭手。顾家之中，也只有顾廷煊两口子去瞧过几次，尽些亲戚的本分。

又过了两三日，这夫妇俩天不亮就上门，特意赶在顾廷烨出门前堵住他，直言太夫人不好了，恐怕就在这两三日，朱氏又哭闹着要回娘家，如今那宅子里没了主事的，下仆偷盗主家财物，怠慢病重的主子，实在闹得不成样子，接下来怕还有一场丧事，到时该怎么办。

"大堂兄的意思是……"顾廷烨欠欠身，和气恭敬道。

顾廷煊为人厚道，不善言辞："我……我的意思……那个……"他尴尬极了，明知顾廷炜所为天理不容，实在开不了口。

煊大太太接过丈夫的话，利落道："二兄弟，你堂哥的意思是，到底一笔写不出两个顾字来，这京城一亩三分地，那边闹得太难看，也是丢咱们的人不是？不怕你笑话，你堂哥是心肠软，瞧不得那边的可怜劲儿，我却是全为自家，你大侄子跟伏家的亲事已说定了，眼看要办喜事，怎么也不能叫外头人瞧好戏呀！"

顾廷烨哈哈一笑，拱手道："大嫂子快人快语。前日伏老六还与我说，他家老太君对这门亲事满意极了，咱们就只等吃喜酒了。"说着连连道贺。

煊大太太心中得意，能攀上这门亲事着实不易，便大大方方地受了恭喜。

"大堂嫂有什么念头，只管说便是。"顾廷烨道。

煊大太太爽快道："我也不藏着掖着了，那边缺人管事，旁人或怕惹二兄弟你不快，或又要避嫌谋逆案，都推推托托的，若二兄弟你信得过，我就毛……毛……"

顾廷煊赶紧补上："毛遂自荐。"

煊大太太嗔笑着瞪了丈夫一眼："要你多事，二兄弟能听不懂？"

顾廷烨笑了下，沉思片刻，道："哥哥嫂嫂说得有理，之前是我疏忽了，只顾着满肚子气愤，却没顾及一族人的体面。这样吧，明日我抽空过去一趟，大堂嫂请几位族里当事的也过去，我当着大伙儿的面，将这事托付给您，您看如何？"

该报的仇已报了，到底是同一房的，没自己点头，煊大太太不好擅专。

直到夜里，明兰才知道这件事，打趣道："大堂嫂真是聪明人，晓得现下我正忙着长膘催肥，便特意早早来寻你。"

顾廷烨怀中抱着小阿圆，背上扒着乱滚的胖团子，居然还能腾出一只手来抚摩她的脸蛋。他柔声道："待你身子大好了，外头的糟心事一件都不剩下了。"

语气淡然，隐隐郑重其事。

他有时甚至后悔，若明兰嫁了那姓贺的小子，就算日常妻妾间有些不顺，至少不必这般惊心动魄，需要数次与人以性命相搏。

明兰听懂了，甜甜地微笑。顾廷烨轻叹一声，伸手揽过她在怀里。

次日一早，披着晨曦的雾霭，顾廷烨独自驱马出府，后头跟着谢昂等护卫，一行人往城西珊瑚胡同奔去。行走了大半个时辰，到彼处时顾廷煊夫妇已至，旁的族人却还未到。

经过煊大太太昨日稍加整顿，这座宅院总算不复前几日的乱象，仆妇进出待客也算井井有条，然有心人一眼就能瞧出其中寥落衰败之意。

煊大太太忙得团团转，只好由顾廷煊陪着。他沉默许久，忽开口道："昨日我拿了你的帖子去请大夫，几位太医都说大伯母是真不行了。原本镇日昏昏沉沉的，连汤药也灌不下去，今儿一早忽清醒过来，能说能骂……我瞧着很不对，像是……像是……回光返照。不如，你进去瞧瞧？"恐怕是最后一面了。

顾廷烨默不作声，片刻后微笑道："说得是，我这就进去，麻烦兄长引路。"

顾廷煊松了口气，赶紧起身领着往里院去。

一路上冷冷清清，大清早却不见半个洒扫婆子，花木坛子里杂草丛生，不知多久没打理了。来到小秦氏屋前，一股浓浓的药味从里头直冲出来，门窗捂得紧紧的，两个神情懒散的媳妇守在门口不住地打哈欠，见他们来了，忙不迭地行礼。

刚踏进内厅，只听里屋传来一阵尖锐的吵骂声，顾廷煊愣了愣，顾廷烨嘴角露出一丝冷笑，踏前一步，伸手揭开一角门帘。

只见炕上一个头发蓬乱的老妇指着站在跟前的朱氏不住大骂："……你这黑了心肝的贱妇！肚肠烂穿了……我们母子待你不薄，你……你对得起我们吗？"

朱氏惨然一笑，高声道："你还有脸提相公！多少次我好说歹说，求你别惦记那爵位了，咱们安生过日子，未必不好！偏你就是不肯罢休！相公有几分胆量，你难道不知吗？非撺掇他去抢、去争、去杀人放火！生生送了性命！都是你，都是你害死了他！"

那老妇艰难地从炕上坐起身，骂得唾沫四溅："你……你敢忤逆……"

"怎样？"朱氏讥讽道，"你还想休了我不成？你还真以为自己有通天的能耐？！"

说着，她忽然泪水滚滚而下："廷炜死了，还能说他贪心不足，自作孽，可我那两个孩儿……你这瞎了眼的老虔婆，都是你招了那祸星进门……"

老妇气得几乎昏厥过去，不待朱氏说完，就抄起炕儿上一个眼镜匣子用力掷过去，同时一连串破口大骂："……你自己耐不住寂寞，想找新汉子就直说，少给我东拉西扯！我是瞎了眼，哪里讨来你这么个克夫、克子的扫把星，三天见不着男人，就跟馋肉的野狗一样……"

种种污言秽语，闻所未闻，听得屋外的顾廷煊张口结舌。

朱氏侧身避开那眼镜匣子时，正瞧见站在帘子边的顾氏兄弟，羞惭得恨不得死了，又听见小秦氏骂得难听，心底忽生出一股勇气。

她走出门外，对两兄弟昂起头，一字一句道："我是早想走了，只舍不得孩子。现下连他们也没了，我是再不愿和她待着的。大堂嫂我好歹说清楚再走，现在话已说清，我娘家马上就会来接我。两位兄长，弟媳……"她哽咽不能自已，"弟媳就此别过。"

说完这句，她低低地俯下身子，然后掩面飞快地跑了出去。

这种情形，顾廷煊不知是劝是拦，呆站在当地，手足无措。里头的小秦氏犹自骂骂咧咧，他更不知是否该进去。

顾廷烨微笑道："大堂嫂现下正忙，不若兄长过去瞧瞧，也好叫我与太夫人说说话。"

顾廷煊求之不得，忙抱拳就走。顾廷烨目送他离去，朝门外两名护卫使了个眼色，两名护卫忙将屋里屋外三四个仆妇驱离此院落，然后关门闭户，牢牢守在外头。

稳健的脚步慢慢踏进里屋，小秦氏骂得上气不接下气，正扯着嗓子叫人进来倒水，见到来人顿时卡壳了。她睁大眼睛，抖着手指："你……你……你……"

顾廷烨慢慢走到桌前，倒了杯茶放到炕几上："你喝口水吧。"

他端详眼前这个衰老污浊的老婆子，炕上的被褥污渍点点，应是数日未换了，明明才四十多岁的人，却似七老八十的临终之人，面色潮红得不正常，像一支快燃尽的蜡烛，最后爆出几点火星——他心中缓缓点头，的确快死了。

小秦氏浑浊的眼中露出刻骨的怨恨："你……你……你居然敢到我跟前来！那是你亲弟弟呀……你……你居然下得去手……你好狠的心呀！"

顾廷烨微微一笑："好说，三弟在我家放火杀人，谋害嫂子侄儿，他的心肠也不遑多让。"其实顾廷炜并非他所杀，而是被乱箭射死。

小秦氏像垂死的野兽，愤恨地望着眼前的男人，那么英挺、健康，可她的儿子、孙子，却已躺在冷冰冰的棺木中，慢慢腐烂，她怎么也咽不下这口气！

她的生父老东昌侯是个喜好风雅之人，可以一掷千金只为一枚生锈的青铜门环，生母则性子温柔，不善理家。小时候的日子多好呀，明珠翡翠，应有尽有，每回出门赴诗会筵席，她的排场、穿戴，都叫一干姊妹艳羡不已。

可惜，这样的好日子只到十四岁，父母接连亡故，不但耽误了她的婚事，锦衣玉食的生活也没了一半。等兄嫂接掌侯府时，侯府早是个空壳子，偏外头还要撑着门面，只好里头受罪，处处要减省、减省，再减省。总算顾家大姐夫时常接济，谁知后来，大姐也过世了。

也就是那时，大嫂忽跟她提起嫁入宁远侯府的事。那天，嫂子的话，她记得清清楚楚——

"妹子呀，不是嫂嫂刻薄，叫你去做填房，实在是你年岁大了，好人家不容易找。你大姐夫怎么待你姐姐的，咱们全家都清楚，你嫁过去他能待你差？别提那个卑贱的盐商之女了，迟早被休！再说了，你大姐姐留下的人能叫她舒服了？嫂嫂也是为你好，这桩婚事虽眼前瞧着不美，可好处在后头呢。煜哥儿那身子，唉，实不是个长寿数的，只要你生下个哥儿，以后袭爵的还不是你儿子？白氏生的那个小兔崽子，你收拾不了？"

嫂嫂舌灿莲花，她却心中直冷笑，说一千，道一万，还不是舍不出一份体面的嫁妆吗？嫁给姐夫做填房，就能省下许多。如若不然，嫁得低了，有损侯府颜面；想要高嫁……大姐固然很受夫婿宠爱，却也坏了秦氏女子的名声，外头人总说秦家姑娘惯会恃宠生娇，又不好生养，是以她才没能在十四岁前说定婚事。

继妻会起夺嫡的念头，大多是后来老夫惯的。可她不一样，从嫁入顾府那日起，她就咬牙牢记着，她不能白白委屈做了填房，将来的顾侯必得是她的儿子！

她仔细询问大夫，近前观察，没错，顾廷煜的确是个药罐子，活不长久，那么拦在她前头的只有一个了——顾廷烨。

"你来做什么？"她从牙缝里蹦出字眼，"来瞧我的笑话吗？"

顾廷烨静静地看着她，好一会儿才道："你真觉着三弟惨死，我很快活吗？"

小秦氏不置一词，气愤地转过头去。

"到底是骨肉血亲，自小一道爬树摘果子，我在树下张着手臂接他，接不住，就用身子垫在下头，就怕他摔伤……难道我愿意眼睁睁地瞧他走上死路？"顾廷烨生出一股怒气，夹着阴阴风雷，一掌拍在桌上，震得桌上茶碗"咚咚"跳了两下。

小秦氏冷笑着转过头来："怎么，适才被自己儿媳数落不过，你这好二哥，也来替廷炜抱不平，多骂我这老婆子几句出出气？好好，你们都是好人，兄友弟恭，夫妻恩爱，只我一个十恶不赦！真有这个意思，早就该把侯府让给你弟弟！"

"你，半点儿悔意也无？"顾廷烨目如寒电，低声质问。

"我只后悔一事。早知你贱命硬朗死不了，我就算拼着名声受损，惹人疑心，也该早早下手，把你弄死了完事！呸！"小秦氏用力喷出一口浓痰，却只无力地落在炕前地上。

顾廷烨心中自嘲，缓缓转身，拉过一把椅子，拂袍起袖端坐其上。

小秦氏犹自不足，继续大声骂道："你这有爹生没娘养的野崽子，下三烂的盐商，你娘能有什么好教养？！呸！也敢妄想攀附贵人！怎么，我现在儿孙俱丧，还怕你不成？"

顾廷烨也不气恼，只等她骂得气喘了，才缓缓开口："好好的一双孙儿孙女说没就没了，你精明一生，已知怎么回事了吧？"听适才朱氏的话，应是如此。

小秦氏未料他忽提起这个，过了半晌，才咬牙切齿道："……余方氏这贱人，我好好待她，她居然……"

"此言差矣。人家原本好好做着余府大太太，有儿有女，夫婿听话，受了你诓骗，落得被休弃的下场，怎能说'好好待她'呢？便是这阵子，殷勤延揽她入府做客，你不也是另有所图吗？"顾廷烨嘲讽地微笑着。

小秦氏忽然剧烈地抖动起来，像在砧板上垂死的河鱼，潮红的面色迅速灰败如死人："你……你……难道是你……你害死我的孙儿？！"声音嘶哑，仿佛索命恶鬼的叫声。

顾廷烨丝毫不为所动："我要为妻儿家小积德，不像你，这种事我是不会做的。"

"那……"小秦氏茫然，她虽气得发晕，却也知道，他这会儿没必要跟自己说谎。

顾廷烨站起身，背负双手，在屋内慢慢踱了几圈，站定在窗前："余方氏被休后，在娘家也待不下去，只能到郊外庵堂度日。你本不想这种落水狗，可南边频频有人送来银子，每回都是几大车的吃穿琐物，说是余方氏的儿女惦记生母送来的。就在那阵儿，云南的余嫣然照例送年货给明兰。那班伙计原是余家人，因他们不清楚底细，回程时便顺路到庵堂前给余方氏磕了个头。正是这么两件事，叫你起了歹意。"

小秦氏越听越心惊，枯瘦如鸡爪的手紧紧揪着被褥："你……你怎么都知道……"

顾廷烨冷漠地瞧着她："从你第一日请余方氏到家做客起，我就知道了。"

小秦氏爆发般叫喊出来："那你还敢说没害死我孙儿？！你这黑心肝的贼子！"

"我的确没有。从头至尾，我只做了两件事。"

顾廷烨缓缓抬起头："头一件，我请余四太太在临行前，带着巩红绡去见余方氏，将来龙去脉说个清楚，免得明兰背黑锅，平白叫人在背后咒骂；第二件，只有头一回东西是余方氏儿女所送，余下几回是我叫人从江淮送来的，假托余家的名头，连余方氏自己也不知道。于是，你越发信她在余家还有分量，越发频繁地邀约她入府，才给了她下手的机会。"

小秦氏喉中呜咽一声，挣扎着颤抖的手足拼命想扑过去，被顾廷烨轻轻一推，便倒在炕头上，起不来了。她大口大口地喘气，一句话也说不出来。

顾廷烨再度坐回椅子，缓缓道："你自以为口才了得，再度骗得余方氏信了你，以为她也全心痛恨明兰，想与你联手报仇——其实都不是，她心里什么都明白，且早恨你入骨。"实则，也是这老妖妇不复侯府太夫人时的风光，不如早先耳聪目明，才上了当。

小秦氏像被抽了筋的毒蛇，软软瘫着不能动弹，嘶哑地发出声音："我……我要去告你……告你，哈哈……英武忠君的顾大都督竟是这般小人！叫你声名扫地……"她心中怨毒到了极点，直想用指甲生撕下他的皮肉来。

"你怎么告？"顾廷烨冷冷地看着她，"收集得疫症而死之人的衣裳，刮下疮毒制成粉末，收买这府中的下人……从头至尾，都是余方氏一手所为。我不过是托余府的名，给她送了两回东西，别说查不出来，哪怕查出来，只消说明兰念在和余嫣然的情分上，不忍看她继母潦倒无人过问，谁又能说什么？"

"你好毒辣的心肠！那可是你嫡亲的侄儿、侄女呀！你怎么狠得下心……"小秦氏再也忍不住，拍着炕褥痛哭流涕。

顾廷烨讥诮地笑起来："真奇怪，你可以毫不犹豫地置旁人的骨肉于死地，旁人却不能还手？你待余方氏殷勤，难道是怜悯她，悔过自己害了她？不是吧，是余方氏说，下次余嫣然再给明兰送东西时，她有法子往里头掺些东西，你才跟她亲热要好的，不是吗？若没这回变乱，恐怕这就是你原先的打算。"

小秦氏双目无神，一动不动地瘫坐在炕上，喃喃地不知念叨些什么。

想起那两个孩子，顾廷烨也是不忍："说实话，我并不知余方氏到底想做什么。但从我得知余方氏装作跟你要好时，我就知道她一定心存报复。但凡你有一丝一毫的良知，想到收手，听弟妹的话赶走余方氏，两个孩子不至于如此。"

"弟妹说你害死了儿子，害死了孙儿孙女，真是一句也没错。"说完这句，顾廷烨缓缓起身，朝门边走去。

小秦氏万念俱灰，瞳孔涣散，颓然躺在炕上轻轻抽搐，嘴角歪斜，淌着涎水，连指尖也动弹不得了。

看她这副丑陋悲惨的样子，顾廷烨忽想起幼时的事。

生母过世时，他还什么都不知道，从他懂事那日起，他的母亲就只有她一个。那时的小秦氏温柔美丽、和善可亲，对他好得没话说，老父追着他打骂时，他会毫不犹豫地躲到她身后——他是真心当她作母亲的。

那时，他已隐约知道长兄顾廷煜是活不长的，小小的他曾下定决心，若自己袭了爵位，一定要好好孝顺小秦氏，爱护弟弟妹妹，无所不应。

他甚至想，要是自己蠢一些就好了，也许那样能更幸福一些。

偏偏他敏锐得很，读过一篇"郑伯克段"，就知道什么叫"捧杀"；学过两天兵法，就懂得什么叫"骄敌"——为什么母亲拼命往自己屋里塞漂亮丫鬟，而三弟屋里的女孩她却严加约束？为什么她总叫小厮带自己去烟花酒肆游玩，三弟却得日日读书习武？

这真是为自己好吗？

在疑惑中辨认出残忍，在欺骗中慢慢长大，竟是这样痛彻心扉、九死一生。

曾经，他是那样信任她、敬爱她。

站在门边，他掀起帘子停在半空："弟妹会将此事告于大堂嫂，然后我会叫人发出海捕文书，请弟妹出面指认余方氏。待余方氏供认落罪，这事就算完了。"

说完这话，他大步踏出屋去，头也不回，将这绵延两代人，纠缠数十年的污浊、欺骗、阴谋都留在身后，就此成为不再提起的过去。

两日后，珊瑚胡同来人传报丧讯，小秦氏亡故了。

丧事很简单，只停灵一日，顾氏族人三三两两来了十几个人，很快出殡落土，就葬在顾偃开身后不远处，紧挨着大秦氏。朱氏没来祭拜。

因顾廷炜是戴罪之身，族中自也没人提起给他过继子嗣的事。三房庞大的家产顿时无主，便由顾廷烨做主，平均分做四份：一份给侯府，添作修葺烧毁的房舍；一份给四老太爷一房；一份给五老太爷一房；另一份则添作祭田，供族中贫寒子弟读书。

此举大受族里赞誉，此中细碎，按下不提。

半个月后，英国公率大军回京，带着他那伤势未愈的女婿，领着一长串的俘获和战利品，风光无限地从城门经过，满城欢呼赞慕。因张老国公的年龄已很难引起雌性的想象，排山倒海的香袋、绣囊还有花朵、果子，大多扔向了中年英挺的段成潜大叔。

沈国舅因伤在腿处，不得骑马游街，忧郁之余，连城门仪式也不走了，直接绕近路回府，叫亲兵将自己抬入张氏院落。头一件事，就是将小邹氏叫到跟前，抬手三四个大耳光，中气十足地大骂："早叫你小心谨慎些，你却说是自己娘家，不妨事的，便把出入府邸的牌子都给了出去！现下如何了？险些闹出祸事来！你自己死了不打紧，差点儿连累夫人和孩子！"

沈从兴本想重提出妾的老话题，谁知张氏依旧不肯，只好另行处罚，上家法二十大板，净饿三日败火。于是，在脸颊被打破之后，小邹氏的臀部也开了花。

然后，他再骂嫡长子："你书都读到狗肚子里去了？！什么叫礼法？什么叫嫡庶？你娘过世了，这府里就是夫人最大，她的话你也敢不听？好，你若不爱听旁人的，那就自己机灵些，屁本事没有，只会听个姜侍的蠢话，居然躲到柜子后头去，老子半辈子的脸叫你丢尽了！你是男儿不打紧，贼人闯进府来，若你妹子的名节出了差池，你叫她以后怎么过？！你将来有脸去见你死去的娘吗？！"

半大少年刚想辩驳两句"姨母≥继母"的原则认证，就被他老子用完好的一条腿踹了过去，另附赠生母灵前跪一夜。

转过头，只见他那年轻貌美的继妻抱着个坛子，笑容可掬道："如今天热，侯爷身上又是脏又是汗的，就拿这坛上好的药酒洗洗吧。"

说着，她揭开盖子，一股火烧冲天般的烈性酒气扑面而来。

沈从兴缩了下伤腿，不自觉地轻了声音："这……不是烈酒吗？"还是十分顶级的那种。

张氏脸上又怜惜又关切："区区一坛酒，再金贵还能比得上您的身子？侯爷，来吧！"

沈从兴的后背，莫名蹿起一股寒意。

又过了半个月，明兰连双满月也坐足了，从体重到容貌完全扭亏为盈。顾廷烨抱着漂亮的白胖媳妇，乐得不行，立刻刀枪出库，上阵试了几场。

团哥儿一手扶着门栏，奶声奶气地问："我要跟娘睡，干吗不行？"

崔妈妈很为难，问题很复杂。

团哥儿似懂非懂："爹和娘在办正事吗？"刚回来的公孙老先生教过他，男孩子长大了就要知理，父母有正事时不可吵闹。

崔妈妈老脸泛红："对对，就是在办正事！"

团哥儿有了底气，赶紧显摆刚学来的六个字："是国家大事吗？"公孙老先生说，这是天下第一等的大事。

崔妈妈脸憋得通红："……比国家大事……还要紧。"

团哥儿恍然大悟："哦，那我自己睡。"他要做个懂事的好孩子，迈着小胖腿扑腾扑腾地回去了。

次日一早，父亲已经上朝，他见母亲晚起慵懒，便高兴起来，一连串地发问，表示关怀："娘，昨晚你和爹办国家大事，很累吗？都办完了吗？今晚还要办吗？叫我睡屋里，好不好？我一定不吵……娘和爹办……办正事。"

正在漱口的明兰一口水喷了出去。

满屋寂静，尴尬的寂静。

绿枝好像脸上被砍了一刀，夏荷似乎快晕过去了，崔妈妈恨不能找个地洞钻进去，全屋只有一个天真快乐的小胖子左顾右盼，犹自未觉。

果然，人生何处不囧然——这样的人生怎会寂寞呢？

又过了旬余，薄老将军总算回来了。

此次彻底解决了盘踞西北数十年的圣德太后势力，抄家所获无数，尽可充盈此次为用兵空了大半的国库，另甘氏在军中的党羽头颅十几颗。

皇帝龙颜大悦，打算重重赏赐。薄老将军拄着拐杖，半死不活地哼哼，表示这回去了大半条老命，真真要致仕了，皇帝您若要抬举，就抬举他几个儿孙吧。见老头子这般上道，皇帝愈加高兴，出手阔绰非常，薄、张、沈、顾、段等一众将帅均受到了重赏晋官。

该赏的赏，该罚的罚。

圣德太后直系人马，包括她的娘家、她的心腹党羽……凡直接参与谋逆的，俱是问斩抄家，家小贬作宫奴或没入教坊司，次一等也是问斩流徙，家产罚没。

很讽刺的是，偏偏圣德太后不能死，后半生"在偏宫静养"。

三王妃因"教养睿王不利"，被白绫赐死，才刚十岁出头的睿王则被贬为庶人，被幽禁起来——稚子何辜，奈何有庸人作祟。

这些人还算发落得有声响，容妃却无声无息"病故"了。

深受宠爱的宫妃为让儿子继位谋害自己，比二妈纠集群众造反还丢人，皇帝不但愤怒，还伤心。容妃所出的三皇子即刻迁出长春宫，去一个偏远小地方就藩，此生不许进京——若非容妃自作聪明，以他们母子的受宠程度，三皇子至少能得块富饶舒适的藩地。

皇帝深知圣德太后一系几十年盘根错节，沾亲带故何止百余家，因此不可牵连太广，免得动摇京畿根本，是以除了这些首罪和从犯及其一干帮凶党羽，其余皆从轻发落。

众臣皆赞皇帝英明。

这回受了爱妃的沉重背叛，皇帝大人之所以还能保持宽厚仁爱，一直被明兰吐槽不着调的皇后功不可没。

当时宫变骤生，皇帝早先安排的心腹立刻带两位皇子遁密道避祸，皇后原本可以一起走的（以后杀回来就是太后了），谁知她非但不肯，还像个无知妇女一样，什么举措也无，只顾着扑在昏迷不醒的丈夫身上号啕大哭。

一把鼻涕，一把眼泪，边哭边说，从"那些年我们一起追的蚂蚱"，一直唠叨到"你个死没良心的，怎么就撇下我们母子"，边捶龙床边号，险些把正在施针驱毒的太医震聋。皇帝不知是被哭醒还是被烦醒的，总之，睁眼闭眼都是这满脸鼻涕眼泪的黄脸婆。

待风波过后，龙体痊愈，皇帝终于清醒地认识到自己的这位糟糠之妻，虽说统御六宫的本领欠缺，气度既欠，见识也少，但胜在对自己一片真心可表日月。

后宫那些千娇百媚虽很迷人，但谁知道美丽的皮肉下藏了什么心肝，当忠臣和能吏不能兼得时，他更愿意将忠臣时刻放在身边，偶尔用一下能吏即可。

言而总之，总而言之，结论是……皇后又有身孕了。

中元节后，顾廷烨渐渐工休正常，也得了几日休沐，便念叨着要带明兰出去走走。起初明兰没在意，朝廷重臣哪是说走就能走的，他心意是好的，可惜现实是残酷的。

谁知这日顾廷烨天不亮出门，回府时还是清早，见老婆还在赖床，便毫不客气地将她拉出被窝，兴冲冲道："咱们踏青去。"

平日训练有素，随行的物件、衣裳自有人收拾好，明兰迷迷糊糊地被抱上马车，也不知车行何处，只觉得越走天越亮，沁入马车的空气越发清爽宜人，仿佛到了人迹稀少的山野处。

马车摇呀晃，晃呀摇，加之空气新鲜，明兰觉着十分舒服，好像躺在摇篮里，于是……睡得更熟了。顾廷烨在旁看得直叹气——他终于知道小阿圆像谁了。

从清晨到晌午，明兰饿醒了。

在车中搭起桌儿，两人相对用午饭，明兰才记起该问去哪儿，谁知顾廷烨一脸神秘，咬死了不肯说，还东拉西扯行军途中的趣闻——老耿每夜必要写几页家书，向太座汇报日常心路历程，字数限三百以上，实在写不出来了，众兄弟只好帮着凑两句。

明兰忽想起一日聚会吃茶，众女眷说起各自夫婿的家书，武将大多只会写"安好，勿念"云云，只耿夫人夸口，道她男人曾写过一句叫人极窝心的话——"念及家中贤妻，辛苦持家，吾在外亦不觉有所苦也。"

"这句话得体周全，又老成有义，约是老国公凑的吧。"明兰凭良心评价了下，她当时就觉着这句话蛮好。

"这句是那十七岁的薄家小子说的，老国公凑的是'一日不见，如隔三秋，思汝念汝，辗转反侧'。"

明兰："……"

被带歪了后，明兰也懒得追问了，两人嘻嘻哈哈，观赏沿路风景，终来到了目的地——前方是一座柔缓的山岭，树木青葱茂密，时时可闻鸟啼。不等明兰问这是何处，顾廷烨就抱她下车，笑着拉她往山上爬去。

"若侯爷想带我爬山，京郊就有，栖霞山、枕眠山、落月山……何必非来此处？山上有大庙吗？有灵验的大和尚吗？侯爷想求签吗……哎呀，我快断气了……"明兰累得气喘吁吁，提着裙子艰难往上挪，总算她素来身子不错，爬得还算给力。

可不论她如何叫苦，顾廷烨只笑而不语，半拖半拉着，不断催促她往上爬。就这样没头没脑地爬了小半个时辰，明兰只觉得胸口快烧着了，呼吸像老太婆扯破风箱，顾廷烨才忽停住了脚步，指向前方："到了。"

明兰顾不得形象，一屁股坐到一块平滑洁白的大石上，拿帕子用力擦拭额头、脸颊，顾盼四方。这原来是半山一处凸出的巨岩，平整而又干净，大约平日樵夫都在此处歇息，是以地上错落着许多圆墩般的石块。

她顺着男人的手臂往北边望下去，顿时讶然出声："孝陵？"

顾廷烨指着不远处那片白色的建筑，笑道："这是孝陵的南侧一块儿，从这儿瞧过去，恰能望见静安皇后的陵寝。"

这年头不似现代，买张票子都可以在泰姬陵唱《信天游》，此时的皇家陵寝是有兵卫把守的重地，轻易不得接近。不过……

"侯爷想带我瞧静安皇后的陵寝？"她十分不解。

顾廷烨往头顶的山坡一指，笑道："不只。山顶有处亭子，相传是琉璃夫人和高大学士拜天地的地方。"

明兰愣了半天，很想问"莫非你发觉我们都是穿越来的"？

顾廷烨摸摸她汗湿的脸蛋，红润健康："你看书大多不挑，只尤其爱找这两人的野史杂文来看，不是吗？"

明兰呆呆道："……你……你不奇怪吗……"

"奇怪什么？以前，我最爱看前朝骠骑将军霍广的典籍。你是女子，看那些文臣武将有什么趣，自然要瞧奇女子的故事了。"

明兰放了心，顺从地让他领着，一齐眺望那片奇丽的陵墓。

秋高气爽，天日明媚，在淡金色阳光的照耀下，那片死者居住的建筑竟也显得旖旎非凡，龙、凤、麒麟、狮子……还有许多她叫不出名字的奇兽，用汉白玉雕刻得栩栩如生，或仰头，或抬蹄，或展翅，映衬着朱红明亮的雕栏，层层叠上，仿若神物祥云腾雾。

四周翠绿如茵，有数百年的参天古木，也有新长出的纤细俏皮伸出苍翠的枝丫，似是给这庄严金碧的皇家陵园裱上一圈古朴边纹，远近皆可入景。

两人看了许久，顾廷烨吐出一口气，道："你读过静安皇后的诗词吧，觉着如何？"

明兰默然。说实话，每首都很熟悉——"都是极好的。"她道。

顾廷烨道："真正是惊采绝艳，可惜红颜薄命。"

明兰扯动嘴角：一个文明古国千年的沉淀，能不惊采绝艳吗？

顾廷烨长长叹了口气，低声道："我有时想，若静安皇后没有猝然薨逝，有多少事会不一样。"

这次明兰没有吐槽。

倘若静安皇后没有中毒而死……首先，白氏就不会嫁入顾家，自然，顾廷烨不会出生，小秦氏母子能接掌侯府，又或者没了顾廷烨护着，宁远侯府已被夺爵。

旁家不论，顾家大多数人的命运都会因此改变了。

当然，自己大约还是会遇到泥石流，然后悲催地穿越，这会儿大约正跟曹表妹斗智斗勇。

停留片刻后，两人再度起程，往山顶奋力爬去。

这半段山势稍显陡斜，虽不难爬，却需费去加倍的气力，这次明兰配合多了，不吐槽，不叫苦，路上遇到唱着山歌下来的樵夫小哥还朝他笑了笑，结果那小哥险些滚下山去。

男人愤而转身，从身后随行的仆从手中拿来帷帽，用力扣在老婆的脑袋上。

两人走走停停，说说笑笑，好不容易到了山顶，依着一位老樵夫指的路，终于找到了那处亭子，亭名"无望"。

"怎么起这个名字呢？"男人皱眉，真不吉利。

明兰顺嘴答道："琉璃夫人说过，没有希望的时候就是希望快来的时候。"这话辩证得太哲理了，哲理到近乎烂俗，貌似她在心灵老鸭汤里读到过。

破旧的四根柱子，柱身早已剥落得瞧不出原来颜色，破了十七八个洞的亭顶透光良好，底下放着七八个残损不堪的石墩，风吹得稍大点儿，还能落下几片瓦砾来。

为了脑袋着想，两人决定还是不进去坐了，找了棵松盖参天的大树，两个小厮连忙拿出背在身后的软搭凳子，架好了请侯爷夫妇坐，一边另有人架起小锅，开始煮水烹茶。

——"特权阶级，真腐朽呀。"明兰边叹，边赶紧坐下。

"……一个公府小姐，一个低下卑贱，谁末了末了，境遇却正好相反。"男人的感慨并不新鲜，多少人发出过类似的叹息。

"你瞧不上静安皇后这样的女子吗？"明兰静静问道。

"那倒没有。"顾廷烨摇摇头，"静安皇后虽性子肆意了些，却不失一个真性情的好人。多少直言净臣，因为她的苦劝而保下性命。后宫女子能这样犯言直谏，很不容易。"

"那你瞧不上琉璃夫人这样的女子吗？"明兰再问。

"先前有些，觉着是她误了高大学士。"顾廷烨缓缓道，"可等我自己也吃了苦头，方知混在下九流中，还能始终傲骨正直，不怨天尤人，自立自强，是何其难得。"

明兰仰起头，怔怔地望着不远处的亭子。

就外形而言，无望亭和静安皇后的陵寝丝毫没有可比性，可就像两个女子后来的结局和这两座建筑恰成呼应——幸福，大多是平凡，甚至不起眼的；而悲剧，往往才是壮丽辉煌的。

明兰摇摇头，她一点儿也不想辉煌。

"……皇上有意叫我入蜀镇边，日前，我已向皇上主动请旨，少说要两任八九年。"顾廷烨悠悠地来了这么一句，如同一个惊雷炸开。

明兰差点儿跳起来："什么？！你要去四川？那我呢？团哥儿呢？阿圆呢？你还去主动请旨，你这才回来多久呀！你不要家啦？"

顾廷烨拿着把大蒲扇，冲她缓缓摇着，好笑道："主动请旨，才能要个好价码。我跟皇上说了，什么赏赐不赏赐都罢了，只求能叫我把媳妇带着赴任。"

明兰一颗心才放了下来，又忐忑道："皇上能答应？"

顾廷烨正经道："我说了，我媳妇五行缺水，这才接连遭祝融之难。我正好生辰八字旺水，水克火，我媳妇就该跟我一块儿。"

明兰白眼儿道："皇上会信你的鬼话才怪！只怕到时御赐一口大水缸，叫我时时在里头泡着，以解我缺水之忧。"

顾廷烨哈哈大笑，隔着薄纱拧她的脸蛋，然后正色道："我跟皇上好生求了一番，我自小亲缘浅，神憎鬼厌地活到现在，求皇上可怜可怜，别再叫我一家分离了，没得等我回来，媳妇又有好歹了。臣定然精忠报国，鞠躬尽瘁。"

"然后皇上答应了？"明兰眼睛发亮。

"嗯，答应了，皇后也帮着咱们说话。"顾廷烨微微而笑，"末了，皇上言道，虽说历来大将镇边，家小多留在京中，可也不是没例外的。似前朝穆王府，也不见送妻儿进京，他家镇守滇中多少年，最后阖家殉节而死，忠心如何？而那铁了心的逆贼，哪怕满门都押在眼皮子底下，该反也会反。这回不就是好例子吗？只要君臣知心即可。"

"皇上英明！"这是明兰自来古代后，头一回发自肺腑地呼万岁，"这话没错，那些真想造反的，为使君主大意，反而往往愿将家人留下呢！哪有你这么直不楞登的！"对了，吴三桂的长子到底是被阉了，还是挂了？

顾廷烨望着她，满目笑意："你不怕蜀中不如京城繁华，西南又湿热瘴气吗？"

"不怕，不怕。"明兰拖着凳子挨坐过去，挽着他的胳膊连连摇头，直把帷帽的纱巾都晃了起来，"只要一家人在一起，我什么都不怕。"

顾廷烨反手揽住她，低低道："我也是这么想的。什么加官晋爵，都是其次，一家人长长久久才要紧。人一辈子能活多久，趁年轻带你四处走走，也不枉此生。"

明兰心中满满的都是幸福。

像阳光穿透了厚厚的乌云，海燕冲破了暴虐的风雨到达彼岸，万里迢迢去朝圣的人们望见白色的塔尖，喜极而泣，仿佛曾经的一切彷徨和犹豫都成了加倍喜悦的理由。

顾廷烨箍着她的双臂发紧："蜀中没京城这么多臭规矩，到时，我教你骑马，你教我放风筝，咱们一辈子不分开。"

明兰笑着掉下泪来，滚烫滚烫，像心口的热度。

——走，到天府之国去。那儿有李冰父子的都江堰、美丽爽朗的姑娘小伙儿、肥沃的土地和繁花般的锦缎，还有他们充满希望的未来。

番外

番外一　玉珠

我叫沈玉珠，上面有个姐姐叫珍珠，下面有两个妹妹，分别叫宝珠和金珠。姐姐和我是一个妈生的，两个妹妹和我不是同一个妈生的。

我一直很同情小妹，因有这么个喜庆的名字，从小到大，穿的戴的，必跟猪有关。例如，戴了金猪头的小镯子，毛绒鞋上用金线绣的小肥猪。

小妹很忧郁。

我觉得吧，这不能全怪爹，他本就不擅起名，我们的名字都是娘起的。姐姐是长女，拣着个好的，我投胎晚了些，就只能珠圆玉润了。当然也不能怪继母，她根本没想生这么多孩子。事实上，我那四个异母弟弟的乳名被她起得更是惨不忍睹，依次是大毛、小毛、阿毛、毛毛。周管事的儿子养的小土狗的名儿都比这强。

都说名贱好养活，这话倒不假，四个毛弟弟个顶个壮实，尤其是大毛，他刚满十岁，十四枪内就能把大哥挑翻在地了。我爹很高兴，说这是"酱门糊子"，可我们的姨娘兼小姨很不高兴，硬拖着我们兄妹三人又去哭了一回我娘的灵位。

为什么说"又"？因为小姨三天两头带领我们进行此项活动，我爹听见最好，听不见就哭到他听见，假装听不见也要哭到他装不下去。

我很厌烦。

小姨从小就对我们说，要多多防备爹爹的新老婆，继母都是黑心肝，妹妹会抢走父亲的宠爱，弟弟会抢走大哥的爵位，还老爱拿宁远侯府的惊险故事来激励我们不要对继母和弟弟妹妹们掉以轻心。

不仅如此，小姨还常叫我们向父亲邀宠，借机要这要那，什么田庄店铺、差事赏赐，越多越好。我哥哥绷着脸，不知所措；我姐姐生来就是大家闺秀，只有等人家捧她的份儿；还是我坦白，直接说，我不会。

小姨只好亲自示范。

其实她也没什么好法子，不过是翻来覆去跟我爹哭我过世的娘是多么多么贤惠，多么多么舍己为人，明里暗里提醒我爹要日记夜记，绝不能没良心。

我很不喜欢这样，觉得娘在地下也不得清净，死了还叫人利用。

姐姐对我这种不合作的态度十分不满，认为我是个小没良心的，严重敌我不分，含泪声声道："难道你忘了过世的娘吗？"

这个指责叫我很心虚，也很委屈。娘过世时，我连叫人都不利索，根本还未记事，对娘，我只依稀记着一个温柔暖和的感觉。人人都说我娘好，是天下第一妥帖的人，这我绝对相信。

娘当然是极好极好的，可是娘好，跟小姨好不好有什么关系？跟舅舅、舅母还有邹家的三姑六姨有什么关系？小花和小黄是同胎下的小猫崽，一只很乖，总爱窝在我的腿上晒太阳，另一只却皮得很，满园子乱咬乱叼，尽闯祸。

爹从来很信任娘，爱屋及乌是对的，难道还要信屋及乌？

反正我是不信邹家人的，包括小姨。

小姨不喜欢我倔头倔脑的样子，开口闭口就只有"大哥儿，大姐儿"，我也不爱听她念叨。

她总说我们兄妹就是她的亲骨肉，有了我们，她什么也不要了。那她干吗一年到头地寻大夫、求道士、告尼姑？银子花得海了去了。为了生孩子，吃那么苦的药，烧那么烫的艾灸，把自己烧得黑一块儿黄一块儿的，活像小周安的癞皮狗。

我问奶嬷嬷为什么，奶嬷嬷笑得很慈爱，摸着我的头，说："我们玉姐儿真聪明，比你兄长和姐姐强多了。"

这也罢了，小姨居然还想把我嫁给舅舅的小儿子！

日日跟我说舅舅家多么多么好，舅母多么多么喜欢我，三天两头磨着问我"愿不愿意呀"，还对爹说"玉儿和顺哥儿最合得来，日日玩在一块儿，都舍不得分开了，真是'青梅竹马'啊"。我刚说上两句"我们天天打架，我很讨厌他"，小姨就笑着堵住我，不叫我说下去，还道"小孩子家家的，越闹越亲"——气死我了！

奶嬷嬷说过，嫁人，就是和别人一辈子过在一块儿，谁要和那个死胖子过一辈子呀！

小表哥是三舅舅的老来子，又霸道，又难看，不读书，还爱欺负人，偏舅母把他当作心肝肉，连我的奴婢也敢打骂，真是吃了豹子胆！我一想起他那张猪头一样的脸就要吐啦！

姐姐居然还一脸端庄长姐模样来劝我，张嘴就叫我铭记亡母的恩情，我反口就是一句："姐姐既这么惦念舅舅家的情义，怎么不自己嫁给大表哥？"

姐姐好像被掐住脖子的老黄鹅，立刻不说话了。

哼，慷他人之慨谁不会！我就不信，若娘活着，会叫我嫁给那个丑八怪大坏蛋！小姨也是柿子拣软的捏，知道姐姐一心想嫁高门，就欺负我年纪小，好糊弄。

要说我们兄妹三人中，还是大哥最信小姨。

舅舅们还动过心思，想让大哥娶邹家表姐为世子夫人呢。

哥哥倒是愿意，却把爹气了个仰倒，当场发作起来，先把在府中长住的表姐打发回去，并勒令以后没他点头，大哥成婚前邹家女孩都不许再来了，再打了哥哥几十板子，掌了小姨几十个嘴巴，并罚抄三百遍佛经。

小姨哭得死去活来，指着我爹道："侯爷这么瞧不上邹家姑娘，难道我姐姐不姓邹吗？"

我爹当场气笑了，头一回在小姨提及我娘时这么理直气壮："这话就是你姐姐生前说的。她说娘家的兄长们不成器，几位嫂嫂也不像是能教出好孩子的样儿，旁的多扶持些也就罢了，绝不能叫儿女赶这种亲事！"

这次后，小姨足足萎了半年，邹家也终于消停，不再算计我们兄妹的亲事了。

奶嬷嬷抱着我，偷偷垂泪："你娘命苦，生来是操劳的命，一辈子没享过几日福。做闺女时，老太爷性子弱，没主张，贤惠的老太太又去得早，兄嫂想拿她攀高亲，亏她硬是嫁了过来。跟了你爹后，又里里外外操持，家里、王府哪处不寻她？我那老姐姐也劝过你娘保重身子，可你娘十几年来早习惯了事事亲为，要强出头，这秉性这么改得了？"

我听得不是很明白，但无端伤心起来，也跟着哭了一场。

没过多久，公主表姐下嫁，家里更热闹了。

我大哥不知听了谁的撺掇，要求妻子把小姨"当正经婆婆待着"，公主嫂嫂差点儿把鼻子气歪，把屋顶掀翻，大哥吓得满地乱窜。不过，闹了也白闹，小姨哪肯对大哥放手，时不时插手大哥房里的事，今儿送个丫头，明儿请邹表姐来小住，和大哥叙叙旧情。

公主嫂嫂怒了，进宫告御状，然后皇后姑姑怒了，叫宫里的嬷嬷来痛揍小姨一顿。二皇子表哥还出了个馊主意，直接给邹表姐安排了一桩我叫不出名目的婚事，据说未来的表姐夫不但歪瓜裂枣，家世也不怎么样。

公主嫂嫂对小姨微笑表示，以后你再给我老公介绍婚外情，我就请母后给邹家女儿安排终身大事（邹家表姐妹不少），你看着办。

公主嫂嫂厉害，小姨也不是省油的灯，明的不行，就暗着给公主嫂嫂下绊子，然后大哥就搭错筋，或冷落公主，或跟公主吵嘴。一个月里，嫂嫂半个月在公主府独自生闷气，半个月在家里跟哥哥打打闹闹，偶尔二皇子表哥会来助阵。

半个沈府鸡飞狗跳，我爹受不住这刺激，索性搬进南园跟继母住，两人遂可着劲儿地生孩子。

因大哥婚事不顺，待姐姐议嫁时，父亲死活缠着继母一道商量。

皇后姑姑还是很疼姐姐的，手上的两个人选都是上上品：一个是卫王世子，温雅尊贵，才貌过人；一个是刚在边关立功回朝的薄小将军，少年英雄，英挺不凡。

继母说话爽快，开口就道薄家好："过日子还得看底细。薄家人口简单，家底厚，门风好，定是省心的。卫王世子虽好，但到底是宗室亲王，能入玉牒的侧妃、庶妃就有四个，各路花草还少得了？况是皇家，就算受了委屈，谁又能如何？"

这回连爹也觉得有理，可惜姐姐和小姨完全不同意，小姨还跟姐姐说，这是继母不愿姐姐嫁高门呢。姐姐深以为然。

后来，姐姐果然有了一大堆"好姐妹"，环肥燕瘦，各款都有。

后来，那位薄小将军便宜了顾家婶婶的大外甥女。

继母还带着我去吃过他们的喜酒，我没见到新娘子，不过听好多女眷闲聊，说袁家二太太是出了名的能生养，又貌美贤惠，她的大姑娘定也差不了。

后来，薄小将军夫妇果然很和美，也果然很多子。

兄姐相继成家后，继母见我和大毛镇日泥里土里疯，玩得不成样子，忍无可忍，便将我送入郑家闺学，请先生管束着，好收收性子。

小姨又急了，又不敢去跟我爹说，怕又挨打，便跟我支吾了半天。我不耐烦了："薛大家不是好先生吗？"

小姨："……那是位极好的先生。"

"郑家会欺负我吗？"有小姑姑在，怎么会？

小姨："那……也不见得。"

"那你干吗不乐意我去？"

"夫人这是故意跟你示好，是想笼络你！"

我瞪眼道："那又怎么样？"

小姨就是想太多，明明跟继母差不多的年纪，活似老了十几岁。

兄嫂婚后数年，始终关系冰冷，无有子嗣，眼见几个毛也一日日大了，爹爹忧心忡忡。那年，老卫王过世，姐姐要随着世子就藩，临走前，爹爹特意把我们兄妹三个叫到一处吃饭。

几巡酒后，素来刚毅铁骨的爹爹哭了，对哥哥从来不假辞色的爹爹忽然哭了。

大哥立刻慌了手脚。

爹对大哥道："……就当做爹的求你了，把邹姨娘送走吧，你和公主不能再这样下去了……公主不是寻常媳妇，她如今满腹怨气，自己没有嫡子，也不肯认庶出的。到时候，这爵位……"

我和姐姐都听懂了。姐姐也哭了，跟着劝道："哥哥，你就听爹这一次吧，小姨……小姨她，不是好人……没安好心。"

我一滴眼泪也没有，只道："大皇子表哥迟早要继位的，哥哥你再这么犟下去，冷落公主嫂嫂，不用等没有嫡子那一日了，爹爹百年后，这爵位直接没你的份儿了，到时候你这驸马爷，就是只能依附着公主嫂嫂过活了。"

其实两位皇子表哥蛮敬重爹爹的，但爹爹的儿子又不是只有哥哥一个，哪个弟弟都是爹爹的儿子，谁承爵位，对我倒没什么差别，只是看爹爹实在可怜。

爹爹很痛苦，他真的很喜欢继母生的几个弟弟，每一日都更加喜欢些，可午夜梦回，他的心口上始终压着我们死去的娘，进又不得，退又不得，生生熬出了两鬓霜花。

他只是个普通男人，既没那么坚贞，也没那么凉薄。

他当然对我娘情深义重，但架不住岁月侵蚀，后妻幼子日日在身边，他只能趁自己心志尚坚定之时，替大哥把能做的都做了，把能给的都给了，成全那份多年前许诺下的良心。

爹爹老泪纵横，踉跄着作势要起来："……难道非要爹给你跪下吗？求你，别叫爹死后没脸去见你娘……"

大哥终于熬不住了，哭着答应。

第二日，姐姐离开京城，随夫婿远行就藩，此生，她再没回过京城，以后是好是坏，只能靠她自己挺着脊梁撑着。

同一日，一行婆子媳妇半夜将小姨捆绑着挪出沈府，直接送入家庙，严厉看管。

皇后姑姑知道后，特意将公主嫂嫂宣进宫说了一通，公主红着眼眶回来，哥哥红着眼眶过去，两人慢慢缓和了关系。几个月后，公主嫂嫂有了身孕。

爹爹总算松了一口气。

继母依旧纹丝不动，好像这一出出悲喜剧跟她全然没关系。

事实上，我觉得继母挺不容易的，那么好的家世，却年纪轻轻做了填房，继子还是我大哥那样不靠谱的，连面子功夫都做不好，略柔弱些的早愁死了，结果她还能黑夜指挥侍卫杀贼，握剑时杀气腾腾，又威风，又精神，比我那只会瑟瑟发抖的小姨和哥哥、姐姐强多了。

继母其实并不很擅长管家，也完全不热衷，她向往的是安逸清净的诗意生活，偏偏她的儿女全都活蹦乱跳，每天从早到晚，她院里没一刻得闲。

每每她查完我的功课，手捧一杯清茗，刚在里屋坐下，想描两笔清隽的山水，或赋几句诗，这时——

大毛在正间偷拿爹的宝剑玩，爹不敢硬夺，只能大喊"桂芬，你还不快来"，小毛在稍间用墨汁把金珠糊成了花猫，金珠坐在炕上放声大哭，一旁的阿毛和毛毛扭打一团；次间的宝珠丢下描红本，爬在我头上眺望隔壁战况，拔高嗓门"娘，你听你听，小哥他们又开始啦"，我则愤怒尖叫"死丫头快下来，不许扯我头发，我改错字呢"！

继母额头暴出青筋，笔管被捏得咯吱作响，最后的结果往往是，她气运丹田，暴躁做河东狮吼状，震得屋顶作响——"都给我滚出去！"

生活和理想的差距实在蛮大的——某次，顾侯夫人见到这般情形，如此笑言道。

很多人都说，继母待我不亲近，凭良心说，其实她对两个妹妹也亲近不到哪里去，平日也是教训时多。各人性子不同，世上既有顾家姊姊那样，生来眼睛会笑，嘴角带翘，会揽着蓉姐姐手把手教字的，也有继母这样骄傲刚烈、永远软不下身段的。

至少她为我做的，大多叫我受益良多。

在学里，我结交了几位知心重情的姊妹，学了很多为人处世的道理，会算账，能缝简单的衣裳，到了外头长辈跟前，也能装得端庄温婉、笑不露齿。

唯一的例外是，我刚入学不久，在郑家后院里遇到一个骄横的小子，他嘲笑"女孩子家读什么书，考状元吗？还是回家绣花去吧"，我回骂"有本事你考一个我瞧瞧"。出言不和，当下狠狠打了一架，两人旗鼓相当，俱是头破血流地回了家，然后挨了骂。

后来，小姑姑告诉我，那是继母的小侄子，老英国公的幼孙。数年后，他考取了武状元，来向我提亲。我爹乐得合不拢嘴，急不可待地点头答应，生怕人家反悔似的。

定下亲事后，继母生平第一次，也是唯一一次找我谈心。她看着我，神色复杂："你是个好孩子，心宽，豁达，什么烦心事都不往心里去，这是你最大的福气。"

知道我要出嫁，大毛立刻哭得好像死了爹。

听说继母在生大毛时很是艰难，原本应该很疼的，但经不住后面一连串的毛呀、珠呀地生出来，便有些管不大到。从小到大，我和大毛最亲，一起疯野，一起挨罚，连他换下来的乳牙都是我陪着去丢的。

大毛伤心地号啕数日，拿恶狠狠的眼神瞪着未来姐夫不说，还当人家是贼一般，扬言若他待我不好，就要给他"颜色瞧"！

我和夫婿感情很好，人前我给他面子，德容言功，绝不含糊；人后他给我里子，常趴在炕上给我当大马骑。

多年后，我们分家出来，征求过长辈的意见后，我去家庙把小姨接了出来——花白的头发，满脸的皱褶，她已苍老得不成样子了。

"以后，您就跟我们过了。以后咱们一起守岁过节，家里孩子多，您帮着多操些心，我会叫他们孝敬您的。"不敢说让她过得多富贵荣华，但至少能热热闹闹，有儿孙嘘寒问暖，伺候汤药于床前。

小姨颤着嘶哑的声音："你……你……为什么……"

当初，她明明最不喜欢我，我也明明很不待见她，现在却是我要奉养她。

"没什么。"我道，"您是我娘的妹妹，又于我数年养育。"

小姨号啕大哭，涕泪纵横。她半生荒唐，末了末了，竟是这样一个结局。

番外二　绣巧

小巧雅致的庭院中，几株南边移来的芭蕉随风垂摆着，花红柳绿间露出半扇微开的纱窗，一个二十岁出头的俪装少妇临窗而坐，低头专心地穿针引线。一个梳着双圆髻的小丫鬟端着茶盘过来，低声道："四奶奶歇歇吧，都一晌午了，我给奶奶捏捏脖子。"

少妇抬起头，笑道："好。"放下手中的绣绷，端茶轻轻吹着。

那丫鬟捏捶少妇的肩颈，嘟囔着："……肩窝子都僵了，跟木头似的，奶奶不爱惜自己，回头四爷心疼，又给我们脸子瞧。"

少妇腼腆一笑，并不答话。

她自小喜爱针黹之事，做得一手好绣活儿。自进门后，她常给嫂嫂和侄儿、侄女，还有远处的太婆婆和婆婆做些衣物饰物，很是得了些夸奖。

夫婿几次叫她少做些，她只羞涩笑笑。那一次，她终倒问回去："你可知我闺名为何？"夫婿生得清秀，心地纯良，却也忽打趣起来："我知道，叫小老鼠。"她佯嗔着不依，夫婿被捶得直笑，才道，"好了，好了，小生不敢……嗯，我听岳母叫你二丫。"

她羞涩道："那是乳名，浑叫的，我可有个正经闺名，叫作绣巧。"她伸指头在空中慢慢地画出两个字，浅浅的骄傲。

"大嫂和三嫂那么能干，有学问，有见识，我是拍马都撵不上的，总算还有这点活计能见人，就叫我显显本事吧……"她放低声音，"天冷了，香姨娘腿脚不好，我给她做个护腿。"

夫婿目中爱怜满溢，凑近她耳边轻声道："论读书，论做人，我也是拍马撵不上两位哥哥的，咱们正好一对儿，一辈子不分开。"

绣巧心中甜蜜，幸福得快要飞起来。夫婿体贴温柔，心地纯良，屋里没半个多余的，小夫妻成亲至今，从来都是甜甜蜜蜜、有商有量，连脸都没有红过一次。

众人皆说她是有福的，这些年来，同沈家一道发迹的人家中，嫁入高门的姊妹也不少，却鲜有她过得好的。

盛家是满门簪缨的书香门第，阖府的男人，个个都有功名在身，几位姑娘结的亲事也好，姻亲中不乏显赫权臣，真正的富贵双全。

公爹为人和善，立身颇正（在绣巧眼中），虽不好多见儿媳，却是几次三番训示几个儿子要先齐家，方能万事顺遂，切不可做出宠妾灭妻这种祸害家宅之事。

单为了这一样，夫家里那位文采名扬京城的三哥，就挨过公爹不止一次板子和怒骂，次次都要靠三嫂去救。

绣巧就目击过两回，一回是三哥在外误交损友，被引着进了次青楼，还结识了一位卖艺不卖身的"奇女子"，吓得公爹脸色发青，足足关了三哥两个月不许出门，还有二十大板，被罚抄了五百遍《盛氏家训》——其中有一条是盛家子弟绝不可与青楼女子有牵连。

其实，绣巧颇觉公爹有些过了，读书人多爱附庸风雅，连她那书呆子的二哥都逛过青楼，逢场作戏而已，哪个正经公子哥儿会当真的，公爹何必气得那么厉害，三哥到底是做了爹的人，也太不给面子了。

谁知夫婿却叹气道："你不知道，我们原先有位伯祖父，曾祖父留下的万贯家财，还有亲生的闺女，好端端的一个家全毁在一个青楼女子手中。我们小辈是没逢上，可父亲是亲眼所见的。"

还有一回，却是春闱前两个月，三哥书房伺候的一个丫头忽传出有了身孕，彼时公爹正铆足了劲儿督促儿子备考，乍闻此事，当即发作起来，把三哥书房里外服侍的罚了个遍，还把那怀孕的丫头撵去了庄子里，发狠话道"若此回再不中，就不留子也不留母"。

后来，三哥果然中了，还是二甲头几名。

其实三哥十分聪明，文采卓佳，人也热心，自打盛、沈两家结了亲，就很热诚地带绣巧那书呆子二哥到处见世面，赴经义会，引荐了好几位大儒高士，沈二哥喜不自胜，连连跟沈父沈母说这门亲事结得极好。

三哥缺的不过是那种骨子里的毅力，时不时会掉下链子，需要刚毅果决的人来把他扳回正途——例如公爹，例如……三嫂。

其实三哥虽爱个花儿草儿，对三嫂却非常敬爱……嗯，几乎是敬畏了。不过，三嫂处事公明正道，手腕了得，也当得起这份敬意。

一开始，绣巧看三嫂肃穆威严、不苟言笑，不如大嫂和蔼可亲，很是战战兢兢了一段日子。待日子久了，她发现三嫂其实为人很好，很愿意耐心地教她理事待客的道理。

她喜滋滋地把这个发现告诉了夫婿，谁知夫婿失笑道："三哥那样的，三嫂若不板着脸，紧些规矩，屋里就全乱套了；至于大嫂……你也见过大哥的，像他那样的，若大嫂再不说着些、笑着些，那日子还能过吗？"

提起长兄，绣巧忍不住吐了吐舌头，表示扛不住。

盛家长子、长媳赴任在外，迄今为止，绣巧只正面见过这位大哥一回，却觉得比见公爹还紧张。有这种感觉的并非她一人。三哥在公爹面前，偶尔还敢嬉笑几句，父子共论诗文，但在长兄面前，他只得老实地垂手而立，连眉梢都不敢多动一下。

那年三哥的嫡长子能张口叫人了，奶声奶气的，极是可爱，三哥见公爹喜欢，便磨着想把庄子里的生母领回来："……实在不成，叫姨娘见见孩子也成呀，好歹……好歹是她的亲孙子……"

听说当时三哥说着说着，便哭了起来。

公爹似也有些心软，可惜三哥运气不好，恰逢大哥有急事回京述职，得知此事，当即一眼横过去，三哥立刻就哑了。

"领回来做甚！再来祸害人？"

大哥当面不说什么，转身叫上幼弟，三兄弟关起门来说话："你看看家中的姊妹，除了四妹，哪个不是夫妻美满、儿女绕膝？若非林姨娘，四妹的姻缘焉会至此？身为妾侍，非但对老太太和太太无半分敬畏之意，连老爷的主张都不放在眼里，胡作非为，仗着什么，还不是有你这个儿子？！"

盛家四姑娘的事，绣巧也略有耳闻，当年梁家公子众目睽睽下一抱，成就婚姻，不可谓不惹人非议。虽梁、盛两家对外声称是意外，但好些人家都暗自议论，说是盛氏治家不严，纵得小妾、庶女竟敢在外公然算计侯门公子。

梁、盛两家总算后来结成了亲家，一张盖头遮掩了过去，议论才渐渐停了下来。

"你也是做爹的人了，倘若将来有个妾侍，也仗着得你宠爱，庶子出息，照样胡作非为一番——反正只需几年，又能杀回来——你当盛家的门楣经得起几遍糟蹋。"

大哥说话并不如何高声，语气淡淡的，话语却如针扎般处处见血。三哥当时就汗水涔涔，到后来几乎要哭出来了。

这时，大哥忽温和了声音，亲自扶着三哥坐到身边，柔声劝道："咱们身为男儿的，成人前靠出身，成人后靠本事。你如今已不是父母膝下的稚子了，有了妻子儿女，将来还要独自撑起一个家，若没个定算，只由着心中情意摆布行事，岂非与妇人无异？！

"若你记恨大哥，将来父亲百年后，咱们兄弟不来往就是了。我们虽非同母所生，可到底是骨肉血亲，难道我不盼着你们两个日后好？纵不指着你们光耀门庭，但至少要能立身当世。男子汉大丈夫，是非在前，情分在后，不是让你无情无义，而是得把情分笼在章程里！"

据夫婿说，到最后，三哥抱着大哥的腿痛哭流涕，连声号哭自己的不是，指天发誓再也不糊涂了，一定以家门为重；无辜的幼弟也被训诫在内，一起表态发誓。

被训傻了的夫婿回屋后，半晌才回过神来，抱着心爱的小妻子呜呜——这是绣巧所知道的三哥做的最后一次接回林姨娘的尝试。

据说事后，老太太也给公爹来了一封信，直接道"只要她活着，就别想接回林姨娘"，至此便连公爹也不再提了。

"祖母又何必呢？反正大哥已说服了三哥。"这样岂非自招儿孙嫌恶？

夫婿叹道："祖母就是这样的人，虽不爱说话，心里却是再慈悲也没有的了。她怕父子兄弟生隙，便想将不快都扯到自己身上。"

绣巧没见过这位祖母几回，她生性害羞，又不会找话题，便在老太太跟前也不知说什么，只觉得老太太有些冷漠，不好亲近，可日常闲来说话，夫婿总道祖母是全家最真心真意的人。

想了一整圈，绣巧发现自己竟然漏了王氏。做媳妇的，有时伺候婆婆比伺候夫婿还要紧——可她完全不存在这个问题，因为她正经的婆婆长年待在老家家庙中。

做什么呢？替体弱的老太太祈福。

很诡异的说法。便是天真如绣巧，也知道里头不简单，可她生性听话胆小，不该她问的，从不多问半句。

正经婆婆不在，家中倒有个副手婆婆可伺候——香姨娘。

出嫁前，沈母曾担心女儿该怎么跟这位庶婆母相处，轻不得，重不得，谁知这番操心全是多余。

香姨娘出乎意料地明理，从头至尾只称呼绣巧为"四奶奶"，待之恭敬客气，与对三奶奶柳氏并无多少区别，从不对亲生儿子屋里的事多一句嘴。后来绣巧得知，在他们成亲前不久，还是香姨娘跟公爹说，把夫婿屋里伺候的两个通房先行妥善打发了。

香姨娘生得并不甚美艳，远不及公爹身边伺候的那个菊芳姨娘，但自有一份清秀淡然，笑起来时，尤其和夫婿相像，只是眼底多了许多操劳、憔悴。瞧着她一把年纪了，还常站在公爹屋前打帘子，端水递茶，绣巧平白难过起来。

缝纫技艺好的人，大凡眼力不差，绣巧细细观察香姨娘的身形许久，然后偷偷做了一套贴身小衣，轻软的棉料、细密的针脚，像给娘家的母亲做的那样，怀着感恩的心，一针一线，做得尤其用心——然后，叫小丫鬟偷偷送过去。

香姨娘收了衣裳，什么也没说，只是望向绣巧的目光越发温柔，以及几分叫人心酸的感激。绣巧心中高兴，此后便常做些贴身的小物件，冬天的暖帽、夏日的坎肩，还有柔软舒适的软拖、精致的手笼……香姨娘也暗地叫人传话，叫绣巧别再做了。

绣巧很乖地点点头，过一阵子，接着做。不久，夫婿就知道了。那日夜里，他搂着她坐了良久，头沉沉地挨在她颈边，她能感觉到肩上一片湿漉。

进门后大半年左右，香姨娘忽然病倒了。

不过是偶感风寒，竟久病不愈，那位京城极有名的老大夫叹息道："操劳忧心太甚，时日久了，身子便慢慢拖垮了。"好容易待病愈了，竟生生瘦了一圈，衣裳显得空荡荡的。

绣巧忽想起那一年，沈国舅的大邹氏夫人也是这样，大夫说她操劳了小半辈子，劳心忧神，内里已掏空了，便连寻常的小病也经不住了。

想香姨娘自小凄苦，无父无母被卖了来，在府里无依无靠，大妇脾气不好，她得小心应酬着，更有得宠的林姨娘，得处处提心吊胆，不敢有半分显山露水，提着脚尖过了十几年，好容易儿子娶妻成家，有了功名，她还得继续熬着。

绣巧一阵心酸。有次去探病，趁屋里没人，她轻悄悄地挨过去，凑到香姨娘耳边道："姨娘定要保重身子，长命百岁，将来咱们分家出去，还指着姨娘教我怎么过日子、教孩子呢。"

香姨娘的眼眶忽然涌上泪水，无力地轻拍她的手，低声道："你是好孩子，四少爷能讨了你做媳妇，是他的福气。"

若是换作大嫂、三嫂这样名门望族出来的贵女，没准儿还拉不下面子、放不下身段，可绣巧完全没有这方面的负担，她是沈母贴心的小女儿，自小没学过什么高级的规矩，在父母身上撒娇耍赖惯了，如今换个人，做起来也是一般的驾轻就熟。

她常趁无人时，挨到香姨娘身边咬耳朵。

"姨娘，相公还跟孩子似的呢，昨儿读书到半夜，没烫脚就上炕了……"

"姨娘，我叫相公夜里一定要吃消夜，可他读着读着就忘了。他不听我的，回头您去训他……"

"……姨娘，相公生辰快到了，他爱吃什么，咱们一道做给他吃，好不好？"

大约是有了念想，香姨娘的精神慢慢好了起来，私底下待她越发亲厚，明面上却依旧不敢显露太多，婆媳俩便如捉迷藏一般，有个小小的、温暖的秘密。

旁人也许不知，但绣巧总觉得她那聪明伶俐的三嫂早察觉了，只是从来不点破。后来，妯娌俩混熟了，三嫂曾叹息道："其实香姨娘……你和四弟这般已是很好了。"

绣巧明白她的意思。

三哥虽处处比夫婿强，但有一点，却是大大不如的：等到分家那一日，如果三哥真把那位不安分的林姨娘接去同住，三嫂就麻烦了。他们两房正好相反，绣巧盼着早些分家，好接香姨娘出去享享清福，而三嫂盼着晚些分家，最好能先熬死了林姨娘。

不过，那位林姨娘到底是个什么样的人呢？居然把三嫂这样水晶心肝的人烦扰得不行。

直到一年多后，绣巧才有机会见到这位传说中的林姨娘——这位当年宠极一时、连正房太太都要退让一射之地的厉害人物！

那是一个夏日的早晨，三嫂照例要去庄子上看望林姨娘，绣巧也要到乡里去看望病重的乳母，两边正好顺路，妯娌俩便结伴同行。

绣巧知道自打太婆婆和婆婆都离府后，林姨娘便常给三嫂找麻烦，时不时央人去带话，一会儿病痛了，一会儿要死了，三嫂不欲叫三哥去见林姨娘，只好自己去。

这种事，三嫂定不愿叫人看的，绣巧很乖觉，打定主意提早分道扬镳，免得三嫂尴尬。谁知那日热得格外早，她本就不惯京城这种透不过气的闷热，轿子又颠得厉害，还不到半路，她就中暑晕了过去，随即人事不省。

待她悠悠醒转时，发现自己躺在一间厢房里，身下是简便的草席，青青的竹帘子后头传来低低的说话声。绣巧全身无力，一时叫不出声来，只听帘外两个声音似在争执——

"……我劝姨娘消停些吧，相公是不会过来的。老爷早吩咐过的，相公若敢来见您，就打二十大板，再敢来，就三十大板，这么累上去。姨娘和相公好歹母子连心，就饶了相公的皮肉之苦吧。"声音清淡柔和，是三嫂的声音。

"放屁！我生他养他，别说二十大板，就是替娘去死了，也是个孝子！"一个粗俗喑哑的声音放肆道。

难道这个就是林姨娘？怎会这样？绣巧有些迷迷糊糊地想着。

"姨娘还是不明白。若是名正言顺的娘，那是自然孝字当先，可您，这'娘'前头还有个'姨'字呀。说句不好听的，便是相公有朝一日能诰封老母了，那也先是正头嫡母，若有剩下的恩典，才轮到您。您若是气不过，下辈子投胎，千万别给人做小呀，便是再苦再难，好歹明媒正娶，这样生下出息的儿子，您想打就打，想见就见，也省得在这儿生干气不是？"

三嫂好厉害的口舌呀，平日那么端庄持重，没想刻薄起来这么厉害。

绣巧努力想挣扎脱迷糊来——后面几句话就没听清，只知道那个难听的声音不断在咒骂吓唬，三嫂则好整以暇地调侃讥讽，大占上风。

"……好好，你现在仗着有人撑腰，敢对我这般无礼，你给我等着瞧！等将来我儿分了家，接我出去孝顺，看我怎么收拾你！"

三嫂忽发出一阵高亢的笑声，带着一种自嘲的意味，然后淡淡道："真到了那时，您怕也是不会如意的。"

"有爹生没娘养的小贱人！你说什么？"

三嫂低沉了声音，缓缓道："林姨娘，时至今日，你还不明白当年是为什么才被逐出府的吗？相公这人，骨子里和公爹其实是一种人，他们最看重的，既非贤妻，也非宠妾，而是他们自己。公爹一心想要光耀门第，你碍着他的路了，自然得让开；相公呢，他喜欢吟风弄月，无忧无虑地过日子。"

说到这里，三嫂直接讥讽起来。

"分家总要十几年后吧，那时，相公怕早已有声望、有地位。他会为了一个名不正、言不顺的庶母来为难我这个明媒正娶的妻室？得罪我柳氏一族？我的哥哥、叔伯们是死人吗？还有我的儿女们，到时都长大了，读书的、有功名的、好好嫁人的，我是他们的嫡母，你算什么？你说，相公会为了你，得罪这一切一切？在他的那些清贵的、有才气的、不沾半分俗气的诗友、同窗、同年跟前，丢这么大的人吗？"

后面两人又吵了什么，绣巧已记不清了，只依稀觉得那难听的声音越发节节败退，然后她一阵头晕，又昏睡过去。

再度醒过来时，只见三嫂又是那副端庄高贵的模样，笑吟吟地坐在她床边："瞧你这没用的，今儿也别乱跑了，先回府吧。"

绣巧自是连连点头，半句不提适才听到的话。

被扶着出屋时，她看见一个粗糙的半老妇人站在门边，身形臃肿肥胖，布满横肉的脸上依稀可见清丽的眉目，与三哥和四姑奶奶有几分相似。两个婆子强行想把她扯回屋去，口中呼着"林姨娘"云云。

原来这就是林姨娘？绣巧心中微微失望。

她曾听说，林姨娘刚犯事那阵，被贬到庄子里后还不安分，不断地寻死觅活，伺机逃出去。当时王氏正掌权，要收拾这个昔日的仇敌何其容易，便以防止林姨娘寻死为名，将她关进一间只有一扇高窗的小小土屋里，每日只给三碗猪油拌饭。

林姨娘当然并不真想死，只好吃了，又没的可走动，越吃越想吃，半年下来，便成了个肥猪婆。

绣巧暗暗打了个寒战。

好生阴毒、狠辣！生生毁去一个女子最重视的美貌和窈窕。

听说这是王氏婆母的姐姐给出的主意，后来这位姨妈不知哪里去了，连带康家也不大来往了，绣巧很松了口气，能想出这种主意的人，她怕见得很。

这日的事，她没跟任何人透露，只在一次回娘家时，跟沈母说了。

沈母叹气道："你三嫂也不容易。那姓林的，你也不必过于怜悯，这种人，是报应。"又道，"你也别理这些有的没的，当下要紧的是你得赶紧有身子呀！"

绣巧的眼神迅速黯淡下去。

家境富裕，门第清贵，出入都有面子；婆婆不在，太婆婆不在，长兄长嫂都不在；公爹和气，三哥和气，三嫂更加和气；她不用站规矩，没有婆婆需要伺候，没有妯娌需要麻烦，更加没有爱拈花惹草的夫婿来伤心。

这样舒坦悠闲的日子，唯一美中不足的就是成亲已近两年了，她还未有身孕。

夫婿和香姨娘待自己这样好，想想都觉得对不住他们。绣巧含着泪提出，要找个好生养的丫头开脸，话还没说完，就叫香姨娘训了回去。

"傻孩子，成亲三四年才开怀的妇人多了去了，你们才多大，再说了，家里儿孙那么多，不差你们传宗接代，你着什么急呀！"

绣巧心里感动，却越发过意不去，就一天天瘦了下去。夫婿看不下去，便决意去求老太太帮忙，找白石潭贺家老夫人给看看。鸿雁来去，老太太来信答应，还道贺家老夫人半年后会进京，到时她豁出老脸，再请人家劳驾一回便是。

"真……真的能行？"绣巧噙着泪水，满心希冀。

夫婿为了宽她的心，拍着胸膛将那位老夫人的医术狠狠夸了一通。

"你不知道，当年大姐姐也是五六年没有身孕，叫贺老夫人瞧过后，一举得男，三年抱俩，眼下都快四十了，还收不住呢，这不，又有身孕了！这些年，咱们光是给大姐家的外甥和外甥女的压岁钱就好大一份呢！所以，待这回请贺老夫人瞧过后，咱们也可着劲儿地生，好歹把本钱都要回来，不然岂不吃亏？"

绣巧生性老实质朴，当下破涕为笑，不疑有他。

沈母知道这事后，也是感动得红了眼眶，连声对沈父道："老头子，我当初说什么来着？这才叫书香门第，有规有矩，有情有义，那些动不动三妻四妾的，不过是假斯文、假道学！"

笑了一会儿，又忍不住拿钟家闺女说事。

当初沈母想聘钟家姑娘为长媳的，谁知钟夫人却瞧上了两广总督周大人之子，现在京城读书的。门第是好门第，可周家是四世同堂，三房共住，家里叔伯兄弟、妯娌小姑表亲一大堆，绣巧听了几遍都没记住谁是谁。

钟家姐姐一直跟她要好，出嫁后没少回娘家哭诉夫家日子难过，每日从早到晚，累得一刻不得歇息，吃不得好吃，睡不得好睡，几乎快撑不住了。

绣巧觉得吧，倒不能怪周家不对，人家就是那样的人家，实则该娶像大嫂和三嫂那样的媳妇，自小训练有素，知道怎样周旋妥帖，一大帮亲戚招呼起来游刃有余，绝无半分露怯的——像她家和钟家这样半路暴发的，怎能相比？

记得那年阖家团聚过年，又恰逢老太太大寿，家里摆了三日的流水宴，又有唱堂会、邀杂耍，僧尼念经祈福，前后有五六十户人家来拜寿。

每家是什么来历，上门的女眷是什么辈分，该怎么称呼，摆座位时怎么排序；哪几家素日不和的，不该坐一道；哪几家是姻亲、血亲、转折亲，该坐一道的；有几位老夫人闻不得什么香，有几位夫人吃不得什么；前头车马怎么停靠、喂养饲料、招呼小厮车夫，里面婆子怎样迎客、安置丫鬟、贴身物件……

她那神奇的大嫂，连鬓发都没乱一丝，汗都没沁一点儿，始终笑得那样得体亲切，轻轻松松就把里里外外安排得周全完美，一边在门外向十几个婆子分毫不乱地吩咐下去，一边还能到筵席间给老太太们布菜，说笑话凑趣，多少老诰命夫人都夸的。

当时绣巧就看傻了。

还有三嫂，那年办中秋宴时还怀着身孕，偏她刚进门，啥也不懂，三嫂笑着摇头轻叹，挺着大肚子，轻描淡写就弄妥当了。她只需要提着筷子，坐到桌旁开吃就行了。

别说主子了，就是底下人也差了十万八千里，大嫂和三嫂身边那些个经年的妈妈、媳妇，个顶个都是以一当十的能手，这都是多少代的世仆累积训练出来的。

她家倒是不缺银子，可哪里拿得出这些！身边只有几个才买两年的傻丫头，取其老实敦厚罢了，唯一顶用的乳母，最近又回家养病去了。

算了，不比了，人比人，气死人。

何况绣巧本就没什么争强好胜的心，如此，反倒和两个妯娌相处融洽。

在这种心态下，绣巧继续过她单纯快乐的日子，每日刺绣、做香囊、做衣裳，该吃吃，该睡睡，把身体养好，掰着指头一日日数着贺老夫人进京的日子。

大约是放宽了心的缘故，这阵子她特别容易长肉。夫婿见她这样，只有高兴的分儿，眼看她的身子渐渐丰腴起来，又爱吃，又爱睡，这日居然一气啃了十几个杏子。

刚好这时香姨娘来送东西，绣巧很热心地把半盆胖杏子塞到她怀里："姨娘您吃，您吃，这回的杏子特别好吃。"

香姨娘推托不过，笑着拿起一颗啃了口，当即被酸掉了眼泪，惊呼道："酸成这样，你怎么吃下去的？！"

绣巧傻傻道："酸吗？我不觉着呀。"多好吃呀。

香姨娘眼中慢慢透出喜悦的光彩，摸着她的额发，笑道："傻孩子！"又转头去问小丫鬟："笨妮子，你家奶奶多久没换洗了？"

小丫鬟呆呆地说："这个呀，哦，嬷嬷教过我的，我有记的，好像蛮久了。姨娘您等等，我回屋去翻翻簿子。"

番外三　翠蝉

"⋯⋯好歹瞧着打小的情分，你帮我跟奶奶说说，我和大哥儿都记着你的情。"一个中年妇人站在廊下，拉着一个打扮大方利索的管事媳妇絮絮私语。

那媳妇低声道："我晓得，这阵子二奶奶事忙，若不然，便是你不提，她也会记着的。你倒是想想，这些年来，读书进学，二奶奶什么时候落下过大哥儿了？"

那中年妇人虽穿戴不俗，周身绫罗绸缎，神情却十分瑟缩，闻言讪讪了几声。

二人分开后，那媳妇转身踏出庭院，身旁的另一个媳妇紧赶慢赶跟上来，嘴里嘟囔着："翠蝉，你也忒好心了，这事一个说不好，二奶奶疑你怎么办？"

翠蝉轻叹一口气："算了，到底是一齐长大的，她如今也不容易。"

"哼，她不容易什么，当初别想着冒尖儿，这会儿不比我们体面？"

翠蝉摇摇头，道："这事不该咱们议论的，你也去办事吧。"那媳妇笑道："成，那我托你的事⋯⋯"翠蝉笑道："忘不了的。"那媳妇连声道谢，满脸堆笑地走了。

目送那媳妇离开，翠蝉才继续往正屋方向走去，一路上遇见的丫鬟、婆子，个个都忙不迭地放下手中活计，向她点头弯腰问好。

翠蝉刚踏入正间，就听得里间有人声，细一辨认，便知是自家主母和盛家大房的梧二奶奶在说话。她立刻停住脚步，屏气驻足在门边。

"⋯⋯表姐帮帮我吧，我那几个孩儿打出娘胎就没离过我身边呀。"梧二奶奶断断续续地轻轻哭泣。

"你也别哭天抹泪了，这些年来，我该劝的都劝了，你左耳进右耳出，全当我是在吓唬人。好了，如今终惹得大堂伯母发威。这事，往大了说，那是你们大房婆媳关起门来的事，别说我只是个出嫁女，便是我兄弟也不好插嘴；往小了说，做祖母的想亲自教养孙儿、孙女，又有哪个能挑理？"

梧二奶奶并非浑人，该懂的道理都懂，却依旧哭得伤心："娘是恼了我了，可⋯⋯可是我又有什么法子，那到底是我的生身母亲呀，表姐⋯⋯"

"是呀，表妹孝顺，知道惦记自己的生身母亲，我的生身母亲这会儿还在老家家庙里孤零零的呢。"二奶奶忽冷冷插嘴。

梧二奶奶自知失言，赶紧道："表姐勿怪，我不会说话，是我笨！姨母素来疼我，我娘累得她如此，我……我真不知该怎么赔罪了。"说着说着，又哭了起来，"我娘罪孽深重，我如何不知？可那回我去慎戒司瞧她，真是操劳得没人样了，她对着我一直哭、一直哭，为人儿女的，我怎么看得下去……"

"早叫你别去瞧了，你非去。"

梧二奶奶泣道："自外祖母去世后，舅舅、舅母已不想管母亲了，哥哥被嫂嫂拘住了，除了我，还有谁？"

"原来长梧兄弟升了官职，竟是便宜你去慎戒司探母了！"二奶奶讥嘲出声，话音一转，又道，"说起舅舅、舅母，听说最近王家表弟又添了个儿子，要说舅母眼力不错，抬进来的二房奶奶果然旺夫益子。"

梧二奶奶心头一惊，抬头见表姐饱含深意的目光，慌张道："表……表姐……"

"你也该知足了，我大伯父、大伯母待你够厚道了，虽心中气恨，但从未迁怒于你，想想元儿，她的公婆还是咱们嫡亲的舅舅、舅母呢！你倒好，得寸进尺，一会儿去探母，一会儿缠着老太太原宥——老太太难得回京一趟，你大过年跪在寿安堂门口又哭又求，尽招晦气！"

"如今老太太身子安好了，已发话叫姨母回来了，大家都富贵荣华、阖家美满了。何况、何况那是我娘呀……"

梧二奶奶刚要说下去，立刻又被打断："我知道那是你娘，谁都知道那是你娘！"二奶奶饱含讥讽的声音，"那桩陈年官司我懒得再说，老太太没事，那是她洪福齐天，姨母居心恶毒，却是板上钉钉的。我们盛家大房、二房多少年的情分了，比寻常分家的亲兄弟还要好，这情分往后还要接着下去，伯父、伯母绝不会为了你叫两房人生了嫌隙！你放明白些，不论你有多少道理，只能选一边，别想着人人都得体谅你、迁就你！你是聪明人，知道该怎么办！"

说完这一大段，二奶奶似是厌倦了，开口就要送客。梧二奶奶只好收了眼泪，抽泣着出了门。翠蝉迅速退开几步，站在正间门口，一边伸手抬帘，一边屈膝行礼。

送走梧二奶奶后，翠蝉才缓缓进到里屋，见主母坐在炕上，脸色不好，一见到她便道："你怎么才回来？害我等半天。"

翠蝉知道主母性子，笑着站到炕前，哟哟道："哎哟喂，我的二奶奶，主子们在里头说话，我还能冲进来回话不成？可怜我跑了一趟长腿，还得在外头干等。”

二奶奶被她唱作俱佳的样子逗乐了，脸色稍霁。

翠蝉察言观色，笑道：“要我说，还是二奶奶性儿太宽厚仁慈了，梧二奶奶这么一趟趟寻上门来哭诉，若换了旁人，不给个闭门羹吃，也直接下脸子骂了。”

二奶奶是个爽朗性子，气性来得快，去得也快，闻言笑叹道：“我只是怜惜允儿表妹，这些年来，她怜老恤弱，施粥舍米，没少做善事。唉……黑乌鸦窝里飞出只白凤凰，这算怎么回事……”

翠蝉小心道：“这回……梧二奶奶又怎么了？”

二奶奶冷哼道：“康家表嫂叫她缠烦了，就撺掇道‘想从慎戒司放人出来，非顾家侯爷不可为，不如小姑子去求求顾侯夫人’，表妹还当真了，居然刺破手指，写了封血书想送去蜀地。好在大伯母留在京城的管事婆子机灵，给拦了下来，消息传回宥阳老家，倒把伯父吓了个够呛。这信若真送了出去，六妹还罢了，说不定妹夫还当这是长梧兄弟的意思呢！”

翠蝉也是吓了一跳：“梧二奶奶这胆子也太大了。”

“哼！”二奶奶一脸恨其不争，“当初刚出事时，我就劝她，千万放明白些，别拿自己跟整个二房去赌，大房里哪个都不会押她。四年前大伯母拘她在老家关了一整年，回来后我好言相劝，别没完没了地哭了，大伯母已是怒了。去年她去寿安堂门口乱跪，大伯母都气病了，两个月后就抬了个好出身的良妾进门。唉，这屡教不改的，我是懒得废话了。”

翠蝉见主母气得口干舌燥，默默倒了碗温茶递上。

“其实这事我是早知道的。”二奶奶喝过茶水，匀匀气息，才缓缓道，“大伯母原本的意思是想把表妹叫回老家，再也不放回来了，以后就叫那良妾做了平妻，替梧兄弟出面张罗。总算梧兄弟念情，好说歹说，劝大伯母‘此事不成体统’，才算保住了表妹。”

翠蝉坐到炕上，轻轻替二奶奶捶着腿，温言道：“奶奶别气了，照我说呀，堂房大太太叫把梧二奶奶的儿女叫回去，也不见得全是为了惩处。且别说咱们老太太对大房的恩情，说到底，堂房是商户人家，只一个梧二爷出仕，还是武官。可咱家呢，文的、武的有多少？这辈上，咱们两房人还亲如一家，可再叫梧二奶奶这么下去，时不时带着孩子去慎戒司见见受苦的康家外祖母，言传身教，以后哥儿、姐儿们大了，还不暗暗记恨哪！”

二奶奶拍腿道："你这话说到我心坎儿里去了！我也忧心这个，好在伯父、伯母是明白的，趁孩子们还小，赶紧带回去自己教养。不过也就这回，长梧兄弟已应承了伯母，说若再有下次，就把媳妇赶回老家去，另抬平妻。"

她叹口气，又道："姨母这样恶毒的人，是断断不能出来的，听说她在里头还见天咒骂我们全家呢。唉，说起来，允儿这门亲事还是老太太牵的线，也不知她有否念及老太太的恩情。"

说了半天，二奶奶见翠蝉久久不语，不由得笑道："你怎么了，哑巴啦？"

翠蝉忍了又忍，还是说了出来："听奶奶说良心话，我不知该不该替一个人传话了。"

二奶奶略一思索，脸色渐渐沉了："还说允儿心软呢，你也是个心软的。她又托你来跟我说什么了？"

翠蝉苦笑道："宋姨娘说，大哥儿一日日大了，眼见不是个读书的料，倒喜欢舞刀弄枪，咱们爷哪有这工夫，能否请奶奶给找个刀棍师傅。"

二奶奶冷哼一声："她胃口倒不小，什么都敢说。"

翠蝉静静地站在一边，一声不吭。

虽说如今她是二奶奶跟前第一得用的人，可原先的话，宋姨娘才是二奶奶自小伴大的贴身丫鬟。旁家奶奶也许乐意将贴身丫头给丈夫做小，可二奶奶自小是看着林姨娘跋扈大的，骨子里就不信什么妻妾和睦，是以当初二奶奶再着急上火，也没把主意打到她们几个身上。

谁知宋姨娘瞧二奶奶生大姑娘时伤了身子，就生了别样念头——既不会有嫡子了，那么必是庶长子最贵，便主动提出"要为主母分忧"……那次后，二奶奶虽什么也没说，一切如常，但翠蝉知道，她是伤心的。

二奶奶原先的念头是找个父母兄弟身契都捏在手里的二、三等丫鬟，到底是要给二爷生庶长子的人，总不好太亲近了，若好，那是皆大欢喜；若不好，有个恃子托大什么的，万一要撕破脸，也不至于伤了自小的情分。

翠蝉常想，连她都能瞧出二奶奶的心思，难道宋姨娘会不知道？却依旧满嘴"旁人不放心，不如我跟奶奶贴心，我生下的哥儿，跟奶奶肚皮里出来的没两样"。

大哥儿刚生出来那会儿，二奶奶固然松了口气，宋姨娘也志得意满得跟什么似的，谁知人算不如天算，后来二奶奶调理好了身子，接二连三地生下嫡子，夫妻还越来越恩爱。

这样一来，庶长子的存在反而尴尬了，宋姨娘也越发惴惴不安。

过了半晌，二奶奶才幽幽道："你说句真心话，这些年来，我可有亏待他们母子？"

翠蝉低声道："天地良心，是宋姨娘伤了奶奶的心在先，奶奶够对得起她了。都是丫头抬上来的妾，瞧瞧咱家的香姨娘和四少爷的吃穿用度……他们该知足了。"

二奶奶眼中似有泪光一闪，很快消失不见，拉着她的手，哽咽道："幸亏出嫁前，老太太把你给了我，最艰难的那阵子，有你日日给我鼓劲儿宽慰，我才熬了过来。"

翠蝉由衷道："老太太早说过的，奶奶仁善心热，跟着奶奶定错不了。"

主仆俩说了会儿笑，翠蝉忽想起一事："对了，奶奶还没问我差事办得如何了呢。"

二奶奶抚额咬唇，笑骂道："都是你，叫你七扯八缠，都不知绕到哪儿去了。快说，快说，今儿一早不是叫你送人参去的吗？四妹妹怎样了，生下来了没？"

翠蝉含笑道："折腾了一上午，四姨奶奶又生下位姑娘。"

二奶奶惊道："怎么又是个丫头？！这都第四个了！"

翠蝉也是暗叹，接连四个，这可真是问天天不语了。

亏得四姨奶奶得了几分生母的真传，尽管婆母不待见，好歹还能勾住丈夫。只盼着林姨娘的本事靠谱，叫四姨奶奶能继续勾着丈夫生孩子。

二奶奶叹了会儿气，无力道："这叫什么事，六妹妹一个接一个地生儿子，四妹妹却是接连生女儿。"

翠蝉轻声道："听说四姨奶奶头胎掉了的那个倒是个哥儿。"

二奶奶撇撇嘴，惋惜道："不止呢，两年前她又掉过一回，是个成形的男胎。"

"这么多年了，我如今是一点儿怨气都没了的，只盼四妹妹懂事些，别再跟侍妾们斗气了，好好保养身子，下一胎生个儿子才是。"二奶奶不住叹息。

翠蝉目含笑意。这些年来，二奶奶是越发心地慈和了，连早年跟林姨娘的恩怨也随风散了，一心向善，想多给儿女们积些福德。

"还是五姨奶奶好，一个姑娘一个哥儿，间错开来，把六姨奶奶羡得。"

"那也是个不省心的，六妹妹羡慕她，她还羡慕六妹妹呢。"二奶奶轻啐一声，"六妹夫把六妹妹当成眼珠子，含在嘴里怕化了，捧在手里怕摔了，一时一刻都不肯分开，五妹夫却得时不时敲打着。前阵子五妹夫的上峰赠了个妾，五妹妹好一番闹腾，现下也不知如何了。"

翠蝉听着，也笑了笑："五姨奶奶也不是容不下人的，不过文家姑爷纳妾，总要叫她点头才成，前头那两个不就挺好的？又老实，又本分。"

"她是跟六妹别苗头呢！"二奶奶道，"哪能跟六妹夫比呢，他前半辈子吃了那么多苦，性子执拗得很，最见不得外人插手他的家务事。"

记得那年蜀王赠了两个美人，六妹夫转手就送给了底下娶不上媳妇的伍卒；后来又赠了四个舞姬，六妹夫就好吃好喝地养着，家中一有宴饮就叫出来歌舞一番，半个蜀地的达官贵人都见识过了，直夸蜀王府会调教人，个个色艺双绝。

想起原先宁远侯府的那个叫什么凤仙的，二奶奶暗笑着摇摇头。

后来蜀王怒了，伸头伸脑地想要使绊子，结果叫顾廷烨抢先参了一本。三弟长枫曾绘声绘色地解释过一番这本折子的大意：

皇帝啊，臣把蜀王塞来的女人送人了，惹怒了蜀王，臣知错了，皇家所赐的，哪怕一个马桶，怎能随便转手呢？所以第二回蜀王送来的女人臣就留下了，还经常使用，赴宴的客人看了都说好。可蜀王又不高兴了，表示臣没有领会到他所送女人的正确使用方法。皇上呀，现在蜀王要管臣怎么使用家中的女人，以后会不会管臣怎么使麾下的军队呀？

皇上啊，臣是真不想纳妾，臣早年受足了家宅不宁的罪，弄得家破人亡，这您都知道。臣不想纳妾，蜀王非逼着臣纳，臣纳妾对蜀王有什么好处呀！臣子尽心替皇上办差，连教小儿子功课的工夫都没有，这样下去又得送京里来了，跟他大哥、二哥一样，伴在皇子身边，有皇家的老师看着，臣放心，皇上您看……要不，再多收一个？

皇帝给顾廷烨的御批：皇子伴读人员已满，你一家就占了两个名额，很多老同志纷纷表示不满，你剩下的小子就自己留着吧。PS：你家大小子不错，少年老成，办事妥帖，很得朕和大皇子的看重；二小子太不爱说话，搞得老师们很疲劳，等下个月你大舅子盛长柏回朝任京官，就发还给他，值得好好培养。

皇帝等的就是这个，立刻下旨严厉斥责蜀王——连皇子都不该随便跟官员来往，你一个藩王，几次三番结交封疆大吏，意欲何为？

潜台词是，朕就是藩王上的位，并且刚上位就解决了两个藩王，你想学样吗？

之后数年，皇帝削了蜀王三分之二的卫队人马，夺其辖制藩地的制钱权和采矿权，还顺手给蜀王府御赐了几个"王府长史"。

每每想起六妹从远方寄来的家信，二奶奶就直想笑，心中又妥帖又温暖。

翠蝉侧眼细察，见二奶奶嘴角含笑，似是想到了什么有趣的事，全然把刚才的不快抛之脑后，她心中松了口气，每每提起六姨奶奶，总能叫主母高兴些。

见此情形，翠蝉再加把劲儿，笑道："适才我回府时，见老葛头正在侧门卸货，说咱们爷从口外捎东西回来了，其中有件野狐狸皮子，花样斑斓的，我瞧着眼都花了，真好看极了。老葛头说，是咱们爷亲自打的，亲手剥的皮，找了口外上好的师傅削制的，预备今年过年给二奶奶做件新风兜。"

二奶奶心中甜蜜，面颊微红："老夫老妻的，都是做了外祖父母的人了，闹什么幺蛾子，叫人瞧了笑话。他人赶紧在年前回来才是真的，旁的都不要紧。"

翠蝉见主母开了笑颜，遂放了心。

二奶奶边掰着手指算着日子，边道："说起来，年前的事儿还真不少。实哥儿也该正经找个先生了，不能跟几个小的镇日混在家里学，回头得去找长柏媳妇说说；宋姨娘想给大哥儿请个刀棍师傅，那就把演武场再辟得大些，瞧着几个小的也没什么书性，兴许将来还有爱学武的……"

想了半天，二奶奶忽想到一事，吩咐翠蝉道："对了，别忘了把那些皮子各送一份给太太和大嫂，要明着送，样子好看就成了；再送一份给张姨娘，别太显眼，东西要实在好用的。咦？今日太太怎么没半点儿声响了？"

虽说自从老伯爷夺了老妻的管家之权，又叫儿媳不必日日去请安后，婆媳俩的正面交流机会大大减少了，但往日口外送东西来，婆母就跟嗅着气味的猎狗似的，明的暗的派人来打听内容，坐卧不宁地要过来查看，生怕儿媳独吞。

事实上，婆母原本哭喊着跳脚，要儿子把东西直接送来给自己，好让自己分配给各房儿媳，被老伯爷指着鼻子大骂一顿后才打消了主意。

翠蝉抿嘴一笑，附到二奶奶耳边："昨儿个夜里，太太又和张姨娘吵了一架，扭打中抓破了老爷的脸，被老爷反手打了一个嘴巴，太太现下正气倒在床上呢。"

二奶奶对这婆母毫无感情，闻言小声问道："这回，会躺几日？"

翠蝉迟疑一下："要不，我去打听打听那巴掌印有多重？"总得等印子消下去吧。

二奶奶轻轻戳着她的脑门，谑笑道："当初房妈妈说你淘气，一点儿都没错。"

番外四　玲儿

玲儿匆匆穿过抄手游廊，低着头往清冷的西侧一排院落走去。

外头是炎炎八月的天气，她心中却如坠入冰窟般冷得刺骨。人都说皇家的公主里头，庆宁大长公主是头一份的厉害，可在她看来，自家主子的婆母才是不动声色的本事。驸马和公主共有四子，唯自家姑爷能读书，有功名，这回若弄个不好，不知庆昌大长公主会怎么收拾她。

廷灿在屋里焦躁不安地来回踱步，庭院中三五个懒洋洋的婆子在打哈欠。众人见玲儿进了院子，顿时讪笑道："哟，这不是咱们三奶奶的大红人吗？这么半天上哪儿去了？三奶奶快把里头地面磨出人影儿来了。"旁人一阵嬉笑。

不等玲儿开口，屋门"吱呀"开了，廷灿冷冷立在门边，强忍怒气道："我有话和玲儿说，今儿天热，众位妈妈都下去歇息吧。"她何曾对奴才说过这么客气的话。

其中一个婆子慢吞吞地站起来，堆着假笑："瞧三奶奶说的，咱们做奴婢的，哪那么金贵了，不论天热天冷，不都该给主子当差吗？算啦，不论死活还是熬着吧，不然回头三奶奶又得满府里闹腾，'府里下人都怠慢您喽'！"

廷灿咬了咬唇，恨不能狠狠抽这几个婆子一顿鞭子，想当年母亲在时，自己何曾受过这等欺侮。玲儿一瞧不对，抢在廷灿开口前，赶紧上前几步，从衣袋里掏出一个荷包，也不敢看里头还有多少碎银铜板，直接都给了那说话的婆子，讨好地笑道："妈妈您说笑了，我们奶奶素来心直，说话多是有口无心，妈妈拿着这个去打酒吃吧。"

那婆子掂了掂那荷包，满意地笑了笑："既然玲儿姑娘这么客气，咱们只好恭敬不如从命了。得啦，咱们走吧，回去松松筋骨。"

目送几个婆子走出庭院，玲儿才赶紧跟着主子进了屋，顺手回身关门。

廷灿恨恨地坐到书桌后头，一拍桌面，骂道："这群黑心肝的，如今瞧着那贱人得宠，便不把我放在眼里！哼，把个小贱人捧得跟什么似的，那没良心的还敢自称什么读书人、什么皇亲国戚，都是没礼的，公主也……"

眼看主子越说越没分寸，快要说到当家婆母身上去了，玲儿赶紧大声咳嗽，用力瞥着一旁侍立着的小丫鬟，笑道："奶奶，您又来了，天热气性不好，这说什么呢！严姨奶奶也是好人家的女儿，听说如今严家公子也中了第，公主和三爷多看重几分也是有的。再说了，严姨娘生的哥儿不也得叫您一声母亲吗？"

廷灿正想骂"谁稀罕那下贱种子叫我娘"，忽见玲儿眼色有异，转而瞥见屋角那小丫鬟，只好忍着气："玲儿，跟我进里屋去。"又朝那小丫鬟喝道："你到门外廊下去看着，谁也不许叫进来，不然仔细你的皮！"

小荷花今年才十二岁，却已十分懂事，闻言连忙道是，多一句话都没有。

临踏出屋门前，玲儿叫住了她，塞给她两枚小小的银锞子："天儿怪热的，屋里不知还有没有绿豆，回头我和奶奶说完了，你去厨上找妈妈要个冰碗子吃。"

小荷花望着玲儿温和善意的面容，心中感动，接过手赶紧出门。

她边走边想着，人都说府里三奶奶最难伺候，果然不错，性子娇气爱拿乔不说，也不体谅人，当初跟三奶奶过来的几个陪嫁大丫鬟如今都不知哪里去了，只剩下一个得用的玲儿，为主子做牛做马，到处赔笑脸、说好话，忍气吞声，三奶奶却依旧呼来喝去。眼看玲儿姐姐年近三十，这些年来三奶奶似乎从没想过给她物色亲事，只这么一日日耗着。

听说许多年前，韩管事那在外头做了掌柜的儿子见玲儿好，想求了去做媳妇，却叫三奶奶一口回了，不知有没有这事……

想到这里，小荷花忍不住暗暗叹息，庆幸自己亏得有老娘、老子，哥哥们也出息，只等熬过几年，到时去求了恩典，就能出去配人了。

里屋内，廷灿越发气愤，重重地坐到炕上，怔怔了片刻，忽落下泪来："若母亲尚在，瞧我如今这个地步，连个小丫鬟都要说好话，不知该多心疼呢。"

玲儿倒了碗茶，顾不得给自己擦汗，先端茶来劝主子："奶奶别气了，虎落平阳被犬欺，这也是没法子的事。无论如何，三爷待您还有几分情意在，四季吃穿和月例都不曾少了，咱们得往好处看不是？"

廷灿受了半日哄劝，这才快快地振起了精神，问道："……别老说些有的没的，怎么样，出去见着向嫂子了吗？"

玲儿拭着额头上的汗，低声道："见着了。向家嫂子说，那姓许的言官虽品级不高，在士林中风评却极好，说话也有分量，当初既受了咱们太夫人的资助，怎么也得报恩，他愿意替咱们把折子递上去，不过……"

"不过什么？"廷灿忙问道。

玲儿面露为难之色："奶奶您想，既是需要人家资助的，家境便可想而知。这折子不是能一举上达天听的，还得经过几道坎子，其中需要打点……"

廷灿业已明了，一拍炕几，轻哼道："不就是些阿堵物吗？行，只消能替我娘报了大仇，多少银子都行！"

玲儿心中发冷："……奶奶，这个……您还是要三思呀，若是叫公主知道了，咱们……咱们可怎么办？"

"什么怎么办！"廷灿毫不在乎，"她还能杀了我不成？"

望着自家主子永远任性不懂事的样子，玲儿很想提醒她，这些年下来，原本丰厚的嫁妆早已被秦家的打秋风，还有旁的花销打点弄得没剩多少了，可主子从不在意这种俗事，总觉得她的银子是用不完的。想到这种行为无异于以卵击石，玲儿不由得神色黯然。

廷灿见她脸色，笑道："你不要怕，本朝以孝治天下，我娘再怎么，到底是他顾廷烨的继母，他敢罔顾人伦、毒害继母，我叫他吃不了兜着走！"

玲儿忍不住道："奶奶，好歹听我一句劝，咱们不能为着报仇就什么都不顾了呀。您当务之急，是赶紧跟三爷生下嫡子，旁的先搁一搁吧！"

一听这话，廷灿就跺脚骂道："别提那没良心的！看看当初爹是怎么待大姨母的，快十年才生下大哥呢！他若心里真有我，不论有没有儿子，都该一样待我才是！才几年工夫，他就急着要儿子，不顾我死活迎了那贱人进门。我算是瞧出来了，那没良心的，给我爹提鞋都不配！"

每次说到这个，主子总要拿已故的顾老侯爷出来比，玲儿也无话可说。韩家三爷本就成亲晚，能不急着要儿子吗？再说主子不懂为人媳妇的道理，三天两头吵闹惹气，庆昌公主是什么人，哪是会顾忌儿媳脸色的寻常婆母，又不是当年的老太夫人，对大秦氏夫人束手无策。

"再说了，"廷灿轻轻泣道，"如今我娘和哥哥都没了，那边是恨不得我死的，两年前圣上说秦家子孙不肖，也夺了爵，抄了家，我还有什么依仗，不若趁这事，好好振一振威风，叫这府里的人不敢小瞧了我！你别再劝我了，你不是贪生怕死吧？"

见主子这般固执，又言及疑心，玲儿连忙想要辩白两句，却听外头小荷花高声道："三爷，啊，您来啦！"声音传到屋里，主仆俩一齐惊了惊，玲儿赶紧站到一边去。

韩诚推门而进，大步走入里屋，见妻子脸色如常地坐在炕上，不由得怒道："好端端的，你这几日怎么又不去给母亲请安了？四弟妹才刚进门，正是立规矩的时候，你做嫂子的，也不拿出个好样儿来，平白叫我挨大哥、二哥的训！"

廷灿见几日不见的丈夫，一来就兴师问罪，不由得泪珠滚滚而下，哀声道："三郎好狠的心，这么热的天，明知我素来身子弱，还逼我顶着日头去做这做那！你是要我死吗？"

三十岁妇人做出这么一副娇花般的柔弱姿态，实在有些刺眼。韩诚青筋暴起，吼道："又不止你一人热，二嫂还怀着身子呢，也去陪伴母亲。再说，母亲屋里有的是冰盆子，哪里就热死你了？！百善孝为先，古有卧冰求鲤、埋儿养母，你也是饱读诗书的，这点儿道理也不懂？"

廷灿最听不得大道理，一下从炕上站了起来，大声哭道："敢情天底下只你一个是大孝子？你不单有母亲，还有妻子呢！我爹比你能耐大了去了，也知道疼我大姨母，为着妻子什么都肯。百年修得共枕眠，我才是你最该疼最该惜的人。只知道一味愚孝，一点儿也不顾惜妻子苦痛，你算什么男人！"

韩诚揉着太阳穴，他实在不明白，要求妻子给母亲请安，孝顺母亲，这么名正言顺的天下之理任谁都没话可说，偏到了自己妻子这里就如鸡同鸭讲。

当初他也是真心喜爱过廷灿的。

他自小畏惧庆昌公主这样厉害有威势的女子，又不耐温吞女子的贫乏无趣，那年在簪菊诗会上读到顾府七姑娘的诗作，已是十分动心，又听闻此佳人貌美若西子，便巴巴地求母亲去提亲。可惜，婚后夫妻俩的美满只持续了短短数月，很快，所有甜蜜就被无休无止的争吵取代。妻子就像一个长不大的孩子，不断要求别人哄着、捧着，稍有不如意就哭闹不休。

韩诚好羡慕授业恩师，师母既会诗文唱合，又会理家管事，左右点缀两三个知情识趣的美貌侍妾，何等情致风雅的日子，怎么自己就弄成这样？

廷灿还在哭，越哭越来气："书上说'勿以妾为妻'，你算什么读书人？！屋里三妻四妾，还讨二房，把明媒正娶的媳妇撂在一旁，在那儿跟小贱人一个接一个地生孩子，要是我爹还活着，定打死你这个无行的女婿……"

韩诚用力顺下气，坐到炕边，平心静气道："灿娘，你好好听我说，这些年来母亲一直对你不喜，严氏就是母亲做主抬进来的，你不看僧面看佛面，再这么下去……"他想起前几日庆昌公主对自己说的话，心中一惊。

"再这么下去怎样？"廷灿一把甩开韩诚的手，冷笑道，"堂堂公主府还能休妻不成？再怎么样，我也是宁远侯府的嫡出小姐！你们丢得起这个人，顾家还丢不起呢！你也算男人，开口闭口母亲的，连自己的妻子也护不住，哼，当年我大姨母七年不开怀，我爹就……"

"够了！"韩诚忍无可忍，这些年来顾着孝道，他从未说过顾老侯爷半句不是，今日天热气躁，他终于忍不住讥讽道，"你爹遇上秦家女，才是倒了八辈子的血霉！险些弄得无嗣不说，末了，差点儿家破人亡，几十年的老宅叫你那好三哥一把火烧了！我虽没出息，却也不敢学岳父！"

"你……你敢非议我爹？！"廷灿一下毛了，拾起炕几上的墨砚就砸了过去。

"啪嗒"一声，砚台摔在地上，溅得墨渍四散，亏得韩诚机灵，迅速一个闪身，否则定要脑袋开花。他望着鬓发散乱、眉毛倒竖的妻子，满脸刁蛮戾气，早不复当年清丽动人，大怒道："你！不可理喻！"然后甩袖踢门就走。

廷灿更加愤怒，把屋里目之所及的东西都摔了一个遍，然后伏在案上，呜呜哭个不停。玲儿只默默地吩咐小荷花去打水，小心收拾屋里的狼藉。

过了许久，廷灿才缓缓收住泪水，抬起头来，咬牙切齿道："我要报仇，一定要报仇！都看我如今无父无母没有依靠了，就来欺负我！我不好过，也不让他们好过！"

主仆俩低声商量了几句，玲儿低声哀求道："奶奶，这笔银子数目不小，咱们可再也拿不出这么多了，您再多想想吧。"

廷灿思索片刻，决绝道："今晚你叫向嫂子来见我，我当面吩咐。"

玲儿无奈，只好应了。

当日夜里，玲儿买通了门房婆子，央求放人进来。门房婆子见是常来看望三奶奶的向家媳妇，也不疑有他，收了银子就放行了。

向嫂子其实才四十多岁，可头发已花白。

廷灿见她苍老憔悴的模样，破天荒地关心起来，平日说来就来的泪水此时却挤不大出，只有掩袖做泣状："向嫂子，你这几年受苦了。"

向嫂子跪在地上哭道："有姑娘的怜恤，日子倒还好过，只是时时想着太夫人的恩慈，想着我那早死的男人和婆婆，我……我……真是……"

廷灿对这话满意极了，微笑道："母亲素日最信重向妈妈，如今看来，你家都是好的。现在，我只有你和向家兄弟能依靠了，这……这府里的人都欺负我……"

说着，她又忍不住哭起来。

向嫂子伏在地上大哭："姑娘别折杀我了！太夫人待咱的恩情，我们母子就是死一万次也报不了。姑娘是多金尊玉贵的人，太夫人当心肝肉一般养大，姓韩的不知好歹，居然不好好待着，叫姑娘受了委屈，真是杀千刀的！"

廷灿心里熨帖舒服。玲儿见主子一直没叫人起来，轻声道："向嫂子赶紧先起来吧，这青石砖的，跪久了伤身子。"

不等廷灿发话，向嫂子就乐呵呵地摆手道："不伤，不伤！能见着姑娘，老婆子心里比吃了蜜还甜，在姑娘跟前跪一会儿，比在外头躺着都舒坦！咱们姑娘是什么人呀，姑娘刚落地那会儿，太夫人不是请人批过命吗？说咱们姑娘是王母跟前的仙女儿，下凡来报恩的，连老侯爷都信呢，便是稍有折难，也能苦尽甘来。"

廷灿仿若回到了未嫁的时光，上有溺爱自己的老父，下有无所不能的母亲、周围满是恭维的仆妇，她不免飘飘然起来，骄矜地轻轻摆动衣袖，笑得尊贵高傲："还是起来吧。玲儿，给座。"

玲儿赶紧端了把小杌子过去。向嫂子稍稍坐一个边角，廷灿才道："向嫂子，那事儿……你可有把握？"

向嫂子赶紧道："本来这事我也不敢说，可近日蜀中那边不是屡屡传来消息，说顾侯的种种不妥吗？许大人说，不如借着这股势头，趁热打铁。"

廷灿不懂政事，只依稀听说过蜀王似对顾廷烨十分不满，便笑道："果真如此，那就太好了！哼，顾廷烨逼死继母，毒害我的侄儿侄女，天理不容！只可恨韩家怕事，一点儿不肯沾手，等到时一纸折子递上去，我看他怎么受天下人唾骂！"

玲儿听得心中连连苦笑——她实在不明白，像太夫人这么精明强干的人，怎么会养出自家主子这么不懂世事的天真女儿来。一个正受皇帝重用的封疆大吏，怎么会为了那些子虚乌有的罪名就"受天下人唾骂"？"天下人"哪那么闲。

廷灿从袖中掏出一封信，递给向嫂子，道："这是我的亲笔信，交给许大人，就说事成之后我还另有重谢。"

向嫂子诺诺地双手接过，又听了好些吩咐，才匆匆出府而去。

这天夜里，廷灿睡得格外香甜，梦见自己母亲和兄长的冤屈得以昭雪，皇帝把顾廷烨下了大牢，充军发配，永世不得返京，又把那盛氏罚入教坊，每日须以色相奉承男人。自己又成了当初那样尊贵的顾家七小姐，婆母和丈夫都不敢得罪自己，当然，那姓严的贱人也别想好过，被卖入最下贱的窑子里，她生的几个小崽子都卖到外地给人做了奴才……

正做着美梦，忽听外头一阵轰然巨响，廷灿猛然惊醒，只见呼啦啦一大群人拥进屋子，她害怕地缩进床里侧，三五个强壮的婆子一拥而上，一把抓住她，或捆手，或绑腿，或塞嘴。

廷灿奋力抬头，不住踢弹双腿，只见一个熟悉的妇人身影站在门口，正是庆昌大长公主身边最得用的潘妈妈。

潘妈妈冷冷道："三奶奶犯了癫病，赶紧送到后院静房里去，回头请大夫好好医治。"

廷灿拼命甩头，努力吐掉嘴里的布片，正要叫喊，见到潘妈妈手中捏着一个信封，赫然是几个时辰前自己刚给向嫂子的那封信——廷灿愕然。

潘妈妈瞧着她，冷漠道："以后三奶奶就好好养病，别再弄文写字了。"

廷灿立刻明白了，愣了片刻，立刻疯了似的尖叫道："你们把向嫂子怎么样了？玲儿，玲儿呢？你们怎么敢？！我爹是宁远侯爷，我是顾家嫡出小姐……你们这些下三烂的奴才，怎么敢这么无礼？！玲儿，玲儿快来呀！"

几个婆子才不管这些，七手八脚地把她捆结实了。挣扎到后来，廷灿心里怕极了，开始口不择言地哭叫："……相公，我不知道，我什么都不知道，那封信……你去问玲儿……一定是她自作主张，对，是她想替我出气，她也会写字……"

很快，顾府七小姐被堵住了嘴，再也说不出什么了。

正院大屋里门窗紧闭，韩家父母和儿子三人或坐或立，庆昌公主手中拿着几张薄薄的信纸，里头正是韩诚素日熟悉的妻子的字迹。

"怎样，我早说了，这祸害留不得，你儿子非要怜香惜玉，这下你们爷俩还有什么话说？"庆昌公主悠悠地晃动着那几张信纸，"好在我那儿媳是个蠢货，若稍许聪明些，真买通了言官，把这事抖搂出去，以后咱们和顾侯要不要来往了？"

韩诚额上汗水涔涔而下，一句话也说不出来。

韩驸马年近六十，依旧声响身挺，一个巴掌甩在儿子脸上，怒喝道："逆子！你母亲的话你几次不听，如今险些酿出祸事来！顾廷烨和王善之是奉了圣命入蜀的，一个去收军权，一个去收政权钱粮，所作所为都是皇上的意思，这样的人咱们能随意得罪吗？！"

庆昌公主幽幽道："有些事，外头人不知道，咱们还能不知道？当初宁远侯府那把大火，皇上有意替顾侯出气，本想连你丈母娘一道惩处的，还是太医来报，说你丈母娘活不过几日了，顾侯才向皇帝求情给你丈母娘一个善终……怎么，到了你媳妇嘴里，竟成了顾侯逼死继母？哼哼，真真荒谬可笑！"

说完这些，她又自嘲地笑了笑："奇怪，当初，我怎么没瞧出竟是这么一个蠢货呢？"

韩驸马瞪着那信纸，恨恨道："还有顾廷烨的一双儿女。这案子不是早结了吗？余阁老亲自将弃妇方氏拿送有司衙门，那方氏也都招了，说是为报复秦氏陷害之仇，还险些扯出顾侯头位夫人余氏背夫偷汉的烂事来，倒把大理寺的几位大人吓得不轻，赶紧结案。这……这……怎么你媳妇也受牵连……"

韩诚慢慢抹去额头上的冷汗，神色渐渐镇定下来，低声道："都是儿子的不是。这样的媳妇，儿子是不能要了，以后该怎么办，还请父亲和母亲指点。"

"这种内宅的事，你不要插手。"

公主伸出保养得宜的纤纤十指，捡起信纸往烛火上轻轻一扬，随后扔在地上，火苗迅速吞噬了那几张薄纸，不过须臾，地上只余一团小小的暗色纸灰。

"顾侯那边说了，只要不休妻，不坏了顾家姑娘的名声，旁的他不在意。我和你爹也不是狠心的人，到底是八抬大轿娶进门的，以后你媳妇就在后院静房里待着，门也别出了。"

韩诚想起那如鬼屋一般阴冷潮湿的屋子，只几个性情怪癖的哑婆看守，不由得心中不忍。此时明明是炎热天气，他忽如深秋般瑟缩了下，鼻端若有若无一股浓郁的菊香，仿佛那年秋日漫山遍野的菊花盛开，诗会上初次读到廷灿的诗句那样心旷神怡。

公主轻轻拉起儿子，柔声道："我的儿，委屈你了，你姻缘上不顺，耽误了多少事，过了这次，你就别再想她了，多想想自个儿的前程。"

菊香陡然消失了，韩诚点点头，冷静道："就依母亲所言。"

也许，那只是一个幻觉；也许，他娶错了妻子。

韩府东侧院落的正屋，严氏温柔地抚着熟睡的幼子，轻轻掖好被角，才转身走出里屋，来到稍间，却见屋角站着一个暗暗的人影。

"你辛苦了。"严氏从桌上拿起一袋银子，递了过去。

那人影往后退了一步，发出低低的女声："奴婢不敢要，只求姨奶奶大发慈悲，放我出府去。"

严氏笑了笑，放下银袋。她生得娇小妩媚，言语间自有一股甜意，即便她说的跟甜美的事情没有半分关系。

"还真叫你说中了。跟去的几个婆子回来说，你那主子临被堵嘴前，还嚷嚷着把事儿推给你呢。"

晚风徐吹，屋内灯光浮动，忽隐忽现的光映在那人脸上，却见白生生的脸蛋、清秀的眉眼，赫然就是玲儿！

玲儿默不作声。

严氏却似是很淡然，望着屋顶，幽幽道："那年奶奶身边的双儿推了我一把，害我掉了个成形的哥儿，我伤心得跟什么似的，可到底没什么凭证，倘你家奶奶肯替双儿说几句，大约她能保下性命……可三奶奶一句也没说。唉，到底一条性命，生生叫公主杖毙了……还有之前的敏儿、良儿……都没了。"

玲儿还是没说话。

严氏忽转头看她，微笑道："现在你能说了，这件事，到底是双儿替你们奶奶打抱不平，自作主张，还是你家奶奶授意的？"

玲儿神色冷漠，声音更冷漠："姨奶奶不是早知道了吗？还问我做什么？我倒佩服姨奶奶当初吃了那么多苦，居然都一一熬了过来。"

严氏微微苦笑，声音却清甜如水："有什么法子，我没你家奶奶命好，只能自己熬了。唉，三爷对奶奶还是有情的，只消你们奶奶稍微少闹腾些，大约就没我什么事了。"

想起往日苦楚，她不禁心酸，怔了半晌，忽抬头看着玲儿："最后问一句，你这么做，不觉得对不住主子，良心不安吗？"

玲儿猛然抬头，目光放出如火焰般的光彩，一字一句道："我七岁到奶奶身边当差，如今二十七岁，整整二十年，从没做过一件对不住主子的事，也从没打算要做。双儿姐姐临咽气前对我说，姊妹们只剩我一个了，该报主子的恩情都已报了，叫我以后多为自己想想。"

严氏听得发怔。

玲儿声音中没有半分情感："这些日子，我劝了奶奶无数次悬崖勒马，每一句话、每一个字都是好的，都是发自肺腑的，若有半字虚假，叫我五雷轰顶、死无全尸！"

玲儿长长舒了一口气，仿佛经年浊气尽出，盯着对方道："……好了，别说这些了，姨奶奶给句话吧，放不放我？"

严氏定定地看了玲儿一会儿："你不会一出去，就立刻反咬我一口吧？"

玲儿苦涩道："背主之人，说的话还有人信吗？"

　

天色微微亮，公主府后门不远处，停着一辆灰篷马车，坐在车头驾马的一个青年汉子焦急地不住往公主府探头，过了半晌，惊喜道："来了，来了，娘，她来了！"

马车里立刻探出一个头发花白的妇人，正是向嫂子。她定神一看："呀，是她！"

玲儿素衣荆钗，挽着一个简单的包袱从公主府小后门出来，款款走到马车边上。向嫂子泣泪道："好孩子，你终于来了，咱们娘儿俩等了有半宿，就怕……就怕有个万一……"

"好了，别说了，快上车，咱们赶紧走。"那汉子喜气洋洋，连忙跳下车，亲昵殷勤地扶着玲儿上车，然后一扬长鞭，迅速驱车而走。

车厢里，向嫂子抚着玲儿的手背，含泪而笑道："就怕他们不放你出来，总算老天有眼……你吃了这么多的苦……"

"我也怕。"玲儿挨在向嫂子怀中，轻轻道，"不过，我对严姨娘说，若我死在公主府里，回头京城中就会有谣言四起，说严氏陷害大妇，种种恶行。我一个小小丫鬟，伤不了偌大的公主府，可坏一个姨娘的名声还是不难的。"

那向嫂子拍掌笑道："这倒是。眼看大妇要倒了，又逢严家父兄都入了仕，她能不想扶正？正不能出半点儿差错的时候呢。"

过了片刻，她又叹道："你说，七姑娘还能活多久？"

玲儿面色惨淡："依着姑娘的气性，不会很久了。"那种凄楚艰难的日子，绝不是顾廷灿这种温室里的娇花能熬过去的。

向嫂子见玲儿神色不好，安慰道："你别往心里去。七姑娘的性子我知道，这件事就算我们不帮忙，她也会自己想法子去做的，到时不过是平白害了你做冤死鬼罢了。"

"我没有后悔。"玲儿摇摇头，漠然道，"继续留在奶奶身边，不过一个结局。我……我还记得廷烟姑娘。"

说起那个早早出嫁且不和娘家来往的顾府大小姐，向嫂子立刻起了劲儿，拍腿道："没错！秦家人都不是好东西！我听老人们说过，当初廷烟姑娘的娘对自家主子也是忠心耿耿，本来都说好了合意的婆家，谁知那病秧子临终了还要害人！为着恶心白氏夫人，也为着廷煜大爷有人照料，就……就……唉……"

向嫂子想起那早逝的邱姨娘，胆气更足了："秦家人过河拆桥，当初说得千好万好，结果太夫人一过了门，就开始看廷烟姑娘母女不顺眼了。唉，可怜的廷烟姑娘，叫太夫人哄着老侯爷嫁到那么远，也不知这辈子还能不能回京城！"

玲儿点点头，轻轻道："咱们做奴婢的，在主子眼里都不过是个物件，好用时就用，不好用时就随意丢开。"说到这里，她忽想起一事，伸手去揉向嫂子的膝盖，"我记得您的老寒腿一直没好，昨儿夜里又跪了半天，这会儿疼不？我给您揉揉。"

她的手一触及膝盖，向嫂子就"嘶"的一声轻响，恨声骂道："这对母女都是一路货色，从不把奴才当人看！我们家一辈子替她们卖命，我男人还是受了牵连被活活打死的，到我婆婆咽气，太夫人都没给我们母子一个交代，只叫我们继续苦哈哈地当差！呸！"

"好了，过去的都过去了，咱们赶紧离开京城，找个清静地方住下。"玲儿道，"有这些银子在，咱们总不愁过日子的。"

向嫂子笑道："正是，正是。"忽又忧心道，"庆昌公主会放过咱们吗？不会又改主意了吧？"

玲儿展颜一笑："这次的事若没公主默许，你以为严姨娘能自作主张吗？"

向嫂子一惊："难道，是公主要收拾七姑娘？"

"若奶奶好好的，公主未必不能容她。"玲儿冷冷道，"偏奶奶一个劲儿地撺掇三爷忤逆母亲，很早前公主就不想要这个媳妇了。不过后来太夫人死了，因不愿叫外头说公主府见风使舵，畏惧顾家权势，反而不好顷刻动手，才又拖了这许多年。"

"好孩子，你真是个聪明的！"向嫂子大喜，搂着玲儿道，"以后咱们一家人好好过日子。"

玲儿最会做小伏低，满脸感激："我比青弟还大了两岁，承蒙您不嫌弃，以后我一定好好侍奉……侍奉……"她脸红耳赤，羞涩不已。

向嫂子笑眯眯道："你叫我什么？"

若是以前，还在顾府吃香喝辣，她是定瞧不上玲儿做儿媳的，可这几年落魄，做生意被骗，卖苦力被欺侮，过了一段衣食不济的日子，她才惊觉家里非得有个能干的媳妇不可。

像玲儿这样，既聪明有本事，又死心塌地喜欢自己儿子，无亲无故，除了自家还能靠谁去？且她年纪又大了，只有怕男人不要她的份儿，更会加倍恭敬自己。

玲儿静静地瞧着向嫂子得意的神色，心中微微一笑，脸上却羞如二八少女，温顺道："我以后一定好好侍奉娘。"

日子都是人过出来的，一个有力气、肯听话的丈夫，一个不算难伺候的婆婆，她就不信，自己会过不好。

番外五　二月雪

已至二月初春，莫名一股倒春寒袭来，森森寒气好似一面玻璃罩子生生盖在京城上空，明明日头还在当头，寒意却依旧从脚底往上渗。贺奶奶站在门口望向天际，跺跺脚甩脱寒意，吩咐婆子赶紧去烧地龙。"哥儿、姐儿们的屋子里再多烧两个熏笼，叫丫头们都瞧着，仔细着凉了。"想了想，又多吩咐一句，"那边也是，别叫冷着病着，又折腾幺蛾子了。"

那婆子笑着答应，又夸了几句主母仁德云云，方才下去。这时，一个比甲束身打扮的媳妇兴冲冲地跑到廊下，笑着朝屋里回道："回奶奶，马房的老安叔赶早一步回来，说老爷已到城门口了，只等将几车药货卸到铺子里就回。"

贺奶奶面露欣喜："这回出远门倒回得快，去，跟哥儿、姐儿们说爹要回来了，快把往日练的那些字儿呀、画儿呀的拿出来，叫老爷瞧了高兴高兴。"

那媳妇很是伶俐，笑着应声下去。

远行的男人要回来，贺奶奶自是一阵忙活，先预备几大桶热水、纾困解乏的药草泡浴、干净的里衣和罩袍，将炕铺热热地烧起来。贺奶奶想着这时辰他定还未用午饭，便又叫厨上备几个男人爱吃的菜，孩子们蹦蹦跳跳地来了，就先叫里屋炕上等着……

团团忙了半天，眼看已至傍晚，门外奔来一个满头大汗的婆子，脸上又恼怒又鄙夷，嘴里道："奶奶，老爷回来了，可那不消停的又闹上了！叫个小丫头在门口堵着呢，一见了老爷就又哭又号地叫去瞧瞧，说什么曹姨娘快病死了！"

这种把戏那边也不是头一回耍了，贺奶奶本懒得理睬，反正丈夫也不待见那边的，可此时眼见一双儿女都眼巴巴地等着父亲回来，她不由得怒从心头起。

贺奶奶娘家是行伍出身，她自小跟着父兄耳濡目染，养出一副刀剑般暴烈的脾气，当下不发二话，转身就往门外大步走去，跨出门槛时还大力甩了下。厚厚的夹棉锦缎帘子甩在门框上，发出一声沉沉的"砰"。

贺宅小小巧巧的，统共只三进半，不过几步路贺奶奶就走到了西厢小院，不待院中仆妇传报，她就大步流星地一脚踏进屋里，刚将里屋的帘子掀开一半，只见一个素色亵衣打扮的女子半靠在床榻上，胸口半敞着，露出半圆粉嫩嫩的胸脯，衬着一抹艳艳的水红肚兜。

曹姨娘形容楚楚，鬓发凌乱，一手抚着自己的胸，一手紧紧拉着床边的男子，哀哀道："表哥，表哥，你好狠心，这些日子竟没来瞧我一眼……"

男子风尘仆仆，声音里也带着疲惫："我外出办货去了，如何来瞧你？"

曹姨娘泪眼汪汪地盯在男子身上，声音越发娇柔："那之前呢？若非我厚着脸皮，表哥怕是连瞧都不愿瞧我一眼吧！便是我死了，怕都没人知道！"

男子一手扣在她脉门上，心不在焉道："你身子没什么不妥的，有些郁结，开些发散的药就是了。"死不死的，这些年来他也听得多了，早麻木了。

曹姨娘心中暗恨，若是寻常男子也就罢了，偏他是一流高明的大夫，想装病也无从装起。眼见男子要起身离开，她连忙扯住男人的衣袖，哭叫道："表哥怜惜我！"然后半个身子挂到了男子身上，戚戚婉转，"……自从年前姨母过世，表哥就不爱见我了，我知道我有错，这些年来拖累表哥了，不是吃药就是进补，想来也早就厌弃我了。偏我这口气又断不了，只盼着能和表哥长长久久的，姐姐又不许我踏进她处一步……"

贺奶奶再也听不下去，用力一扯帘子，唰地冲了进去，一把把曹姨娘从男子身上拖开，用力掼在地上，骂道："贱人！你要不要脸？！敞着衣裳，露着胸脯子，婆母过世才几个月？！相公还守着孝呢，你就这般下作地来勾男人了！这么饥荒得厉害，我去外头寻几个长手大脚的壮汉子来，给你去去火！何必累及相公不孝！"

曹姨娘素来怕这位拳脚有力的主母，尤其姨母过世后，她已领教过主母亲自操持的一顿板子，顿时脸涨得通红，趴在地上呜呜哭着："……奶奶说话怎……怎么这么难听？！我……我不活了……"

贺奶奶可没半分怜香惜玉的心，当即啐了一口在她身上，鄙夷道："你趁早死了才好呢！只怕不肯死，獐头鼠目地伺机害人！婆母待你多慈厚，可你这死不要脸的，趁着婆母病重，干出什么勾当来了？你还好意思觍着脸哭！居然给相公下药，叫个不干净的贱丫头爬炕，想揣个野种进家门来祸害！婆母原还能拖半年的，叫你气得连年都没过就没了！"

曹姨娘捂着脸只是哭个不停："奶奶若厌恶我，打我骂我都依，就是别冤枉我！我也是为贺家着想，表哥至今只一子一女，不如广纳妾侍，开枝散叶！我自己是个不中用的，便找个好生养的，谁知那丫头居心叵测，我也不知呀……"

贺奶奶大怒，一脚踢过去，把曹氏踹了个半翻，骂道："我呸！你哄哪个呢！若非婆祖母提早防备着，还真叫你得了逞！只为这一样，我活剐了你都没人替你出头！你这种腌臜东西，踩到我的地界上都嫌脏了！"

曹氏被主母踢得生疼，想要扑到男子脚边，却被贺奶奶又一脚踢翻了。曹氏在地上滚着哭道："表哥，你就看着我这么受打骂吗？"

那男子站在门边，依旧神色淡淡的，好似眼前这两个女子的扭打跟他全无关系。

"她是主母，你是妾侍，她要教诲于你，你好好受着便是了……我累了，先回去了。"

说完，便转身出了屋子。

贺奶奶心中得意，高声唤婆子和外面的丫鬟们都进来。曹氏见无人能帮她，心中也一时慌了，跪在主母身边刚想求两句，却见两个婆子架着一个被掌嘴至两颊肿破流血的小丫鬟进来，她失声道："秋儿，她们怎么把你打成这样了？"

这是曹氏目前仅剩的心腹丫鬟了，适才去门口堵男子过来的就是她。

贺奶奶一脚踢开曹氏，走到窗边坐下，对着一屋子的仆妇巡视一圈，缓缓道："年前我就说过了，我眼里不揉沙子，别打量着有便宜可捡……"她一指地上瘫软的秋儿，冷声道，"……贪图几个散碎银子，非要跟我作对！来人，既然这丫头跟曹姨娘好，就把她的身契送到曹家去！"

秋儿顿时浑身抖动起来。她跟曹姨娘这么久，如何不知曹家情形，破落得连日常烧柴做饭都要曹家媳妇自己动手，吃不饱、穿不暖，曹家几个爷儿又多五毒俱全，自己一个清白的姑娘家过去，岂非羊入虎口？怕是一朝被玩腻了，就会被卖进窑子里去！

她吓得惊恐至极，欲想求饶，发觉自己抖得厉害，竟连话也说不出来了，随即被两个婆子拖了出去。

四周仆妇静悄悄的，连大气都不敢出一声。

"给我提溜上来！"贺奶奶威风凛凛地大喝一声。两个媳妇把曹氏制住手臂拖到跟前。

贺奶奶三两下撩起袖子，高高扬起厚实的手掌，只听"啪啪啪啪"的皮肉击打声，曹氏被正正反反扇了十几个嘴巴，直打得脸破唇裂，含混不清地连连告饶。

"……当初我还当你是个好的，大家小姐遭灾受贬，到那穷乡僻壤受足了罪，我还想好好待你，好吃好喝，客客气气的……"贺奶奶打痛快了，缓缓放下袖子，冷声讥讽道，"谁知你贪心不足，根本就是个臭不要脸的，给脸不要脸！那贱丫头七八日前才爬的炕，怎么就诊出两个月身孕啦？"

贺奶奶有意在众人面前折辱曹家，说话越发不客气："哼，你别装傻充愣，相公和我早查清了，那贱丫头三天两头去曹家给你递消息、传东西，和你几个兄弟勾勾搭搭的，肚里的野种不定是谁的，总之都姓曹吧。哈哈，你们曹家打得好主意，竟想这样来谋算贺家家产！我告诉你，做梦！婆祖母早就察觉了，只等着你自寻死路呢！"

贺家老夫人自打儿媳显出油尽灯枯之态来，就知道曹家等不及要闹出些事来了，便叫孙媳妇冷眼等着瞧，来个人赃并获，顺带防备儿媳临终前提出不合理的要求。

结果贺太太咽气前只够力气替外甥女求情，旁的什么也说不出来了——念及精明通透的婆祖母，贺奶奶心中既感激又敬佩。

计策被拆穿后，曹氏很是消停了一阵子，躲着不敢见人，没想才过了几个月，又故态复萌，贺奶奶憋着这口气，就等今日这个由头来收拾她！

"你给我老老实实待着，婆母临终前嘱咐要好好照顾你！我和相公都记着呢，不会短你吃穿的，可你若再敢动歪脑筋，城外庵堂多了去了，厉害的住持也多了去了，我有的是法子收拾你！"

一阵威吓痛骂，贺奶奶心中舒坦多了，把哭哭啼啼的曹氏丢到床上之后，又给她重新指派了两个"得用"的丫鬟，另几个"懂规矩"的婆子。

贺奶奶心满意足地回到自己屋里，见丈夫已沐浴毕，正坐在炕上和儿女说笑。稚子淘气，举着一张歪歪扭扭的大字非要父亲说好，还嘻嘻哈哈地爬到父亲肩膀玩闹；长女文静，跷着两只小脚坐在炕边与父亲一问一答刚读完的《黄帝内经》，父亲抱着乱扭的儿子，望向女儿的目光中满是骄傲。

贺奶奶心中满是温暖喜悦。

"好了，你们两个猴儿，还不下来！"贺奶奶嗔笑道，"你们父亲还没用饭呢！"

她才一靠近炕边，幼子已顺藤蔓般攀到自己身上，奶声奶气道："娘，我和姐姐陪爹爹吃吧，我给爹爹布菜倒酒。"

"呸，有你在，你老子还能安生吃饭？好了，淑姐儿，领你的小泼猴儿兄弟回去吧！"

淑姐儿转身捂嘴轻笑，然后捏住弟弟的耳朵，连拖带拽地拉走了。

夫妻俩笑吟吟地望着一双儿女出门，然后贺奶奶赶紧张罗婆子在炕上架桌上菜，自己则亲自拎着烫好的黄酒给丈夫斟上一杯。

"相公这回外行可顺当？"贺奶奶适才已吃了些点心，是以并不用食，只在对面坐着相陪，"保安堂的黄大夫来过两回了，说有个方子要和相公一道斟酌；严国公府来人了，说上回吃相公开的那味丸药很好，老太太和老太爷很是受用，叫再开几丸，若相公得便，以后要常请相公过府诊脉；哦，还有双花胡同的林太医，他已经决心告老了，叫相公再想想，真不用他举荐相公入太医院吗？虽说太医院里头弯弯绕绕多，可也有好些古早失传的方子医书，相公若不愿进去，可先挂个牌子……"

贺奶奶理事是一把好手，不论对内管家，还是对外应酬，几乎能当半个家。

贺大夫浅浅抿了口酒，放下杯子，由衷感激道："这些日子辛苦你了，里里外外都要你操持，你自己也要保重身子，这回我给家里进了些阿胶和燕窝，是给你吃的，别再送人了。"

贺奶奶笑了起来："自己夫妻说什么谢的，我身子好得很。"

贺大夫微微一笑，也不多说什么，低头用饭。

贺大夫如今才三十出头，生得眉眼清俊，又兼素日淡泊，岁月在他脸上并未留下多少痕迹，只那一双眼睛却已苍老了，无论何时都带着一种疲惫和木然。

贺奶奶望了丈夫一会儿，忽记起许多年前的事来，自己和丈夫成婚时都已岁数不小了。

贺奶奶的父亲本是低品阶的驻京武官，待她及笄后，就给贺奶奶定了一桩门当户对的亲事，对方既是多年邻舍，又是同僚，真正的通家之好。

接下来发生的事情，也不知算好还是坏。

由先帝仁宗皇帝晚年开始，几个王爷、藩王先后谋逆，当今天子登基，然后是平乱，几年后再有谋逆，然后再平乱，京畿内外一片混乱。

贺奶奶的父兄在这一连串的变乱中屡建功勋，既办对了事，也站对了队，几年内飞速升迁，她也从不起眼的小小低阶武官之女，成了有头有脸的五城兵马司南门副指挥使的千金，几位兄长也都有了不错的前程——可是，她的未婚夫却死在战乱中了。

这一耽搁，她就拖到了二十多岁，直到贺家来提亲。

夫婿人品不错，年纪轻轻就习得一手好医术，贺家也堪称名门。虽早风闻贺大夫身边有个表妹为贵妾（曹家闹过好几回），可贺奶奶早过了能挑挑拣拣的年纪，于是父母就答应了。

嫁人后的日子并不难过，那曹姨娘并不难应付，尤其重要的是，贺家的第一把手贺老夫人还精神矍铄，嗓门儿洪亮，早早定下一个铁的规矩——儿媳贺三太太和曹氏中，必得有一个陪她住到老家白石潭去。

没有婆母在旁撑腰，剽悍的贺奶奶收拾妾侍曹氏绰绰有余，而没有曹氏在身边，婆母贺三太太再长吁短叹也没用。只每年回白石潭过年，曹氏和婆母同时存在讨厌了些，不过好在夫婿是个明白人，对母亲也多是敷衍，对这位曹表妹也不如传闻中那么怜惜，不过瞧在母亲的面上，时不时去曹氏屋里坐坐。

日子久了，贺奶奶甚至觉得丈夫内心深处其实有些厌恶曹家——为着挑拨他们夫妻，曹氏还有意无意地透露过，夫婿最初曾有过一门极好的亲事云云。

曹氏错了，贺奶奶压根儿不在乎，她自己就定过亲，而且知道这事更好，她越发确定夫婿心中其实是很厌恶曹氏的，于是动手收拾起曹氏来越发不留情面。

该骂骂，该打打，她自小在市井中长大，家中只两个粗使下人，有时还得跟着母亲上街买这买那，多少难听话她张嘴就能骂出来，曹氏哪是对手。

何况只要自己师出有名，无论如何收拾妾侍，贺老夫人全部赞成，贺三太太只能在一旁抹抹泪，什么都不敢说。

贺奶奶这时才明白，贺老夫人为何要聘自己做孙媳妇，面对这样死皮赖脸的表妹兼贵妾、这样牛皮糖一般见天来打秋风的曹家、这样不着调不靠谱的婆母——若是那种端着身段，或斯文或怯弱或端庄的小姐进门，怕家中不但鸡飞狗跳,夫妻也早闹翻了。

也只有自家这样,既门第过得去,岳家能给女婿一定的倚仗,自己又性子粗糙强悍,前头收拾完妾侍,后头挤对完婆母,转身还能跟丈夫做出恩爱夫妻的模样。

到了年前,贺奶奶那总说快要死了却总也不死的婆母终于死了。

在洋葱的帮助下,她在人前狠狠做了一把孝妇,哭得那叫一个感人至深——实则,鬼才伤心。若非这种糊涂的母亲,以贺大夫的人品和才干,早早能娶上名门贵女,振兴自己的小家门了,还轮得到自己吗?

而夫婿对寡母的过世,似乎也没多么伤心。

贺奶奶能理解,这么多年耗下来,伤感情绪早用完了。至于那曹氏⋯⋯以后就在她掌心里扣着了,若是曹氏老实,她也不会为难;若是敢闹腾,哼哼⋯⋯

想到这里,贺奶奶心情大好,一边笑着帮丈夫布菜,一边间或说两句最近的京城见闻。

"⋯⋯下个月开春了,京城又有数桩喜事,其中最要紧的,自是宁远侯府的大姑娘出阁⋯⋯"她话还没说完,贺大夫忽插嘴道:"顾家大姑娘不是前两年刚出阁吗?怎么又一个大姑娘?"

贺奶奶心中略奇,丈夫素性悠缓,说难听点儿就是磨磨叽叽,居然也会打断别人说话。

她笑道:"相公不知,前两年出阁的是顾侯的亲生闺女,现下要出阁的是顾侯过世的兄长的姑娘。说起来,也是侯爷的嫡出姑娘。这位顾大小姐许婚的是永昌侯府的世子爷,当真是门当户对、富贵双全!"

贺大夫拄箸片刻,才点点头。

贺奶奶接着笑道:"咱家不是一直供着梁家的医药吗?这回可得好好送份礼才是。哎呀,要说还是梁老夫人有本事,亲自跟那位孀居的顾家大夫人求来了这门亲事。梁侯爷是老实人,不会来事儿,梁家大房这些年却混得越发红火。梁侯夫人多斯文和善呀,几次跟我道难处都快哭了,呵呵,这下可好了,攀上了顾家⋯⋯"

她说得高兴,未曾发觉对面的贺大夫微微不悦,只听他道:"若是梁家存着这样的心思,顾家岂非叫拖下水了?"

贺奶奶一愣,又笑道:"相公说什么呢,若非是门好亲事,顾侯岂肯?是那梁世子好,全不似父母老实,是个有出息的。不过呀⋯⋯"

她顿了顿，放低声音道："照我说，还是两年前顾大小姐的亲事好。"

贺大夫抬起头来，迟疑道："一个是世袭罔替的侯爵世子，一个是新科进士，虽说新贵，可到底单薄了些。"顿了顿，又道，"不过顾大小姐是庶出，也差不多了。"

贺奶奶笑道："相公这就不懂了，梁家虽有爵位，可这些年内囊早空了大半，家里人口多，五房六妯娌的，且兄弟不睦，有嫡庶之争，三天两头不太平，梁侯夫人熬得头发都快白了。瞧着吧，顾家姑娘进门，且有的忙了。常家就不同了，常太太早逝，家中只一个祖母和出嫁了的姐姐，顾大小姐进门就是当家奶奶。这些年来常大人官运亨通，女眷们应酬起来，哪个又敢小瞧了顾侯的大姑娘？啧啧啧，都说顾侯夫人极疼这位庶女，开始我还不信，眼下瞧来倒不假，难得，难得。"

贺大夫沉默片刻，再次拿起筷子，缓缓拨弄碗中的菜肴。

"顾侯在外戍边，顾大夫人是个寡妇人家，这回亲事该怎么办？两年前，顾侯夫人从南边赶回来，亲自操办的婚事。"

见素来寡言的丈夫对此事有兴趣，贺奶奶也来了劲儿，絮叨着把所知的说了个遍。

"这回顾侯夫人不来，由顾小世子兄弟俩代父发嫁堂姐。啧啧，相公没瞧见，顾小世子倒还罢了，小小年纪已是满身气派，那顾二公子才多大的人呀，真跟画儿里的一样。那日，他没坐车，驱马从得胜门过，大姑娘小媳妇疯了似的招呼香囊、帕子和旁的物件！都说顾侯夫人当年是一等一的美人儿，顾二公子肖母才长得这般俊美秀气。也不知哪家姑娘有这福气配为夫婿，怕是睡在枕头边上，半夜都能笑醒过来。听说沈国舅和英国公翁婿俩就对顾家兄弟喜欢得很，想一边一个分了招婿……"

晚饭后，用过清茶，贺奶奶坐在炕几边做针线，贺大夫静静地站在窗前。过了片刻，他忽道："下雪了。"然后推门出去。

庭院中有棵老梅，枝头上朵朵黄梅柔柔而颤，纷纷扬扬的雪花细细碎碎地自天空飘下。贺大夫背朝门口站在树下，仰头看那梅瓣积雪。

贺奶奶推开针线笸子，缓缓站到门边赏雪，只见淡淡柔柔的月光下，细细的雪瓣在空中反射出银色的荧光，朦朦胧胧好似一面薄纱。

她怔怔地站了一会儿，恍惚间，想起那年，也是这样一个细雪飘飞、月色皎洁的夜里，俊朗豪迈的少年趴在墙头，痴痴地望着自己，她也是这样站在自家的老梅树下，仰头对望。

少年的眉毛那样浓黑挺拔，眼神那样炽烈，明亮漆黑的眸子里只有自己的倒影，冰冷的雪花落在她的脸上，她也浑然不觉，心已被少年炽热的目光熨得火烫火烫，觉得可以把全世界的雪花融化。

两小无猜，青梅竹马，终得两家父母许以缘定三生，多么幸福的日子呀……

"……明儿一早，我就跟爹爹和哥哥们出发，待我回来，咱们就办喜事，以后，咱们……咱们……永远不分开，哪怕掉光了牙齿，白了头发，也一直一直在一起！

"妹子，我……我……心里只有你……从来，只有你。

"你放心，我一定平平安安回来，为了你，我也要平安回来。"

——言犹在耳，春闺梦里人已成家中冰凉的尸首，再也没有那样火热的眼神，再也没有那样爽朗的笑声、火热强健的臂膀……

眼眶忽涌上一阵湿热，贺奶奶赶紧低头去拭。

她花了很多很多年才慢慢走出悲伤，父兄寻来的婚事不知被她推掉多少，错过了摽梅之龄，错过了更好的亲事，可她从不后悔。

忽有一日，她望着庭院中玩耍的侄儿、侄女们，惊觉自己还是想要一个家的，想要儿女绕膝的幸福，也为着不再给父母兄嫂添麻烦，于是，她答应了出嫁。

丈夫是个好人，尽管并不爱她——这她很清楚，但待自己和孩子体贴温柔，夫妻俩相敬如宾，互相敬重，日子过得富裕平静而忙碌，她已经很满足了。

一个女子，这辈子曾有过那样真挚的情意，她值了，不枉来这世上走一遭。

贺奶奶微微凝神，望向庭院中树下站立的丈夫，心中忽起了一丝愧疚和好奇——

这个平静淡泊的男人，是否在心上也有过那么一个人，让他铭记终生？

番外六　锁香檀

我家是名满金陵的宥阳盛氏，自我高祖父幸中探花却惜英年早逝，曾祖父盛纮公致仕之时已官至从二品，三子皆为两榜进士，入仕为官，其中我的祖父盛长柏公，更是已入封名臣阁的两朝元老，四次入阁，三度拜相，履及六部十三省，门生故吏遍布天下。

而我，只是这个清贵之家中的一个小小庶女，还是不受宠的儿子生的。

祖父治家极严，膝下四子皆要求先修身齐家，再论治国平天下，但有行止不检立刻家法处置，前三子皆如意，唯我的父亲例外。

我爹年幼之时，恰逢祖父调任至西北为封疆大吏，祖母照例随行，只得将体弱的幼子交由曾祖母王氏夫人抚养，老人家未免疼溺了些，待祖父母回京，我父亲已被养得骄纵耽嬉。

后来，祖父几次想管教，曾祖母无不哭天喊地、要死要活，祖父到底朝务繁忙，不能日日跟老母幼子斗法，我爹就这么不上不下地活到娶妻生子。

何为不上不下？说他争气，在号称满门簪缨的盛家却只混了个廪生，但若说他败类，却也不敢真跟京城纨绔厮混，闹出什么外室粉头小戏子来。

到我能走会跳时，还常能看见曾祖母把老大不小的父亲搂在怀里，对手持家法的祖父号啕着："……谁说我家阿欢不好，寻常人家能出一个进士也难，偏老盛家祖宗烧了高香，儿孙个顶个会读书，衬得阿欢处处不如，多纳几个丫头算什么错？！我知道你是瞧我不顺眼，见我多疼阿欢了些，你就想折腾死他，哎哟喂呀，不如我先一头撞死了干净……"

对着哭成一团的祖孙俩，饶是祖父无所不能也只得作罢。尴尬的祖母则转头安慰儿媳几句，事情就算完了。

嫡母和爹没什么感情，生完一儿一女后，夫妻俩就基本井水不犯河水了，平日里最大的消遣就是用艺术形式讽刺我爹，有时写打油诗，有时画画，更常拿我爹为反面例子教育兄长好好读书，修身自省。

爹惹不起嫡母，只好敬而远之，除了家规所限的每个月应卯那几日，平日都混在小星处，我姨娘每个月能轮到三四日。

以我爹的胆量和智慧，既不敢去结识什么"身为下贱，心比天高"的奇女子，又没人给他纳良妾，是以他的妾侍成分清一色为府中丫鬟。

我姨娘在爹的大部队中也属于不上不下，既不如后来的李姨娘那么受宠，也不至于跟人未老色先衰的赵姨娘那么冷清。她最大的竞争对手是住在对门的邱姨娘。

她俩前后脚被卖进盛府，前后脚进内宅做了少爷的丫鬟，开脸被邱姨娘抢先两旬，抬姨娘却是我姨娘早了三天，连生女儿都只隔了半个月，真可谓棋逢对手，不死不休。

两边的丫鬟、婆子乃至养的猫儿都绝不往来，弄得连邱姨娘生的七妹妹看着我也跟乌眼鸡似的——目前，她们最大的竞争项目为看谁先生下儿子。

何苦来哉？

我不是说两个姨娘何苦来哉，生儿子是女人一生最大的命题和追求，当然应该努力，我是说七妹妹何苦来哉。

庶出的大堂姐业已出嫁，当时大伯父是正六品堂官，外加祖父的威风，她许配的是一位富家举子，那么如此推算，我爹只是一个廪生，且不得祖父喜欢，大约我和七妹妹将来不是做个秀才娘子，就是当个缙绅老婆，搞不好还可能是商户人家的老板娘。

半斤对八两而已，端看七妹妹更喜欢学问地位，还是银子元宝，反正我是没差。以我们这样的门第和家风，不至于拿女儿去攀附权贵，不会由着嫡母折腾庶女故意许嫁太次，但受条件所限，爹基本可算是白身，一切差不多都注定好了，有什么好争的？

偏七妹妹想不开，从容貌打扮到学问教养，处处跟我别苗头，并获得了压倒性的胜利。

姨娘恨铁不成钢，日日追着我念叨。我被缠烦了，忍不住反过来教育她：做庶女的要那么出挑做什么，跟嫡女争风岂不找抽？就好比你们做姨娘的，要是表现得比正房太太还贤惠，还能干，还多才多艺、闻名遐迩，还跟老爷情深义重、生死相许——那估计离死也不远了。

姨娘说不过我，只能捶胸顿足地骂我不上进："你到底是着了什么魔？死心眼儿不上进！"

我表示不敢不敢，我不过是善于观察而已。

祖父那辈上出过两位极有名的庶出姑祖母，其中一位不但嫁得风光显赫，且把夫婿吃得死脱，跺跺脚朝堂都要抖三抖的老顾侯对她死心塌地了一辈子，据说从姑祖母进门那日起，他连只母马都不肯再骑了。那年姑祖母染病不起，眼看不好，据说几十年沙场铁骨的老顾侯哭得好像死了爹——当然，他爹早死了。

都六七十岁的人了，至于吗？

这样专宠，原不免惹京城权爵人家非议，偏姑祖母为人很好，从英国公府的内眷、威北侯府，到郑家、薄家、伏家、段家……许多高门贵眷都跟她要好，人皆随众，又有哪个嘴皮子生痒的妇人敢多嘴什么？况且事实证明，我这位姑祖母旺夫又旺子，一口气生了四个儿子，都很出息，成才率比我祖父的还高。

顾府最小的四表叔既不学文也不习武，还不肯成婚，走遍大江南北，于三十六岁那年完成的《江山全舆志》，进献圣上，轰动天下。将两京一十三省的风土人情、旖旎山河绘录成册，文字清雅生动、栩栩如生，使读者仿若身临其境，一时洛阳纸贵。其绘图着色旖旎梦幻，尺度精确，站在四五人宽高的图前，大好山河仿佛扑面而来，观图之人连气都喘不过来——其中风土篇已挂在乾清宫正堂内壁上，而军事篇则秘藏于兵部。

因被喜好驾船出海东游的三表叔抢了先，四表叔只好西行，沿着当年汉使张骞踏过的古道，一路黄沙关山，震撼人心的荒漠夕阳，埋着白骨的贫瘠沙土上，却能长出动人的花朵，骄傲倔强地昂首挺立，千年不改——素来没心没肺的我读到这段时，也抑制不住地流泪不止。

四表叔最近的消息是，貌似他以不惑之龄迷上了遥远西域某国王的独女，打算留在当地老牛吃嫩草了，当驸马顺带继承王位。

因受了三表叔、四表叔的激励，天下有志儿郎无不以效仿为荣，纷纷东渡西游，闯荡寰宇。

对盛家女孩们来说，这位姑祖母是偶像，是榜样，是前进的方向，无论庶女、嫡女，都恨不能沿袭她的传说。可惜，至今没有。

正所谓善战者无赫赫之功，这位姑祖母的闺阁生涯既平凡又低调，才名、贤名、仁名……从未有什么特别出色的，只听说极孝顺，跟高祖母情意甚笃，几次跟祖父抢夺奉养高祖母，却被祖父数次击退，愤愤惜败。到了她自己做祖母时还贼心不死，所幸祖父也老当益壮，左挡右劈，成功留住高祖母终老斯处。

——从传闻来看，这位姑祖母在闺阁中似乎全然默默无闻，这又该如何学习呢？

女孩子家能有什么出头露脸的机会，只能在学问上下功夫了。最受宠爱的五堂姐，那回费了一整年做了六十行的"咏梅"长诗给祖父贺六十大寿，谁知却只得了祖父半句简短的"闺阁女子治学应以修身养性为要"，五堂姐当时就红了眼眶。

其实，诗词最好的还要算四堂姐。那年在福阳长公主府开的赏菊宴中，以一首五言绝句得了不少夸赞，回来后却叫祖母训了一通，被罚抄了三个月佛经和《女戒》。

"人家公主摆明了是想叫自己闺女出风头，特意请那书呆子的三皇子来听，好叫表哥表妹好好相看，她去捣什么乱"——素与四堂姐不和的三堂姐得意扬扬地说。

祖父最不喜女孩子吟诗弄画，而祖母最不喜女孩子在外招摇出风头，缘因我家那位同样有名的另一位姑祖母——当年她因不满曾祖父给定下的亲事，居然自己出门去找郎君，众目睽睽下不知检点，虽最后成就了婚事，却至今还偶有人拿出来磨嘴皮子。

最后她也没落好，一气生了五朵金花，朵朵都低嫁。之所以我会这么清楚，全因当年梁家姑祖母满天下找女婿而不得好人选，便想把女儿嫁回娘家。我爹和三个伯父、四叔祖父家的三位叔父，闹得阖府皆知，还是全被婉拒。

只这位姑祖母的嫡亲兄嫂勉为其难接收了一个，还是个庶子，不过听说夫妻感情倒蛮好，如今跟着老家的大房堂伯父学做生意去了。

盛家女儿既已如此多彩多姿、热闹非凡，就不用我凑热闹了，每日吃吃睡睡，女红寥寥，学问也不甚用心，知道李白和李太白是同一个人、李广和李广利是两个人，就算差不多了。

到了九岁时，对门的七妹妹越长越窈窕修长，小小年纪已十分俊俏，腰是腰，腿是腿，而我却越长越圆，因骨架小，浑身又都是肉，胖嘟嘟的活似只小猪。

姨娘对着我欲哭无泪，认为我辜负了她的一番美貌，自暴自弃、自甘堕落、自取灭亡——姨娘统共就会那么几个成语，还是当初在书房服侍爹时边调情边胡学的，全用在我身上了。

我耐心地继续反教育：女子十几岁出嫁，然后服侍公婆，讨好小姑小叔，相夫教子，处理后宅妾侍通房，别人吃饭她看着，别人坐着她站着，心里再苦，脸上要笑……这样熬上几十年，直到自己做了婆婆，终于可以欺负别人家的女儿来出气了——可若是头上婆婆还没死，那就还不算完，继续熬。

女子这一生真正舒坦的也不过就是做闺女时这么些年。我虽为庶出，但有幸祖母严明，大伯母也治家有道，仆妇们不敢看人端菜碟，便是庶出的也无须为吃穿用度而费劲儿争宠，既如此，我为何不好好享受这难得的日子呢？

像七妹妹，明明喜欢吃酥油糕喜欢得要死，却死死忍着不敢吃，任凭伤心的口水倒流回肚肠，眼睁睁看着我一口一口抿下去，她两只眼睛都快喷出火来了，脸色发青，鼻孔一张一翕，好像一只饿着肚子的大青蛙。

还是那句话，何苦来哉，以后嫁人了，搞不好想吃都没的吃了。

姨娘辩不过我，就说我是歪理，我依旧我行我素。姨娘见我不受教，只好把一腔热情全部投入巴结我爹赶紧生儿子的大业上。

十岁那年，祖父的故交好友齐国公终于结束了十几年的外放生涯，奉旨返京入六部为阁臣，他和祖父是自小的朋友、同窗、同年，外加同僚，情同兄弟。

那年元宵，因齐家的儿孙和媳妇们都还未从外地回来，老公爷就到府与我家一起过节，祖父便叫阖府的儿孙来给老公爷磕头行礼。

我照例穿着喜庆的大红袄子，裹得跟个肉粽子一般，胸前是所有姊妹都有的金锁，头上梳着两个圆圆胖胖的鬏鬏，用红珊瑚珠串简单地缠着——姨娘不是不想给我梳髻戴钗，可一张肉团团的小脸怎么看也不搭，只得放弃。

看着七妹妹一身精致的洒金绣折枝花的桃红束腰长袄，鬓边婉转地垂着一支小小的珠钗，秀丽得好像一只百灵鸟，姨娘再看看我，懊恼得几乎想哭了。

挤在兄弟姊妹中给齐国公行过礼，上头祖父和老公爷正拎着几个堂兄说学问，我开始犯困，慢慢地、不动声色地往不起眼的角落处挪。

"那大红衣裳的胖丫头，过来我瞧瞧。"

声音苍老清朗，像一阵清风吹散了满屋的浊气，众人的目光齐齐向我看来。我猛打一个激灵，立刻醒了，被人推搡着来到前面。

我怯怯地抬起头，先看看祖父——祖父的神色很复杂，皱眉看了看身侧的好友，若有所思。齐老国公却很慈祥，拍着我的肥猪蹄，一句句问我多大了，读什么书，爱吃什么。待知道我行六时，老国公尤其高兴，连声道："好好，六六大顺，好！"

好什么好，家中女孩多，是以没有正经起名，不过按着齿序叫"五娘""七娘"云云。爱开玩笑的二堂姐见我和气，很少生气，就叫我"小六子"来打趣。

我是典型的窝里横，除了教育姨娘时，在外头我其实不大会说话。老国公问一句，我答一句，又呆又木，偏老公爷待我极耐心，笑眯眯地听我磕磕巴巴地说着傻话，一旁的五堂姐眼珠子都快暴出眼眶了——明明她才是阖府最伶俐、最会说话、最讨人喜欢的女孩儿！

老国公临走前，还掏了块巴掌大的羊脂玉牌给我。玉牌通体剔透，洁净温润，我虽不识货，但从身旁三伯母的倒吸气声来判断，应该相当值钱。

那日后，三堂姐很是尖酸刻薄地说了我几句，什么"丑人偏作怪"，什么"这样肥蠢，简直丢尽了盛氏的脸"，连还算和气的四堂姐都不理我了。至于五堂姐，故意去和七妹妹好，时不时指桑骂槐。我心里很难过，我明明没做坏事，准确地说，我什么都没做，却得受欺负。

姨娘很高兴，连连说齐老国公是慧眼识珠，半天前她还觉得我是"猪"，这会儿就成"珠"了，权势和财富真好呀，什么都能改变。

姨娘问我国公爷长什么样儿，我答不上来，当时我只顾着怕了，怕不得体没礼数受责备，后来回想起来——齐老国公和祖父岁数相仿，也是白面长须，清癯中带着一股威严。

可也不全一样，祖父素来不苟言笑，眼神严肃凌厉，老国公却多了几分飘逸，微笑起来，含笑的眸子轻轻一扬，宛若河岸边上流动的清风，吹拂在脸上又清爽又舒服。

我从不知道，一个老人家也能这么漂亮。

顾家二表叔也很俊美，可性子全随了祖父，要么不说话，一张口必没好话，实在暴殄天物，年纪越大行事越厉害，多少三、四品的大官见了都膝盖发软，更没人敢注意他的长相了。

后来我听偶回娘家的二堂姐说，齐老国公是当年京城第一美男子，至今无人能出其右——那口气好生怅然，似是遗憾自己晚生了几十年，没能得见当年这位绝世美男子的风度。

屋里众姊妹哧哧轻笑，引得二堂姐夫十分不悦，大步穿过屏风，捉着老婆连夜提溜回家去了。

此后同在京城为官，齐老国公时不时会来府中寻祖父下棋评诗，每回来必要见我，每见我必要给见面礼——岭南的红犀角笔管、拇指大的海南珍珠、范大成制的紫云石砚台、关外雪岭的大东珠……连我爹都少见这样的好东西。

姨娘的眼睛直了，对门的邱姨娘母女眼睛绿了，最受宠的李姨娘眼睛眯了起来。

"都说齐家富庶难言，果然是真的。"爹这样道，"老国公没有女儿，也没孙女，大约拿六丫头当孙女了吧。"

木秀于林，人必欺负之。

好好地跳百索，我就会重重绊倒跌跤，三堂姐来扶我时，我的胳膊上就会被狠狠拧一把，我若喊疼，她就会故作惊讶道"哎哟，摔这么重呀"。

好好走在塘边，我就会"一不小心"跌进池子里，好在池子不深，不过弄湿了半幅衣裙，外加着凉卧病六七日。七妹妹倚在对门，笑得很娇俏。

好好在亭中乘凉，草丛里就会冒出一把眼熟的弹弓，半湿的泥丸子打在我身上也蛮疼的，九堂弟和五堂姐是嫡亲姐弟，素来要好。

四堂姐在闺学里的座位就在我身旁，有好几次我看见五堂姐跟她使眼色，四堂姐咬着嘴唇，看看五堂姐，又看看我，端着墨砚的手抬起，又放下，轻轻叹了口气，低下头，自顾自地对仗新作的诗。

二伯父醉心学问，官儿做得没三伯父大，我很感激四堂姐。

我偷偷把那方紫云石砚台包好送过去，谁知第二日小包裹原封不动地又被送了回来，一起包着送来的还有一小瓶治瘀伤的膏药。

很久很久以后，四堂姐被聘给了三皇子为侧妃。又过了几年，三皇子那病弱的正妃过世，便把已生育不少儿女的四堂姐给扶了正。

真好。

揉好瘀青，我把老国公送来的那些珍宝一件件收了起来，用大锁锁好，认真地对姨娘说："将来我若嫁得不好，照拂不到姨娘，姨娘就拿这些东西换银子养老吧。"

姨娘眼眶红了，抱着我哭了半日。

谁都不喜欢忍气吞声，可该忍的还得忍，把事情闹开又能如何？五堂姐是嫡出，有的是嫡亲兄弟，三伯父又得祖父看重，姊妹们闹意气争执是可小可大的事，还是别自讨没趣了。

只那一次，池水清可鉴人，我看见自己的脸上被弹弓打出了一块儿好大的瘀青，我捂着脸躲在假山里蹲着呜呜哭了半天，大颗大颗的泪水滴落在泥土里，形成一块儿小小的濡湿——小九是故意的，他的弹弓一直准得很。

怎么办？怎么办？这下瞒不过去了，不能让姨娘看见，姨娘会去找爹诉苦，可爹哪敢跟三伯父争辩。这半年曾祖母已病得神志不清了，没人会给我和姨娘撑腰的，哪怕五堂姐和九堂弟受了责罚，姨娘和我也落不着什么好。

我忍着疼痛拼命揉脸，想把瘀青揉掉，酸涩的眼眶却不听话，心里委屈极了，只能不停地哭、不停地哭……最后，我只想出一个笨主意，故意在山石上再摔一跤，把额头磕破，才在姨娘面前糊弄过去。

"你这不省心的孩子，把脸弄破了将来怎么嫁人呀！"姨娘的尖叫声一如既往地中气十足。

不过恶有恶报。没过几日，祖父大约看小九镇日顽劣不是办法，决心把他送去松山书院，托好友代为教养。三伯母看着最心爱的幼子远行，哭得眼眶红肿，却一句都没敢多说。

五堂姐大概是太伤心了，幼弟出门后大病一场，连闺学都没法上。祖母心疼她，便把她搬到自己屋里亲自照看，足足养了大半年，五堂姐才病愈出来。

大病后的五堂姐再没欺负过我，凭七妹妹怎么讨好撺掇，她都冷冷地不理不睬。

没多久，曾祖母过世，祖父开始丁忧，和齐老公爷来往得更密了。九个月后，我满十三岁，我爹作为孙子服孝结束，齐府忽来提亲，老国公要为他的次孙聘我为妇。

祖父很平静地答应了。

不过，府里的其他人却不平静。

这件事便如平地一记惊雷，惊倒了除祖父母外的所有人，大家都用惊异的目光看着我。

比家世，老国公虽不如祖父在朝堂上强势，却也所差不多，而且人家到底有个世袭罔替的爵位在，综合来看尤有胜之。

比家财，老国公的母亲平宁郡主几乎把大半个襄阳侯的财帛给了儿子，老国公的父亲做了十几年的盐道，老国公自己又放了十几年的外任，这还没算国公府几代的积累。

盛家固然也算富庶，却怎么也比不上。且盛家子嗣旺盛，而老国公统共两个儿子另三个孙子，怎么分都富富有余。

比人品，新郎人选年方十六，已有秀才功名在身了，其父是老国公的次子，目前位列从三品大员，而我爹……

不用再比下去了，这样的公门贵胄公子，只有三伯父的嫡女五堂姐，或二伯父的嫡女四堂姐才勉强配得上，连大伯父的庶女三堂姐都比我强些。

在盛府众人的恍惚愕然中，由祖母和大伯母亲自主持的定亲礼有条不紊地准备着。

接下来，我的日子过得十分诡异。

几位堂姐心中如何想我不知道，但面上依旧文雅客气；几位伯母始终处于惊愕中，百思不得其解；祖父母一脸高深莫测，也没人敢去问。大家面上装着喜气洋洋，一起来向我嫡母恭喜（幸亏八妹妹早早定了亲，不然我真不敢看嫡母的脸）。

这是聪明人的做法，笨人的做法就精彩多了。七妹妹看我的目光像是想活活吃了我，如果目光能化作利剑，大约我已千疮百孔了。

在我正式定亲礼前一个月，我姨娘和邱姨娘十几年的战争终于分出了胜负。因前阵子我定亲的事，我姨娘完全傻了，以至于连巴结我爹的工作都不够尽心尽力，让邱姨娘领先一步生下了儿子。

我爹老树开花，抱着新弟弟喜欢得不得了。邱姨娘趁着爹爹高兴，提出一个异想天开的建议，为着幼子将来有依靠，怎么也得给他亲姐找门好亲事。这样吧，既然齐老国公能不嫌弃六丫头的身份，自也不会嫌弃七丫头，不如跟祖父说说，把这门亲事让给七丫头吧。

——不得不说，邱姨娘和我姨娘的实力的确旗鼓相当，难怪能缠斗十几年。

乐昏了头的我爹还真的乐呵呵去跟祖父说了，当场乐极生悲。

没有曾祖母拦着了，祖父很解气地用家法狠狠收拾了我爹一顿，我爹足足大半个月没法下炕，连我的定亲礼都是大伯父扶着他露了一面，意思意思算完。

"你以为齐老公爷是瞧上了你，才肯聘你闺女做孙媳妇的？也不照照自己的模样，我替你臊也臊死了！"

这是祖父痛打我爹时骂的话，其实也是说给六位伯父、伯母听的。

这桩婚事处处透着奇怪。三位伯母都是人精，怎会贸然行事，只有我那倒霉的爹，还有更加倒霉的邱姨娘才这么傻。

曾祖母过世后，祖父丁忧在家，闲时无聊，早想着要收拾我爹了，偏我爹丝毫不曾察觉，居然还自己送上门去，这不找抽吗？

原本祖父为父亲准备的磨炼，不过是到一个穷乡僻壤去做书吏，收收纨绔子弟的性子，不求他闻达天下，至少不能败家。而这件事后，祖父发现我爹的愚蠢程度远超自己的预期，于是待遇升级了，我爹一养好伤，就要被送到西北荒漠某小城去当编外教谕。

我爹当时就软了两腿，哭爹喊娘地被押送上车。临行前，我嫡母心情很好地把我爹的一大堆女人召集起来，询问"老爷长年在外不能没人伺候，可有人自愿跟随"。

此话一出，众女眷静默片刻，然后齐齐向后退一步，只父亲素日最宠爱的李姨娘不知被谁推了下，转身不及，凸出众人而立。

嫡母拊掌而笑："好好好，我就知道平日老爷没白疼你。来人哪，给李姨娘收拾行囊！把十哥儿送到我屋里来，小心些，别惊着小孩子了。"

李姨娘颓然软倒在地上，满脸惊惧。

父亲走后几日，邱姨娘无声无息地消失了——祖父最恨妾侍插手哥儿、姐儿的婚嫁。

有人说她被发卖了，有人说她被沉塘了，刚出生的十二哥儿自也由嫡母抚养了。至此，父亲的一嫡二庶三个儿子，全都在嫡母手中了。

姨娘瑟瑟抖了半日，对我道："太太果然不是吃素的。"

"你还想生儿子吗？"我问。

姨娘叹道："算了，退一步海阔天空吧。"

不过嫡母不算坏人，到七妹妹快满二十岁那年，嫡母果然给她准备了三个婚配人选——一个家境贫寒的有为秀才、一个出身大族的丧偶缙绅、一个十分富裕的江南布商。

据说，最后七妹妹靠摇骰子选择了江南布商。

我及笄后的第二年，彻底抽条长个儿，浑身肥肉消失无踪，成了个娇媚可爱的少女——姨娘大松了口气。没过几个月，祖父起复，齐、盛两家很低调地办了婚事。

挑开大红盖头，我看见了新婚夫婿，是个清俊严肃的少年。喝过合卺酒，他一动不动地坐在床边。我想，他可能是嫌弃我配不上他。

看着龙凤烛泣血般地滴泪，我委屈得想哭。这桩婚事又不是我求来的，人家早准备好要当有钱人家的老板娘或秀才娘子的，你既不喜欢我，干吗还要乖乖成婚呢？

我低声道："……你……你是不是不喜欢我……"

夫婿僵硬地扭转脖子，习惯性地点点头。我顿时泪雨滂沱。他立刻慌了手脚，忙不迭地摇头又点头："不不不，我是说我喜欢你，不是不喜欢……"

我破涕而笑。

后来夫婿才告诉我，成婚前老国公威胁过孙子，一定要好好待我，不然要收拾他。夫婿坐在床边是太紧张了，苦思冥想如何才能让老国公满意。

是夜，他十分努力地"好好"待我。

夫婿是端庄稳重的人，不知如何才算闺房之乐，更不知怎样讨女孩高兴。我偏偏喜欢顽皮地逗他，两人倒也相得益彰。日子久了，他越来越爱在人前严肃，人后和我嬉闹。

公爹可能也不很满意这桩婚事，但还是能以礼待我；婆祖母是早就没了的；唯一的麻烦是我婆母，她明显不喜欢我，可统共只有一个儿子、一个儿媳，除了我，她也没别的儿媳可喜欢，并且除了站规矩，她也没别的法子可收拾我。

进了齐府后，我才知道老国公立过一条奇怪的规矩，婆母不许插手儿媳的事，具体表现为，不许给儿子房里塞人，纳妾开脸是人家小夫妻自己的事。

当年齐大太太曾想给刚进门的大儿媳一个下马威，结果被老国公当着满府人的面弄了个灰头土脸。我的婆母出身还不如长嫂呢，更不敢造次。

在这条神奇的家规下，我很顺利地生下了长子、次子、长女和三子。

眼看儿孙绕膝，家里一日日热闹起来，婆母再不喜欢我，也只能渐渐软化。她左边抱一个，右边搂一个，怀里坐着一个，脖子上还吊着一个，对着我也绷不住冷脸了。

尤其是在大房子嗣凄凉的情况下，我一个人生的孩子就抵过大嫂和三弟妹两个加起来的了，婆母站在长嫂齐大太太面前，底气越发足，天天满面红光。

那年，婆母染了风寒，久病不起，我直接睡在她的榻前，日日侍奉汤药，给她洗澡、换衣、喂饭、梳头，甚至伺候出恭——如此，足足两个月，婆母病愈了，我却足足瘦了一大圈，亏得自小身板壮，不曾累倒。

纵使人心是顽石，焐久了也会热的。婆母终于放下冰冷的面孔，拉着我的手道："你是好孩子，以前……是我委屈了你，我总觉得……觉得你配不上我儿……"

她红着眼眶继续道："现在瞧来，是我鲁莽了，到底老公爷有眼力，你这孙媳挑得极好。"

一经卸下心防，婆母便真心真意地待起我来，直把我当亲生女儿待着，连夫婿瞧了都假作醋意。

听说齐家两个儿媳都是老国公亲自挑来的，想想也是，老公爷这样精明厉害的人，怎会挑那种心肠歹毒的妇人为媳呢？

"公爹这辈子，也算是坎坷了。"婆母叹气道，拉着我开聊。

都说美男子克妻，这句话在老公爷身上应了个十成十。

老公爷一生总共娶过三个妻子——头一位是嘉成县主，新婚不久即死于"庚申之乱"，据说死法极不光彩；第二位是晋南申氏大族的嫡女，家中屡出大员，曾生有一对龙凤胎，可惜那年随老公爷赴任闽南，恰逢时疫爆发，母子三人一齐殒命；第三位是庆宁大长公主的嫡孙女，婚后不久夫妻俩即承袭国公府爵位，新夫人生下二子后过世，时年不满三十。

第二年，平宁郡主夫妇也过世了，此后老公爷便不再续弦，只留两个老姨娘服侍日常起居，亲自抚养两个儿子长大。

"是以大伯和老爷都对公爹敬重极了，也孝顺极了，从不敢有半分违背，实在是公爹真不容易呀，又要顾里头，又要顾外头，又当爹又当娘。"婆母喟叹着。

"其实我在娘家时曾听人说过，公爹那年赴任闽南时，所有人都叫申氏夫人不要随行，且别说那儿瘴气湿热，北方人水土不服，两个孩子也都还小呢……唉，谁知那位申夫人死活非要跟着去，一时一刻也不肯离开公爹，后来酿成惨事，申家人也无甚可埋怨……"

"哦，大约是和祖父太过情深义重了吧。"我对八卦不感兴趣，但婆母明显很感兴趣，所以很热情地迎合着。

婆母神秘地摇摇头："我看不见得。"

我心里很感激老公爷，若无他的慈爱厚意，我怎有如今的幸福日子，我决意全心地孝顺他，可偏又不知如何孝顺起。

老公爷的日常生活极简单清淡，常爱在池塘边垂钓，一坐就是大半天，钓不钓得上鱼却全不在意，闲来无事不是看书，就是听我那小丫头朗声读书。

他让小曾孙女读《诗经》中的《小雅》，读《桃花源记》，读我顾家四表叔写的游记。小小女孩盘腿在炕上摇头晃脑，童音稚然，朗朗清脆，回响在明亮清雅的书房内。

老人家远远坐在窗边，侧头撑手望过来，微微而笑，神态慈祥和蔼，目中却有一抹很淡很淡的清郁，淡得像一层薄纱蒙在雾霭中，很远，又很近。

他仿佛永远是这样的神情，和气温柔，待人如春风拂面，连我祖父都有好几个政敌，老公爷却似是人人都赞好的。

只有一次，我见他变过脸色。

那年，生得最肖似老公爷的三弟该婚配了，却闹出事端来。

大伯母为三弟定了一门韩家姑娘，三弟不喜欢，他喜欢的是一位裘家姑娘，可惜裘家家世平凡，于三弟没有半分助力。

事情闹到老公爷跟前。"叫他自己定吧。"老人家只这么轻描淡写了一句。

那几日，大伯母不住地跟三弟哭诉恳求，她说什么，我基本也猜得到。

大伯父身子孱弱，连同大哥也身子不大好，且至今无子，大房只有三弟一人可依靠。

而我们二房的父子俩不但年富力强不说，还官运亨通、仕途顺遂，膝下更是子孙繁茂，将来若有个万一……当初老公爷也是二房之子呀。

最后，三弟被说服了，神色萎靡地到老公爷跟前，亲口说"我愿娶韩家姑娘"。

老公爷面上没有半分波动，微笑道："好，祖父请人给你去提亲。"

众人鱼贯而出，我落在最后一个，想把在隔壁熟睡的小丫头抱走。临出门前，我清楚地听见一声低低的苦笑，极轻极轻的叹息："又是这样……还是这样呀……"

我连忙转头去看，只见老公爷一手执卷于窗前，眼睛却看着窗外景致，素来平静的面上忽现出一抹悲伤，好像失去了什么再也追不回来的美好。

又过了许多年，我的长子都能议亲了，四位姑祖母、两位叔祖父，还有祖母也纷纷离世，祖父也过世了。

盛家的擎天梁柱倒塌了，老公爷在灵堂中站了很久很久，神情寂寥，却不见如何悲伤，仿佛悼念的不是一位好友，而是他最初的青春年少。

因祖父功勋卓著，圣上命两位皇子扶棺送丧，真可谓荣宠一时。

隆重的丧礼耗尽了全家人的力气，我回娘家去探望卧病的嫡母，我俩照例无甚可说。

正当我想告辞时，嫡母忽然开口："你知道吗？其实那年元宵节，齐老公爷一见你就想聘你做孙媳妇的，是老太爷不肯，说，若女孩子不好误了挚友一家怎么办。后来那几年，老太爷一直暗中瞧你，觉着你秉性敦厚，才最终允了婚事。"

我心中一惊。

在回家路上，我头一回认真思索这个问题。

当初，老公爷到底是为什么那么喜欢我呢？我有些隐隐明白，又有些想不通，百思不得其解。算了，那就别思了，想太多，容易吃不下饭。

好友去世后，老公爷也渐渐老去，到次年年底，太医直言相告："可准备后事了。"

大伯和公爹都十分难过，忍不住哽咽出声，无论他们兄弟间曾如何龃龉，对老父却是实实在在无比敬爱。

"我和大哥说好了，待父亲……过去后……"公爹艰难地说下去，对着婆母道，"咱们就分家。儿子也该出去历练历练了，我给他寻了一任外放，叫儿媳跟着一道去。咱们就在京城养养孙儿孙女。"

婆母也老了，日渐和善，闻言无半分不满，温柔地笑道："这样很好。我跟大嫂说，以后咱们住得近些，也好有个照应。"

我明白，公爹和婆母是彻底放弃了，放弃公府爵位，换一个阖家安乐、兄弟和睦。

夫婿拉着我缓缓回屋，柔声道："这些年辛苦你了，家里规矩多，事情又繁，等到了外头，咱们可以出门踏青，游湖泛舟……"

他把嘴唇压到我耳边，热乎乎道："还可再添一只小猴儿。"

我脸上发热，低声笑骂："坏蛋。"

在老公爷的病床前，大伯和公爹一起把决定告诉了老父。

老公爷明白此中含义，虚弱地微笑点头："……好……你们兄弟俩能自己想开……很好……"

床边慢慢垂下了老人的手臂，曾经修长秀美，如今却软弱衰老。

除了国公府的祖产、功勋田和祭田，其余家产一分为二，两位老姨娘也各有奉养，全程无人有异议。

丧事完毕后，丁老姨娘捧着一个小匣交到我手中，哀戚地微笑："这是老公爷吩咐我给二奶奶的，也不是什么值钱的东西，权当是个念想。"

她顿了顿，忍不住加了一句，含泪道："老公爷当初送出去的，可惜被退了回来。"说完这话，她自知多言，连忙告退了。

这是一个木雕的小匣子，古旧的铜片小锁，精致的螺钿，寸木寸金的紫檀香木，即使隔了一个甲子多的岁月，依旧散发着明亮的光彩，还有淡淡的香气。

我慢慢打开，里面是一对泥娃娃。

这东西我并不陌生，无锡的大阿福泥娃娃，幼时我也有过几个，不过制作没这两个精致，穿戴模样都像是特意定做的。

一个男娃娃，一个女娃娃，穿着喜庆的大红衣裳，胖嘟嘟的，憨态可掬。可惜年代已久，当初鲜丽的釉色已脱落大半，又似常被握在掌心轻轻摩挲，面目体态都模糊了。把玩间，我翻过两个娃娃，在底部发现隐隐的字迹，女娃娃底部写着"小六"，男娃娃底部写着"小二"。

墨迹灰淡，应是几十年前写的，依稀可见字迹清隽秀丽。

我心中隐隐发痛，想着，当初收到这两个泥娃娃的人是否看见过这四个字。

我把泥娃娃放回匣子，然后静静走到书房，从背后抱住夫婿，用脸颊轻蹭他的后颈。夫婿放下手中的卷宗，反手抱我坐在怀里，含笑道："怎么了，又想要小猴儿了？"

我怔怔地看了他许久，忽道："喂，齐小二。"

夫婿愣了愣，失笑道："你又来胡闹。"

这是我们夫妻新婚时玩笑的昵称。他顽心顿起，点着妻子的翘鼻子："喂，盛小六。"

我忽觉一阵悲伤，泪水涌上眼眶。我紧紧抱住丈夫，轻轻应了一声"嗯"。

齐小二和盛小六，这辈子，永永远远都在一起。

番外七　金紫少年郎，绕街鞍马光

才出门没多久，天就稀稀疏疏地飘起小雪来，几片颤颤的白云被赶得不见踪影，路两旁高大的桐柏树早不剩下叶片，光秃秃的枝丫横七竖八的，暗褐衬着天空的青灰色，倒也干净明丽，宛若晋人的水墨书画，自在洒脱，不拘一格。

齐衡一手攥着缰绳，一手垂下镶墨绿翠宝的乌金马鞭，空出手来向后轻舒，纤长白皙的手指扯过风兜，遮住头脸，侧侧一张俊雅温文的面孔。簌簌的细碎雪花散落在他的宝蓝色缂丝蜀锦大氅上，少年便如芝兰玉树般秀丽。路两旁的民家少女俱忍不住抬头去瞧，又羞涩地垂下冻得通红的脸蛋，只不断偷眼瞥着。

他身前身后俱是随行护卫和家丁，旁边还有一辆华丽的乌顶八宝垂金大车。这辆车轿颇为阔大，宛若一间小小的屋子，足需三匹健壮的骏马来驾车。

这时，侧旁的车帘微微掀开一线，随即又放下。过了须臾，坐在马车前头的一个十来岁的小厮跳下马车，迅速来到齐衡马前，牵住马嚼头恭敬道："少爷，夫人说了，外头下雪，没得凉了身子，叫您进车里去呢。"

齐衡瞧了眼细若无状的雪花，虽心中并不愿意，但还是顺从地下了马，拍掉了大氅上的雪花，略略侧身进了马车。

一进车里，当中便是一个设计精致的紫铜暖炉，另有导气的管囱从车底伸向车外，是以车里只有暖意，却不曾遭了烟熏火燎。刚一坐定，一股暖意融融地直扑脸上，齐衡一个没忍住，轻轻打了个喷嚏。端坐在里头的平宁郡主急道："我的儿，赶紧过来暖暖，别叫寒气渗了身子……哎哟哟，一开春你就要会试了，可别落了病。"

齐衡小心地挪进去，到暖炉旁边扯了个垫子坐下，缓缓脱下厚重的大氅，微笑着："不妨事的，母亲莫忧。儿子这些年并未落下骑射，怎会这般不顶用。"

坐在一旁的齐大人放下手中书卷，轻责着："少年郎又不是姑娘家，便是往登州一来一回也没什么不适的，你别护成这样，一家三口都缩在车里头，像什么样子。"

平宁郡主横了他一眼，拉过儿子的手轻搓着："委屈老爷和我们妇孺一道了，我倒是想分两车了，可惜……哼哼。七八日前我就说了，今日要去英国公的京郊庄子赴宴，因着路远，得用装暖炉的车轿。那位不早不晚偏要挑今日去给大侄子上香祈福，罢了，罢了，大侄子金贵，宝贝疙瘩耽误不起，能给我们剩下一辆也算给脸了！"

一顿冷嘲热讽，直把齐大人的眉头打上了结，他不悦道："当着衡儿的面说什么呢？！"顿了顿，又道，"大嫂心里急，我们让着点儿也是应该的。"

郡主不屑道："自打我生了衡儿后，大嫂心气就没顺过。我清楚她的意思，因此这么多年来我哪处不让着她？大侄子打从娘胎里出来就病病歪歪的，体面人家如何肯许闺女来？这又不是咱们的过错。"

齐国公府大少爷已至婚龄，齐家大夫人这阵子正张罗着说亲，谁知外头凡是体面些的人家，都只来打听齐衡的消息，更有那知道齐家长孙少爷的身子骨儿病弱，一个个躲得老远。

偏生这两堂兄弟年纪相近，齐大夫人瞧好的几家高门贵户俱更属意齐衡为婿，直气得大夫人暗恨不已。

齐大人长叹一声，轻拍膝头："大哥最近病一阵好一阵，想来是忧心侄儿婚事……大嫂也有自己的思量，大侄子身子不好，秉性又弱，自得替他寻宗能撑腰的亲事。若岳家得力，妻室又贤德能干，将来大侄子就不愁了。你也帮着寻摸寻摸，别叫大嫂一个人着急。"

平宁郡主撇撇嘴，笑容温和得近乎刺目："大嫂的如意算盘我如何不知？只是……呵呵，我只问老爷一句，倘若老爷有个心肝肉般的闺女，可愿招个大侄子这般的女婿？"

废话！有财有势的岳家，有德有貌的妻子，哪个不想要，谁家又不会挑女婿了？做什么非要挑个文不成、武不就的病秧子，有没有出息尚在其次，搞不好就得青春守寡。

齐大人语结，叹着气说不出话来。平宁郡主又道："想我那老叔宁远侯爷就明白多了，挑大儿媳妇时，门第略低些无妨，只挑那人品贤良温厚的，如今我瞧着煜哥儿两口子过得极好。倘若大嫂也是这般思量，我还能帮个一二，偏侄儿这般了，她还眼界恁高。"

平宁郡主语出滔滔，句句有理，齐大人除了叹气也无话可说了。齐衡低着头，谨守规矩，不插嘴父母的谈话。郡主看着自己美玉般人品的儿子，想起这些日子拜会亲朋时受到的各种褒奖和万般艳羡，谁不夸她儿子教养得好，当下只觉得越想越得意。

"娘，"齐衡轻声道，"今日散筵后，儿子想出门一趟，会会友人。"

郡主微微蹙眉："今日天儿冷得很，没得出去做什么。况那些不好读书上进的，你多见也无益。若嫌闷，不愿早回家，不如留着与英国公的几位公子叔伯聊聊。"

齐衡秀致的眉头微蹙，满心不愿，却又不敢拂逆母亲的意思。倒是齐大人瞧不下去，沉声道："张家满门多为行伍之人，衡儿跟他们能聊出什么来。衡儿都多大了，你别管得还跟三岁孩子般，该与什么样的人来往，他自己心里有数。"

郡主心思灵敏，见丈夫口气有些生硬，当下不再反对。

从英国公府的别院出来，齐衡一个轻跃，利落地跨身上马，随意扯了扯大氅的领口。迎面刺骨的冷风倏然灌进他的脖颈里，散了些许燥热的酒气，他立觉精神一振。

难得左右没人紧随，俊秀斯文的少年一时起了孩子气，策马扬鞭，一阵风般地疾驰起来，过不多久便来到一条繁华喧嚣的街道。齐衡于一座极富丽气派的酒楼门前下了马，一挥手将缰绳马鞭扔给后头的小厮，自己一路直往里走。

来到一处雅间，撩帘而进，里头桌上已置上了美酒佳肴，桌旁坐着两位少年公子，俱穿锦着缎、衔宝嵌玉、风姿翩翩。他们见齐衡来了，当前一位笑容可掬的公子便上前来迎他："你可算来了，邀你一回可真不容易。"后头还坐着的少年笑骂道："好你个齐元若，打量着咱们忌着令堂威势，不敢上门去寻你，你还就不出来了？！"

齐衡忙拱手道了个不是，连连道："告罪，告罪，季直兄，子坤兄，小弟不敢托辞，委实是这阵子一刻也不得消停。"

话虽说得客气，脸上神情却十分随意，已笑呵呵地上前挽住两位好友的手臂。一阵寒暄后，三人便围桌而坐，互道近来长短，推杯换盏间欢声笑语一片。

"国子监里头可好？子坤兄觉着如何？"齐衡擎着酒盏，笑问着。

子坤连连摇头："不过是混日子罢了，家父大约是把死马当活马医了。"

"老弟莫过谦了！"季直大笑着拍他肩头，"我家老爷子前日里还夸你呢，说国子监里褒奖你的不少。你若是死马，那我成什么了？死蚂蚱？死蝈蝈？我老子打也打了，骂也骂了，如今约莫是死心了，直说要寻个厉害的媳妇来看看我！"

子坤拍桌子大笑，指着季直骂道："合该给你找只母老虎！省得你镇日眠花宿柳！"

"正是，正是！管着这无法无天的。"齐衡也疯笑着。

"子坤，你少装蒜！"季直反口而骂，"元若也罢了，你当我不知道你的老底呢！你屋里收的丫头虽不多，可个顶个是温婉可心的绝色佳人。"随即又幽怨起来，"都怪我老娘厉害，我院里的丫头竟没几个平头整脸的。"

子坤也有几分脸红，忙岔开话头："令堂再厉害，能有元若家慈厉害？你知足吧。"

齐衡应下也不是，反驳也不是，只忸怩着红了脸，更显唇红齿白、秀色如画。

他们三人原是自小相识，俱出身自显赫殷实的贵家巨族。

话说，面对齐衡这样全能的优等生，一众发小自免不了被恨铁不成钢的父母亲长们比较。他们玩泥巴时，齐衡在读书；他们打弹弓时，齐衡考上了童生；他们斗鸡走狗游走街市时，齐衡成了秀才；待他们初通人事，开始和漂亮丫头勾勾搭搭时，齐衡已入榜成了举人。

这样血淋淋地被比了十几年，却还能结交为友，且亲如兄弟，不是特别心胸宽阔、与人为善的，就是神经粗线大条、豪爽大度、全不在乎的。

三人正说在兴头，忽闻外头一阵叮当哐啷的巨声，随即喧天的打砸呼喝声四起，地板也被震得发出响动，其间夹杂着几声酒楼掌柜的哀求："几位爷，求您别价……"

齐衡一愣："外头打起来了？"季直一阵兴奋："咱们去瞧瞧！"说着便要起身，却叫子坤一把拽住，迭声劝道："给我老实点儿坐着，你一出去定然又惹事！你前阵子刚挨了伯父的板子，这么快便忘了？"季直懊丧地坐下。三人只好闷闷地吃酒，间或掀起门帘子看上一眼，又扒着窗口往外瞧瞧情势。外头的打闹越发厉害了，已听见有讨饶声了。

"这几位瞧着有些眼熟呀！"季直瞧着十分眼热，只恨不能出去参与一番。

齐衡笑着调侃："莫不是季直兄过去的对手？"

"得了！估计也是有头有脸人家的。"子坤苦笑着断言。京中纨绔子弟打架是常事。

门帘处忽一阵风动，只闻一阵急促的"扑通""乒乓"声响，门帘霍地被扬起，俯在门口偷眼往外瞧的季直也被猛地撞开。一个满头血污的人滚在地上，满身锦绣衣裳早已脏破不堪，却还不住讨饶，后头紧跟着进来一个身形高大修长的青年公子。

那青年公子满脸戾气，长腿一伸便绊倒了挣扎着要起来的那滚地瓜，一把揪起那人的衣领往上提起。那滚地瓜凄惨地尖叫起来。齐衡等三人一看，那滚地瓜竟已双脚离地。

三人就齐齐怔了怔。单手提抓，何等臂力。

"二哥，二哥！我的祖宗爷！饶了我这回吧！我再不敢了……"滚地瓜不住求饶。

那青年公子连答话都懒得，不耐烦地单手拖人就走。随着帘子放下，齐衡等三人只听见一阵"扑通""扑通"肉身在楼梯上拖曳发出的沉沉撞击声，并伴随着长长的哀号惨叫。

叫声渐渐远去，似乎已出了门，也不知谁先起的念头，三个少年一骨碌扑到窗边，伸脑袋出去张望，只见那青年公子已把那滚地瓜用绳子捆了，利落地拴在马鞍上，然后，竟不顾众人惊疑诧异，上马要走。

那滚地瓜显然也有不少随从护卫，正左右呼喝着要围上去救主子，却被那青年公子一瞪视，俱不敢上前，只犹犹豫豫地围着。

那青年公子傲然环顾众人，顾盼间双目生辉，凌厉耀眼，一股森然冷意沁出。闹市中人虽众多，竟无人敢上前。他轻蔑一笑，随即轻挥鞭驱马，不疾不徐地招摇而过，只余下那滚地瓜在马后被拖得连爬带跑时发出的惨叫声。

"好气魄！好气概！"过了良久，季直才回过神来，拍着自己的大腿，击节赞叹不已。

子坤也久久难以回神，皱眉失笑："这般蛮横行凶，算什么英雄好汉。"

"那挨揍的似是周家的老小，真一个腌臜狗皮，仗着长姐做了王妃，一气地胡作非为。揍得好，活该！"季直说起京中纨绔，如数家珍。

"那顾家二郎又是什么好东西了？狗咬狗，一嘴毛罢了。"子坤哈哈笑着。比起外头那帮真正的烂货，他们两个简直就是三好学生、五好少年了，"元若，你说是吧？"

齐衡并未答话，只望着窗外适才众人聚集处，微微出神。

"细论起来，那是你远支堂舅，廷字辈排行，后烨。"

夜上灯火，平宁郡主坐在儿子的书桌旁，撇着嘴不屑道："可惜了我老叔一辈子为人谨慎，却生出这么个不肖东西，整日寻衅生事，包戏子，忤逆老父。"

齐衡低头，想起那人白日在街市上的赫赫威势，如同一团烈火般炽热骄横，任凭多少人侧目，一概无忌无畏，叫他心头隐隐生出些奇特的钦羡来。

母子俩又说了几句，郡主就回了自己屋。

齐大人早已卸了服饰，半卧在床头："衡儿还在读书？"

郡主对镜而坐，嗔道："真是倔性子，也不知随了谁了，怎么说都不听，今儿都累了一整日了，还不歇息，直说盛家大公子这会儿定然还在用功什么的。"

齐大人轻叹了口气："我本不赞成叫衡儿回京过年，便是回了京也当闭门读书，你倒好，却日日叫他走东家串西家。衡儿自律，几日没摸书了，自然心里没底。"

这话本也没什么，谁知郡主听着听着却眼眶红了。齐大人瞧见了，忙下床来哄劝："好端端的，这是怎么了？好了好了，我不说还不成吗？"

郡主揩着眼角，轻声哽咽着："就你会心疼儿子，当我是铁石心肠的吗？衡儿到底是我十月怀胎生下来的，若他有个嫡亲的舅舅，我也不至于如此……"

齐大人知道她的心事，只默默地抚着妻子的肩。郡主啜泣着："待爹娘百年之后，咱们铁定是要分家的。大伯素来惧内，大嫂子又那样，以后这齐国公府眼看是靠不着的。除了我们做父母的，衡儿只有靠自己争气了。"

"……你也是心太高了。"过了半晌，齐大人才道，"咱们这样的人家，已是富贵不小，衡儿便是平庸些，也能一辈子无忧的，难不成非要位极人臣、封侯拜相，才算有成？"

"水往低处流，人往高处走。"郡主断然道，"做人只有往上比的，哪有往下瞧的！"

"好好好，夫人说得是，都听夫人的。"齐大人笑着劝慰，"我总算知道了，原来衡儿那要强好上进的性子是随了夫人的。"

"你就会浑说！"郡主破涕为笑，"还说衡儿长进呢，前些日子我才知晓，他在盛府读书时，一有空闲便逗盛家最小的那丫头，这又是随了谁了？"

"当真？"齐大人奇道。

"就跟个孩子似的，一会儿扯人家绦子，一会儿藏了人家的渔篓渔竿，还捉了毛虫去吓人家小姑娘，如今那小丫头吓得远远见了衡儿就跑，他倒好，满院子撵着去追来玩闹。"郡主又好气又好笑，"这也奇了，衡儿自小懂事老成，便是小的时候，也不曾这般淘气过呀。"

齐大人呵呵直笑："到底还是少年心性。"

"待过了年，也该给他张罗门亲事了。"郡主满脸温煦的笑意，"定要给咱们衡儿寻个极好的媳妇，好叫儿子以后能过得舒心才是。"

"这话是正理。"齐大人赞成道。

番外八　燕赵多佳人，美者颜如玉

从科场里出来，人人都是一副刚出狱的模样，一个个半死不活。三日困居囚笼，乍见青天白日，真当恍如隔世，便是正值青少年的齐衡和长柏也是步履踉跄、脸青唇白。

有些家底的人家，早有仆众家人在试场外翘首期盼，齐、盛两家的管事伸长了脖子往里头瞧，一见了各自的小主人，便赶紧连搀带扶领回了家。

没头没脑地狠睡了一天一夜，长柏才缓过一口气，连着换了三条热帕子才把脸焐活了，长长地透出一口气。五斗在旁举着一件天青色滚银灰烧毛的织锦袍子，嘴里道："登州那儿桃花都开了，京城却还这般寒气，亏得羊毫姐姐心细，给带了两件厚实的……"他犹自滔滔不绝，触及长柏警示的目光，陡然噤声，讪讪地低下头去。

一旁的汗牛低着头，半蹲在地上服侍长柏穿鞋着袜，嘴里利索地说着："适才老贵叔来人说，大爷这回来没带屋里人，唯恐您起居不便，给大爷寻了两个丫头来服侍，不知可好？"

长柏摇摇头，道："不必。几日后，登州会来人。"汗牛恭敬道："是。那这几日就委屈爷，咱们俩服侍爷了。"他深知主子脾气，多余的话一句不说。

桌上摆放着热气腾腾的早饭——清粥、松花蛋、白糖桂花糕、牛油芝麻卷。长柏提起筷子，略用了些，刚漱口净手时，一身锦衣玉带的齐衡摇着把描金折扇，笑吟吟地进来了。一阵寒暄过后，他直接道："今日则诚兄有何打算？"长柏递了杯热茶给他，道："读书，习字。明日耿家叔爷要领我去拜会……"

齐衡听得耳朵发麻，笑着打断："成了，成了，我就知你日日不得空，这才今日赶着上门来。今日我几个发小在聚宾楼与我摆了一桌，你也一道吧。"

长柏微皱眉道："这……"他心里并不很愿意与权爵子弟结识。

"少啰唆！"齐衡不由分说，拉起长柏便走，"你放心，我的发小也不全是纨绔不肖，那两个人是极好的，便是结识了，也不辱没了你！"

长柏无奈，只得从命。两人出门就闹分歧，齐衡想骑马，鲜衣怒马，少年风光；长柏想坐车，低调安分，少引人注目。两相较劲儿，最后长柏叫齐衡拉上了马鞍，一路慢行至街心。

聚宾楼二楼雅座，早已摆了一桌酒菜，两个少年正倚窗相谈。酒是梨花白，人是风流子，窗外春光初绽，端的是冠盖满京华。两人一见了齐衡和长柏，便双双起身相迎，没承想他们后头还随着两个书生模样的陌生人，子坤和季直不由得一愣。

略微寒暄后，众人齐齐坐下，好在酒桌甚大，六人齐坐也不见拥挤。那俩书生中年轻些的姓钱名成，惠州人氏；另一位年长些，三十好许，姓鲁名平汝，临安人氏，俱是上京赴考的学子，偶与长柏、齐衡结识，相谈甚欢。

"今日也不知怎的，略见几分风雅的酒楼俱是客满，我们两个便来这儿蹭杯酒吃。这里，谢过了。"钱成性子豪迈，举杯便敬，众人响应。

饮下酒后，鲁平汝释杯而笑："这还不明白？倘若落榜，那便是灰头土脸地回老家；倘若上榜，那还得备考殿试，又是一番奋力。如今正是最松快的时候，考是考完了，却还未放榜，不趁此时开怀一番，更待何时？来来来，我敬两位东主一杯。我和钱老弟来京这些日子，整日不是读书就是拜会师友，还没尝过道地的京城菜，今日全亏了二位了！"

子坤和季直见这两个书生说话爽快，为人性情，交谈不多时便酒酣耳热，有话就说了。

"元若兄，昨日那题'贾谊五饵三表之说，班固讥其疏。然秦穆尝用之以霸西戎，中行说亦以戒单于，其说未尝不效论'，何解？"三句不离本行，考完试的学子最爱问的就是考试内容，钱成张口是这个。

齐衡蹙起秀致的眉头："这题着实讨厌。牵丝绊藤，似乎处处相关，又不知从何入手。光是破题起手，我就足足想了半个时辰。"

鲁平汝也叹道："这回的主考官是孟大人，生平最恨花团锦簇的废话，若写得多了，显浮夸；若写得少了，又不够犀利切题，真难煞我了。"

一说起这个，子坤倒还罢了，不论是不是卖狗肉的，总算在国子监里挂着个羊头；季直却是一头雾水，浑然不知他们在说什么，只好在一旁打哈哈。

"则诚，你说呢？"齐衡与钱成争辩不下，只好转而问挚友。

长柏略一侧眼，瞥了下季直，道："咱们又不是考官，怎说得出个子丑寅卯来？策论多为针砭时弊，太平盛世时讲究治国，烽烟四起时提倡平乱，如今天下安稳，却也不少弊端。中枢阁部在想什么，或想着先治什么，咱们一概不知。"这是他今日说得最长的一句话。

他想了想，又添了句："这三日，可真是生受了。至此天高气爽，佳友美酒，何必谈此头疼之事？不妨一醉。"

季直正是头大如斗，闻听此言，顿时一番感激地看向长柏，心想此人虽寡言淡漠，却心思灵敏，且言必击中，正待应和两句，还不待他开口，子坤先行击桌赞道："则诚兄说得极是，我们的院士李大人也这么说，不但要文采绝佳，还要义理虚空，否则一切白搭。"

他这一敲了开场锣，季直立刻跟上："正是，正是。你们几个酸儒真可恨，明知我跟书本合不来，你们还张口子曰，闭口诗云，成心叫我吃不下饭是吧？"

见今日的东主佯作置气，众人皆笑。鲁平汝举杯敬酒赔罪："该打，该打，是我们的不是。季直兄莫见怪，我自罚三杯！"

既不能谈书本科考，一群青壮男子的话题自然而然往风月上靠了。

鲁平汝饮下一杯酒，长叹道："你们不愿谈科举便不谈吧。实则书中自有颜如玉，其中之妙，不足为外人道也。"季直笑道："莫非鲁兄这个年纪了，家中还无颜如玉？"鲁平汝摇头苦笑："一妻两妾，三个黄脸婆尔。"齐衡仰头大笑，指着鲁平汝道："娇妻美妾俱全，犹自不知足，叫外头一干光棍情何以堪？该打，该打！"

"光什么棍！少来这套。"鲁平汝何等精滑，大指着齐衡、长柏、子坤和季直，笑道，"你、你、你，还有你，别说到了这个时候，令尊令堂还不曾打算，不过迟早罢了！"

子坤首先忧郁，低头啜了一口酒。季直最清楚他的底细，大声起哄："还真被你说中了，咱们子坤老弟最近刚说定了亲事，是翰林院王大人之女。"

钱成一愣，兴致道："可是崇明书院的王家？"进京赴考之前，他做足了功课，想到这里，他心中难掩艳羡。鲁平汝到底年长些，便坦率道："这可真是恭喜老弟。王家文风宿著，想来王家姑娘定是良配。这里敬老弟一杯了。"

"兄弟跟你商量件事儿。"季直很殷勤地给子坤斟了杯酒，笑得几乎流涎，"听说最近伯母严令你老实些，清河书寓的那位，你就散了吧，兄弟替你接手，管保不委屈了她。反正你都快成亲了，王家是抵死也不会叫她进门的。"子坤白面涨红，低吼道："你胡说什么！烟雨她……"他陡然惊觉，立刻停了嘴，尴尬地看了眼长柏和鲁、钱二人，但心中气恼至极，手中的酒杯也泼翻了，扭过头不肯看季直。

鲁平汝一看子坤真有些恼怒了，赶紧救场，转头对长柏道："若说门风严谨，士林中人皆称颂海家高洁。"说到这里，他故意把语气放暧昧了，"我今日听得一个消息，说盛老弟最近也是好事将近了，能得一贤妻呢。"这事不能说明了，不然有坏海氏女闺誉的嫌疑。

齐衡却是知道的，他也不多说，只笑了笑。季直却叫了起来："海家？则诚老弟，那海家可是家训不许纳妾的……欸，你别踹我呀！"他似有几分醉了，瞠目瞪着齐衡。

钱成心头再度泛起一阵酸意，却故意道："要说这海家嘛，娶媳妇是热闹的，招女婿却不易了。"长柏一脸平静："婚姻大事，父母之命，岂有做子女的私自议论的？"钱成碰了个不软不硬的钉子，便讪讪地不言语了。

长柏转过头，对着子坤言道："自来娶妻娶贤，我常听元若提起兄台，知道兄台是有大志向的人，如此，便要好好斟酌了。后宅不宁，可是大忌。"他说话言简意赅，子坤听得感动，想起那位红粉知己，心头犹豫得厉害，满脸挣扎。

齐衡和他交好，心下不忍，便忍不住道："这也未必，倘若我等自己争气，能搏出一番前程来，未必不能与心爱女子长相厮守。"

长柏也不多说，静静地看了下他，低头啜了口酒，道："礼法森严，只盼那心爱女子，莫要为情郎先垫出了名声前程才好。"

齐衡心头陡然一震，怔怔地看着长柏，半晌说不出话来。

番外九　兽炉沉水烟，翠沼残花片

一个女子，一生究竟有几个三年？秋娘只知，自己最无助、最美好、最甜蜜、最惶恐、最绝望的那几个三年，都是在等待中度过的。

进府那年，她甫七岁，因手脚勤快，又会一手好针织，没多久便被拨到宁远侯次子的院中服侍。一直到许多年后，秋娘才知道他的名字，很长一段时间内，他只是她的"二少爷"。不过知道了也没用，反正她也不识字，不像新进门的盛氏夫人，不但识文断字，还有见识，那一笔字，据说叫簪花小楷，秀气好看极了。

她去的那年，二少爷尚不足十岁，但院子里已满是漂亮的女孩子了，因侯府份例丰厚，什么花儿粉儿是从不缺的，便都个个争奇斗艳地打扮——三个头等丫头、六七个二等丫头、十来个三等丫头，外加使唤的小幺儿、粗使的媳妇、门房的婆子……众星拱月只围着一个主子。

可惜俏眼做给了瞎子看，二少爷自小喜欢骑马习武，并不怎么爱跟女孩子厮混。

这也不关她的事，那会儿她不过是个不起眼的小丫头，平日做些洒扫缝补的琐碎活计，十天半个月也见不上主子一面。不过，她生得既不出众，口齿也不伶俐，反倒少了许多念想，没人注意她，她也没什么盘算，只是耐心等待，盼着家人来接她出去。

一晃三年过去，家里依旧没什么消息，倒是胸前胀鼓鼓地开始发疼。恰在某夏日的晌午，仿佛命中注定的一般，她正持帚在庭院扫着，二少爷一阵风地回来了。

直到几十年后，秋娘还清楚地记得他当日的模样——修长英挺的小小少年，一身朱玄二色珠丝厚锦箭袍，腰束镶玄色双龙抢珠葛绣嵌玉腰带，额上是一指宽的金蟒抹额，乌黑浓厚的头发松松地束着，俊气的面庞微微冒着热气的汗水。

少年似有些奇怪，这般暑热的中午，居然还有人在扫地，漆黑明亮的眸子略扫了她一眼，随即便大步流星地回屋盥洗换装去了。

秋娘挂着扫帚呆愣在当地，连盛夏毒日都没晒红的脸颊忽然烧了起来。

她的少女时代，就这么开始了。

二少爷不像寻常的贵家子弟，满身的光彩和英气，那么朝气蓬勃，那么器宇轩昂，上马能弯弓神射，下马能使十八般兵器，空手走拳如疾风奔雷，笑起来爽朗洒脱，行事雷厉风行，便是整个京城里，顾家二郎也是响当当的名号。那些来做客的斯文公子哥儿，在他跟前一站，不过是苍白无力的阉鸡土狗。

院中的女孩们都跟苍蝇饿狼似的盯着主子，秋娘哪敢吐露心声，只尽量找机会多找些事来做，好能多看他一眼。倘若哪日见着了，她就会脸红心跳半天。

那段日子，她最大的心愿便是每日望见少年一眼——入睡等天亮去扫地，天亮等少年出门，天黑后再等第二日……这般，又过了三年。

她渐渐有了少女模样，鼓鼓的胸脯、窈窕的腰身，可当她在菱花镜中看着自己平淡的容貌，又会一阵沮丧。别说院里已是二少爷房里的那几个，就是漂亮的青鸳、娇媚的朱凤，还有同屋的黄莺姐姐，都浓艳得跟牡丹花一般，叫人挪不开眼。认清了现实，秋娘越发本分，少说多听，不理闲事，埋头苦干，木然地旁观着女孩们如火如荼的明争暗斗。

她虽愚笨，但也知道这样不好，只纳闷怎么无人来管束，后来，听扫地的嫂子说，太夫人……哦，那时还是侯夫人，为人宽厚，又因是继室的缘故，甚少约束二少爷院里的人。是以，随着二少爷一日日大了，女孩子间的小心眼儿、别苗头则演化成了阴毒伎俩。

后来，终出了事。

二少爷房里的紫雁，服侍得最久，也最得信重，竟叫查出有了身孕！

老侯爷大发雷霆，连太夫人也骂了，立时叫捆了人亲自责问。紫雁哭求解释，说她明明不曾漏下汤药，定是有人暗算她。这一查，便又扯出许多底下的阴私，直把老侯爷气了个跟跄，指着二少爷大骂"好色败家，不堪大用"！

少年呆呆地站着，起先是茫然不知，随后一脸倔强。秋娘躲在角落里，望着他眼底的受伤，好生心疼。血气方刚的十四五岁少年郎，群花环绕，蜂蝶招引，他便稀里糊涂地闹了几场，从来没人教他、提醒他，他怎会知道其中门道。

彼时，老侯爷正给二少爷寻摸亲事，倘若婚前便有了庶子，哪里还能攀到好岳家？

少年知道事情的严重性，但他强撑着要担当，要护住紫雁，直说"一人做事一人当"。老侯爷气得不行，把他捆了，狠打一顿。太夫人抹着眼泪，在旁抽泣地劝着。

不知为何，秋娘忽然很讨厌这个只会做好人的太夫人。

给紫雁灌药赶出去后，老侯爷又亲自发落了旁人，尤其打发掉许多貌美的女孩。一时间，二少爷房里空了大半。老侯爷出门时，抬头瞧见正默默扫地的秋娘，见她本分老实，又生得不招眼，便随手一指，叫她去屋里服侍。这样，像做梦一般，秋娘来到了少年身边。

二少爷重情义，自己伤还未好，便打发人去询问紫雁的下落，知道她已被迅速发嫁外地后，他沉默了许久，足几个月不肯与老侯爷说话。秋娘自知嘴笨，不懂得开解，便只默默地悉心服侍。日子久了，少年开始信任她、重视她。

尽管他们父子越发不和，外头传得他名声也越发不好，可秋娘幸福得发晕，心上人日日在眼前，对她又温柔和气，出门回来还会带些小玩意儿给她——虽然他说的话她大多不懂。

卫青、霍去病是谁？似乎很了不起，二少爷常提起他们。既然骑兵厉害，索性叫兵伍都骑上马不就完了？迂回进击又是什么意思？

不过也不要紧，不论来了多少美貌灵巧的新人，不论二少爷在外头寻欢闯祸，只要能留在他身边，日日服侍着他，她便心满意足了。那是她最美好的三年——直到曼娘的出现。

秋娘知道他在外头置了人，为此，父子间无数次争吵打骂，但她从不敢发表意见，只能默默地待在一旁。很奇怪，她并不怎么吃曼娘的醋，尽管二少爷为她闹得天翻地覆，但她潜意识能感觉到，二少爷并没外头传得那么喜欢这个外室。

在她看来，当初二少爷没护住紫雁，落下心病，这次便定要护住曼娘。他又和老侯爷赌气得厉害，越不许他做什么，他越要做……当然，也是喜欢的吧。

这样担惊受怕地又过了三年，忽然一日传来消息，那个外室竟然已生下一子一女！

秋娘很不愿回忆那段日子。曾经那么英气明朗的二少爷，渐渐染上一抹沉默阴鸷的颜色，仿佛破罐子破摔般和老侯爷对着干，什么乱七八糟的事情都出来了。

情形越来越糟，秋娘夜夜对月祈求，让二少爷赶紧娶位善良和气的奶奶回来吧，这样一切就会好了，哪怕叫那外室进门也无妨，待新奶奶生下嫡子，那时，她也能有一儿半女了。

日复一日的祈祷中，又过了三年，新奶奶终于进门了。二奶奶余氏，小字嫣红，绚美如焰，可进门不过三日，秋娘只盼当初自己从没许过那个愿。

不过几个月夫妻，二少爷和二奶奶却似把旁人一辈子要吵的架都吵完了。余氏脾气大，二少爷也不是好惹的，隔三岔五就要鸡飞狗跳地闹上一场。至于妾侍通房，余氏更不会放过。那段日子，秋娘就跟做噩梦一般。亏她生得寻常，又是老侯爷亲指来的，总算逃过一劫。

弦子绷紧到了极点，断了。

二少爷在府里再也待不下去，终于离家而去。秋娘躲在自己屋里瑟瑟发抖，凡事不敢过问。没多久，二奶奶和老侯爷先后过世，其间二少爷回来奔丧一趟，可惜她没见着。

当向妈妈来问一干通房妾侍的去留时，旁人都以为二爷不会回来了，便纷纷求去，只她和巩红绡要求留下来，向妈妈便拨给她们边角上的一小院，叫她们自去住，顺便抚养孩子。

寂寞如庵堂，冷清如死寂，连小小的蓉姐儿都整日阴沉着脸，平日吃穿用度不免被克扣许多。三人这般闷闷不乐地过起了日子，一晃眼，又是三年。

知道二少爷衣锦荣归，秋娘欣喜得不能自已，府里的下人也都得了风声，立刻换了一副嘴脸，好吃好喝服侍得几分殷勤。红绡十分受用，秋娘却并不在意，只盼早见主子。

可真见他时，秋娘却忽然不敢上前了。他看向她的目光也再无以前的亲密，只有纯粹的关照和补偿。她的二少爷，完全变了。

这是一个渊亭岳峙的成熟男人，曾经嘴角的尖锐、眉梢的倔强，再也没有了，取而代之的是淡淡的讥嘲、冷静的沉默和不动声色的心计。沉淀了岁月的磨砺，如桂花陈酿，发酵，沉香浓郁，男人越发完美出色。

更重要的是，他身边站了一位年少貌美的新夫人，弯弯如垂柳，言笑如春风，很和气，很良善。夫妻俩站在一起，璧人登对，这正是她曾经日夜祈求的主母。

可她高兴不起来。不知为何，甫见新夫人，她几十年未曾发酵过的醋意莫名酸了起来。

看着新人美如玉，秋娘忍不住摸自己的脸颊，她原本就比二少爷大一两岁，此时更自惭形秽。沮丧中，她不住地鼓励自己，不会，不会，自己原本就生得不出色，二少爷也没嫌弃过。

之后的生活完全不如她的想象，二少爷根本没有跟她再续前缘的打算。

侯爷眼里、心上都是新夫人，夫妻俩一聊起来便是旁若无人，投缘投契。每每见到这种情形，秋娘心里就又会疼上一阵。

新夫人什么都懂。侯爷感慨李牧，她就会说"内政不清，君主不明，徒有良将也无可奈何"；侯爷甫升职，鄹夷各司衙尽是尸位素餐之辈，新夫人就开解他"不懂政事的将军，不是好将军"，直把他说得心平气和，通达豁然。

秋娘一阵酸楚，难道没人理解她的心吗？她绝不会和夫人争宠的，若是夫人不喜，她愿一辈子做个通房丫头。她什么都不要，只要待在二少爷身边就成。

可便连这小小心愿都不能实现。

被自己的心上人当众斥骂，被夫人责备得无地自容，被几次三番扇了颜面，坐在菱花镜前，看着自己残损粗糙的容颜，秋娘终于死了心——不是新夫人容不下她，是二少爷心里再没有旁人的位置了。

她是个再平常不过的女子，不过胜在一个好处，她愿意认命。

刚进侯府为奴时，家人久久不来接她，她难过了一阵，就过去了；院里争芳斗艳，心上人从不注意她，她就满足于每日偷看两眼，也过去了；到了主子身边，知道他在外头有人，失落了一阵，她又过去了。

其实，她本已打算残羹剩饭地为顾廷烨守一辈子，现下锦衣玉食地供着，澄园里无人敢轻慢她，膝下又有蓉姐儿傍身，她还有什么不满足的呢？

好好教养蓉姐儿，过不了三年，该为她打算婆家了。

再过三年，蓉姐儿到年纪出阁了。再过三年，大约她也能见着外孙了……

就这样吧。

番外十　羞日遮罗袖，愁春懒起妆

车三娘自小跟老父、老母到处跑生活，有个算命瞎子在吃了她的半个馒头后，决意馈赠一次卜卦，得曰：车氏你是一辈子的劳碌命，哪怕将来富贵双全了，还得接着劳碌。

车三娘不屑一顾。

谁哄谁呀，大家都是江湖上混的，她卖花拳绣腿，瞎子卖嘴皮子，都是靠糊弄人挣饭吃的，谁不知道谁的底细呀，鬼才信他的胡说八道，哪个富贵了的还会接着劳碌？

很久以后，她回想起这事来，忍不住抽搐嘴角——还真被这死瞎子说中了。

幼时贫寒也就算了，小小年纪就要做饭洗衣，照顾病母，有时还得跟着父亲一道吆喝买卖，招揽看客，倒练出了泼辣干练的性子。不少人喜欢她这样利落能干，当时来说亲的不少。

十九岁那年，老父过世，做下九流行当的，哪敢有什么礼数讲究，尤在热孝中，她就带着病弱的老母嫁了一个漕帮不起眼的小喽啰，叫石铿。她管丈夫叫大石头。

大石头身边还有个流着鼻涕的小石头。

兄弟俩自幼丧父丧母，相依为命，可大石头到底是男人，顾着挣钱养家，就顾不上照顾孩子了。小小的男孩又瘦又黄，穿着不合身的衣裳，踩着过大的鞋子，小手上长满了冻疮，还呵呵傻笑，叫她姐姐。车三娘一阵心疼，以后便当自己儿子悉心抚养。

丈夫为人稳重练达，大节上很拿得住，小事上得她推一把，时不时得叮嘱着些。帮里兄弟有事，丈夫找人商量，她是首要人选；兄弟们闯荡在外时家室有急难，她做大嫂的，自不能推脱。夫妻俩胼手胝足，一起打拼，什么不得她操心？什么都要反复思量，生怕大石头在外行差踏错，家里家外的，一年到头她竟比丈夫还忙碌些。

不少人笑话，说她虽管大石头叫当家的，实则她可以当他大半个家。

拼死拼活地，终于闯出了一份基业，又该操心幼弟的婚事了。

小石头自小跟着兄嫂耳濡目染，不喜欢那种养在深闺中的优柔女子，也瞧不上市井中的小家子姑娘。真等车三娘发了狠，照着自己的泼辣老练性子找了一个，小石头看了后，又苦着脸说"有一种对着娘的感觉，怕是连洞房都不敢入"——气得车三娘直拍巴掌！

眼看小石头年岁也大了，想到自己膝下只有两个丫头，将来香火承继还得靠这小兄弟，可未来的弟妹还不知在哪儿，车三娘急得嘴上起了一圈一圈的水泡。

总算老天有眼，那年，小石头自己扭扭捏捏地来说了，言到看上了个姑娘。车三娘欣喜过望，细细一问，才知是顾爷新夫人的贴身侍婢。

丈夫还在那里犹豫，觉着如今自家好歹也算有头有脸了，要钱有钱，要势力有势力，便是给小弟娶个正经书香人家的小姐也不是难事，讨个奴婢？

车三娘却比丈夫精明得多。自己是什么出身，卖解的丫头，自小抛头露面；丈夫又是什么出身，好听些叫一声"英雄豪杰"，不好听的，不过是漕运码头上出来的小混混。若真讨个好门第的弟媳妇，别说秉性不同，能否吃到一个碗里去都难说，将来两房若有个意气之争，若弟媳仗着出身好，不肯服气，该怎么收场？

还不如讨个丫头，一来妯娌间彼此出身差不多，她这大嫂也做得踏实；二来能圈住跟顾侯府的关系，一举多得，岂不甚妙？石铿本就听妻子的话，又兼疼爱幼弟，说道三两下，便被说服了，答应下回上京时带上妻子和羔弟，到时好向顾府提亲。

一年半后，新娘子进门，石家狠狠风光大办了一回。婚后小两口和和美美，待兄嫂恭敬孝顺更甚从前，叫车三娘也心里暖洋洋的。至于弟媳妇的为人……该怎么说呢？

刚进门那会儿，车三娘还担心弟媳虽是丫头，但是高门大户当家主母身边出来的，也理过事，管过人，到时想要管家权该怎么办？不是她不肯松手，但刚来的新人，她怎么放心？

事实证明，她非但杞人忧天，甚至想左了。

弟媳为人敦厚老实，近乎缺心眼儿。

叫她打瓶酱油，她绝不会自己昧下两文钱买糖吃；叫她看着两个侄女不许胡闹，她就睁大眼睛盯着，嫂子不叫完，她绝不挪开一步；叫她给仆役发月钱，那真是一个铜板都不会错。

三娘看账，弟媳就磨墨铺纸；三娘召管事媳妇理事，她就倒茶打扇；三娘闲了，找帮里兄弟的婆姨来说话，她就笑呵呵地在旁嗑瓜子。什么时候都开开心心，又听话，又乖顺，大事小情都要来问自己拿主意，一点儿自己的小算盘都不会有。

某次，石氏兄弟都不在，三娘又想出门，叫她管家半个月，弟媳当即两眼泪汪汪，抓着她的袖子哭成只小花猫："嫂子不在，我该怎么办？嫂子捎上我吧，我一定听话，别叫我一人留着，别叫我拿主意……我笨，叫人卖了怎么办？"

三娘直是气不打一处来，骂道："你怎么这么傻？"

弟媳呆呆道："出来时，夫人叫我以后听嫂子的话就成。"

三娘不死心："总得自己学着拿主意呀！都成家了！"

弟媳笑得傻傻的："有嫂子在，干吗自己拿主意？"

三娘怒道："将来分家了呢？你找谁拿主意？"

"嫂子不要我啦？"弟媳大惊失色，立刻泪奔。

三娘被滂沱的泪水吓得不轻，只得卖力哄劝，道自己绝无此意，好说歹说才算完。事后，她长叹一口气，深觉自己多生了一个女儿，可女儿到底是能嫁出去的，这弟媳却显然是打定主意黏她一辈子的。

除了爱找自己拿主意外，这弟媳旁的倒也还好，会缝衣做饭，煲汤整顿，两个女儿都喜欢这傻傻的婶婶，跟她学规矩，学女红，常窝在一处叽叽喳喳，活像三姊妹。

弟媳进门第二年，便生下个大胖哥儿，此后便是一串丫头、小子，素来人丁稀少的石家立刻兴旺起来。三娘怕小夫妻俩养不好孩子，常来搭把手，谁知弟媳竟是个属牛皮糖的，甩手就把孩子交给她照看，只在一旁打下手，半点儿不操心。

"将来孩儿们都跟我亲，不理你这亲娘了！"三娘恶狠狠地吓唬。

弟媳立刻伏到她肩上，撒娇道："我也跟嫂子亲，我们都跟嫂子亲，嫂子最最好了。"

三娘只好仰天长叹。

待两个女儿出阁后，三娘决意跟弟媳好好谈一谈。

"你总不能这么事事靠着我呀，也该自己顶起主意来了。"她苦口婆心道，"我总有老的一日，若我和你大哥哪天没了，那时你靠谁去？"

弟媳依旧憨傻天真，红润的胖脸上没有一点儿操心的皱纹，笑呵呵道：

"那时？那时呀，大约老大、老二他们几个的媳妇就进门了吧，让她们管呀。"

三娘气噎："若媳妇们欺负你，怎么办？"

弟媳不在意地摆摆手："不要紧，我早想好了，将来待孩子们都成家立业了，我就回夫人身边伺候去，跟夫人老在一处。有夫人在，不怕谁欺负我。"

三娘瞪眼如铜铃："你……你……你说什么……"

弟媳一脸神往道："我自小就敬佩房妈妈，从很小时就想着，若能像房妈妈那样在夫人身边伺候到老，那该多好。"

"等……等……等一下。"犀利了一辈子的三娘终于傻眼了，"我记得那位房妈妈，是中年丧夫后才回去伺候盛家老太太的吧？"

弟媳眨了眨眼睛，歪头道："也许……也许……那会儿我也守了寡，也说不定呀……"

不待车三娘开口，身后传来一声暴吼——"你咒我早死呀！"只见石小弟怒气冲冲地站在门口。随即小两口又开始了例行的每月一吵。

车三娘无力地看了看屋顶——得了，她又得劝架了。

许多年前，她知道自己无法再生育，本以为女儿出嫁后，她和丈夫不免老来寂寥，唉，瞧这日子过的，哪里来的寂寥！

这个故事，起始于一位盛六姑娘，也结束于一位盛六姑娘，最后她们都很幸福。

所有的情感纷扰，起始于一个齐姓少年掀帘而入的一个下午，也结束于这个少年的过世。他最后是否幸福，谁也不知道。

我们的怀念，起始于一个家族的即将兴盛，也结束于这个家族的花到荼蘼。

花开花落，周而复始。

我们的国家、我们的血脉、我们的文明，都是如此。

我想描写一个繁华的盛世，有英明的君主、果敢的将军、狡黠的投机者、算有遗策的谋略家，有鲜血，有惨烈，更有辉煌的未来。

我想描写一个正在走上坡路的家族，有深思熟虑的家长，有光明磊落的男儿，有刚烈妩媚的女儿，有泪水，有伤害，更有苦尽甘来的团圆。

在《知否知否应是绿肥红瘦》正文中出现过的所有主要人物，无论他们哭过、笑过、欢乐过、悲伤过，无论他们是强大的、卑微的、善良的、恶毒的、成功的、失败的，他们的故事都已经结束了。

此后，我不会再写关于他们的故事了。

谢谢大家，非常感谢。

这是一段难忘的经历，很高兴认识大家。写到这里，我有些想哭。

凌晨四点。

关心则乱